新装版

大江健三郎同時代論集 5

読む行為

新装版

大江健三郎同時代論集 5

読む行為

岩波書店

目次

I

壊れものとしての人間――活字のむこうの暗闇――……三
出発点、架空と現実……四
言葉が拒絶する……二六
パンタグリュエリヨン草と悪夢……四九
核時代の暴君殺し《タイラニサイド》……七二
作家にとって社会とはなにか？……九五
個人の死、世界の終り……一二三
皇帝《ツアー》よ、あなたに想像力が欠けるならば、もはやいうことはありません……一四六

II

アメリカ旅行者の夢 …… 一七五
地獄にゆくハックルベリィ・フィン …… 一七六
アメリカの夢と悪夢 …… 一九八
コンピューターの道徳性 …… 二三三
パール・ハーバーにむかって …… 二四八
不可視人間と多様性 …… 二六四

III

渡辺一夫架空聴講記 …… 二八一
出来得レバ憎悪セン …… 二八二
la tache noire ! …… 二八六
ピラトに訊ねられて …… 二八九
寛容のパラドックス …… 二九三

麻にほかならない……二九六
洗脳と脳捻転……三〇〇
……et vous abêtira.……三〇三
小さい魚の手がかり……三〇七
「心やましさ」と心やさしさ……三一〇
Fay ce que vouldras.……三一四
さりし日の我等が悩みに、今さいなまるる者、いずこにありや?……三一七
乱世・泰平の想像力……三二一
未来へ向けて回想する――自己解釈㈤……三二五

読む行為

I

壊れものとしての人間

——活字のむこうの暗闇——

出発点、架空と現実

読書による経験は、言葉の正統なる意味あいにおいて、経験であるのか、読書によって訓練された想像力は、現実への想像力たりうるのか？　ぼくはこのふたつの問いかけを、自分自身にむけて発し、そして当然それにこたえなければならない。それはぼくがはじめて活字の呼びかけに反応した幼年時から、ぼくが狂気にとらえられて活字を喪なうか、あるいは死をむかえるときまで、ぼくのもっとも肝要な部分で発せられ、答えられつづけなければならない命題である。ぼくは錯誤か小っぽけな気まぐれによってしか、犯罪にたぐいすることをおかさなかった。オーストラリア北部の原生林をジープで疾走して、バッファローと呼ばれる水牛の糞の山にのりあげたことはあるが、冒険旅行に出るというほどのことはしなかった。他人を暴力で凌辱したことも、戦場に出たこともなかった。それでいて読書による経験のうちに、右にあげたすべてのことより以上のものがふくまれていると感じる。またぼくは現実にむかってゆく自分の想像力の根源に、読書によってきたえられた想像力が、決してもろくもぐにゃぐにゃでもない確かな実体として存在していることを感じないわけにはゆかない。しかもなお、読書による経験は、読書による経験にすぎない、読書のうちに自分の生命を昂揚させる想像力は、現実を認識し行動をおこす者の想像力とは別の根をもっている、という意識をもまた、すっかりふりすててしまうことはできない。

幼年時に、それは戦いのさなかのことだ、ぼくの固定観念のひとつは、まずしい数の書物の小さな積みかさなりの上に毛細血管をはびこらせて生きていた。そしてそれがぼくの挙措動作を不自然にし、ぼくに身のまわりの事物、人間との適応を難かしくさせ、ぼくは吃った。

　ぼくはじつにたびたび、次のように考えては、現実についてのある情報、または現実そのものの前で、ためらいとともに立ちどまってしまったのである。これは現実でない、なぜならこうしたことが書物にのっているのを読んだことがあるからだ。あのようなことは実際におこりえない、なぜならそうした全体が活字で印刷されているものを見たことがあるからだ。ぼくはいくたびこのように考えては、新情報をつたえる幼な友達を疑わしげに拒んだことだったろう。新しい奇怪な現実の前で立ちどまり背後を向いてしまったことだったろう。戦時の深い森の奥の、まことに罌粟《けし》つぶのようにも小さく不確実である幼年時を、なんとか生きのびているぼくにとって、書物は現実への吊り橋ではなく、その逆に、吊り橋を崖の下の暗黒にむかって斬りおとす斧であった。

　まことに幼年時のぼくにとって、書物のうちなる事物、人間はみな架空のものだったのだ。異邦人、猛獣はもとより、ビルディング、汽船が架空だった。海すらが架空であった。戦争の末期に、すなわちぼくが自分の幼年時と訣れようとするころになって、ぼくの住む谷間をかこむ両側の山のあいだの、狭く限られた空を飛びこえて、われわれの地方の中心都市を焼きにゆく敵国の爆撃機のみが、現実化した飛行機であった。バター、牡蠣、サラダ菜が架空だった。麵麭《パン》すらも架空だった。教師たちは、ぼくや同級生たちがあまりにも教科書のうちなる事物を知らないので、ついには沽字で印刷された事物の名前と、現実においてそれに照応するものとの identification をあきらめた。生徒たちは困惑することなしにそれにしたがった。誰が実物のスサノオノミコトを思いえがくべくつとめるだろう？　檸檬《レモン》もコオフィも神話の時代の無限定な広がりのうちに放置しておくがいい。檸檬を見たことのある子供もいるにはいたが、それは紡錘形をしたレモン・イエローの物体ではなかった。それは青と黄色の斑の、歪んだ酸っぱい果実のはずだった。にがいコオフィ、そういうものがありうるだろうか。闇で手にいれてひそかに小量ずつ大人たちの飲んでいるコオフィとは、濃褐色の罐にはいっている紛末のときにすでに甘ったるく、いくぶん焦げくさいだけだと、そのような貴重品の味をみる小さなコソ泥的勇気をそなえた級友が証言するだけで、にがいコオフィとは、もっとも判読しがたい言葉の謎にかわったのである。

ぼくはおそらく谷間のすべての子供たちに読まれて破損しかつふくれあがった、一冊の漫画本のひとつの情景をいまなおくっきりと思い浮べることができる。朝寝ぼうのブタを眼ざめさせるために仔グマを指導者とする小動物たちが協議する。ネズミが、芯をくりぬいたキャベツのなかにはいって、寝台のブタを誘いだす。キャベツはひとりで転がるように見え、食いしんぼうのブタは思わず寝台を離れてしまう。まず、寝台が架空だった。そして、空色の卵のように見える漫画のキャベツが架空の物体だった。ぼくがその空色の魅惑にみちた物体にあまりに熱い憧憬を示したので、ぼくの母親は、この世のものとも思えぬその空色の球体は、われわれの谷間の畑にも育っている甘藍にほかならない、と教えてくれたが、ぼくはその identification によって喜ぶどころか、不当に恥かしめられたと感じた。モンシロチョウの幼虫の住み家であり、潰した青虫とおなじ匂いのする甘藍が、この漫画のクライマックスを支配する輝やかしいキャベツたりえようか？ぼくは現実の甘藍を拒否し、架空のキャベツに夢想の核《コア》をおくことを選んだのである。

父親の不意の死が、もっとも鋭く、書物のうちなる世界と、現実生活とのあいだの連絡路をたちきる役割をはたした。父親の死は、ぼくが活字で読んだかぎりの、いかなる死とも似かよっていなかったのである。父親の死がぼくの世界をおしひろげて、ぼくは様ざまな他人と、それも大人たちと父親の死について話しあったが、ぼくはおたがいのつかっている「死」という言葉が、じつは同一の実体をはらんでいないことに気づかざるをえなかった。ぼくは他人のもちいる死という言葉が、書物のうちなる死という活字とおなじく、架空な言葉であるように感じた。父親の死の後、しばらくたっておなじ谷間の、しかし谷間の一般的な生活者とは少しことなった暮しをしていたところの、ある初老の男が死んだ。かれは密殺するはずの数頭の牛を、もちろん非合法に調達した船で阪神地方に運ぶべく、深夜に瀬戸内海を航行していて、行方不明になったのである。若い女がひとりその変死した男の家に残り、いつも軒先にたたずんでいて、誰かれから慰さめの言葉を受けるたびに、事故の顚末をひとくさり話しては号泣した。ぼくはそこでも、死という言葉が、それぞれの口から発せられはするがひとつにとけあうことはなく、むなしくすれちがって消えさる気配をかぎつけた。実は、このぼくひとりが、まさに実体をそなえた、架空でない言葉としての死という単語を使って、彼女と語りあえる筈だったのである。しかし絶望した若い女は、ある日ひとしきり農婦たちを相手に泣きわめいたあと、農婦たちが落葉あつめに疎林をさして去ると、静かに傍聴していただけのぼくを、すなわち汚ならしい桑の皮の繊維製半ズボンに、憐れにも日の丸を染めだしたランニング・シャツをつけた谷間のガキたるぼくを、世にも恐しい眼で睨みつけ暗い土間へ入りこんで行ってしまった。ぼくの眼はその時分に、おそらくはヒステリー質の視神経異常をしばしばおこしていた。腹をたてたり、または、ただひとつの対象をじっと見つめていたりすると、すべての物体が遠方にひきさがり縮小されて見えてくる。そういうときぼくは、ふだんの視覚の場合にも、ぼくが一本の樹木を見て、その大きさと位置について感覚をもつ、その感じとりかたが、他の人間がおなじ樹木を見ていだくイメージと、どうして同一であると信じる根拠があるだろう、と疑った。しかしそのように考えはじめれば、名高いヨーロッパの舞台の台詞《せりふ》そのままに、人は気狂いになってしまうほかない。そこでぼくは、書物のうちなる架空の言葉を、架空なままに受けとって楽しむことで、自分としてはどうにもうまく関係づけのできない現実の事物から遠ざかることにしたのである。ぼくが深い森の奥の谷間で育ちながら、樹木、草花、昆虫、魚のたぐいについて、いわば教養派的な知識しか持っていないのも、おそらくはそのせいなのだ。ぼくは内田恵太郎博士の採集になる、わが国の地方別の魚の異名を活字として読み、幼年時に弟と追いかけた淡水魚らしいものをつきとめる。しかしぼくの内部で具体的なかたちをとりはじめる、その言葉、たとえばイワナやヤマメのぼくの地方の異名の実体は、ぼくが幼年時の小さな傷だらけの掌に握りしめた魚のそれではなく、魚類図鑑を永いあいだ見つめることによってのみ獲得したところの実体なのである。

　書物のなかの言葉を、現実世界の事物にひきよせることなしに受けいれる習慣ができあがると、それはむしろ習慣などというより、谷間のしばしば兇暴な子供らの社会で、チビの変り者あつかいされ私刑《リンチ》を加えられかねない、ひとつの危険な「生き方」を選んだ、ということなのであるが、ぼくは現実生活とまったくかけはなれた内容をはらむ活字からも、現実に事物あるいは人間が、ぼくに物理的な力をくわえると同じ、具体的な衝撃を受けることになった。身のまわりの事物よりも、書物のなかの事物が、より重く現実的に実在する瞬間を、ぼくはくりかえし経験することになったのである。森と谷間とが架空になり、書物のなかにのみ、まぎれもない現実が、ぐっと頭をもたげて、ぼくを領有する瞬間。

ぼくは薪をつめこんで床の下の恐しい暗がりをかくしてある縁側に腰をおろして、海野十三の小説を読んでいた。それは雑誌あるいは子供むけの新聞の連載の一回分のみで、どのようにしてその雑誌または新聞の一号分がぼくの手にはいったのかは忘れてしまったが、その前後の号を手にいれるのは不可能であったことをはっきり覚えている。活字がぼくにつたえた情報、あるいは、ひとつの事物の実在、それは、一種のロボットで、そいつはまことに神出鬼没である。ロボットは自分自身に猛烈な回転運動のエネルギーをあたえ、回転が極点にたっするとロボットは時空を超えて、あらゆる任意の場所に到達することができるのである。ぼくは特にそのロボットが極点で回転する円盤のごときものにかわる、という表現に強い一撃を受けた。ぼくは甚大な恐怖にとらえられて、いま自分が坐っている縁の下の暗闇にすら、その猛烈な速度で回転する円盤がひそんでいるかもしれない、と考えた。薪束などをつめこんで、床の下の暗闇が見えないようにしておいても効果はないのだ。その奥の暗闇には回転するロボットがすでに入りこんでおり、たちまち薪束をはねちらしてあらわれるにちがいないからだ。恐慌状態におちいり身動きもできぬぼくを、苦しい長い時間のあと、どこかから戻ってきた母親が見出して、活字で書かれていることはツクリ話にすぎない、本当のことではない、といってぼくを勇気づけようとした。しかしぼくには、この現実生活と、活字のうちなる世界とでは、事物の実在性と架空さが、とくにどちらにのみあるというのではないと感じられていたのであるから、ぼくは自分のおちいっている深くまっ暗な恐怖の穴ぼこにおいて、ひとりぼっちで震えつづけるほかはなく、母親の存在とその言葉とは、無益な幻のごときものにすぎなかったのである。いま考えてみても、幼年時のぼくが、どのようにして、自分が活字のむこうに見出してしまった暗闇の深淵の恐怖から回復することができたか定かでない。現にいまこのように生き延びて自分の幼年時のもっとも鋭い危機について回想している自分がここにいる、というほかに、ぼくはいかなる脱出証明をも提出しうべくもないのである。

幼年時の森にかこまれた谷間での生活において、ぼくは活字の世界の奥ふかく、あるいはその片隅に、現実生活の環境へとひらいている通路があることを認めなかった。ぼくは架空の世界にはいりこむことで、現実生活においては拒まれているところの、情念の緊張をあじわった。しかしそこからもちかえった知恵によって現実世界の事物を解釈したり、関係づけたりすることを試みることはなかった。橋はたち切られていた。現にもしぼくが書物のなかの話し言葉をもちいて谷間の子供仲間と話したとしたら、ぼくはまず五体健全ではいられなかっただろう。もっとも、暴力的な制裁あるいは仲間はずれへの恐怖よりも、もっと強く大きい障害はぼくの羞恥心および、われわれよりほかの者たちの言葉を、標準語すなわち教室での苦役の手段となる架空の言葉としていることへの憤怒であって、ぼくはこんりんざい、そのような言葉を使用してみる意志はなかった。

それではぼくにとって、谷間の歴史というものはありえなかったのか？　文字で書かれたものをすべて自分の現実生活にかかわりのない架空のものとして拒む以上、あるいは、架空のものと認めたうえで熱中するよりほかのことはしない以上、もしぼくの村または集落の歴史を書いた文書が手に入ったとしても、ぼくはそれを自分をふくむ谷間の現実生活の歴史とみなすことを、まともな実感とともには、おこないえなかっただろう。確かにぼくは謄写版で刷った村の編年史などが古戸棚にあるのを見出したりしても、いささかの興味もいだくことがなかった。ぼくは谷間の言葉で、自分の口から村の歴史を語る人物の傍で、それに耳をかたむけていることをのみ望んだのである。そのような言葉は、つねに不正確であり、時と場所の混乱にみちており、不均衡にある一事件のみを拡大して語るものであったが、それが活字によって印刷されたものでない、という唯一の理由によって、ぼくはその言葉を信じたのである。しかもあきらかに矛盾を見出し、混乱になやまされつつ、それらの矛盾、混乱をそのまま受けいれることによって、だからこそこれは架空のものではない、現実そのものなのだと信じたのであった。そしてそのような矛盾と混乱にみちているからこそ、手のこんだ房かざりのようにも厚ぼったく重い手ごたえのある現実世界のタテの流れに、自分も谷間のひとりのガキとしてくみこまれていると感じ、父親の不意の死以来、ぼくをつかまえて離さぬ固定観念となった死および狂気の不安から、自分の赤裸の心と肉体を剝ぎとることができたのである。とくに幼年時のぼくが、語られる言葉の時間的な矛盾、混乱に気づきながら、まことに反・論理的にも、このような混乱があるからこそこれは架空ではないのだ、自分の住むこの谷間の現実なのだ、と信じこんでいたこと、その確信のぼくにもたらした濃い安らぎの感情を、いまなお横隔膜のあたりの肉体的な感覚において思いだしうることは、分析の対象としていくらかの意味を有するかもしれない。

谷間の語り部はぼくにとって、特にひとりの愛玩犬のような顔をした片足びっこの小さな老婆であった。彼女は十年ほど前まで生き続けており、ぼくが谷間に戻るたびに、ぼくを訪ねては「思い出話」をした。その思い出話のスタイルはきわめて特殊なものであって、老婆の意識の世界では、ぼくはわれわれの家系の、三代にわたる人間たちの、ひとりに濃縮された具体的象徴なのである。すなわちぼくは祖父の弟であり、父親の弟であり、現在の当主たる長兄の弟である。たまたま、というより森の奥の谷間の三男には谷間を脱け出して生き延びる道を探すよりほかはないのであるから、われわれの家系の三男坊たちはそれぞれに谷間から出て行ったのであるが、かの語り部たる老婆の認識によれば、この三人の三男坊たちは、ただひとりの人間なのだ。彼女の、決して森をこえて出てゆくことのない生涯において、彼女と接触することのあった三人の三男坊たちは、確かに接触の時期が彼女の生涯の三つの時に別れてこそおれ、じつは彼女の意識におとした影の機能においてまったく同一なのだ。そこで老婆は、ぼくが日露戦争の兵役をのがれるためにおこなった滑稽な策略について嘲笑しつつ思い出を語り、ぼくが不況のために尾羽うちからして谷間に逃げもどった後、朝鮮半島に渡ったという辛い思い出を語って泣き、それからいささかも自分の話の矛盾撞着になやむことなく、戦後すぐ谷間の新制中学校にできた子供農業協同組合で雛を育てて、いわば投機的な成功をおさめたぼくを自分のことのように誇りにしているといった。傍らでぼくの母親が、かつてその使用人であった老婆に、いや、それは大叔父さんのことだといい、その次の話は叔父さんのことで、ふたりともすでに死んでしまって、いまあなたの眼のまえにいるのは三代目だと、くりかえし念をおしても老婆は絶対にたじろがなかったのである。そしてぼくは自分が三人の男のかさなりあったイメージとして老婆の意識に実在しており、彼女はそのいちいちのイメージを弁別しながらも、それらが同時的に存在していると実感しているのだということを理解した。そして、ぼくの幼年時における彼女の語り部めいた饒舌もまた、谷間のすくなくとも七十年間の歴史が同時的に現前しているかのような話しぶりであったことを、まことに明瞭に思い出したのである。

　老婆の歴史談のそもそものモティーフはただひとつで、明治はじめにこの谷間を起点としておこり、そこを流れる川の下流にむかって大規模な広がりを急激にしめした一揆についてであった。小娘であった彼女は、一揆の首謀者を懐柔するための道具につかわれた。一揆はとくに成果をあげず鎮圧され、首謀者は殺害された。その若者がいかに無法な乱暴者であったかということを彼女はくりかえしかたり、そして彼女の話は、その死にはてた若者が米騒動ではまたひと暴れし、いまも、すなわち第二次世界大戦においても、南方か中国大陸で荒あらしく戦いつづけているという方向に発展するのであった。彼女は明治初年においてとおなじく、あらゆる時代に遍在する、この猛だけしい男の情人である。彼女は明治以来つねにこの男と共に谷間の歴史に参加したのであり、現にいま彼女が谷間に生きている以上、彼女の経験した歴史は、すべて同時的にこの谷間に現前している。彼女は話をひとくぎりすると、われわれ幼ない聴衆の気をひこうとするように、いまにも急いで家にかえり一揆の首謀者が足を洗う湯を沸かさねばならない、というのであった。ぼくは森に食用の野草を採取すべく入りこんだ時など、樹木のむらがりの濃く湿っぽいあたりに、明治初年の一揆の首謀者であり、米騒動の煽動家であり、いまなおつづいている大戦の勇士であるところの、若い無法者がじっとひそんでいる気配を感じたものだ。そしてぼくは、自分もまた明治初年の一揆のいちぶしじゅうを見ていた者ででもあるかのように、幼ない仲間たち、時にはかなり年長の者たちすらも固唾をのんで蹲みこんでいる輪の真中で語ってきかせたのである。ぼくの話のスタイルは老婆のそれをすっかりそのままに踏襲して、現場に参加した者の証言のスタイルであった。そしてぼくは自分が架空の夢物語を話していると感じることはなかった。ぼくが谷間の人間であり、谷間に住んでおり、森に入ってゆけばあの若い無法者の気配を感じとる以上、ぼくが谷間の言葉で語るところのことは、いかなる活字の意味するところのものにくらべても、架空である筈はないと感じられていたのだろう。

ウイリアム・スタイロンは『ナット・ターナーの告白』(ランダム・ハウス版)において、幼年時のナット・ターナーが、すなわちやがてアメリカ黒人の最初の大規模な叛乱の指導者になる男が、幼ない時分に次のような経験をしたと書いている。三歳か四歳の幼児のナットが友達とあそぶとき、ひとつのつくり話をした、それを耳にした母親がそれはかつて実際におこったことだという。幼児がなおも話しつづけると、かれの言葉は、母親のいう実際におこった事件の細部について、さらに確かな一致を示すのである。大人たちはナットの生れる前におこったことを、幼児があたかもそれに立ちあったかのように話すことに驚く。そして神がもし幼児の生前におこったことをかれに示したのであるとしたら、幼児は予言者となることであろうと信じる。幼児は奴隷の子供であるが、もしかれがそのように選ばれた子であるならば、誰のためにも奴隷の仕事をすることはない筈であろう。ここにやがて黒人叛乱の指導者たるべき人間が、民衆によって認知される。

スタイロンの設定は、すでに叛乱の潰滅したあと獄中にある黒人指導者の告白を、白人が文章にして読みあげ、当人にあらためてそれを認めさせようとしている光景である。指導者の幼時の経験が語られている時、かれと共に蜂起した同志が「憐れな黒んぼ《ファ・ニガー》」と自分自身を呼びながら、いかにも「憐れな黒んぼ」の言葉で寒気と飢えを訴えて惨めなものごいをする叫び声が聞えてくる、そのような幾重にも心を嚙む状況である。

ぼくは『ナット・ターナーの告白』を読むことによって戦争のさなかの森の奥の谷間に、そして幼年時のぼく自身とぼくをかこむ幼い仲間たちの、なおもその過去の時間のままに実在している場所へと一挙につれ戻された。いまここにぼくが書きつづけようとしているのは、端的にいえば書物がぼくにとってどのような経験をもたらすか、書物の世界と現実世界とのあいだに、ぼくがどのような想像力の通路をおしひらくにいたったか、という分析なのであるが、ウイリアム・スタイロンの小説はまずそのようにぼくにたいして機能したのである。そしてそのような機能を、ぼくにたいしてはたすような実在に、ぼくは現実生活のいかなる場所でも、谷間ではもとよりぼくがわれわれの家系の三男坊のしきたりにしたがって谷間を出て以来も、いちども遭遇したことはなかったのではないかと疑うのである。さてぼくは幼年時のぼく自身を仲間の子供たちが囲んでいる戦争のさなかの森の奥へと戻って行き、スタイロンにたすけられてその全体の情景《シーン》の意味するところのことをあらためて理解した。過去のひとつの核《コア》が、あいまいさのゼリーとしてぼんやりと震えているように見える状態から、確実な固いものにかわった。いうまでもないが、ぼくはすでにナット・ターナーの叛乱をおこした年齢をこえてしまっているけれども、いかなる叛乱の首謀者になったこともなく、今後もそうなることはないであろうところの非行動的な小説家である。またぼくはこれまでの三十四年の人間としての生活のどのような瞬間にも神の啓示をうけたことはないし、発狂でもしないかぎり予言者のふりをすることもないであろう。それでは戦時の谷間で自分があたかもそれに立ちあったとでもいうように明治初年の一揆について雄弁にしゃべりたてていたガキであるぼくを、いったいなにが内部から昂揚させ、けしかけ、黙っていることのできない、気の狂うような熱い気分にさせたのであろうか？　そしていちど話しはじめると、ぼくになぜあのようにも確信をもちつづけて舌を動かすことが可能であったのだろうか？　絶対に都市生活者の子供らよりも猜疑心の強い、したたかな村落共同体のガキどもが、たかぶった情念にほてる沈黙の輪でもって、あるいは明治初年について、また大正なかばの貧民たちの暴動について、自分の経験ででもあるかのように語る傲慢さを、ぼくに許容したのであったろうか？

それはナット・ターナーをふくむ黒人たちの社会では神《ロード》であったところのものが、われわれの谷間では「祭り」の主体として実在していたからだ。われわれにはいかなる神も語りかけることはなかったが、われわれはみな一様にひとつの祭りに参加することを望んだのである。祭りの核《コア》には一揆の首謀者の幻がある。われわれの意識に、すぎさった黄金時代の祭りを再現してくれる、あるいは祭りの昂揚とおなじ質のものを喚起してくれる、そのキッカケをつくる役割を、あの時代錯誤の精ともいうべき老婆がひきうけ、そして幼年時のぼくがそれにならってまたひきうけたのだ。このようにして子供らの想像力にかかわるかぎり、あの戦時のある日、ある時刻、われわれの谷間を、明治初年の一揆の荒れくるう人間、事物、声、叫喚、そして炎までがしめつくし、米騒動のありとある動きと物音、「響きと怒り」が埋めつくしたのである。幼ないわれわれは森の高みをわたる風の音に、竹槍を伐り出す一隊の鬨の声や米屋の土倉を叩きこわす大槌の響きを聞いたのである。そのときわれわれにとって一揆も米騒動も、決して架空ではなく、ダブル・イメージの幻ですらもなく、森と谷間に同時的に現前して幼ない者たちの魂になにごとか高貴なものをさとらしめたのである。しかもそれは単に子供たちに作用したのみにとどまらなかった。ナット・ターナーの母親のように、ぼくの母親もまたわれわれの話を脇で聞いていて、日ごろの彼女らしからぬ陽気な熱情をこめた声を発すると、米騒動の時に酒倉の樽がうち割られる、数十センチもの高さの波となった酒が四方に流れ、手桶を持ってそれを掬いに走った、と話した。酒倉の大樽をしめる箍《たが》をうちくだくときには一等上の箍からくだきはじめねばならぬという、暴動における実際的な知恵をつたえる言葉ともども、今なおぼくは母親がそのような行動に参加したことがあったのかどうかを疑うが、ともかく母親もまた、谷間の子供たちが、仲間のひとりであるぼくをたまたま幼ない語り部に選んで、明治初年以降のいくつかの暴動という「祭り」をよみがえらせたとき、それが喚起する情念の深い動揺から自由ではいられなかったのだ。

柳田国男は、集団的な想像力についてくりかえし証拠を提出しつづけるところの、おそらくはわれわれの時代の最も巨大な語り部であったが、ぼくが仲間たちと谷間の集落で一揆あるいは暴動の話＝儀式に熱中していたころとわずかに前後してかさなる時点において、すでにわが民族から喪なわれてしまった祭りの昂揚感についてその本質的な意味を指摘しつつ嘆いていた。すなわち生き甲斐《ライフ・インテレスト》を、《お祭りの場合に三分の一、お正月に三分の一、お盆に三分の一、というようにパッととってしまった。あとは虫みたいな生活。その差が大きかっただけ、その興奮は高かったと思う》ところの、そのような農民の生活に代表されるような現実生活の形式がうしなわれた、と柳田国男は嘆じたのであった、《一番私らの惜しいと思うのは、日本人の今まで長く味わってきた興奮ですね、きれいな興奮、それに伴うイマジネーション、これらがみななくなってしまった、普段にあまり興奮が多いものだから。》

記憶力に溷濁《こんだく》をきたしたというより、記憶のうちの時間の配列を無意味に感じるに十分なほど様ざまな時代の人間と事物を同時的に自分の意識のうちに生かしている老婆、その語り口のスタイルをそのまま模倣することによって、自分がその一部分であるところの有機体、物理的なひろがりこそ谷間のさけめに閉じこめられた窮屈さであるが、歴史的な深さにおいては、気が狂いそうになるほど遠い暗闇にまでつながっている有機体の存在を確認していたおしゃべりのガキ、そのしゃべりちらすことをすべて許容して谷間ぐるみのひとつの経験にくわわろうとしていた幼ない仲間たち。かれらがよみがえらせた「祭り」は、すでに大都市に住む民俗学者が見きわめていたとおりに、真の昂揚感は喪なわれている定例の秋の祭りとはことなるものであった。実際、戦時に村祭りは禁じられて、語り部によってよみがえらせられた明治初年の一揆、大正の暴動こそが、「きれいな興奮」を誘い、「それに伴うイマジネーション」を広く強く解放するところの真の祭りだったのである。およそ、それに匹敵する昂揚感と想像力の解放を、幼年時のぼくが印刷された活字から受けとることはなかった。それよりほかの「きれいな興奮」「それに伴うイマジネーション」が活字によってあたえられることは確かにあった。しかし、そこにはつねにそれよりほかのという、うすらさむい限定辞がついたのである。やがてかつての幼ない語り部見習い自身が成長して、あらためてその昂揚感と想像力の解放を活字において再現してみようとするだろう。しかしかれはついに、谷間の道の白い土埃りにまみれた車座の中心で語る幼ないかれ自身が、昂揚しながらも深い不安にしばしば見まわれつつ、実感しないではいられなかったところの、かれ自身をその微細なひとつの細胞とする、歴史の遠い暗闇に巨大な根をはった、あの有機体の実在を再び感じとることはないだろう。かれの聴き手たちの数は比較を絶して増大しても、かれらはおなじ有機体の微光と暗闇とを共有している者らではない。しかも、なによりもまず、その文章の書き手自身が、幼年時のかれにむかって identification することの不可能さを認識することによってはじめて、その活字による、かつての幼ない語り部の努力の再現を試みはじめたのではなかったかと自覚するにいたるだろう。

　地方の小さな村落の、とくに武装した行動への訓練もない者たちのおこす一揆、暴動が、それを現実に経験するものにとって、おそらくはひとつの「祭り」だったのだと、おなじ村落に住みつづける末裔たちが、その想像力のうちにくみたてる仮説。じつのところ、具体的にその想像をおこなう者にとっては、それは仮説というよりも、熱情と不安とにこもごも揺さぶられながら、実地に経験すること、にほかならないのであるが、ともかく右のような発想について、ぼくが自分の谷間の村でおこり、永く追体験されつづけてきたことどもについての、あきらかな靭い照明の光を見出したのは、われわれの地方史書においてでもなく、または一揆の記録の集成のような書物においてでもなかった。ぼくはたとえば小野武夫編『徳川時代百姓一揆叢談』『維新農民蜂起譚』に、あるいは直接に、あるいは暗示的に様ざまのことを喚起されたが、それは同時に、ぼくが幼ない時分、活字で書かれたものすべてに見出した、あの架空の感覚をとりのぞいてくれるという性格のものではなかった。ぼくの地方の一揆、おなじ森の向うがわの蜂起が活字で表現されているのに出会うと、かえって不思議な当惑すら感じたのである。ぼくは史家の丹念な採集作業に敬意をよせながらも、いつかあのありとある混乱と意識的・無意識的なねじまげによって奇怪な同時性をかもしだした、おそらくは文字を書くことはもとより読むこともできなかった筈の老婆の語り口よりほかには、なにひとつ本気で認めようとはしない自分を見出すのがつねであった。そしてぼくは幼年時にしばしばおぞましく感じた、愛玩犬じみた片足びっこの小さく白い顔に大きな赤い口の老婆の語りかたとぼくの想像力とのあいだに、血のかよった通路がひらいていることを驚きとともに見出した。彼女はぼくの最初の真の教師だったのだ。

しかしそのようなぼくに不意の覚醒に似た、まったく新しい方角からの啓示によるところの、幼年時の昂揚感と想像力の開花にはっきり方向づける通信を送ってよこしたのはアンリ・ルフェーブルの『パリ・コミューン』だった。メッセージはフランスで発せられ、東京のぼくに届き、そこで時間、空間を超えて、幼年時のぼくがいま実在している森の向うの谷間にむかって深くつき刺さって行った。それはぼくの意識に傷痕のように刻印されて、もう決して剝落することはないであろうところの経験となった。この経験は、確かにその出発点においてアンリ・ルフェーブルの原稿を印刷した活字に負うている。しかしその経験は逆のがわから、すでにぼくがその名すら記憶していない老婆や、幼年時のぼく自身、幼なく汚ならしい仲間たちの存在によって支えられている。ぼくがアンリ・ルフェーブルを読んでいる時、ぼくの意識、想像力の現場で、これらふたつの方向からのメッセージが出会い、ひとつの経験をかたちづくったのである。しかもぼくがこの『パリ・コミューン』と共に自分の小っぽけな仕事部屋にこもっているあいだ、あるいは大学構内で、あるいは街頭で果敢にも絶望的に実在していた、荒あらしく行動する学生たちの存在が、この経験に影をおとしていることもまた否定できない。読書とはなにか？ぼくにとって読書とは、右にあげたような種々の地点から集中してくる様ざまなインパクトの総体である。このような具体的な経験こそが、ぼくの読書にほかならない。

もっとも端的に、ルフェーブルのメッセージがどのようにぼくをつらぬき、幼年時のぼくと時代関係のあいまいな一揆、暴動談にむかって行ったかといえば、《コミューンの固有のスタイルは「祭り《フェート》」のスタイルであった》とルフェーブルが規定し、《パリ・コミューンとは何か。それはまず巨大で雄大な祭りであった》とのべるところの視点にそれはかかっている。ルフェーブルと、もっとも名高い巨人をもふくめたかれの先行者たちがパリ・コミューンを性格づけるところによれば、それは多様性をうしなうことのないパリの民衆が、それぞれ直接的に知覚し、実感し、引受けた根本的《ラジカル》な要求にもとづいて《パリがいかにして、その革命的情熱を生きたか》（岩波書店版）という祭りの総体である。

祭り《フェート》という言葉は、そのまま柳田国男の指摘につながってゆくであろう。パリ・コミューンの民衆もまたその混乱にみちてはいるが生きいきした上昇段階では、「きれいな興奮、それに伴うイマジネーション」にみたされていたにちがいない。われわれはジュール・バレスからそれを伝えられる。リサガレーからそれをうかがい知ることができる。潰滅期の悲劇的な総体が、なお「きれいな興奮」をさそう鋭さで胸をえぐるところの挿話によって裏うちされた「祭り《フェート》」にほかならないこと、そしてその全体がいかに巨大で持続的な想像力の解放をなしとげたかも、われわれが知らざるをえないところである。もっとも、パリ・コミューンについては、あるいはそこから太い血管の流れている中国、キューバそれに魅惑的なナット・ターナーの末裔たるエルドリッジ・クリーヴァーたちのアメリカにおける祭りについては、ぼくがそれにたいしてなにごとか新しく語ることは必要でも可能でもない。いまぼくにとって肝要なのは、ぼくの幼年時に谷間でおこなわれた小っぽけな想像力の祭りに、パリ・コミューンからさしてくる光、またはパリ・コミューンがおとす黒ぐろとして根源的な影について記述することである。それはおそらくぼくよりほかの誰もおこなおうとはしないことなのであるし、ぼくにとってはそれこそ根源的に重要なのであるから。

都市生活者たちにむかって森の奥の小さな集落といえば、それは多様性に欠けた一元的な共同体というイメージをみちびくかもしれない。しかしじつは農民たちや小商人たちの集っている谷間こそは、まことに多様性にみちた世界なのだ。そしてそのような狭い場所で一揆または暴動に参加してたまたま首謀者にまつりあげられた者が、ひとつの権力を把握することを将来に期待することはありえない。そのようなものに選ばれた瞬間、かれのもっとも悲惨な末路は決定されたのである。農民たち、小商人たちのそれぞれが、いかにも多様に、それぞれの主体によって直接的に知覚し、感受し、引受けたところのもの、その総体が、みすぼらしいムシロ旗をかかげて川下へとくりだしてゆくところの憐れな一揆の一団である。しかしかれらをとらえているのは激しい興奮であり、かれらの永年おさえつけられていた想像力は生命をふきかえす。パリにくらべて、まことに見るかげもない場所ではあるが、森の奥の谷間はやはりそれ自身の独特さでその情熱を生きぬき、悲惨な祭りを実現したのである。

語り部じみた老婆や、幼ないぼく自身が、一揆または暴動について熱情をこめて語った架空の経験談は、すべてこの真の祭りにたいする渇望につらぬかれたものであった。われわれは興奮してイマジネーションの翼をひろげようとした。そのようにして戦時の抑圧された地方の現実生活に鋭い裂けめをひきおこすことを、いうまでもなくそれを意識することなしに、老婆と、粗末な衣服を着こみ、谷間自体の貧しさによって都市生活者とおなじく食糧難を生き延びなければならない子供らが、ひたすら追いもとめていたのである。直接的に根源的《ラジカル》にそれを激しくねがっては、時代感覚の錯綜する古めかしいおしゃべりに熱中していたのである。

すでにのべたように戦いのさなか、定例の祭りは禁じられていた。天皇制ピラミッドのごく末端の小役人が銃後の農村たるわれわれの谷間を視察しにくると、かれの権威に対抗できうる者は、村にたれひとりとしていなかった。そういう時代に、なかば気狂いじみた老婆や、才槌頭のガキのみは、この谷間の無法者が一揆の首謀者となって川下に押しくだり中央官庁からの役人を自決に追いやったという話を、しばしば卑猥なくすぐりさえこめて話しつづけていたのである。それはおそらく重要なことだ、小っぽけながらも明治初年の一揆から大正の暴動をへて、いったん開かれた想像力の流れはそこに流れつづけていたとみなすべきであろう。話を聞く子供らは、やりばのない昂揚感をいだいては、それぞれに具体的な細部を補塡するための想像力を、おっかなびっくりながら行使したのである。国家をあげて想像力の多様性がおしつぶされていた戦いの日々に、森の奥の窮屈な谷間で。たとえ書物が架空の世界にむけて解きはなってくれるとはいえ、そのような一揆や暴動の顚末をめぐるおしゃべりほどにも、現にいま自分がそれを経験しているという感覚とおきかえ可能なほどに濃密な想像力の解放を、ぼくにあたえる書物は手のとどく範囲になかった。ぼくは新しい書物にめぐりあうたびにそれに熱中したが、つねにこれは現実ではない、こういうことは現実にはおこりえない、という条件づきでしかそこにはいりこむことはなかった。したがって書物の内容がどのように空想的、反現実的であろうと、ぼくはそれによって衝撃を受けることはなかったのである。重おもしく古めかしい装釘のルパンを幾冊もぼくは読んだが、その常套的な奇想天外趣味にとくに動かされもしないかわりに、それはばかばかしい夢想だと道徳家風に反撥することもなかった。逆にあるとき担任の教師がとくに貸してくれた少年小説を読みおわり、それをかえしにゆくと、おまえはもしその本に書かれたようなことが自分におこったとしたらどうするか？　とたずねられて、ぼくは茫然とした。ぼくにとって活字で書かれたことがらほど、架空のなかの架空、夢のまた夢である世界はなかったのである。そのような教師との対話においてぼくはあらためて吃りはじめ、現実生活のあらゆる細部にぶつかっては吃り、ただ老婆の語り部のスタイルで谷間の一揆の首謀者たる若い無法者の話を自分の経験談としてしゃべる時だけ、ぼくはこの上もなく饒舌になって吃ることがなかった。いま、おそらくぼくは記憶の細部について様ざまな歪曲をおこないつつ、回想しているだろう。ぼくはここにのべたように吃ることが激しくもなければ、このように例外的な時をくぎって饒舌になる子供でもなかったかもしれない。しかし戦争のごく末期になってわれわれの谷間に入ってきた地方都市からの疎開児童が、ぼくの経験談としての一揆と暴動の話を聞いてたちまち矛盾撞着をつつきだし、ぼくを嘘つきだと嘲弄したときから、ぼくにとって現実生活における言葉の使用はいかなる脱出口もない苦役にかわった。ぼくがわれわれの家系の三男坊の生きかたの範例どおりに、都市へ出発してゆかねばならない以上、あらためてぼくには書物の架空の世界が切実に必要であった。ぼくは谷間の人間がみな昂揚感と想像力の解放とをあたえられるところの一揆談について、その全体を嘘だと拒絶する者らとともに、かれらの現実生活の場にたちまじって将来を生きなければならないことを怯えとともに予感して、徹頭徹尾架空なだけ、そのような現実世界より書物がましだと発見したのである。

言葉が拒絶する

森の奥の谷間で語られる言葉よりほかの、いかなる話し言葉にも、ぼくは、それが真の言葉、ほんものの言葉ではない、というかすかな徴候をかぎつけずにはいられない。しかもテレヴィの電波は、いまや谷間の言葉自体をも変えた。また、多くの老人たちが、かれらの谷間の言葉とともに死んだ。かれらは、言葉の形見分けをするかわりに、生きている者たちのわけもっていた言葉の所有権すらも、いっしょに持ちさってしまったかのごとくである。ぼくがあらためて現実世界において、真の言葉、ほんものの話し言葉を全的に再発見するということはないだろう。ぼく自身のうちかららすらもそれは喪なわれているのだ。残っているのは、まことに敗色の濃い陣地の、違和感検出係りのみである。これは真の言葉ではない、これはほんものの話し言葉ではない、とその違和感検出係りが報告する。しかし、確かに違和感のみはつたわってくるものの、それにたいする真の言葉、ほんものの話し言葉の実体でこたえるべき内なる声は、ついに沈黙したままだ。

したがって森の谷間から出発した後のぼくは、話される言葉において自由の感覚をあじわうことはなかった。ぼくはつねに束縛されていた。そして活字に印刷されている言葉のみが、ぼくを解放した。たとえその解放が、現実世界においては決して出会うことのないばかりか、あるいはそれゆえにこそ、現実的には補償不可能の、もっとも恐しい暗闇にぼくをときはなつものであり、しかも他人の眼には、現にぼくを暗闇の奥で咬んでいる怪物の存在がうつりうべくもない以上、ぼくはその恐怖のうちでまったく孤立無援であるという、そのような解放であるにしても、ともかく活字は、ぼくを解放したのだ。ぼくは書物のうちでのみ、自由の甘美と苦痛をあじわったというべきであろう。

じつのところ、ぼくは森の奥の谷間に育った人間として、解放されることが恐しい体験なのだということを、いわば体験的に知っている。しばしば解放されるとは追放されることであり、共同体《コミュニティ》から最終的な引導をわたされることだと実感してきたのである。すくなくとも、その知識、実感を、意識および無意識において継承してきたのである。大学の教室に入ったぼくのまえにあらわれる新しい活字としての言葉、とくにフランス語の世界の、実存的な自由をかちえた人間の恐怖心と昂揚感ほどにも、ぼくが当惑することなく、具体的にはっきりうけとめることのできた、心的現象はなかった。その自由の選択は、まことに森の奥の谷間の、昔語りのうちなる規約にしたがってであるかのように、ぼくを納得させ、ヒーローの恐怖と昂揚は、たちまちぼくに感染した。

サルトルの『蝿』の自由と血にまみれた若者の言葉は、ぼくにとって次のようにわずかにかたちをかえて響いたのである。おれは土地もない、配下の百姓もいない庄屋になりたいと思う、さようなら、諸君、生きようと試みるのだ、ここではあらゆるものが新しく、あらゆるものが新たに始まる。おれにとっても新しい生が始まるのだ、ある奇妙な生がね。(人文書院版) そしてこれがぼくの想像力に喚起するのは、雪の深い原生林を逃散《ちょうさん》してゆく、百姓たちの指導者の肖像であった。谷間につたわるところの、おそらくは反・歴史的にはじくれまがっている筈の、そしてそれらの語り部たちは、ねじくれまがっていようとそうでなかろうといっこうに気にもかけないところの、相重なりあういくつかの一揆談には、ともかく強権に蹂躙されたそれにしろ、あやういバランスにおいて短期の小さな勝利をおさめたそれにしろ、一揆後の農民たちがどうなったかについて語るわずかな情報がある。しかし、逃散となると話はまったく別だ。この自由に解放されたが、土地に再びめぐりあうあてのない、奇妙な農民となった連中の、まことに不思議な生についていては、誰も、なにひとつ語りのこさない。そこでぼくは、サルトルのヒーローによってよみがえらされた、ぼく自身の地方の、遠い時代の、まったく絶望的な条件づけにおいてのみ自由をえた、やけくその自己解放者たちのイメージに、いつまでも自分で責任をとりつづけなければならないのであった。そして、しだいに自分自身のうちに、森の奥で進行をとめ低回している反・歴史の時間のうちなる逃散者たちとかさなってゆく、ぼく自身の奇妙な生のイメージが浮びあがってくるのを見いだして、それが真の自分だと認知することがあった。

この認知の瞬間は、具体的な経験として、とくに異邦人たちのあいだにいるときのぼくにあらわれるのだった。ケンブリッジ市の地下鉄駅の前の広場、その学生協同組合の百貨店や銀行や、真昼にもつつましやかなアルコール中毒患者たちがひそんでいる暗い酒場や、そしてもちろん大学そのものによってもまたかこまれている広場《スクエヤ》の、ひとつの売店で、果物とポケットブックを買い、釣銭を待っているとき、レジスターの硝子に東洋人の顔が突然に浮びあがってきて、しだいに緊張をくわえながら、ぼくを見つめているのを発見した。いうまでもなくそれは、ぼく自身の顔だ。しかし、ぼくはむしろ、様ざまな抵抗をおしきることによってのみ、いいやこれはぼく自身だ、という意識のかたちにおいてのみ、それを認知したのである。そしてぼくは硝子のむこうからぼくを見つめているその東洋人に、おまえは谷間を逃散してから、こんなに遠くまでどのようにしてやってきたんだ、どういう言葉を話しているんだ、おまえの家族と、おまえの内部はどうなっているんだ、なんとかうまくいっているか、ハッピーか？とかきくどくように問いつめたくなる、もの狂おしい情念をいだかずにはいられなかったのである。この、ハッピーか？ という問いかけが、いかにもこの認知の、アメリカ東部の大学町での経験だったことを端的に示すものとして懐かしく思い出される。そしてぼくは蠟を塗った紙箱いりの冷たいオレンジ果汁をあらためて買いそえると、酒屋によってジンの大瓶を買い、その午後の予定はすべて放棄して寮のベッドに裸で坐りこみ、不意にめぐりあった逃散の仲間に、あたかもぼく自身が、ハッピーか？ と問いつめられたのだとでもいうように、すっかり混乱した情念をもてあまして、ジンと果汁を飲みつづけた。

おなじ経験を真冬のワルシャワで、またネバ河のほとりで、あるいは秋のパリで、そしてこれはつねに真夏であるオーストラリア北端のグルート・アイランドで、ぼくはあじわった。そのいちいちをここに再現することに格別の意味はないだろう。結局それらは、すべてただいちどきりの経験でありながら、それによってなおさらにみな同一であるからだ。オーストラリアの原住民《アボリジニ》が、ヨーロッパ系の労働者とともにガム・トゥリイの森林のなかのマンガンか鉄の鉱石採掘の現場でキャンプ生活をしており、夕食後、罐ビールを飲みながら映画を見にあつまってくる。その露天の映画劇場で、電燈がついていたあいだはヨーロッパ系の労働者の眼を意識して、よそよそしかった原住民《アボリジニ》が、映画がはじまった暗闇では、ほかならぬぼくに握手をもとめてにじりよってきたこと、その時ぼくはあらためて自分を、そのグルート・アイランドからいえば地球の反対側の小さな島にある、ひとつの森を逃散した人間の末裔のように強く感じたこと、そしていまはうちとけた原住民《アボリジニ》と共に声たかく笑いつつ、狭い画面のマリリン・モンローを眺めていたあいだの不思議な安らぎについても、ここにはただそれのみをノオトするにとどめよう。森をぬけだして逃散した者には、まことにあらゆるものが新しく、あらゆるものが新たに始まる、新しい生、ある奇妙な生、われわれがそれを生きようと試みるならば……

ぼくは森の奥の谷間を出た、そしてぼくは自分にとってそれのみが真の言葉であるところの、谷間の一挨談をかたるにふさわしい反・歴史的な時制《テンス》をそなえた言葉を、誰ひとり話そうとはしない都市で、そのような現実生活にむけて自分をおし出すよりも、活字のむこうの世界に自分を解放することを望んだ。すでにのべたように、やがてぼくは様ざまな場所に旅行することになったし、それはしだいにぼく自身を変えてゆくものでもあったが、基本的にぼくの生活は、活字をつうじて把握した世界と、現実世界との identification を強くもとめないことにおいて一貫していた。ぼくの本当に新しい生、奇妙な生は、活字のなかにもっとも濃くあきらかにかたちをあらわしたのだ。もとよりそれは現実ではなかった。架空の幻にすぎなかった。ぼくはその現実と架空のつなぎめにおける、想像力の機能について、まだ意識的にはっきりと眼をむけているのではなかった。しかし、漠然と、それゆえに、より根源的に、ぼくがその機能を予感していなかったとはいえない。やがてぼくは、とくに性的なるものと、政治的なるものについて語りながら、自分がどのように、想像力の機能について自分の認識をくみたてていったかをあとづけるだろう。ともかく、いまここで明示することができるのは、ぼくが現実にセント・ルイスからミシシッピー河にそって永い時間をさかのぼっていた時、ぼくは『ハックルベリィ・フィンの冒険』の架空の世界におけるミシシッピー河を、現にいま自分の眺めている茶褐色の荒あらしい水をたたえた河にむかって identification をうちたてるべく、近づける必要を感じなかった、ということである。ナンタケット島の敷石道を歩いていても、自転車で砂浜に走り、ひと泳ぎして砂にねそべっていても、『白鯨《モオビイ・ディック》』との identification に心せくことはなかったという記憶である。それぞれに、ふたつの世界が実在していた。そしてどの場合にも、どちらの世界により深くかかわって現実世界のぼくがつくりあげられているかといえば、ハックルベリィという架空の少年が、《私の欲したのはただ何処かに行くということであった。私の欲したのはただ変化であった。別のところなら何処でもよかったのだ》という声をまことに不断に自分の内部に聞いていると感じていたし(岩波文庫版)、またイシュメイルと名のる架空の青年が、《口辺に重苦しいものを感じる時、心の中にしめっぽい十一月の霖雨が降る時、また、思わず棺桶屋の前に立ちどまり、道に逢う葬列の後を追い掛けるような時、ことに、憂鬱の気が私をおさえてしまって、よほど強く道徳的自制をしないと、わざわざ街に飛び出して人の帽子を計画的に叩き落してやりたくなるような時、——その時には、いよいよできるだけ早く海にゆかねばならぬぞと考える。これが私にとっては短銃と弾丸との代用物だ。カトは哲学的美辞をつらねてその身を剣の上に投げた。私は静かに海にゆく》と語る声が、なかば自分の声のように感じられることがあるのを、認めないわけにはゆかない。(岩波文庫版)

しかもぼくを永いあいだ、恥かしい不安と判断猶予の宙ぶらりんの状態におとしつづけてきた現実的問いかけが、それらの書物のそれぞれから発せられたものであり、森の奥の谷間からずいぶん遠くまでやってきて、マーク・トウェインの記念館の大きなオルガンの傍に立ってみたり、メルヴィルに深くかかわる捕鯨博物館の、船内鍛冶屋の復元された仕事場を仔細に眺めてみたりしていても、すなわちそこまではるかに逃散してきていても、それらの問いかけはなおぼくを自由にしてはくれぬ、ということをもまた認めないわけにはゆかないのであった。

ぼくの内部で問いかけつづけるハックルベリィはこういう《苦しい立場》をあじわう少年である。《私は震へてゐた。何故といふに私は、永久に、二つのうちのどちらかを取るやうに決めなければならなかつたから。私は、息をこらすやうにして、一分間じつと考へた。それからかう心の中で言ふ。「ぢやあ、よろしい、僕は地獄に行かう」》そしてかれは《これよりもつと悪いことを考へつけたら、それもやつてやらう。何故といふに私はもう落ち込んでしまひ、永久に落ちこんでしまつたのだから》と、いったんかれのおこなった選択にそって限りなく進んでゆく自由な少年であった。そしてぼくは、まことに永い間、自分のこの一分間はいつやってくるのかと深く動揺しながら考えるところの、少年から青年へのさかいめをすごした人間なのであった。

またぼくは、《おれの魂は破れ、狂人の奴隷になってしまった。正気のものがこんな立場で骨を折らねばならぬとは、堪えられぬ苦痛でないか。だがあの人がおれの底まで刺しこんできて、この理性を吹き飛ばしてしまった。神を恐れぬ人の末期は手に取るように見えながら、その手伝いをせねばならぬという気に取り憑かれている。有無をいわせず、消し難い何ものかがわしを彼に縛りつけ、どんな剣でも切ることのできぬ綱で引張る。恐しい老人だ》と、イシュメイルの同僚の嘆く、そのような人間に出会いそうな予感をいだいている青年でもあった。それも、自分の頭のうちにそのような《恐ろしい老人》が、狂気の牽引力を発揮しはじめるのではないかと、疑うことのしばしばある青年だったのである。

ぼくはナンタケット島の赤っぽい砂になかば躰をうずめて、おなじく地球にどれだけ躰を密着せしめうるかを実験しているような恰好のフランス生れの女友達にこの話をした。友達は法律の専門家として東南アジアの大学につとめていたこともある、そして仕事をはじめたばかりの作家でもある、不思議な人間であった。ぼくが東京の大学にいるあいだ、どのような友人にも、この活字のむこうの暗闇から跳びだしてきた怪物に咬みつかれていることを話すことはできなかった、というと、友達は、それは恥かしかったからか、そうであればいまはなぜ恥かしくないのか？　と悪意からではない、ゲームのための嘲弄の響きをこめて反問した。そのときのぼくは、この一分間の問題も恐しい老人の問題も、ふたつながらにまだすっかり解決したといいうるわけではなかったので、先方からすれば軽い気持でのこの反撃は、いわば肺腑にこたえた。そこで沈黙し赤面しているぼくを、フランス人ではあるが他の仲間たちとの共通語としての英語で話している友達が救助してくれるべく、それはあなたが母国語《マザー・タング》で話しているのではないからだと思う、といった。母国語、確かにその言葉を聞いた瞬間、ナンタケット島の浜は現実感をうしない、ぼくの肉体＝魂は日本にとびかえり、しかも都市にとどまるのではなく、森の奥の谷間へと戻ってゆくと感じられた。ぼくは自分を、森の深みをつねにめぐっている風さながら、喪なわれた真の言葉をさがしてさまよっている生霊のように感じたのである。ぼくは自分の根源的な分裂の、その裂けめにふれた。

おなじくまた、ぼくはミシシッピー河にそってくだる車のフロント・グラスから、まことに巨大な落日をまっすぐ見つめながらつづけていた、アメリカ人の若い学者との黙りがちな対話を思いだす。一日のミシシッピー河周辺の経験によって、われわれは疲労していた。アメリカ人が日本語で話している。そしてかれの言葉がぼくに十分には受けとめられていないことに、かれ自身で気がつきはじめる。それから不意にかれは英語で話しはじめることに気持をかえる。こんどはぼくが同じ窮屈をあじわう。英語で受けこたえしているあいだぼくは、自分がそこに実在していない、この自分は幻にすぎない、という気持になる。ぼくはあらためて日本語で話そうとする。それから二人は、暗く広大な河と落日のみを眺めて、沈黙してしまう。しかしその沈黙のうちがわで、暖房装置のなかの湯のように、外にもれだすことはないがつねにめぐっている言葉は、それぞれのあいだに恐しい裂けめのひらいている異質の言語なのだ。ぼくはこの一日、そのアメリカ人とハックルベリィ・フィンについて語りあいながら、いったいどれだけの実質をかれに伝達し、どれだけの実質をかれから受けとったのかと、陽のおちつくしたあとの河面を見おろし、まことに暗然として考えた。そしてぼくの内部の真の言葉、あるいはそれと微妙な根本でちがってはいるが、現にぼくがそれを使用して生きている言葉、日本語とはまったくことなった言葉の国にいる自分自身を、まったく無力に泣き叫ぶのみの盲目の赤んぼうのように感じ、アメリカ大陸の全体を、恐しい沈黙の大陸のように意識した。《言葉なんかおぼえるんじゃなかった》という嘆きとも怒りともさだかでない詩人の声が、ぼくの内側でこだましました。

ぼくは、これまでくりかえしのべてきたように、真の話し言葉を喪ないつつ、活字のむこうの暗闇にむかって、自分を追放したのだった。そしていったんその世界にはいりこむと、そこでめぐりあうものを、あらためて現実世界との identification をおこなうことはなしに受けいれてきた。それは現実のぼく自身を、一種の架空のもの、まことに不安で破れやすい平衡において綜合的な自分を確保しているのみの存在へと、転落せしめることであるはずだった。そこでぼくは、その活字のむこうの暗闇におけるすべてのものに、結局は十分にはたされるということのない存在証明をあたえようとして、もうひとつの活字、それより他の活字の習得を切実に望んだのではなかったろうか？　しかし、いったん、もうひとつの活字、それより他の活字の学習、すなわち外国語の学習をはじめると、新しいひろがりと重さにおいて、言葉のジレンマは、より複雑な段階に進展した。混乱の渦は加速され、そこから蒸溜されるものは、多様になった。

活字のおくにひろがっている暗闇と光のなかにある事物を現実世界にひきだす操作によって、それは時には堕胎手術のようであり、時には健全な出産のようであるだろう操作であるが、端的な identification をおこなうことをとくに望まない以上、青春に頭をつっこんだばかりの時分のぼくの精神の平衡にとって、外国語という、もうひとつの活字、それより他の活字の習得が必要となって新しい出発点が提示された。そこで当然にぼくはその際にも、ふたつの言葉のあいだを短絡する identification をもとめて辞書をひく、という気持をもつことがなかった。むしろぼくは、ふたつ、あるいはみっつの言葉、word, mot を、つきあわせて、それらがたがいに示す抵抗による緊張の磁場にはいりこむことで、ぼく自身の肉体＝魂におこる電流の発生こそを待ち望んだのであったろう。

教室で、とくに会話の教師がくりかえし強調したことは、きみたち自身の言葉でなく、英語で、あるいはフランス語で考えるように、ということであった。もとよりぼくにはその勧告にしたがう意志がなかった。あらためて、にせの言葉、決して自分のほんものの実質とはなりえない言葉を模倣してみなければならぬ理由がどこにあろう? ぼくは自分の国の言葉と、アメリカの word, フランスの mot を、あるいは、強くひきあう(または反撥する)二点として、そのあいだにはりめぐらされた緊張にふるえる糸を必要としたのである。あるいは、たがいにはっきりと自己を主張しあう三点のあいだにかたちづくられた、三角形の磁場に自分自身をおくことを期待したのである。ぼくはその結果、読む能力にくらべて話す能力の格段に貧弱な、外国語知識の持主になった。もっと正確にいえば、ぼくは自分が外国語を読む能力ということについても留保条件をつけなければならないだろう。ぼくは自分が外国語を読んでいるとき、それをその国の人間が読むように読んでいる、とは決して考えることがないからだ。ぼくはそこに活字としておかれている外国語が、その言葉の国における読者の内部に喚起するであろうところのリズムからは、自分がすっかり切り離されていることを、まず最初に認めて読みはじめる。したがってぼくが外国語の活字を、自分の意識のうちに具体化するとき、その具体化されたところのものは、幻のなかの幻、架空のなかの架空、劇中劇である。しかも、それでいて、ぼくは外国語の文章のうちに、それぞれ固有の文体《スタイル》を見出す、あるいはその文体《スタイル》を内なる耳に聴きとる、と感じないではいない。それはどういうたぐいの錯覚なのだろう? ぼくはこの奇妙ないきさつでかちとられる文体《スタイル》の感覚を、その外国語と自分の国の言葉とのあいだの、緊張した糸自体のスタイルの感覚なのだというほかにない。そのように筋みちをつければ、ぼくが外国語の文体《スタイル》から、自分の日本語の文体《スタイル》にたいする喚起的なエネルギーを直接にうけとることがある、と主張しても、外国語学者たちのすべてが嘲笑するであろうとは思わないのである。しかも同時に、いかに心優しい外国語学者のはげましがあるにしても、ぼくは自分が外国語から、根源的な意味あいで拒絶されていると感じており、それに性こりなくたちむかうことの抵抗感覚こそを媒体にして、外国語と日本語のあいだを緊張してつないでいる糸のスタイルを感知するのだと告白せざるをえないのである。もっとも言葉とは、コミュニケイションの機能をうしなえば、すでに言葉でないにもかかわらず、じつはいかなる言葉も、孤絶したその人間ひとりのものなのだ。言葉のもつ、この基本的な矛盾こそが、われわれをして言葉による創造、活字による創作へとむかわしめるダイナモなのではあるまいか？

昨年夏の終りに、ぼくは湿っぽい空気と、湿っぽいベッドになかば気が狂いそうになりながら『ニュー・アメリカン・リヴィュー』誌の第三号を読んでいた。ユダヤ系のアメリカ人で感受性のまことに鋭い、そしてかれの専門である日本語学についてはまぎれもない秀才であって、しかもそれ以上のものをそなえた男である友人が借りている軽井沢の山荘に、ぼくは行きづまった小説の、その行きづまりの部分で死にはじめている想像力のあわれなかたまりを体内にかかえこんだまま、ひと晩だけ泊りに行っていたのである。友人と、日本人であるその妻と、ふたりの属する言葉の世界からのメッセージをひとつずつ背負うべく、ザッカリイ・タローと名づけられた、その息子とは、パーティに出かけており、ぼくはベッド脇にころがっていた、このポケット・ブックのかたちの雑誌（ニュー・アメリカン・ライブラリ版）を偶然にとりあげて読みはじめ、冒頭のフィリップ・ロスの小説『文明とその様ざまな不満足』に激しくひきこまれてしまった。それはいわば文明にひっかきまわされた、しかも性的に決して迷惑なばかりではなかったであろうところのひっかきまわされかたをしたユダヤ人の男が、分析医にむかって、かれの生涯の不平不満をさいげんなくかたるという設定で書かれた小説である。したがってイディッシュに属する単語がしばしばつぶやかれ、訴えられ叫びたてられる。しかもそれはまことにコロキアルな文体《スタイル》のうちに、弾み車か錘りであるか、ともかく文体《スタイル》のダイナミックな運動のもっとも肝要な因子を構成するものとしてみちびきこまれているのであるから、ぼくがたとえ、豊富にイディッシュの単語をおさめた辞書をそろえていたにしても、それによる意味の identification をおこなったくらいでは、文学的にいかなるイメージ確認の効果もないであろう活字としてのあらわれかたを示している。ぼくはそれらのイディッシュに絶対的に拒まれていると感じる。しかもなお、しだいにぼくは真夜中の他人の家の湿った空気、湿ったベッドのいちいちからあたえられる強迫観念の束縛から自分がときはなたれるのを感じていたのだ。それも、いま自分が書こうとしている小説の行きづまりの地点で癒着している想像力が、手術刀で病んだ細胞をすっかりこそぎおとしたように自由になり、すでに死んでいた部分は剝落し、あらためて方向性をおびている生きた血がそこに順調にかよいはじめるのを感じるところの、そのようにも全的な解放感なのであった。

ぼくは今日のユダヤ人の日常生活にイディッシュがどれだけ深くかかわっているのかという実情について、ユダヤ系アメリカ人の小説家の作品にあらわれるところのそれをつうじてのみわずかな知識をえている。むしろ知識というよりも、そうしたものがあるようだ、という手さぐりによる存在感の認識をそなえている程度にすぎない。それでも活字のむこうの世界にあらわれるユダヤ人について、これはかなり明瞭に理解できる、と感じるもの、および、理解の根拠を自分がそなえているのではないが、それでもこうしたことが、いかなる事情からかはわからないにしてもユダヤ人の世界には実際にある様子だ、と推察している、そういうことがらの幾つかはある。

たとえばメイラーの主人公がユダヤ系の娘との性交渉において(それはメイラーがほかの機会にかれ自身でのべているように、まことに生死をかけた模擬戦のごとくであるが)どうしてもオルガスムスにいたることのできない彼女を心理の分岐点でひと押しすべく《この小汚ない、ちびの猶太人め》と愛をこめて罵しる。またマラムッドの『アシスタント』の、ユダヤ系の店に住みこみながら自分はユダヤ系でない青年は、かれが心貧しく愛しながらも、もっとも陋劣な状態で凌辱することになってしまったユダヤ系の娘からDog, uncircumcised dog! と悲惨な罵しりの叫び声をこうむる。当然ながらぼくはこうしたユダヤ人社会の日常的な細部における異常を、現実的に identification することはできない。しかし、これらは人間関係のダイナミズムのかたちとして、根本的なところでは理解しうるところのものである。まともな娘の脣から、割礼していない犬! という言葉がでてくることの、その娘自身の内面の悲惨を完全にうけとめることはできないにしても、それはまたユダヤ系とそうでないアメリカ人のあいだの現実生活と、それをこえたものの細部にかかわった叫び声なのだ、きみの身にどうとどきえよう、という拒絶の声が聞えるにしても、ぼくはやはり、その抵抗をこえるべくつとめることで、この人間関係の劇を明瞭に把握しえたのだと考える自由をもつであろう。（ペンギン・ブック版）

さきにあげた第二のかたちのユダヤ系アメリカ人への感じ方としての例は、おなじくメイラーが《ユダヤ人的なフェラチオの宝庫をもった、パッシィヴな》男として、あの不感症の娘の情人について書いている言葉だ。それはまったく小さな引っかかりである。しかしそれは永いあいだひとつの謎のように、それもその実在性が疑わしいというのではなく、これは確実にそうなのであろう、と感じながら、なぜそれがユダヤ人的であるのかはわからぬ謎として、ぼくの意識のかたすみにひっかかってきた。

それがジョン・アプダイクの『カップルズ』において、やはりユダヤ系の娘に、おなじ性的慣習をおしえこむべく、Eat me up, little, shiksa. と、懇願する情人の言葉に接すると、やはり謎はとけぬまま、それがひとつの実体として立体感をそなえてくるということがあるのだ。もっともそれが小っぽけな実体にすぎないであろうことを否定するつもりはない。ただ小っぽけな実体こそが、じつは文学の根である。（クノップ社版）

さてその軽井沢の山荘で真夜中すぎにパーティから戻ってきた友人とその妻とぼくは、すでに眠っている幼児をベッドにうつしたあと、イディッシュの幾つかの例について話しはじめた、shiksa とアプダイクが表記し、shikse とロスの書くところのそれは、小娘とでもいうことなのであろう。ユダヤ系の小娘ということなのであろう。すでにのべたように、辞書さえあればことたりるところの、そのたぐいの identification は、ぼくの必要とするところではない。ユダヤ系のアメリカ人が英語でなく、イディッシュで、自分の性関係のある娘を shiksa, shikse と呼ぶ、その時のかれ、またはかれと彼女の内面の、この言葉にかかわる緊張関係はいったいどのようなものであるのかということこそ、ぼくは訊ねたいのであった。

ぼくは若いユダヤ系アメリカ人たる友人が、あらためてかれ自身、ロスの小説の幾ページかをめくりながら知的な昂揚感にみちた、しかも野卑なくすぐりに内側からせめたてられているようでもある独特の笑い声をさかんにたてながら、なんとかぼくに説明しようとする、その肉体＝魂の全体を見まもっているだけで、かれの内部にある独自の緊張の激しさを感得することができた。しかもその脇から、かれとの結婚をつうじて、いやむしろその結婚の即物的な境界をのり越えて、みずから主体的にユダヤ系アメリカ人の社会にはいりこむ決意をしている、明敏で鋭い感受性を夫と共有し、冒険心と意志の強さではむしろ夫をしのいでいるかもしれない日本人の娘が、いかにもユダヤ系の人間たることをみずから選択した者の態度において、たとえば自分が shiksa, shikse と呼ばれるとして、それがどういうことなのかを、かれら夫婦の暮す、ニューヨークのユダヤ系アメリカ人の共同体における具体的な細部にからませながら説明するのを聞いて、端的に感銘を受けてもいたのである。

それでも結局のところ、イディッシュの世界は、ぼくを拒絶する。ぼくはイディッシュの言葉のいちいちに、いかなる現実的な identification もあたえることができない。しかしぼくはイディッシュ→英語、あるいはイディッシュ→英語→日本語の鋭い緊張関係のなかに身をおいて生きてゆこうとする、若い知識人たる友人夫妻に、いわばはじめて意識的にユダヤ系アメリカ人たることの重い意味の存在感を認識したのであった。ぼくは翌朝早く東京に戻り、ほかならぬ日本語によるぼくの作業を再開した。その結果は、日本語の沽字となって印刷され、いまぼくの眼の前にあり書店の棚の上にある。見知らぬ他人の読み手はもとより、書き手であるぼく自身、これらの活字のむこうの世界に、ユダヤ系アメリカ人の作家の小説、イディッシュをめぐっての友人夫妻との対話の痕跡をなにひとつ指摘することはできないだろう。しかし、ぼくをあの真夜中から朝にかけてあらたに昂揚させ、ひとつの小説の制作過程において死にかけていた、想像力の直接の蘇生をもたらしたのが、言葉ともうひとつの言葉、それより他の言葉との緊張した磁場に身をおいたこと自体による賦活作用にほかならないことを、ぼくは認めるものだ。終始、イディッシュとそれを使う共同体から拒まれている日本人の自分を、しだいに確かに認識していったにもかかわらず、あるいはそれゆえに、より深いところでおこなわれた、言葉そのもの、想像力そのものの賦活作用。

文学の領域にとどまらず、政治的現実にむかっても広がってゆくかたちにおいて、いかにも端的に、ふたつの国の言葉を対置することがわれわれの意識に喚起する緊張関係の例をあげるとすれば、とくにぼくの年代の者にとっては、象徴というわが国の言葉と、そして symbol という英語の対置が好適であろう。新しい憲法をつうじて新しい世界を見る熱情をあたえられた少年時から、大学でいまぼく自身をつくっているものの培養基とでもいうべきものを学んだ日々においても、現にいま、その新しい憲法の主体である民主主義にたいする不信の声が、とうの大学自体への告発の声と直接にかさなりあって、若い行動者たちから発せられているのを、決して他人事ではなく、自分自身への告発の声としても聴いている現在にいたるまで、この象徴というわが国の言葉、symbol という外国語のあいだの緊張関係が、様ざまに姿をかえてであれ、ぼくにつきまとうことをやめたと感じられることはなかったからである。

ぼくの言葉の世界に、象徴という言葉がはじめて入ってきたのが、ほかならぬその憲法をつうじてであったことは明瞭におぼえている。まだ森の奥の谷間に住んでいたぼくは、象徴主義《サンボリスム》という言葉に出会ってはいなかった。そこでぼくは、新しい憲法について解説する教科書のうちにおいて、まったくはじめて象徴という言葉を見出した。それも自力で見出したというより、戦場から戻ったばかりの教師が、ぼくをその言葉にむかって押し出してくれたのだといったほうがいい。すでにあきらかにしたとおり、森のおくの谷間に住むガキたるぼくにとって、活字によって印刷されたところのものは、すべて架空であった。それは現実との実地の identification を予想させるところのないものであった。しかも同時に、活字のかたるところのものを、現実世界の事物にひきよせることなしにそのまま受けとめる慣習を自分のものにしたぼくにとって、活字の世界の経験は、しばしば現実におけるいかなる経験よりも、もっと重く強靱に即物的であった。

そこでぼくは活字をつうじて、象徴という言葉をはっきり受けいれた。もとよりぼくが、活字としての象徴という言葉に、自分の話し言葉の領域への市民権をあたえうるわけではなかった。もしそのような言葉をぼくが自分の舌、自分の喉によって発したとすれば、ぼくは谷間のガキどもの小社会で、もの笑いの種子となったことだろう。ただぼくは、教師よりほかの誰も読むおそれのない作文の一部にこの気がかりな言葉をしのびこませた。それは子供のぼくがこの言葉を、自分の言葉の世界になんとかみちびきこみながらも、しかし、この言葉の意味あいをはっきりとは把握できなくて、苛だたしい不安にとらえられることがあったことを示すだろう。その結果、教師はぼくの不安の触手にはっきりと反応してくれたか？　それはそうでなかった。かれは作文用紙の右肩に、新シイ言葉ヲトリイレル勇気ハヨロシイ、という揶揄的な意図のあきらかに浮きでている評語を、赤鉛筆で走り書いて作文をかえしてくれたのみであった。ぼくは深く恥じいり、その教師が酔っぱらいすぎて頭をやられるか、事故死するかして、ぼくが軽薄にも、この決して自分に意味のさだかでない言葉、新シイ言葉を、自分の作文にみちびきいれたあやまちを、谷間のたれにもあかさないことになるよう祈った。

象徴という言葉はそのようにあいまいな言葉としてしか実在しなかったのであるが、しかし象徴天皇という言葉は、谷間のガキにすらも、この戦後すぐの一時期において、まことに明瞭な実体をそなえているものに感じられていたのである。それは「人間天皇」という言葉が、新しいショックとともに、しばしば眼にふれ、耳に聞える時代であったこと、すなわち旧憲法における、神聖不可侵の天皇主権、天皇神権の、ごく近い思い出に対比されるところの、象徴天皇という言葉であったことに由来するであろう。あの戦後すぐの時期において、天皇という言葉は、それこそ旧憲法における位置と、新憲法における位置の、現実的に緊張した対置をつうじて、その意味あいが社会一般にひろがって明瞭に把握されていたというべきではあるまいか？　それも象徴という言葉が、積極的《アクティヴ》に実体を示していたというより、旧憲法における神聖不可侵の主権者にたいする、この言葉による否定的《ネガティヴ》な意味づけ、外がわからの意味の限定によって、その言葉としての実体が保障されていたのだというのが、ぼくの経験にそくしての観察と判断である。

しかし戦後の時が旧憲法における天皇のイメージを遠ざけてゆくにつれて、象徴という言葉は、それ独自の積極的な意味づけをそなえることを要請されることになる。個人的にいえば、ぼくが自分自身のうちなる新憲法において、象徴という言葉に、ぼく独自の実体をあたえることを緊急に必要と感じることがしだいにひんぱんになる。そしていったん旧憲法と切りはなして、symbol という外国語と、象徴といういうわが国の言葉とを糸でむすんだ時、その糸はじつに激しい緊張を示すことを認めないではいられないのである。しかもその緊張は、ぼくがはじめてこの象徴という言葉に出会ってから、ぼくのひそかな不安の暗がりに、いつかは解かねばならぬ永年の宿題のように眠っていたものであることを、はっきり指し示す想像力の緊張である。

さきにあげたユダヤ系アメリカ人の家族の話にむすびつけて symbol という言葉の具体的な例をあげれば、アメリカにおけるユダヤ人への偏見をめぐって、反・ユダヤ主義の「欺瞞の予言者」たちを告発した、L・ローウェンタールとN・グターマンの『煽動の技術』は次のように分析している。《社会変革をめざす伝統的な運動にはそれを主張する者の未来に対する希望が萌芽的にあらわれている。運動はその提唱者の目標を胚芽の形で、すなわち、古い世界の殻のうちに潜む新しい世界として体現している。運動の信奉者の間で培われる、或いは培われると思われる、調和した友好的な関係は、彼らが建設しようとする社会を予想している。煽動はこのような積極的なシンボルを著るしく欠いている点で、他の社会運動と異っている。》(岩波書店版) このような意味あいの symbol という言葉と、われわれの憲法における象徴という言葉を対置するとき、そこにあらためて今日的な緊張関係が生じないと誰がいいうるであろうか? ここにはぼく自身の内部

における その不安な緊張の兆候のみをしるすとして、「偽のゲマインシャフト、偽の共同体《コミユニテイ》」が意図的につくられようとする時、右のような意味あいでの積極的な symbol をもたぬ煽動家が、憲法における象徴という言葉に、新しい役割を課そうとすることはないであろうか、現にもうそのような symbol 操作はおこなわれているのではなかろうか?

わが国の真のゲマインシャフト、真の共同体《コミユニテイ》の、しかもそこにおける集団的な想像力の特質について発掘しつづけた柳田国男は、「我々の祖先」の文化がもともと、異国語との出会においてかたちをとったものであることを次のように表現した。《始めて文字といふものの存在を知つた人々が、新たなる符号を透して異国の民の心の、隅々までを窺ふは容易の業で無い。殊に島に住む者の想像には限りが有つた。本来の生活ぶりにも少なからぬ差別があつた。それにも拘らず僅かなる往来の末に、忽ちにして彼等が美しと謂ひ、あはれと思ふものの総てを会得したのみか、更に同じ技巧を仮りて自身の内にあるものを、彩どり形づくり説き現すことを得たのは、当代に於てもなほ異数と称すべき慧敏である。》(『雪国の春』)

中国という異邦の文字にはじめてふれた、わが国の人間の集団的な想像力がそれをきっかけに激しく開花する。その時いまだ文字となって書きあらわされたことのない、わが国の言葉と、外国語=中国語、それも漢字とのあいだの緊張関係と、それを超えてゆくダイナミズムは、異様な文化的エネルギーをそなえたものであったにちがいない。しかもまことに永い歴史のはてに、いまなおわれわれはこのダイナミズムと無縁ではないのであるが、同時にわれわれはいかにも衰弱したかたちにおける、その縁つづきであることをもまた認めないではいられない。とくにわれわれは、しばしば漢詩文が外国語の詩であり散文であることを忘れて、みずから、このダイナミズムを経験しうる場から降りようと工夫したのである。

われわれは、と一般化してみることはない、ぼく自身が中国語に関するかぎり、このダイナミズムの現場にあらためてのぼってゆくことをしなかったのである。ぼくは夏のはじめの北京で、上海で、蘇州で、真夏の広州で、中国語にかかわるかぎり、いかに自分が英語の word, フランス語の mot にかかわっておこなってきた緊張感の糸の確認、磁場の認識とおなじ作業を、いっさい果たすことなしに生きてきたかをまことに切実に感じないではいられなかった。現に中国の街頭に立ちながらいったん文字に書かれたもの、活字に印刷されたものにふれると、ぼくの意識はたちまちそれらを漢詩文を読むと同一の手続きで自分の国の言葉に短絡してしまう。それもコロキアルに生きている現在の言葉に、というのではない、あのどこに根拠があるのかうたがわしい、奇妙に統一的なリズム感覚をわれわれに強制するところの読みくだし文の、すっかり死んでいる文体《スタイル》で。その置きかえ操作は本質的に機械の仕事めいており、自分の国の言葉と、もうひとつの言葉、それより他の言葉とを認識の現場でつきあわせることによって生じる緊張感はない。ただ、これはついににせの読み方にすぎない、という厭なあじのする不透明な自省の感覚が躰の底にとどこおるのみだ。

しかも、その同一の文章を、中国人の作家や、工場の主任、人民公社の少女といった人びとが、まさにその言葉の真の読み方においてかれらの声に具体化すると、ぼくはまったくそれによって全面的に拒絶されていることを認めざるをえないのである。異邦人の言葉の抵抗をバネとして、自分の言葉にダイナミズムをめたえ、その限界をおしひろげ、緊張の激化と実体の充実とをあらためて確認するというような状況は、ぼくをみまわなかった。ただ全面的に拒絶される経験、それはそのような辛い経験よりほかのものではなかったのである。あの恐しくも徹底的に志のおとろえる経験のあと、ぼくはいかに善意にあふれた中国人を相手にしても、いわゆる筆談をかわしたことはない。ひとつの言葉が、それぞれまったくことなったふたつの想像力の世界をひろげて実在しているというのに、真中のみがくびれて一点となり、両端は喇叭《らっぱ》状にふくらんで正反対の方向にひらいている警報器のごとくに実在しているというのに、どうしてそのような不確実な冒険ができるだろうか?

もっとも、ぼく自身の言葉を、あるいは英語に、あるいはフランス語にうちあてつつ、活字のむこうの暗闇と光のなかを彷徨しているさなかにも事情は似たりよったりなのだ。ただそこでは、抵抗の所在がはっきり把握できるだけ、ぎりぎりの拒絶の壁に頭をうちあてるまえに立ちどまりうるということがあるのみだ。しかもなおぼくは、言葉 word, mot の緊張関係、磁場のうちへ自分を追放するために活字を必要とする。その緊張関係、その磁場のなかで、ぼくはつねに宙ぶらりんだが、じつはそれこそ人間の意識のこの世界へのかかわりかたの常識でもまたあるはずなのだ。そのように自分をはげましつつ、そこから、現実世界にもちかえった言葉を、ぼくは文字にして書きつけ、声にだして具体化する。そしてしばしば、活字のむこうの暗闇においての不安とおなじく、新しい不安が、すなわちぼくは誰ひとり判読しえない記号を書きならべ、他人には解釈不可能の饒舌をくりかえしている、孤独な狂人にほかならないのではないかと疑う時をもつのである。眼のまえに現実のチョウが飛んでいるのに、蝶、

butterfly, papillon とそれぞれの頂点に書いた三角形を仔細に眺めることしかないたぐいの狂人が、じつは自分こそ、ありとある言葉の抵抗関係の測定者なのだと主張しても、たやすく信頼されるわけにはゆかないだろう。

パンタグリュエリヨン草と悪夢

そのひとつの様式をもつ経験の、最初のあらわれが、いつのことであったかを、あるいは輝やいてせりだし、あるいは翳って窪みながら現在に二重うつしになっている、自分の過去のつらなりのうちに探りあてようとして、ぼくは、この経験が、いくたびもいくたびもくりかえされ、ほとんど循環するねじれた管のようにはってぼくの過去＝現在→未来をつらぬいている以上その経験の過去帳しらべは無意味だと考えるにいたった。しかし、ともかく、ほのぐらい森のなかでバスはどこにも巨大な熊が、ぼくの頭を喰っているとしよう。またはぼくが、現実には、絶対に裏切ることのないであろうところの他人の、しかもかれにとってもっとも重要な実在を、ぼくが打ち壊し、扼殺し、埋めさろうとしているとしよう。そのような悪夢のさなかのぼくに、背後からの声が聞こえてくる、夢だと、その声はきっぱりいう。それは幼い兄弟の声であったり、母親や妻の声であったり、友人の声であったり、寝台車の車掌の声であったり、外国の寮のおなじ部屋の仕切りのむこうからのアイルランド人の声であったり、遠い自動車旅行をともにしている中国やソヴィエトあるいはポーランドの通訳の声であったりした。やがてそれはぼくの子供らの声においてもまた、聞こえてくることになるかもしれない。そのすべての声が、夢だ、夢にすぎない、きみを苦しめている夢からのがれるために、早く眼ざめよ、と呼びかける。ぼくは頭をふり、ひきかえす。酷たらしくみじめな悪夢の残滓によって、なお背後の底しれぬ暗黒へとひきずりおとされそうになりながら、それでもなんとか重い足をあげて、覚醒の明るみにむかって進み出る。そうだ、夢だ、これは夢なのだと、ぼくもまた自分自身にいう。しかし、夢だと自覚することが、ぼくをはっきり救助するかというと、そうではないのだ。むしろ、この悪夢のうちなる眠りから、頭と胃に違和感のある不愉快な覚醒にいたる短い過程において、惨めさ、絶望感、そしてありとある事物への無力感と嫌悪は、もっともたかまっている。確かに、あれは夢だった、しかし夢にすぎないという文節はそれのみで独立した意味をもちうるだろうか、このようにも強く激しくぼくを揺さぶり、ひき裂こうとするものが、たとえ夢のなかになりと実在する以上、それが夢であって非現実にすぎないという認識が、実体のある慰安たりうるだろうか？　この夢の毒によってやっつけられていたぼくの核心は、夢を見ていたあいだも、まぎれもなく実在していたぼく自身なのだから、むしろ夢であるからこそ、という論理についてもまた考えてみなければならないのではないか？　やがてぼくは、現実におこりうる、あらゆる酷たらしく恐ろしいものを超えて苛酷な、厭らしいかぎりの悪夢のなかで、みずからそれに参加して気が狂わんばかりの苦しみと恐怖をあじわい、そのままショック死するのではないか？　そのとき、夢は現実よりも、なお決定的に現実そのものだし、逆にいえば、死の到来のまえで、現実の密度は、この夢のよりはるかに稀薄だ。その時にいたるぼくの生涯の総量を載せた皿より、この悪夢を載せた皿が、はるかに重く、平衡をうしなった天秤が倒れて、ぼくは死ぬことになるのではないか？　そのようにもペシミスティックなことを考えつつ、ぼくは覚醒するのだが、そのぼくにむかって、夢だ、夢にすぎない、と呼びかけつづけてくれていた者の顔に安堵の微笑を見ながらも、眼ざめきったぼくは、あらためて自分をとらえているもっとも辛い経験のひとつの様式を確認して、ぐったりと悪夢のあと味をかみしめているわけなのだ。

この経験を逆のかたちで、ひととおり経めぐったこともあった。それはぼくの息子と家族のあいだに、まだいかなるコミュニケイションの方策もひらかれていなかった時分、眠っていたかれが怯えて身もだえしながら、叫び声とも歯ぎしりともつかぬ、キッ、キッという音を発してベッドに穴をうがち、そこに潜りこもうとした時のことだ。ぼくは豆ランプの明るみの外に身をひいて途方にくれているのみで、結局は妻が息子をむりやり眼ざめさせるまで、なにひとつ有効なことができなかった。当然にぼくは家じゅうから非難されたが、ぼくは眼ざめたのちもなお、この肥った幼児か、かなり永いあいだ、キッ、キッという音を発してベッドに架空の穴をうがちつづけたのをもまた見ていたのであったから、とくに弁解はしなかったものの、内心ではある疑いの種子を持ちつづけた。揺さぶりおこされることで本当に幼児が、悪夢から救助されたのか？

翌夏、オーストラリアの広大な自然動物園で、ブタと穿山甲《せんざんこう》とのあいのこのような小動物を見た。それは樹上の隣人たるコアラのようにも遅鈍な運動しかしない滑稽な、また悲しげな動物で、地中に掘りすすめた穴のうちに棲んでいる。動物園の管理人は、北半球からきた男に特別な厚意をよせて鍬で横穴を掘りくずし、ついにその隠れ家からひきずりだした獣を抱えあげてぼくに見せてくれた後、こいつがもういちど、この住み心地の良い横穴をつくりあげるには、日夜働いて一週間はかかるだろう、といった。その時、ぼくはやにわに眼もくらむほどの怒りにとらえられ、鍬で管理人を一撃してやりたいと思ったのである。そしてそのブタと穿山甲のあいのこみたいな憐れな小動物ともども、のろのろと横穴を掘ってその奥に逃げこむことを夢みた。あの一瞬の内的経験が、夢だ、夢にすぎない、といって眠りから、悪夢ともども掘り出される経験の集積への抵抗だったのだという気がする、ぼくのみならずぼくの幼児のための。

さて、ぼくが悪夢と、南半球の奇妙なブタ・プラス・穿山甲の災難についてのべてきたところのことは、そのまま活字のむこうのわずかな光と大きい暗闇にたいする、ぼくの感じ方、考え方にかかわってくるものだ。この夏のはじめぼくがアメリカのふたりの作家の小説を読んでいた間、はじめにいつも聞こえていた声は、夢だ、夢にすぎない、と現実世界へひき戻そうとする、悪夢から「自由」な者の呼びかけの声だったからである。ぼくはジョン・アプダイクの『カップルズ』(クノップ社版)を英語で、そしてジョゼフ・ヘラーの『キャッチ－22』を翻訳(早川書房版)およびポケット・ブックの英語で読んでいたのであった。まったくヘラーの翻訳のようにも困難な仕事がなしとげられると、ぼくはそれまでの自分が難解さのタール桶につかっていたのを端的に救助されるような気持で翻訳の援助にとびつく。しかしぼくはまた、言葉の抵抗関係の測定者たろうとする性癖にしたがってポケット・ブックなりとヘラー自身の書いた言葉そのものを、翻訳の脇において置きたいと感じる。(デル・ブック版)

　アプダイクはどのような悪夢にぼくをみちびきいれたか? アプダイク式の悪夢の構造のとばぐちには、性的なるものがある。そしてアプダイクの性的なるものは、いつも善意と共に眼ざめていて、他人を悪夢から覚醒させてやろうとしている夜番型の人間の内部には嫌悪感を呼びおこし、反撥の電気を生じさせるにたるだけの強い力をそなえている点で、アプダイク式の悪夢の入口にすえつけられるに充分な資格を有する。実際、このようなかたちの性的なるものは、万能のリトマス試験紙なのだ。芸術的な前衛から、政治的な最先端に位置するもの、あるいはその極北をかためるために、ひと皮剥けばいかがわしい厳格主義の楯をかまえて行儀良く坐っている連中にいたるまで、このリトマス試験紙を鼻先につきつけて、かれらの内側に一歩踏みこめばどれだけ甘ったるい、やわな実体がかくされているかをためすことのできる、そのような力をそなえた性的なるもの。

　とくにアプダイクの性的なるものの提示の仕方は二重の構造をなしていて、かれの悪夢の核心にみちびきこまれようとしている者の意識を(混乱させるのでも、多義的に拡散させるのでもないが)、おなじく二重構造にする。それはまず第一に、この小説の場合、イタリック体で地の文章に象嵌するようなかたちで書かれた、ベッドでの対話の露骨さ、猥雑さにおいて示される性的なるものである。ここにあつかわれる十組の夫婦《カップルズ》たちは、おおかれ少なかれ素朴さをうしなう程度までには教育を受けた人間の、ソフィスティケイションと退廃のうちにある。かれらの生活から性的なるものをのぞき去ると、異様なほどにも大きい空洞があらわれる筈であるが、かれらは性的なるものの、もっとも猥雑な側面を韜晦してかたるようにしてしか、かれらをとらえかれらを内部から支えている性的なるものにたちむかうことをしない。

Pietàをしのばせないではいない Pietという中年の不動産業者は、やはりあからさまに喚起的なAngelaという名の妻を、オルガスムスにいたらしめることができない。そこで、一方的な性交の後、ピートはかれの内部のおぞましい嫌悪感や憐れな自己嘲弄の感覚をこめて、「天使のような」アンジェラに、結局、むきになればなるほど、生真面目に固執すればするほど、猥雑になる言葉をかたりかける無意味な労役をはたすのである。

おまえのちちくびはかたくなっているよ、それで？　こうふんしているんだから、いくことができたはずなんだ、そうはおもわないわ、さむけがするからかたくなっているだけ、おれにおまえをいかせてくれよ、くちで、いやよ、そこらあたりがすっかりぬれているから、だけどそれはおれだからね、おれのでぬれているんだから、ねむりたいのよ、しかしそれはひどくかなしいじゃないか……

このような性交後のイタリック体の対話が、すっかり醒めきって、いかなる他人同士の間にひらいた溝よりもなお遠い距離にはなれ、かたい鎧をまとった夫婦の、次のような会話と照応する。

――あなたは他にも、気持の悪い《シックな》ことを知りたい？　それを受けいれられる？

――やってみるよ。

――わたしはマスターベイションをするのよ。
――おまえ《スイーティ》。いつ？
――冬より、夏にひんぱんに。わたしは四時と五時のあいだに、いくにちか朝早く起きて、……

実際、滑稽な会話だ、この夫婦のあいだの憐れにもおかしく深い裂け目を、思いがけない告白に辟易した夫の、たとえばそれは結婚前の経験なのだ、というような答を弱い期待とともに待ちうけている、"Sweetie. When ?" という問いかけに、そのまま真正面から剛球をうちかえす妻の説明、その全体はまったく滑稽で、われわれは笑ってしまわずにはいられない。

しかしアプダイクはユーモラスな効果をあげて読者を楽しませるためにのみ、このような会話をつみかさねたのではないであろう。実のところこの滑稽さには、胸くその悪くなるたぐいの、すなわち sick な後あじがあるからだ。アプダイクがこのようにも剝きだしの猥雑な会話を、小説じゅうにくりひろげておくことで可能にしたのは、ピートの幾つかの姦通、それもしだいにこの小説の主軸となる妊婦との姦通ではなくて、卑猥さのみがおもてに出ている歯科医の妻との姦通、そしてその主軸の姦通にかかわる力関係の逆転によって「天使のような」マスターベイション常習者を、歯科医に提供せざるをえなくなるいきさつなど、ともかく厳粛な良識派の倫理感覚、他者にだけ苛酷な、いい気な倫理感覚の持主のひねこびた魂を、嫌悪感でいっぱいにさせるたぐいの要素の導入である。それはApplesmiths のゲームというふうにますます滑稽化し呼ばれるところの、アプルビイ家とスミス家の両夫婦の四角関係の導入の下地をも作るにやくだっている。そうした様ざまな、メリイ・ゴー・ラウンドの音楽にでも乗っかってのような具合に展開する、性関係の小コミック・オペラが、アプダイクの性的なるものの提示のひとつの型であるとして、それでは第二の型がどのようにあらわれるか？

それはとくにFoxyという、やはりうさんくさい暗示力をそなえた名前の、若い学者の妻とピートとの関係をつうじてあらわれる。フォクシイという名前がわれわれを狡猾にだまして、この、はじめは妊婦として、ピートのいかにも自己処罰的な性意識にからんでくる情人が、ついには小説全体の主軸をピートと共につらぬきとおすことに意外感をあたえるのであるが、ともかくフォクシイとの性関係が、ピートにおける性的なるものの（それはアプダイクにおける性的なるものの、といってもまた妥当であろうが）、もうひとつの暗く、恐しい未知につながっている、ほとんど暴力や死とおなじ深みに根ざした、性的なるものを提示し、そして性的なるものと微妙に呼応しつつピートをとらえている暴力と死の色濃いイメージにもまた、われわれをみちびく。それがアプダイク式の悪夢の構造のとばぐちにある、二重になった性的なるものの実体と効果である。

この第二のかたちの性的なるものの提示によって、われわれは追いつめられているピートの内部の危機を、あらためて確実に把握する。それはアプダイクがあらかじめ性的なるものから切り離して示しておいたところのものの、再確認ともいいうるであろうが、しかしわれわれはやはりそれを性的なるものをつうじて再び認め、はっきりとその意味あいを把握するのである。ピートの信仰心あつかった両親は交通事故でほとんど同時に死んだ。《この事故以来、ピートにとって世界は滑りやすい表層によっておおわれた。かれは新しく凍ったばかりの水面をためしている男のような恰好で、事物の表皮の上に立っている具合だった、あやしげな氷のきしみを聞きもらすまいと頭をぴんとたて、躰の重みをかるくしようと背骨を曲げて》、このようにも死に怯えせしめられたピートの状況はかれの幼ない娘のひとりに鋭敏に感じとられ、共有される。そしてその幼児がケネディ家の出産後すぐに死んだ赤んぼうについての報道に、ほとんどテレヴィからつきでてきた暴力のこぶしにうたれるようなショックを受ける情景は、端的に、やがて大統領が暗殺された日のかれらの不思議なパーティの内蔵するものにむかって方向づけられている。それがもうひとつの、アプダイク式の悪夢の構造材だ。『カップルズ』はそのようにして、ケネディ王朝の終焉を一応は知的なアメリカ人たちの一グループが、どのように受けとめたかをとらえる小説であり、もっとも今日的な政治的なるものをもまた提示するアプダイク式の悪夢であることを、しだいに見のがしがたく明瞭にする小説なのである。

それにしてもと、この悪夢のうちにより深く入りこもうとするぼくの背後から、覚醒をうながす常識家の声が呼びかける、なぜそのアプダイク式の、しだいに性的なるものと政治的なるもののからみあうことになる悪夢に、きみはわれとわが身をまきこましめなければならないのか？　それは夢にすぎない、架空の、想像力の世界の気紛れな悪夢にすぎないじゃないか？　その声を聞くことによってぼくはあらためて、いっとうはじめの問いかけにまで戻る。転向声明を準備するためにではなく、永いあいだに活字との相関からぼくがかちえてきたところの確信を、あらためて認識するために。読書による経験は、言葉の正統なる意味あいにおいて、経験であるのか、読書によって訓練された想像力は、現実への想像力たりうるのか？

しかも、この場合問いかけは次のように、より濃縮されるだろう。このような活字による悪夢の経験によって訓練された想像力は、現実への想像力たりうるのか？　そしてこの問いかけをぼくはいま、やはり二重の内部の要請にしたがって発しているのである。いうまでもなく、それは活字のむこうに大きく深い暗闇を見、わずかな光を認めてきた者としての要請であり、そうであると同時に、ちょうど外国語の習得の時期が、自分自身で小説を書き、誰か見知らぬ他人に自分の痼疾のような悪夢を送りとどける作業の出発点とかさなることとなった、ひとりの作家としての要請において。ここにおいてぼくは問いかける者であり、問いかけられる者である。ぼくは拒絶する者であり、拒絶される者である。ぼくは釣りあい人形のヤジロベエのように、あい離れた両極にふたつの自分自身の重みをおいて、あやうい均衡にふるえながら静止する。あるいは自分の尾を追いかける犬のように、しだいに絶望的に加速しつつ、果てしなく追いかけ、追いかけられるものだ。そしてヤジロベエの支点も、自分自身を追いかける犬の重心も、ほかならぬ活字にあり、活字のむこうの広い暗闇と、活字のこちらがわのぼく自身の暗闇のうちに据えられている。ぼくがまだ大学の教室にいるあいだに選んでしまったのはそのような架空と現実のはざまの、ねじまがりをさけてとおることのできない職業なのであった。

死の恐怖からあらためて指をしゃぶるようになった幼女にたいして、ケネディの赤んぼうが死んだことの意味を、なんとかプラスの方向づけにおいてどのように説明しうるだろう。イヤリングをつける老婦人となるまで死ぬことはないと、猶予をあたえられていた幼女が、自分よりも小さな赤んぼうの死によって、すっかり怯えきっている時に。ピートは、かれがその実在を信じているというのではないが、またその不在を確信しているのでもない「神」、どこか暗い片隅にじっと存在しているそいつから背をむけることでなんとか心の平衡をたもっていられるような、そうした「神」を援用して、それは「神」がほんとうに生きるようにと生まれてこさせたのではない、生まれるのが早すぎた赤んぼうなのだ、といって幼女を抱きしめ、そして父親たる自分のペニスが勃起しはじめるのを感じる。そのように惨めに追いつめられた者のとりすがる、なおも惨めな藁しべたる性的なるもの。ケネディは暗殺され、オズワルドまでもが射殺され、「アメリカの夢」はマクベス夫人をおそったたぐいの、どこもかも血まみれの、血なまぐさい暗闇にかわる。指をしゃぶりつつ、幼女はその暗闇のなかで無力にじっとしている。ピートが、情人のフォクシイのあらためて受胎した子供を堕胎させるために手づるをもとめ、交換条件として歯医者に自分の妻を提供することになってしまうのも、その血なまぐさい暗闇のうちにおいてである。やがてピートが、誰からも見棄てられて辛い時をすごしたあとのフォクシイと結婚して新しい土地に移り、新しい夫婦《カップル》となるのは、すべての人間たちがなんとかこの血なまぐさい暗闇を、あるいは眼をつむってがむしゃらに、あるいはわずかな光の幻のごときもの、また今日のアメリカの「神」に意識を集中して、抜け出すことになった、あらためての春においてである。悪夢のさなかに、ピートと指をしゃぶる幼女をふくむ家族と、それにフォクシイのかよっていた教会は焼けおちた。

ぼくはアプダイクの悪夢に(それは反・現実的な、というのではない。あまりにも現実的な、といいかえるより、悪夢からめざめてふりかえっても、そこにも悪夢があるのだという、ぼくの幼時からの固定観念に再び注意を喚起して、それであなたの悪夢はどのようですか? と反問するような意味あいにおいてであるが)その渦巻のまんなかにみちびきこまれながら、なぜ自分がこのような悪夢のうちに、とくにフォクシイという性悪女をめぐっての、憐れなピートの無益にじたばたする悪夢のうちに引きこまれねばならないのかという、そのようにはっきり言葉をとることはないが、微細ながらも根強く実在している抵抗感覚と共にこの小説を読みすすんだのであった。

そして同時に、ぼくはアプダイクの恐怖心、あるいはそうした表現すらが大袈裟にすぎるなら、アプダイクの危惧の念を共有するようなかたちで、かれの制作の過程にはいりこんでいる自分自身を見出す。それはとくに外国語の書物を、学者のようにではなく、われわれ一般の人間が読もうとする時、それは一種の創作活動にちかい、抵抗感覚と、想像力の賦活作用をもたらすからであろう。またもっと特殊化すれば、ぼくがこの海をへだてた国の作家とほぼ同世代の、そしてまぎれもなく核《ニュークレア》専制王朝の同一の時代を生きているところの、やはり言葉によってすべての事物に対抗しようとする職業の人間であるからであろう。ぼくは、なぜおまえは善良な市民であるところのおれを、このような悪夢の世界につれこもうとするのだという、異議申したての声を聞いて、机にむかっていた躰を、ゆっくり背後にめぐらすアプダイク自身と、ぼく自身とを同一化するような気分をあじわう。また、もしこの悪夢のさなかで創作を放棄してしまわざるをえなくなるか、不意の心臓発作かなにかで未完成のままこの小説をのこしてひっくりかえってしまうことになれば、どのように辛い無力感と共に、あのおどろおどろしい声、きみはなぜこのような悪夢にわれわれをつれこむのか、という声を聞かなければならなくなることだろうと、アプダイクと共に(といっても現実には、すでにこの創作は完了しているのであるから、それは絶対に、ぼくの架空の感覚の域を出ないが)、とりこし苦労をする。

なぜならアプダイクにおける性的なるものには、すくなくとも悪夢のとばぐちと、その最深部で、それがそのままひとつの救済の契機を内蔵しているということはないからである。それは酷たらしく、卑猥で、惨めなだけの性的なるものだからだ。ロレンスの、ヘンリー・ミラーの、またメイラーの性的なるものは、それがロレンスにおけるようにあきらかな光と共に顕現するというのではない場合にも、ミラーにおいてはその激甚な生命力、メイラーにおいてはその巨大暗黒にたちむかうことでそのまま暗黒から吸いとることのできるエネルギーを決して否定しさることはできぬところの性的なるものである。しかしアプダイクは、あたうかぎりの想像力の活用において性的なるものをおとしめる。妻を寝とられた報復に、逆にその男の妻と寝ようとする歯科医は、自分の夫の情人の堕胎のための交換条件として夫に説得されて、その歯科医とベッドを共にするアンジェラと、まともな性交渉をもつことに難渋する。ヘイ、あなたはすこしおおきくなってきたよ、死がわたしを昂奮させるんだ、死は「神」にねじこまれることなんだ、それはきっと甘美だろう、あなたは「神」を信じないのね、わたしは、あいつを信じているよ、大男《ビッグ・マン》「死《デス》」を、わたしは毎日、患者たちの歯のあいだにその臭いをかぐ。そのような会話のあいだも不十分なかたさのペニスに困惑している奇妙な姦通者たちを、なおも執拗にアプダイクは追いつめる。なにかわたしにできることがあったら？　吸《ブロウ》ってくれるかね？　しかし、このおずおずしたサジェストはこういう困惑した返答をひきだすだけだ、Do what? I don't know how. これではわれわれの気持は滅入ってくるのみではないか。確かに笑うことはできる。しかしその笑い声は、あるいは微笑は、たちまち虚空に吸いこまれるか、凍りついて頬の皮膚のひきつれのごときものとならざるをえない。

ぼくは性的なるものについて考えながら、あの若い日本人の娘こそは、およそ救助しようのない荒涼たる性的なるものの深淵にひとりおどりこみ潜りこみつづけ、いかなる救助の試みにも、また、おまえは悪夢を見ているんだ、引きかえせ、という声にも耳をかさず、まっしぐらに自分の死にむかって全速力で自己破壊した日本人だと畏怖の念において思い出すところの、ひとりの人間に、いうまでもなく活字をつうじてめぐりあった。それはある大工の二十四歳の妻が左小指切断、上膊にその夫の名の烙印の火傷二ヵ所、背にもおなじ火傷と創傷、そして臀部、大腿前面などに数知れぬ傷をおい、敗血症をおこすまでに腐爛させて、ついに死んだ事件の調書においてである。妻自身の要請によって傷をつけさせられた「低能のお人よし」の大工はかれの受難《パッション》が終ったことに安堵して、自分が立ちあわされた性的なるものの悪夢の全体を分析医に喋った、

《傷をつけても少しも痛いと云いません。色をしながら傷をつけることはありませんが、色をしてから後で傷つけた事はあります。色をしてから直ぐ指を切ったこともあります。左の小指を切った時は色をしてから直ぐでした。私が小便に行って居る間に指を切ったので、帰ってきてから膏薬を張ってやったら、直ぐねろと云うのでねたら、私のをなめて立たしてはめたのです。それであなた別れないだろうねと云いました。そうだと云うたら安心して喜んだ。足の指を三本切る時には独りで切りました。それは警察へ来る六日ばかり前で私にねろと云いますからねたところを、色をして喜んでいました。》（高橋鉄『アブノルム』）

わが国が生んだこの不屈の性的なるものの巫女は、

まっしぐらにその性的なるものの暗黒につきすすんでゆき、再び戻ってくることがなかった。しかしアプダイクは、かれの活字のむこうの人間たちを、性的なるものの深淵に沈みこませたまま、そろって溺死させるわけにはゆかない。ぼくはここで以下の言葉に、いささかも道徳的な意味あいをこめるものではないことを強調しつついうのだが、なぜそういうわけにはゆかないか、それはアプダイクが作家だからである。かれは、ピートとフォクシイと、われわれみなが、かれの悪夢の深淵の底に足をつけた時、地面を蹴って浮上してくることを求める。再び、いささかも道徳的な意味あいをこめてはいないとくりかえしたあと、ぼくはいわねばならない。なぜ求めるか、それはアプダイクが作家だからだ。作家とは、いかなる血なまぐさい政治的悪夢、さらにえたいのしれぬ匂いのする性的悪夢のうちにおいても、つねにパンタグリュエリヨン草をもとめている人間だからである。パンタグリュエリヨン草をもとめるゆえにこそ、政治的なるものの悪夢、性的なるものの悪夢の、より暗く、より錯綜した八重葎《やえむぐら》の奥にはいりこんでゆくところの人間であるか、それゆえにこそ、それは夢だ、きみの悪夢をのがれるべく覚醒せよ、という背後からの声に耳をかさないばかりか、そのように呼びかける者らをもまた、その八重葎の奥にみちびこうとして、不逞なたくらみすらしかねない人間だからである。

パンタグリュエリヨン草とはなにか？　そしてまた、ぼくが自分のパンタグリュエリヨン草によってうけた「その賞嘆すべき功徳」にしたがってではあるが、きわめて個人的にこのパンタグリュエリヨン草という言葉を使用している以上、ぼくにとってのパンタグリュエリヨン草とはなにか？　という問いかけにもこたえなければならない。《件の植物はパンタグリュエリヨンと呼ばれた、だが、その理由は、パンタグリュエルがこの植物の発見者だつたからである。と申しても、植物そのものの発見者といふ意味ではなく、これをある用途に用ふることを発見したといふ意味である》と、ひとりの卓越したルネサンス人が、これをほめたたえる、昂揚しきった明快な精神の知的哄笑とでもいうべき言葉をほとばしらせはじめると、まったくとめどがないところのパンタグリュエリョン草。《パンタグリュエルは一切の欣ばしい完璧さの理念であり亀鑑であつたからだが、(美酒を愛される諸君のうちこれに疑義を持たれる方は一人もゐないと信ずる。)従つて、パンタグリュエリヨン草のなかに、実に多く美質、精力、完璧さ、素晴らしい効能が認められるのであつて、樹木が、(かの予言者の記せるが如く、)森の王者を選んで支配統治をこれに托した当時、もしパンタグリュエリヨン草の美質が知られてゐるとしたら、疑ひもなくこの植物は、最大多数の投票と賛同とを獲てゐたに相違ないのである》、その汁液を耳の穴にたらしこむと、そこにわいた虫も、そこに入りこんだ虫も共に殺し、水にくわえれば凝乳のようにかたまって、下痢をしている馬の特効薬になり、根をせんじると硬直性中風、佝僂《くる》性中風を緩和し、火傷をなおすにはこの草をそのままはりつければよいパンタグリュエリヨン草。パンタグリュエリヨン草なくんば、厨房はけがれ、粉挽きは麦を風車小屋へ運べず、弁護士は弁論を法廷に提起できない。パンタグリュエリヨン草なくんば、パンタグリュエリヨン草なくんば……《パンタグリュエリヨン草を用ふればこそ、自然によつて隠匿され、窺ふべからざるもの、未知なるものとされてゐたやうに思はれる諸国民も、我々のもとへ来り、我々も彼らのもとへ赴けるしだいだ。》

ラブレーが第三之書『パンタグリュエル物語』の巻末の数章をあげて、というのは、旅立つパンタグリュエルが、このすばらしい草をたずさえ出発するからであるが、情熱をこめてほめたたえるこの草は、じつは麻にすぎない。戦前、戦中の悪夢と戦後をおびやかす新しい悪夢の影に、正気の人間として抵抗しつづけることで、わが国にラブレー的なるものをみちびきこもうとした、ひとりのフランス文学者は、単なる麻であり、かつ輝やかしい言葉の豊饒によって、なにものにもかえがたいパンタグリュエリヨン草たることを高らかに告知されるところの草、再びそれでいてなおかつ端的にいって麻であるところの、ラブレーの記述の対象について、またそのように記述するラブレーの精神について次のように書いている。《我々は、これらの博学の陳展のなかに、ルネサンス期の人の歓喜の声を聞きわけることができる。様々な学説伝説の羅列それ自体も、この「霊草」を用ひて将来人類が創造し得る数々の驚異の叙述も、同じく歓喜の声に充ちてゐるが、第五十一章末でオリュンポスの神々が人間の進出に恐怖して洩らす言葉は、最も象徴的であらう。「パンタグリュエリヨン草」は、正にルネサンス期に人間の獲得した何物かであつたのである。神々は次のやうに叫ぶ。

——パンタグリュエルが、その草を使用して、その効力を発揮せしめた結果、我々は新たなる憂慮に陥ってしまうたが、嘗ての日のアロイデス族ども以上の振舞ひぢやな。……我々は、この宿運に逆ふことは不可能ぢや。それと申すのも、「必然」の娘、宿命の姉妹からだ。云々。そして、神々はパンタグリュエルの子どもの手によつて、紡錘にかけられてしまつたことだ孫に天界を犯されるのを覚悟してしまふのである。

からした異教的宿命思想も、ラブレーが装飾として採用したにすぎないと言へば言へる。しかし、「パンタグリュエリヨン草」といふ半ば巫山戯《ふざけ》たものではあるにしても、新たに人類が獲得したものの象徴──それは合理精神、科学精神、自由検討精神の象徴であるかもしれないが、──この象徴の起用と人類の進歩に対する希望の表白とは、極めてルネサンス的な人間讃歌となつてゐるのである。》（白水社版、第三之書『パンタグリュエル物語』）

ぼくはこのラブレー学者の言葉を、まことにしばしばくりかえし考えつづけて生きてきたものだ。ぼくはこの学者を現実の眼の前の教壇の上に見ながら、この言葉を書きつけている当の学者の内面の声を幻のように聞いて、いくたび自分自身の内部の渦巻きにはいりこんでゆくところの、茫然たる時間をすごしたことだろう。それらの日々の、たとえば『十六世紀仏語文典』の講義において、教室じゅうの誰よりも貧しいノオトは、ぼくによって所有されていたにちがいない。

ぼくは、自分がくりかえし暗く惨めな夢、酷たらしい悪夢のうちにはいりこみながら生涯をおくるのであろうことを予感していた。ぼくはひそかに自分が狂気という、すっかり後戻り不可能の悪夢のうちにはいりこみ、すべてがすみやかに単純に、終結してしまうことすらあると予感することすらあった。悪夢のうちなる自分は、中空に、それも嵐をはらんで真黒の中空にかかって、激しい風にふるえている紙凧のごときものだ、紙凧から地面におりている緊張した糸の端を持っているところの人間、それもまたぼく自身である。ついにその糸が切れ、ぼくという紙凧が真黒の中空に吸いこまれれば、それが狂気なのだろう。地面にのこり弛緩した糸の一端を持ってたたずむ男は、ぼくの肉体をそなえてはいるが、すでにぼくの魂とはお互いに見知らぬ他人である。そのようにぼくはくりかえし考えては怯えにすくんだ。

ぼくはまさに死を恐怖すると同じ強さで、狂気を恐れている青年であった。しかもぼくは自分がくりかえし悪夢のうちに入りこまざるをえない傾向をそなえた人間であることをもまた、その青春のはじまりの地点で認めるほかなかったし、ひとりのぼくが悪夢に入りこもうとするもうひとりのぼくに、夢だ、夢にすぎない、ひきかえせ、と呼びかけても、悪夢のうちなるぼくは、もうひとりのぼくを暗い無表情のままにふりかえり、こちらから見れば、きみのいるところこそが、真の悪夢だ、というにきまっていることをもまた、いわば経験的に知っていたのだ。それではどのようにして、ぼくを待ちうけていることの確かな続けざまのハードルに対処すればいいか。悪夢の奥にさそいこまれやすい資質というものが部分的な欠陥なら、それを傷んだ肺葉のように切除するか？　しかしそのあとのぼくは、やはり真のぼく自身とは見知らぬ他人のように感じられるところの新しいぼくなのだろう。そこでぼくは悪夢の中空に自分自身の紙凧をあげることをやめないかわり、それがぼくの肉体＝魂の引力圏外に出ることなく、つねに回収可能であるようにするところの、管理体制をととのえねばならぬ、という結論にみちびかれた。そしてぼくは、悪夢の深淵の底にたどりついた時、または悪夢の中空の最上限まで浮びあがってしまった時、ひとたばの麻のごときものを把握してこよう、と考えた。他人の眼にそれはみすぼらしく汚ならしく、とりわけ、まったく無意味なひとたばの麻である。しかしぼくはそれをひそかにパンタグリュエリヨン草と呼んで、深淵のまたは中空の悪夢とかわらぬ恐怖のうちなる現実世界に、いやいやながら帰還する自分を鼓舞しよう、と考えたのであった。ぼくはハックルベリィ・フィンの決断の一分間や、ぼくの魂を破き、ぼくの肉体を奴隷にする恐しい老人について誰にも話さなかったように、第三之書『パンタグリュエル物語』のぼくだけの特殊な読み方についてもまた誰にも話さなかった。この夏になって、はじめてぼくはパンタグリュエリヨン草のぼくにとっての特別な意味あいについて、あのラブレー学者自身にむかって話したが、その言葉はぼくの耳にも滑稽な歪みにみちたものに響いたほどだったので、教授の耳にはまったくいかなる意味もつたえなかったにちがいない。

ぼく自身の内面からの要請にしたがって歪めてしまったパンタグリュエリヨン草の意味あいは、まったく気違いじみているこじつけだと非難されてもしかたがないし、事実、「ルネサンス的な人間讃歌」にくらべれば、その裏側の窪みに生えたところの、雄麻にたいする雌麻のごときものであろう。もう十年以上も前のある真夜中に、ぼくは自分の意識の紙凧が、物理的には漠然としているが、ぼく自身には確かにはかることのできる限界を超えそうになっているのを、不思議な昂揚感と共に感得した。そしてぼくはあてどなく対抗策を思いめぐらしたあと、肉体の激しい苦痛なら、意識の紙凧の暗い中空へのなおさらの上昇を妨げるだろうと考えた。パスカルの歯の痛みと幾何の問題の相互関係のその逆を、ぼくは子供の時分から持っている切出しで証明しようと思いついたのだった。ぼくはエーテルに酔っぱらったような気分で、この切出しはこのためにのみ、自分が十年以上も保存しつづけてきたのだ、と永年心にかかっていた謎ときを果したような解放感と奇妙な確信とをいだいた。そしてぼくが愚かしくも実行したことは、左掌の栂指と人さし指の間に切出しをつきたてることであったが、いったん肉に刺さった切出しをひきぬく時、その抵抗感に狼狽して、右の中指の爪と肉のあいだをもまた、深く断ちきってしまった。苦痛は軽かったが血まみれの両掌の処置にこまってたたずんでいるぼくの、悪夢の中空からなかなかぼくの意識は下降してこず、あらためてぼくはもっとも深甚な危機感と恐怖心のとりことなった。しかし両掌に繃帯をしているためにノオトに一行も書きとれないまま、『十六世紀仏語文典』の教室の後ろの席に坐っていたぼくは、繃帯のなかにひとつかみの麻を、すなわちぼくのパンタグリュエリヨン草を、ラブレーの保証する傷薬として、はさみこんでいるような気分でもあったのだから、ぼくはあの決して明るくはなかった日々を、やはり自分の青春と呼ばねばならない。

アプダイクは、かれ自身が辛い経験のあとになんとか新生活をはじめるのだとでもいうように、まったく自分を恥じているようにもひかえめな情報をしか、それぞれの悪夢の深淵の底に踵をつけてから、やっとのことで浮上したピートとフォクシイの結婚についてつたえない。そこでぼくはやはり自分の流儀にねじ曲げたやりかたで、このように考える自由を持つ。ピートとフォクシイが見知らぬ町へむかった引越し旅行の自動車には、ひとたばの麻、かれらのパンタグリュエリヨン草が積みこまれていたはずだと。このような真の、逃れがたい悪夢の展開のあとでのみ、パンタグリュエリヨン草のひとたばの所有が、辛い経験をした人間にゆるされるのだと、ルネサンスとちがって現代とはこのような時代なのだと、アプダイクがわれわれの共有する今日を見つめて語っている声を聞くように考えて、ぼくは書物を閉じ、茫然と坐りつづけた後、いくらかのアルコール飲料をのむ。ポーランド産のズブロウカという野牛のマークのウォッカには、この獣の好む、香り高い草の茎が一本入っている。ぼくは時どきそれを、いま読み終えた活字のむこうの暗闇の世界に住むヒーロー、あるいは反・ヒーローたちが、やっとひとたばだけ手にいれたパンタグリュエリヨン草の、そのうちの一本だけ、活字のこちらがわのぼくにあたえられたものではないかと疑うほどにも酔っぱらうことがある。

『キャッチ－22』は、冒頭からただちに悪夢の世界がはじまり、その狂気の鎖にからみつかれた飛行士ヨッサリアンが、巻末でついに脱出を決意するまで、その悪夢は轟々ととどろきつつ、つづくのであるから、ぼくはあらためて、ここにどのような悪夢の構造があるのかを書物からひきだすことを要請されないだろう。全体がそのまま悪夢なのだ。この狂気めいた大騒ぎと、爆発力すさまじいユーモアのひしめく悪夢において、しかも他のなにより狂気めいているが、しかしそこにいたるまでに飛行士ヨッサリアンがくぐりぬけた悪夢の総体とくらべあわせて見れば、磁石の針は絶対に「正気」をさしているところの、かれの戦線離脱の冒険。その決断と実行への一歩さえスラップ・スティック調でおこなわれるということを示すだけでも、この小説の雰囲気をつたえることに苦労はいらない、意味を正確に移植しようとして、英語としての言葉の愉快な工夫をつたえることは第二義的にみなしているように思える翻訳(いうまでもなくそれは翻訳者の正当な選択だ、翻訳の仕事にはそのような止むをえぬ選択がはじめから終いまでつきまとう筈である。それゆえにこそ、翻訳されてひとつの言葉に固定される直前の、あえていえば永遠に直前の、言葉と word, 言葉と mot の緊張関係にぼくはひきつけられるのである)のかわりに原文をひくならば、脱走してスェーデンに高飛びしようとする飛行士ヨッサリアンに、上官が、

“You'll have to jump.” と呼びかける。

“I'll jump.”

“Jump!” Major Danby cried.

Yossarian jumped. そしてドアの陰にかくれていた、死んだ僚友の女友達である淫売の投げたナイフを、数インチの差でかわして飛行士ヨッサリアンは took off した、というのがこの長篇小説の幕切れだ。

その自由にむかって jump する飛行士ヨッサリアンの持っていたひとたばのパンタグリュエリヨン草とはなにか？　この直接にラブレー的な哄笑の流れのうかがわれる悪夢の世界で、いつも椽の実か野生リンゴを頬にいれており、墜落したら黄色の救命筏に坐って青い小さなオールをあやつり、釣りあげた生の鱈を食べてジブラルタル海峡をこえスエーデンに逃げるのだと、まったくこの気違い部落の誰にもまして気違いじみた計画をたてていた反っ歯のチビが、実際にそのたくらみに成功した、という情報こそがそれである。ぼくはジョゼフ・ヘラーが、このようにも奇妙で荒唐無稽というはおろか、ありとある狂気じみた希望のうちのもっとも狂気じみた「希望」のみを、飛行士ヨッサリアンのためのパンタグリュエリヨン草として準備したことに不満をとなえるつもりはいささかもない。

ヘラーにみちびかれてかれ自身とわれわれの経験した『キャッチ－22』の悪夢は、アプダイク自身とわれわれの経験した悪夢同様に、まことに今日のアメリカと、その核軍事力によって覆われた、すべての国々の状況に鋭く深くうちこまれた基礎構造をそなえている。アメリカ、今日においてもっとも端的に、死をかけていどむ男という人間の存在の、危機的な一様式に興味をもち、そういう男の存在を自分の存在の源にかかわって必要だと感じている、厖大な数の民衆のいる国。ロケットに乗りくまされて宇宙に撃ちあげられる悪夢ほどにも、そのまま死を表象している夢はまれであろうが、現に月にむかうロケットの内の三人のアメリカ人に、百万をこえる群衆が、Go, go, go！ と闘牛場での叫びのような喚声をあげた国。そこからアプダイクが、またヘラーが発するメッセージを、活字のむこうの暗闇から受けとることによって、ぼくは新しくもうひとつのアメリカを経験する。そしてぼくはあのいかにもラブレー的な資質をそなえたヘラーが、かれの同国人たちの大群集のうちにあって、ラブレーの描いたオリュンポスの神々の予言どおりに、「月世界へも侵犯」したパンタグリュエルの子孫たちの宇宙服に、本当に、麻の繊維は使われているだろうかと夢想している光景を考えて、ぼく自身をもまた待ちうけている、宇宙の暗黒に関わる悪夢にたちむかうための、もう一茎のパンタグリュエリヨン草を準備するのである。

核時代の暴君殺し《タイラニサイド》

暴力という言葉が、ぼくに喚起する内容は、そもそもはじめから、あるいは、そもそものはじめにおいて、暴力をくわえられる肉体としての意識だった。暴力という言葉、活字に出会うたびに、ぼくは駅や空港の荷物置場でかいまみる、壊れものあるいは fragile という赤い張り札が、自分の肉体に、べったり貼りつけられるのを感じた。その張り札をつけられている感覚が、連鎖的にうみだす意識は、つねにおなじ方向づけにおいてではなかったものの、人間がまことに脆い壊れものであり、fragile な存在であることを、特別敏感に意識しながら、しかもなお暴力的なるものにかかわってゆこうとする、特殊な人間の所在を示す信号が、様ざまな場所から発せられてくると、ぼくはそれに無関心ですますことのできたためしがなかった。

　ぼくは新聞記事を蒐集した。それは骨膜を繰りかえし傷つけて慢性の炎症をおこし、すでに手のほどこしようがないまでに悪化させながらも、なお当り屋の仕事をやめぬ小学生の記事であったり、あるボクサーの談話の一節、グローヴをつけた掌で殴るにしても、頭をいくども強打されると、脳は、弁当箱にいれて揺さぶられる豆腐のような状態になるのだ、という言葉であったりした。

　しかしぼくは文章を書くことを仕事にしたばかりの人間であり、ぼくが暴力という言葉、あるいはそれの喚起するものについて書こうとするとき、ぼくはその机の前の自分が、ともかく暴力からまぬがれていることを、壊れものでありfragileである自分の肉体から一応は自由になっていることを、意識せずにはいられないのであるから、そこには暴力という言葉を軸にした、しばしば複雑な渦巻きができあがった。ぼくは自分がかならずしも暴力的なものと無縁な場所で生きてきたのではないことを認めつつ、自分が暴力を経験した、と他人にたいして強弁することに違和感を抱いた。

　それは端的にいえば、ぼくが言葉によって、壊れものでありfragileである肉体をそなえた自分を隠蔽しようと日々つとめるであろうという予感があったからだ。われわれは死の刻印を押されているが、日々を正気で生き延びるために、われわれのうちなる死を隠蔽しようとする。しかし、いったん死を見出す眼をそなえた者は、あるいは、望むと望まないとにかかわらずいったん死を見出しはじめた眼の持主は、遍在する死に正面からむきあわないわけにはゆかない。そしてしかもなおそれを隠蔽しつづけようとするのは、最悪の困難をそなえた状態である。

暴力をくわえられる肉体としての自分を意識することとも、死ぬべき肉体としての自分を意識すること同様に、つねひごろそれを避けようとして、意識的、無意識的をとわず、われわれが努力をかさねているところのことだ。しばしばわれわれは、暴力という契機にかかわって、奇妙な歪みや、不思議な代償行為に逃げこむ退行を示す、自分自身と他人を見出す。

　あの森の谷間での子供の時分に、なお奥深い森の集落にある分教場から、一定の年齢に達した同級生が本校に合流してきた年は、いま思いかえしても暴力と恐怖の年だった。やがてぼくは坪田譲治の幼・少年期を回顧する文章におなじ暴力と恐怖を見出すだろう。そして、あらためて、幼ない弟を嗚咽からまぬがれしめようとして奮闘したあげく溺死する善太を現実的に感じ、ありとある暴力と事故の罠を辛くも生き延びて、そして作家としてそれらの桎梏から自由な坪田譲治の存在を、ありうべからざる僥倖の連続のあとに、そこに実在している緊張にみちた偶然と感じるだろう。同時に、作家は、キラキラ光る川の底を流れさる子供を、橋の上から見おくった者であり、ついに川の底を流れる子供ではないという微妙なジレンマの感覚は、川の底を流れる子供の存在感が、濃ければ濃いほどに鋭く端的に、ぼくをみまうことになるだろう。

　その年の暮、ぬかるんだ運動場に出ることのできない子供らは教室で相撲をとった。分教場から来た粗暴な少年が、本校の生徒のなかでも、もっとも壊れものの印象の濃い、医師の息子を投げとばした。脊椎カリエスにかかった医師の息子は、半身不随の数年間をすごしたあと死んだ。加害者たる荒あらしい少年は、いちど校舎二階の踊り場から廊下に向けて跳び降り、階段なかばに激突して唇と下顎をすっかり砕いた。それでもとにかく生きつづけた少年は、つねに追いつめられて反抗する獣のような表情を浮べていたものだ。かれはわれわれの仲間うちにあって、粗野な言葉とふるまいにおいてきわだつ、暴力と恐怖の根元であり、しかもなお追いつめられた獣のごとき、もっとも虐げられた印象の少年でありつづけた。

　ぼく自身が森から出て十数年たって、神戸でぼくは、やはり森の奥を跳び出してきたかれにめぐりあった。そのとき、かつての追いつめられた獣のごとき乱暴者は、ほとんど女のような身ぶりをまじえた、まことに穏和な関西弁を話す優さ男にかわっていたのである。かれが綿々と語ったのは、無法な医者の息子に苛められてやむなく抵抗したあげく、相手が脊椎カリエスにかかったこと、それを子供仲間に咎められて二階の踊り場から押し落された物語で、すなわちまったく事実に反する過去の記憶を話しつづけて、なあそうやろ、そうやったやろ、そうやったやんかあ、とあつかましくもぼくに認知を迫るのであった。ぼくはまさに肉体的な嫌悪感と共に、かれの押しつけてくる膝をかわしながら、それでも、谷間の狭い共同体でつねに追いつめられた獣のようでなければならなかったかれが、森を跳び出して見つけだした穏和な関西弁のうちに、すっかり逃げこみえた模様であることを認めないわけにはゆかなかった。ぼくの森の谷間に住む子供たちのあいだには、なあそうやろ、そうやったやろ、そうやったやんかあ、という言葉に正確に対比されるべき表現は決して存在しなかったのである。

　しかしぼくはかれと別れてから、あのようにも渋滞ない関西弁でかれがにせの受難を語りえたのは、それがかれのしばしば他人に語りつづけてきた得意のレパアトリーにほかならぬからであろうということに気づいて、あらためて落ちつかぬ気分となった。森を遠く離れて、少年時にひきおこした傷害事故についてなど、なにひとつ知らぬ他人どものなかにはいった以上、ただ沈黙していればすむものを、かれはなぜあのようにも不思議なにせの受難の物語をつくりあげて、饒舌に語りつづけてきたのか？　そのあげく、かれは女じみた仕種さえするところの、奇妙に根深いところまですっかり被害者タイプの優さ男にかわってしまうほどであったのだが、それはどのように、かれの新生活にとって必要な行為だったのだろう？

　ぼくが推測しえたのは、わずかなことだ。すなわちかれもまた一個の作家となったのだとぼくは考えた。関西弁との出会い、かれのにせの受難を相手に納得させるのにまことに似つかわしい、穏やかにも押しつけがましい言葉との出会いが、かれに作り話を思いつかせる第一の契機となったのだ。新しい様相をおびた言葉の発見に想像力を直接刺激される点において、かれの転身は端的に、作家と同一の方向づけをそなえている。しかし、かれが創作したのはただひとつの受難の物語だ。次にかれはなにをつくりだそうとするだろう？　そのように考えると、ぼくはあの女じみた優さ男に変貌した幼な友達の、およそなにひとつ確実には把握しているように見えない外斜視の眼が、その無害な話しぶりとは裏腹に気がかりな表情を示していたように思いはじめるのだった。かれは、新しく暴力をふるってなにものかを破壊し、あたかも自分が被害者であるかのごとく、たちまちもうひとつのにせの受難の物語をつくって、なあそうやろ、そうやったやろ、そうやったやんかあ、と他人を説得しはじめるのではないかと、ぼくは疑った。

　いうまでもなくそれはぼくの強迫観念に由来するだろう。ぼくにとってこの幼な友達は、少年時のぼくの日常生活に直接にあらわれた荒ぶる神のごとき存在であったのだし、かれはぼくに暴力をくわえうる者として、また、踊り場から墜落するという事故によってその肉体に暴力をくわえられた者として、かれ自身の危険な傷をひらいた肉体をぼくに誇示した人間であった。ぼくは永くかれをひそかに畏怖してきたのであったからである。

　ぼくは言葉によって、壊れものであり、fragile である肉体をそなえた自分を隠蔽しようと日々つとめてきた、とすでに書いたが、ぼくは暴力という激しいダイナミズムをそなえた言葉の内部の、いわばメビウスの輪の軌道をひとめぐりするようにして、そのまったく逆のことをもまたいわねばならない。ぼくは言葉によって、壊れものであり、fragile である肉体をそなえた自分を赤裸に剝きだそうとしてきた。しかもその言葉とはかならずしも自分の言葉のみではない。

　ぼくはすでに自分自身の文章を活字にすることをはじめてからも、他人の文章の活字のむこうの暗闇にひそんでいるところの、ある危険な緊張をそなえた存在の気配に気がつくと、自分の言葉の構築よりも他人の言葉の分析に熱中せざるをえないのであったが、そうした存在の中心に、暴力的なるものがあることをいまはっきり認めることができる。それは文章を防禦網にして、暴力的なるものから隔離された場所にいながら、しかもなお、その防禦網のうちで、暴力的なるものが自分の肉体を通過することによって生じる錬金術を夢見ている人間である自分を認めることにもなるであろう。

　ぼくは暴力をくわえられる肉体としての意識をはっきり確認するとき、そこに根源的な、もうひとつ別の秩序への人間的飛躍がおこなわれるのであるにちがいないという信仰をいだいて、二十世紀後半の小説の世界に入ってゆき、数かずの証拠物件をかかえこんで、活字のむこうの暗闇から戻ってきた。

ソール・ベローの、悪漢小説と自己形成の遍歴小説のはざまを自由に往来する主人公、オーギー・マーチが《現存していることにどれだけの値うちがあるか、生存期間についてどれだけの事実が数えあげられるか》という、ベローによれば、ある者にとってはそれを知るのにずいぶん時間のかかるところの、根源的なかれの生涯の貸借対照表を手にするのは、メキシコ山中でカリグラという鷲を使った狩猟のさなか、落馬したうえに、馬に蹴られて、下顎の歯をうしない頭蓋骨を負傷し、血だらけの袋のごときものになってはじめてであった。（ポピュラア・ライブラリ版）

ここでひとりの冒険的な人間の自己形成の過程において、暴力をくわえられる肉体としての意識、血だらけの袋のごときものとなってしまった自分についての意識が、本質的な跳躍板の役割をはたすことが明示される。それは英国の「怒れる若者たち」の様ざまなヒーローが経験した跳躍板でもあるだろう。

うまい具合に「年上の女」の情人を厄介ばらいして新生活の見とおしのついた、ジョン・ブレインのヒーローが、なぜ死ぬほど酔っぱらってひどいめにあわねばならないのか。それは自己処罰の欲求というよりも、もっと根源的なものに動かされての結果である。乱暴者で反道徳家の、アラン・シリトーのヒーローが、ちょっとした浮気のたたりで兵隊からひどいめにあわねばならなかったのはなぜか。死ぬほど殴りつけられたからといって、この若い肉体労働者がいじましくちぢみこんだり、悔悛したりするわけではないとすれば、この事故はかれの内部にいかなるかかわりも持たないのか？　そうではないばかりか、それは根源的な契機をなす。青年が事件のあとむしろ沈鬱な緊張状態にはいりこみ、はじめて結婚と出産について考えるにいたる、端的な契機がそこにある。この青年にとって暴力をくわえる肉体としての意識から、暴力をくわえられる肉体としての意識にいたった経験は、すべての事物への展望に、新しい抜け穴のような窓が開いたことであったからだ。

肉体としての意識にくりかえしあらわれるどんでんがえしの危機を生き延びる人間を描くためには、ベローや「怒れる若者たち」にとどまらず、その肉体が、暴力をくわえるものとしての意識からいかにして暴力をくわえられるものの意識にいたったかの、転回点を把握しなければならない。事実この奇怪な、わけのわからぬ転換を、十全に経験するためにのみ、あえて暴力の現場にひきつけられて行ってしまった、としかいいようのない青春を所有する人間のことを、誰もがいくたりかはその記憶のうちにとどめている筈である。戦争の末期に、危険な海をわたって中国におもむいた青年がいた。かれはたちまち、暴力をくわえられる肉体としてのかれ自身を発見する。しかも、はじめかれは、暴力をくわえる肉体としての日本人のうちに総体として属しているのであり、ついで、総体としての日本人は、暴力をくわえられる肉体としての日本人にかわるのであるから、事情は複雑であり、この青年の経験する内容はそれにもまして複雑となる。

青年は東京大空襲の後に、すなわち戦争がまったくのどんづまりにきてしまった後に、上海にわたったのであるが、早くも一週間目のころあいにひとつの暴力の場に立ちあい、その内側に、自分の肉体とともにはいりこんで、かれの跳躍板を見出した。《あるアパートメントから、洋装の、白いかぶりものに白いふぁーっとした例の花嫁衣裳を着た中国人の花嫁が出て来て、見送りの人々と別れを惜しんでいた。自動車が待っていた。私は、それを通りの向い側から見ていた。すると、そのアパートの曲り角から、公用という腕章をつけた日本兵が三人やって来た。そのうちの一人が、つと、見送りの人々のなかに割って入って、この花嫁の、白いかぶりものをひんめくり、歯をむき出して何かを言いながら太い指で彼女の頬を二三度ついた。やがて彼のカーキ色の軍服をまとった腕は下方へさがって行って、胸と下腹部を……。私はすっと血の気がひいて行くのを感じ、よろよろと自分が通りを横断していると覚えた。腕力などというものがまったくないくせに、人一倍無謀な私は、その兵隊につっかかり、撲り倒され蹴りつけられ、頬骨をいやというほどコンクリートにうちつけられた。》(『上海にて』)

この青年は、《撲り倒され蹴りつけられて、やっと、あるいは次第次第に、〃皇軍〃の一部が現実に、この中国でどういうことをやっているかを私は現実に諒解して行った》というかたちで、《一つの出発点》にたどりつき、やがて堀田善衛という一個の独立した作家となるための道のりを歩みはじめるのである。敗戦の現場に居残って、青年は死刑執行を見る、《どうしてそういう死刑執行などを見ることになったか。その当時、漢奸や日本人戦犯の処刑は、屢〻公開されていた。残酷で野蛮な話であるが、それがそうだったのである。処刑時間のしばらく以前から、偶然に私はその場にいあわせ、そこへ護送車と群衆がわあっと乗り込んで来て、動きがとれなくなったということもあるが、また私には、日本の政治、戦争に協力した中国人の死を、日本人のうち、誰かひとりでも見てこれを、いかにその方法が残酷無慙なものであろうとも、とにかくそれを見た人が、ひとりでもいた方がいいであろう、と思い、嘔きたくなるのを我慢し大量の汗を流して、群衆のたちこめる濛々たる埃のなかに立っていたのであった。》

このように後年の堀田善衛がその全体を方向づける

ところのことを、青年としてのかれの肉体は、すなわち《嘔きたいのだが嘔けない胸苦しさと恐怖で動けなくなり、横たわった、いまのいままで生きていた人の屍体を一瞬だけちらりと眺めた。後頭部が吹き飛ばされているらしかった》と、いかにもその肉体をとおしてのみ働く観察力において見つめたのであった。その時この青年の肉体は、暴力をくわえる肉体の意識と、暴力をくわえられる肉体の意識の、めまぐるしく交錯する現場で、むしろ右のような方向づけをこえた、より根源的な経験をかちとっていたにちがいないのだ。

ぼくが敗戦をはさんで激動する上海を観察し経験しつづける、この青年の根源的な経験についていだく畏怖の念は、次のように軍隊でのある男の体験を描きだす、戦場からかえってきたばかりの作家への畏怖の念にただちにつらなるものだ。《と、彼の眼の前がぱっと黒くなったかと思うと、彼の身体の上にあの手榴弾の爆裂した瞬間の、ぐにゃりとした感覚、意識と体液とが混合したようなねばねばした瞬間がおそいかかってきた。そして架空線の網の目は、瞼の後の闇の中で彼のくらい視界にうつし出されたあの自分の眼球の中の白血球の珠ず玉の網の目に変り……ぐにゃりとした内部感覚、空中へふき上げられる自己意識。》(『崩壊感覚』)

あるいは暴力をくわえる肉体として、あるいは暴力をくわえられる肉体として、壊れものであり fragile である人間の存在を確実に見きわめた者のひとりである野間宏が、その方法の基軸に、肉体をとおして、という原則をおき、同時代の他者たちの、性的なるものをとおしてとはいいながら多分に曖昧主義の毒におかされた方法と、はっきり自己を区別したのは当然なことであった。野間宏はひとくみの若い恋人たちを描く場合にも、次のように全体を把握することによって、暴力にかかわる根源的な経験からみちびかれた、かれの人間理解の焦点を提示したのである。《彼は内に向けた彼の視線に力を集めた。すると彼の真暗な肉体の中で、皮膚にそうて肉体の眼が大きく開き、彼に触れている彼女の肉体の方に眼を向けるのを彼は感じた。そして彼の向い合っている彼女の肉体の中でも同じように彼女の肉体の眼が大きく開いて、二つの肉体の眼が二人の皮膚と皮膚との間でみつめ合っているのを彼は感じた。二人は互いの体の中で大きく眼を開き合ったまま身を触れ合っていた。》(『二つの肉体』)

もっとも、上海の堀田善衛も、バターン・コレヒドール戦での野間宏も、とくに肉体と意識のあいだにひずみがあり、奇妙にはみでたところのある人間であったにちがいない。かれらは、そのひずみ、はみだした部分において、かれらの、暴力をくわえられる肉体としての意識(または、やむなく暴力をくわえる肉体としての意識)を認識する、複雑にかさなりあった二重構造の内部をそなえていたことだろう。それは、やがてかれらがやはり活字のむこうの暗闇に深くかかわるべき人間であろうことをすでに示している。活字は強い酸のように、人間の肉体に作用する。とくに意識的な人間が、行動する肉体でもまたあろうとする時、そこに奇妙な齟齬の関係を生じせしめる。サン＝テグジュペリですら、かれと同じ基地で戦ったジュール・ロワの証言によれば、そのような人間であった。すでに、作家としてのかれ自身を確立している点において、あるいは堀田善衛が上海を再訪し、野間宏が兵営に再び入るような具合に、あらためて飛行服を着こみ、《参加しないとしたら私はなにものたりえよう?》と、かれ自身のかつて書いた言葉につきうごかされるようにして、戦線復帰を志願したサン＝テグジュペリは、当時の最高速機、双胴単座のライトニング機に乗りくみ、たちまちそれを壊して、《このような飛行機を操縦するには年を取りすぎているという残酷な決定》をくだされてしまう。それは単なる、偶発的な事故というより以上のものだ。《サン＝テグジュペリのうかつさは、彼の勲し同様に伝説的なものになっていたからである。彼はしばしば、車輪の出し入れや補助翼の操作を忘れた。しかしこれらは、からかい半分に人びとが彼の同乗者をおどかしていた事故にくらべれば、はるかにご愛嬌といえるものだった。たとえばこんな事故がある。ある日のこと、離陸ほとんど直後、サン＝テグジュペリは現実感覚をすっかり喪失してしまい、はっと気づいたとき時計が止まっていたことを知って、狼狽のあまり、なん時間も滞空していたかに錯覚して、もはや自分がどこにいるかもわからず、いまにも燃料不足から墜落するのではないかと心配し、離陸後十分にして野原に不時着してしまったのである。》(晶文社版)

しかもなお戦場で飛行機とともにわれわれの世界から去ったサン＝テグジュペリについて、ロワが、《彼以上に明哲な意識、しかも同時に、人間にたいする希望に彼以上しっかり裏づけされた意識をもって死の危険を受容した者はいない》という時、ペシミスティックなサン＝テグジュペリの人間にたいする希望という言葉のまえではためらわざるをえないにしても、リン＝テグジュペリが暴力をくわえられる肉体について、壊れものであり、fragile である人間の肉体について、まことに明哲な意識をもって死の危険を受容した人間であることには、まったく疑いをはさみようがないのである。

さて、いま一九七〇年にむけて多様なベクトルが集中するわれわれの国において、暴力をくわえられる肉体としての意識を確実にもち、また暴力をくわえる肉体としての意識をもつことをもまた、あえて回避しようとしない青年たちの行動をめぐって、ぼくはごく短い、小説のミニアチュールのごときものを書こうとしていた。ぼくのノオトの草稿を見た、ひとりの青年は、くりかえし街頭で壊れものでありfragileであるかれ自身を切実に認識してきたところの人間であるが、ぼくが反・安保条約の運動のための小雑誌にのせるべく作りあげようとしている、その草稿に全面的な否定の意志を示して、

――もし自分で暴力の現場に入り、そしてなんとか出てきたら、こうした想像力の操作などまったく不必要だとわかりますよ、といった。ぼくの草稿は次のようだが、ぼくはあの小雑誌のために別の草稿をつくるだろう。

……一撃うけて倒れながら、片膝ついて躰の重みを支えるあいだ二秒間、無意識だったかれは、覚醒しながらも当の自分が、機動隊員の楯で殴られた学生か、飛んできた礫でこめかみを撃たれた機動隊員であるのか、わからなくなっているのをさとった。眼は見えず、躰じゅうが熱く嵩ばって、ドン、ドンという地響きだけが耳にあきらかであるが、それも逃げてくる足音か、攻めよせる足音かわからない。もう二秒たって、両膝ともついてしまい、頭を重かった最後の荷物のように地面におろすと、右眼のわきに催涙弾のごときものが転がっていると感じられる。かれはそれを摑んで学生にむかって投げる(あるいは、機動隊員にむかって投げかえす)つもりになったが、いったん摑んでみると、それは眼窩から跳びだした自分の眼球で、まだつながっている神経束から、痛みが真赤な花火のように炸裂して、それは掌を透かしたばかりか、天地のあいだを赤い光の矢でつらぬきとおし、なにもかもを照しだしたかのようだった……

コロンビア特別区ではすでに秋がはじまっていた。およそありとある国からきた、青春の終りにいる人間たちが、ドイツ系移民の核戦略の専門家にひきいられて、迷路のようにも劇場の通用口のようにも思われた通路をとおりぬけ、ひとつの大きい部屋に入った。視界についての記憶はぼんやりとしているが、それでもそこに一個の核《コア》がある。それは荒あらしい開拓地の、素朴派とシュールレアリストの結婚が生みだしたたぐいの一枚の絵で、赤っぽい農場が描かれていた。帰国後すぐ山登りにでかけて死んだとつたえられる、チェコの経済学者とぼくとが、小声でその絵について話したことも記憶のうちにある。それは、われわれ二人が、その部屋でわれわれを待っており簡略に国際情勢とそれへの対処の仕方を語った、穏やかな顔だちに鋭く硬い眼をそなえた男、コンピューター脇の椅子に坐っているのがこの上もなく似合いそうな、およそアメリカ的でなく、しかしアメリカよりほかで出会うことは予想できぬタイプの、まことにおとなしそうな男に、もっとも冷淡な二人であったことを意味している。農場の絵はドアにとなりあわせた壁のすみにかけられて、その男の椅子からもっとも遠かったのであるからだ。

やがて男は秘書からささやきかけられると、ボスが呼んでいるから、という言葉と、なんとも意味の確定しがたい微笑とをのこして、正面奥の出口から消えて行った。その時はじめてぼくは、その男の言葉と態度にひきつけられるのを感じ、そしてあの正面奥の出口は書割りの架空の扉のごときもので、その向うはボスの待つ部屋はもとよりなにひとつない倉庫の一隅であり、あの男は、われわれ観客が立ち去るまで、その書割りの扉の向うの狭い場所にしゃがみこんで、じっと息をこらしているのではないかと空想した。

いうまでもなく現実には、ぼくは書割りの前にいるのではなかった。正面奥の出口から静かに歩みさった男は、かれのボスであるところの、アメリカ合衆国大統領と話しあっている筈だったのである。すなわちぼくはあの時、核《ニュークレア》専制王朝の圧制者と同じ建物のなかにいたのだった。ぼくはおそらく自分の生涯で唯一度の、最も巨大な暴力の根元のすぐまぢかに近づく経験をしていたのである。それゆえにこそ、ぼくは大統領と特別補佐官の存在感を、あのようにも稀薄な架空じみたものとしてしか、意識することがなかったのだ。

上海で、核武装する前の毛沢東に会った時の記憶、核武装することなしに、しかもなおアメリカ帝国主義は紙の虎《ペイパー・タイガー》だと語っていた、ありとある核攻撃の可能性のまえで昂然として非核武装の威力を提示していた、あの優しげな大男の老人に会った時の記憶は、いまもすみずみまで明瞭に、重い現実感とともにある。しかし、そこに核兵器の新しい実体を導入して、あらためて実感とともに思いえがこうとすると、それは不可能だ。記憶の写真はたちまちネガ・フィルムのように真っ黒になって、大男《ビッグ・マン》「死《デス》」が跳梁しはじめる。核兵器をそなえた政治指導者は、あらゆる想像力の触手がかれにふれるやいなや、それらを枯死せしめる。それは人間的な規模の想像力に関するかぎり、最悪のデッド・エンドを構成する。

核《ニュークレア》専制王朝の権力者は、核兵器そのものの本質によって、暴君たらざるをえない。サルトルが国民戦争→人民戦争の歴史の地点で、そこに出現した核兵器が、現代の戦争を全面的に反動化せしめたと指摘したとおりに、核戦争は、まことにわずかな数に制限された人びとによる戦争だからだ。われわれ民衆は、恐怖するものとしてか、あるいは、殲滅されるもの、としてのみ、核戦争に参加する。恐怖するものとして、われわれは核時代のエスカレーション体制を、裏面から支えている。この惨めな役割につく資格は、われわれが殲滅されるものであることによってのみ保障されたのである。

核《ニュークレア》専制王朝の、暴君の復活は、もう一個のおぞましく暗い影をおびた暴力的なるものの復活をもたらした。大統領と暗殺者とは、核時代の土壌の浅い表層ですでにあきらかな血縁の根を共有している。大統領が核兵器の巨大な配置構造につらなるボタンを孤独に見つめるとき、かれはつねに背後から、どこのたれともしれぬ、みすぼらしい暗殺者の近づく気配を感じとらずにはいられないだろう。事実、あらゆる暗がりにみじめな暗殺者がいる。核時代の暴君《タイラント》が、事実上、全世界を覆っているとき、世界のあらゆる暗がりに暴君殺し《タイラニサイド》がいて、なんの不思議があるであろう。

大統領は核《ニュークレア》専制王朝の王というよりも、むしろ祭司の職務をそなえた権力者というべきであろうが、この世界にいったん核兵器による恐怖の均衡関係、あるいは恐怖のエスカレーションの梯子が確固とすえつけられて以来、実際にその仕組をあからさまな危機におとしいれたのは、議会でも民衆の大デモンストレーションでもなく、ひとりの暗殺者、それも殺された大統領が「アメリカの夢」の具現者あつかいにされていたのに対比して、およそその正反対のタイプの人間といわれた、みすぼらしい暗殺者であった。ダラスでの暗殺をめぐっておよそ数かぎりなく出版された血なまぐさい書物のひとつは、芝居がかってはいるが、具体的に厖大な数の民衆の死の可能性によって、いかなる恐怖小説をもこえる奇妙さの実体を現実に誇示しうるところの、あるスーツケースについて語っている。それは黒かばん、あるいはフットボールと呼ばれている、組合せ錠にまもられた三十ポンドのスーツケースである。そこにはホワイトハウスと英首相、仏大統領をつなぐホットラインを操作するために、必要な番号を書いた書類、それに核報復攻撃作戦の様ざまなタイプについて犠牲者の数を計量する、漫画入りの手引きまでが入っている。ケネディ暗殺後、ペンタゴンの将軍たちのある者は、この黒かばんの意味あいについてジョンソンがなにも知らぬことを思いだし、深甚な恐怖心をいだいた。ケネディ政権下においてソヴィエト・ロシアの核攻撃への報復攻撃のスタートまでの時間は十五分にちぢめられていたと記録作家はいうのだが、かれによれば黒かばんが宙にういているあいだになにごとかがおこればどうなるかと、テーラー統合参謀本部議長が恐怖を示したというのである。この記録読み物の、見えすいたサスペンスもりあげのいじましい試みを一応は笑いえても、じつの所はおそらくそれを本当に否定しうる確実な反証を握った者は、核《ニュークレア》専制王朝のもっとも奥の密室の小グループのメンバーよりほかには誰もいない。

《大将の抱いていた恐れは正当なものだった。もし、ロシアが一九六三年十一月二十二日の午後、DEWライン(北部国境レーダー網)を突破して攻撃を加えておれば、世界最大の軍事力が、あの運命的な十五分の警戒予告時間の間か、あるいはその後の第二回目の核攻撃が行なわれたときに、完全に機動力を失うことは容易に考えられた。》(W・マンチェスター『ある大統領の死』)

そのようにして、あらゆる専制王朝の時代においてと同じく、核《ニュークレア》専制王朝の時代もまた伝説にみちみちた時代となる。そして核《ニュークレア》専制王朝の暴君殺しという、歴史の最尖端の凶まがしくも古めかしい結瘤部分にひそむサナギのなかの、みすぼらしい暗殺者は、もし核時代の文学というものがあるとしたら、この反・個性的な時代に文学という個人作業に固執するおまえもまた、おれの脇に立つほかにはないのではないかと、作家に呼びかける者でもまたあるのではなかろうか？

しかし核時代の暴君殺しが、この巨大な核秩序の構造にどんでんがえしの混乱をひきおこすことのできる時間は、決して永いものではなかった。あらためて新しい大統領と、将軍たち、特別補佐官たちが、かれらの秩序を回復すると、次のどんでんがえしにそなえて、問題の時間を、より縮小しようとし、より限定されたものとしようとするだろう。考えてみれば、核《ニュークレア》専制王朝の真の王は、核兵器庫にこそ玉座をしつらえているのであって、核時代の暴君殺しは、その司祭を殺害したにすぎなかったのである。大統領の血しぶきをあびながらも、この無機物質の専制者は、確実に生き延びて、民衆の政治的な想像力をおしつぶす拒絶の壁たりつづける。

実際この核時代の恐怖の根幹にあるものと、今日にいたるまで人類がそれに抗って生き延びたところの最悪の怪物とをつきあわせるとき、どのようにしていまわれわれの想像力が踏みにじられているかということの実態が、いくらかはあきらかになるであろう。

モンテーニュの名を表紙に記した書物からではなく（それも奇妙なことにぼくが『レイモン・スボン弁護』を読んだあとの出会いであることは、原典と照しあわせたぼく自身の鉛筆の書きこみがあきらかにしているのであるが）、この一節がぼくの内部に入りこんできたのは、アメリカの作家とわが国の哲学者の文章をつうじてであり、それゆえの特別な重みもまたあったことをまずあきらかにしておかなければならない。ぼくは、人間との出会いと同様に、活字との出会いにもまた、特殊な時間と場所の制約があることを認めるものだ。『白鯨《モオビイ・ディック》』の冒頭の入念な文献篇において、はじめてぼくはこの一節に出会った。それは、《とにかく他の何ものにもあれ、つまり獣にも舟にもあれ、この怪物(すなわち鯨)の恐しい顎に飛びこむものは、たちまち呑みこまれて亡ぶのであるが、魚どもはそこを無上の避難所として睡るという》という一節で、ヨナ書からの《さて神、大いなる魚を備えおきてヨナを呑ましめ給えり》という引用のこだまのなお響いている頭にはいりこんで、そこにしっかり位置をしめた。

それからぼくは、モンテーニュの専門家たるひとりのフランス文学者が、短い滞在予定でフランスにおもむき十六年間そこに居残ることになる、そのそもそもの発端をかたった文章の一節に、次のような言葉を見出して、あらためてそれがメルヴィルの引用ともども、ぼくを『レイモン・スボン弁護』にかたく縛りつけることになるであろうことを予感したのであった。《さて、こうやっていやおうなしにパリでの生活と勉強が始ってしまったのですが、さきほどちょっと申し上げたように、私の恐れていたことが忽ち現実となってきたのです。しかし、モンテーニュが言っているように、恐怖の対象そのものの中に入ってしまえば、かえって恐怖や不安はなくなり、あるいはほかのものに姿を変え、もっと具体的な、行動の対象になり、別の配慮が生れて来ます。今にして思えば、こういう、観照的態度を不可能にする行動の次元こそは、パリが私にもたらしてくれた第一の変化だったのですが、それはそれで私にとっては相当に骨の折れることでした。》(森有正『遙かなノートルダム』)

メルヴィルがひたすら、鯨とはいかなる獣であるかを提示するために引用した「文献」にすぎぬ、この怪物についても、それはかつて脅威的な巨大な暴力についてものを考えようとするものにとって有効な比喩であった。いま、魚どもの避難所、すなわち無力なる者の避難所として核兵器の周辺を空想することはできない。いわゆる核の傘は、核武装体制をあたかも、魚どもの避難所と仮装するために工夫された欺瞞の言葉であるが、この核の傘という魚どもの避難所で睡っている無力な民衆は、それも核《ニュークレア》専制王朝の外部の野蛮人たるわれわれは恐怖するもの、殲滅されるものとして、もう一頭、あるいは二頭の鯨とのあいだにおこなわれる脅迫のエスカレーションの撒き餌のごときものなのである。

あらためてわれわれと同時代の哲学者がモンテーニュに息をふきこんで、その思想を蘇生させつつ語るところにしたがっていえば、核時代の恐怖の対象そのものの中に入ることはできないし、それを確実に見すえることは、われわれに逃れがたい恐怖と不安の絶対的な壁に頭をうちあてしめるばかりである。それは民衆の具体的な行動の工具とはなりえないところの、少数の絶対的な専制者たちに独占されている兇器であり、この兇器は世界のすべての人間の数に匹敵する容量をそなえた、広大無辺な落し穴のごときものであって、いわば人類は、はじめてその数千年来の終末観の情景を具体化しうる力を悲惨にも開発したのだ。

核《ニュークレア》専制王朝の暴力の根幹が絶対的に巨大であって、それに対置された民衆のひとりひとりには、恐怖するもの、あるいは殲滅されるものとしての肉体を意識することしかできず、個人がこの恐怖の対象にいかに近づいても、そこに具体的な行動の道筋があらわれるというたぐいのものではないとすれば、すなわちわれわれがこのかつてありえた最悪の暴力そのものの具現である専制者にむかって近づくことは、想像力のデッド・エンドを示す暗く広大な壁面にむかって駆けてゆくことにほかならないとすれば、まことに核時代とは、想像力を鼓舞する性格の時代ではない。大統領に血みどろの死をあたえて核体制に十分か二十分の空白の時の穴ぼこをうがつ、みすぼらしい暗殺者の行為に比肩するほどの想像力の解放も、まことに困難である。それを世界のあらゆるすみずみの人間が意識してゆくにつれて、地球は人も獣も石化した集落のような、救いがたい暗い沈黙にみたされてゆくだろう。

そのとき世界のあらゆる場所でひとりの若者が、暴力の外で暴力にかかわる想像力を行使することとの原理的な無意味さを告発することの、端的な根拠はあるといわなければならない。同時にかれが想像力による他者とのつなぎめのロープを、いちいち切りおとしてかれひとりの暴力の現場にむかってゆくとき、かれが個人的な実存のタコ壺にはいりこむことともまた確かだ。かれは自分のタコ壺のなかで、壊れものであるところの自分、fragile であるところの自分をあらためて認識する。暴力をくわえられる肉体としての意識はかぎりなくとぎすまされ、かれをかれ自身の人間的な根源にむけて押しあげる。かれはその極点で、言葉がなんだ、想像力がなんだ、と否定の叫び声を発する実存的な権利をもつだろう。

しかし同時に、かれが、しかもなお言葉について、想像力について、自分でそれらにかれの実存にかかわる有効性をあたえる決断をすることもまた、ありえぬことではないであろう。すくなくともかれは、暴力をくわえられる肉体としての意識をつきつめることで、それまでかれを縛りつけていた既成の言葉、想像力の限界から自由になった(または、はじきだされた)ところの、赤裸の壊れものであり fragile な存在なのだ。かれが新しい言葉、新しい想像力を選びとる自由もまた、かれのものではないか?

ぼくが暴力をくわえる肉体としての意識にはっきり

と顔をつきあわせたのは、自分の最初の息子が頭部に余剰な、それこそ肉体のわけのわからなさそのものともいうべき肉瘤をつけた新生児として、柳編みのベッドにちぢこまり声にならない叫び声をあげている、救急車の窮屈な内部においてだった。嬰児はこの世界に存在するありとあるものから、暴力をくわえられる肉体としてそこに横たわっていると感じられた。そしてぼくはただ、そのやわらかそうな小さい個体の前にじっと坐っているだけで、自分がいまにもその無垢なるものに暴力をくわえる、肉体となりかわるのではないかという底深い恐怖にとらえられていたのである。むしろ、赤んぼうが誕生したままの状態で苦痛になやんでいるのであり、エラ呼吸する魚人間とでもいう具合に、その誕生したままの状態では、かれにこの世界を生き延びるチャンスがないと判明している以上、ぼくという一個の人間が(それは、父親が、というよりもっと一般的な感覚としての、人間がということであった)この世界に実在していること自体が、暴力をくわえる肉体たることにほかならないではないかという意識に、ぼくを眼ざめしめたのだ。ぼくはできることなら死んだ人間のふりをしてじっと身動きせず、呼吸もとめて、柳編みのベッドにいる、疑いようもなく、暴力をくわえられる肉体としての存在に、ぼくの凶まがしい異臭をかぎつけられないようにしたいとねがった。

この退行現象は、ぼくが家にもどって自分ひとりになると、暴力をくわえる肉体であり、かつ暴力をくわえられる肉体であるところのぼく自身の、内部に自己破壊の装置をそなえた壊れものたるところのぼく自身の、現実生活を生きつづけるための細部にいっぱいつまっている異様な困難さの種子が、次つぎにふくれてくるというかたちで、ぼくを新しい退行現象の段階におしあげた。ぼくは頸を吊っている男の素描をとりだしてくると、それを眺めて永い時間をすごし原色版の余白に次のような詩のごときものを書きこんだ。

頸を吊ると
おとなしそうな死体になる、
おれは兇悪な恰好をした
死体になりたいのだ。

ところがいったんこのように書きしるすと、その四行が、つねにぼくの意識世界のなかば近くを占めているところの、活字のむこうの暗闇にはいってゆき、そしてそこから、この四行を書いた人間は自殺を希っているのではない、という確実な分析表を附加されて戻ってきたのである。ぼくは自分の退行現象をそれ以上いつくしみ育てることを拒んで、翌朝あらためて病院にでかけてゆくと、壊れものとしての人間たる自分自身と息子との、これから共同でになってゆくべき生存の手つづきを、はじめて自発的に確認した。

作家にとって社会とはなにか？

ぼくは小説を書く人間として自分自身を選びとろうとしながら、そのような生き方の、社会にかかわる意味あいについて、明瞭な考えをそなえていたのではなかった。そしてまた自分をふくみこんでいるところの、この社会が、いかなる特殊性をそなえた時代として、時の軸の尖端にくらいしているのかを持続的に考えていたのでもなかった。むしろぼくは、社会を拒んでいるというのに近い青年であった。ぼくはまた、現代を拒んでいるというのに近い青年でもあった。ぼくが小説を書こうとしているとき、ぼくは社会に背を向けて、自分自身の内部の暗闇に竪穴を掘ろうとしているのだった。あるいは、自分自身に、しかるべき内部を構築しようとし、そこに、意識化されたぼく自身をこえるものの芽をふくむべき暗闇をたくわえようとしていたのだった。この暗闇とその内側にひそむ、なにやらわけのわからぬ奇怪なもの、という着想は、当初からフロイト的なものではなかった。分析医の手によって明るみにひきだされてみると、わけのわからないものでも、奇怪なものでもない、そういう存在が、単に無意識の暗闇でだけ、いわば夜の力に支えられて跳梁する、というのでは無意味だった。なぜなら、ぼくは小説を書くことによって、それらを明るみにひきずり出さねばならないのであり、いったん明るみに現れて縮みこんでしまうようなものであるなら、作家はおよそそれらを真昼の武器として活用しえないはずであるからだ。

　ぼくはフロイトがダリの絵画に興味をひかれなかった、という挿話を思い出す。このように意識化された無意識からは、なにひとつ発見できない、とフロイトはいって索然としたというのであるが、むしろダリの絵画は、無意識のうちなるなにものかを意識化しようという作業によってつくりあげられたものではなかったのだ。かれもまた意識的にかれの内部に、暗闇の構造を大規模に増築すべくカンバスに向かったのだ。小説に戻っていえば、白い紙にインクのしみをつけてゆくことで、作家はかれの内部の暗闇をおしひろげようとする。そして、あたかもその暗闇にかれ自身の根のごときものがあり、いまそれに直接にふれた言葉が、紙に書きしるされているからこそ、この内部の緊張があるのだ、という本末顚倒した考え方を試みる。実のところ、それは本末顚倒ということですらもないかもしれない。白い紙がインクで汚されてゆくとき、そのペン先を軸として、作家の内部の暗闇と、言葉のつたえつつあるものとは等価的に存在する。言葉が空虚なら、その人間の内部の暗闇も空虚だ。空虚な暗闇とは、夢のない眠りのように、それはなにも実在しないことにひとしい。

事実、ぼくは社会を忌避するようにして、自分の下宿に戻り、その借間が、窓のない部屋で、しかもそのこと自体にぼくがいささかもなやまされなかったのは暗示的だが、小説を書きつづけていたのである。ぼくは『資料戦後学生運動』(三一書房版)の、自分が学生であり、借間に閉じこもって小説を書いていた時期とかさなる部分に、いくつかの直接、記憶にある事実と文章とを見出す。たとえばぼくは砂川の桑畑でむかえた夕暮を思い出す。しかしぼくは自分のほとんど最初の小説として印刷されることになる犬殺しのアルバイトの話を書いていたと同じ時期に、本郷の正門の前か、教室入口で手渡された筈の「沖縄を守れ! 全都の学友諸君、二・一へ!」という、沖縄の永久原爆基地化を告発する都学連のビラを思い出すことができないのである。ぼくは自分のおちこんでいた跳び石のあいだの裂けめの深さにいまほとんど茫然とする。

ぼくはまた自分が小説を書いていることを、他人に話すつもりがなかった。ぼくはそれらの習作が読まれることを望んでもいなかった。したがって大学新聞の募集に応じたものを除いてぼくが書いた短篇小説のいくつかと、ひとつの長篇小説は、書きおえるとすぐに破棄された。ぼくにとってそれらの小説は、さきにのべたように自分の内部に暗闇を構築するための、作業の工具とでもいうべきものだった。ぼくは一作業を終えたあと、できあがった小説を掘りくずされた土砂の堆積とでもいうふうに感じて、それを破棄することにいかなる心理的負担もいだかなかった。それにくわえて、ぼくはある小説を書くと、つづいてその書きなおしをすぐさまはじめてしまい、いったん書きなおしてみると、つねにその作品は新しい暗闇により深く入りこむと感じられたので、これが決定された作品だと、ある時点で決断をつけて印刷にふすわけにはゆかないのだった。あの時分、ぼくにとって小説とはつねに、indéfini なものだった。それは多様な意味あいにおいて、indéfini なものなのであった。おなじころ仏語の文法書かなにかで、ジイドが若い作家にむかって、ある作品にはそれが書かれるべき時期というものがあるのであり、いったんそれが書かれれば、それはすなわち、書かれるべき唯一の時に書かれたのだ、と語っている言葉を読み、作家とはそのようにあきらめる人びとなのだ、と感じた。それはまた、ぼくが自分を、作家あるいは、やがて作家たるべき人間から、はっきり区別したがっていたことをあかしだてもするであろう。

それではなぜ、ぼくが小説を書いていたかといえば、端的にいってさきにのべた、自分の内部の暗闇を押しひろげようとして、ということになるが、具体的にでうしたことが可能なのではないかという、喚起力のある誘いかけをぼくに発してきたのは、ぼくが大学の教室でまなんでいた外国語そのものであった。実の所、ぼくは幼年期をすごした、四国の深い森の奥の谷間を出て以来、はじめての経験のように、自分の内部の暗闇あるいはその可能性を揺さぶられ、誘い水で刺激される、根深い動揺と緊張を、いくらかずつ加速される勢いで読むことのできるようになった、外国語から受けとっていたのである。それはただちにぼくに、自分の言葉でそれに対応する世界のうちなるあるものを確保せよ！　とかりたてた。翻訳せよ！　というのではない、ぼくはむしろ、翻訳を言葉にたいする一種の死刑執行のように感じていたのだった。ぼくは外国語のword, motと、われわれの言葉のあいだの緊張した磁気の場に一瞬起上ってくる立体的な相互関係のダイナミズムとでもいうものに、もっとも生きいきした昂揚をあじわい、その昂揚感は、自分の言葉で新しく自分の内部の暗闇につながるものを提示してゆきたい、という方向づけとなるのであった。

したがって、ますますぼくは、社会から逃げさってきた場所で小説を書く動機づけをえ、時代に背をむけて小説を書いていたというべきであろう。word, mot, 言葉、その三角構造の上に、自分自身の内部を固定して、そこに暗い穴を掘りすすめて行くというのが、ぼくの作業だったのだ。しかもなお、ぼくは漠然とながらに、その穴を掘りすすめた向うには、社会が実在しているのだと、したがって自分は狂気にいたる孤独の竪穴を掘っているのではなく、横穴を掘りすすめて社会にいたろうとしているのだと考えていたのであった。そしてその社会とは、現代のそれにほかならず、しかも真の、現代の社会であるとひそかに信じてもいたのであった。

それはどのような理由にもとづくであろう？　おそらくそれは小説を書くということが、言葉による作業であるという事実のみにかかわっている。ぼくが、word, mot, 言葉の力学的関係に感じとってきたところのもの、活字のむこうの暗闇に実在するそれを発掘してくることで、自分の想像力に賦活作用をあたえる支えとしていたところのものもまた、現代の社会そのものにほかならなかったのである。

やがてぼくは小説を発表しはじめることによって、もっとも具体的な意味での社会と出会った。それは現代の社会であることにちがいはなかったが、ぼくはくりかえし、word, mot, 言葉の構造の抵抗力にたちむかい、あるいは鼓舞されて、孤独な、窓なしの部屋で自分の見つめていた、現代の社会よりももっと確かなものとしてそれに接したのではなかったのである。それでもぼくはこの社会に小説を書く人間として存在することを選んで、十数年を生きてきた。ぼくはまた、そのような人間として生きつづけるほかにないであろう。

cynic という言葉を犬的と訳した鷗外の言葉のダイナミズムにぼくはひかれるが、犬的にいうわけではなくても、ぼくはこの十数年の小説を書く生活において、自分のそなえている肉体と意識とに一種の物理的な変形が課されたことも認めないわけにはゆかない。動物図鑑の説明は、犬と猫とを対比して、猫には使用上の多様性が少ないので、犬のように様ざまな構造的変化がおこなわれなかったというのであるが、その犬よりもなお人間に、その使用上の必要にもとづく構造上の変化があらわれること激しいのを、すでに自分の青春を生きてしまった人間としてぼくは経験的に知っている。ぼくは鏡の前にたっている裸の自分自身の肉体が、およそ敏捷な行動にはむかぬ泥の構造体みたいな具合になっているのを発見する。おまえはそのような肉体にむかって生き延びてきたにすぎない、と鏡のなかの肥って醜い顔が、怨恨じみた表情をあらわして、鏡面のこちらがわのぼくに呼びかける。しかもぼくはその自分自身の肉体に固執しないではいられないのだ。どのような職業の人間が、自分の左腕をしげしげと見つめながら、それについて観察し、それについて焦点のさだまらぬ、あいまいで拡散的な夢想にふける数時間をすごすだろう。ぼくはそのような午前と午後をすごしたあと、真夜中の机にむかって短かいノオトを書く。それはノオトを書いているその場、その時の、ぼく自身にとって、まことに切断された一本の腕ほどにも、いかなる有機的なつながりもぼく自身にたいして、もっていないばかりか、やがてそのノオトがどのような展開を示すかも、五里霧中なのだ。しかもなお、ぼくは具体的なにものかを生産しているかのような、おそらくは人間的な根源につながる昂揚感に支えられてノオトを書く。それはそのまま具体的にいえば(この場合、抽象的にいう、ということはありえないのであるから)、ドラム罐の胴に直径20センチメートルの穴をうがって、そこから左腕をつっこみ、自由な右腕でガソリンをそそぎかけ、点火して焼きこがす、というノオトである。ぼくはそのつまらぬインク痕で汚れたノオトを、あたかもそれがぼく自身の内部の、あるいは内部にあるとみなすことを望んでいる暗闇への手がかりであるとでもいう具合に、机の抽出しにしまいこむ。やがてぼくの大学の同級生たちが大規模なコンピューターの脇に立って、自分のつくったプログラムの検討に立ちあい、もしかしたら、この世界の全体の構造について根本的な選択をしてくれるような時代がきたとしても、ぼくはあいかわらずインク痕のついた数枚のカードをひねくりまわしては、あてどない空想にふけっているにちがいないのである。コンピューターの騎士が、ぼくにむかって、きみもまたこの世界の全体の構造について、もうひとつの根本的な選択をしているのじゃないのかね？ と嘲弄する声を聞き流す努力をしながら！

すでにぼくはこれから語ろうとすることを、あらかじめいってしまったわけだが、すなわち右にのべたような、意識の変形をもまた、小説を書く人間としての生活が、ぼくにあたえた。ぼくはおよそ多義的で、ぼんやりしていて、問題の部分がその背景や母胎からすっかりひき剝がされていないところの、端的にいって（この場合もまた、端的にいうことは不可能であることが明瞭な唯一のことなのであるが）なにやらわけのわからぬものをのみ、頼りになる手がかりとして、作家としての意識の機能を展開させはじめるのである。いうまでもなくそれはむだぼねおりであることがしばしばだ。むしろ順調に展開がすすめばすすむほど、それはむだぼねおりであるのかも知れないのだ。

しかも小説を書く人間としてのぼくの意識の常態は、いわば果てしなく重荷としてつみかさなってゆく判断留保のくりかえしによってなりたっているともまたいうべきであろう。ある日、ぼくの幼児が二種類のジャケツのうちのひとつを選ばねばならなかった。かれは自分の好んでいる暗い片隅にはいりこんで一時間もしたあと涙と羞恥心とで汚れた、まったく憐れな顔をして、両肩をそれぞれ異ったジャケツに突っこみ、途方にくれて歩み出てきた。ぼくはあれが小説を書く人間としてのぼくの意識のかたちなのだと、やはりいかにもあいまいで非論理的、反論理的というより、いわば不論理的に直感した。このように書くと、ぼくはひとつのアレゴリイを語ったかのようだ。すなわち、ぼくがあの日感じとり考えついたことを十全につたえるためには、ぼくは幼児の肉体の全体について、またジャケツの色彩や模様、その肌ざわりについて、永ながと書きこむことによってアレゴリイの吸引力のとどかないところまで逃げ出す、あるいはつき出る必要がある。それはもう説明の必要もなく、小説家の仕事の内容そのものであるだろう。

しかし小説家の意識が、事物を把握して言葉を積みかさね、表現してゆくことにおいて(それはこのように順序だてておこなわれるのではなく、すべてが同時的に具体化するのであるが)、なにもかもをとりこんで永ながと書きこむ、といういいかたも、結局は、一種の比喩の域を出ないのである。なにもかもをとりこむことは不可能だ。まず小説を書く人間の視野は狭く限られている。それはまったく一元的だ。かれは自分の頭の前面についた、炭鉱夫のランプのごときものが照すもののみをしか見ることがない。それにさからって様ざまな作家たちの試みがおこなわれてきた。複眼的にものを見ているかのごとく、あるいはもっと限界を乗りこえて、小説家の意識が、同時的に多様な場所に遍在していることができるのだとでもいうように、それからこれはいま主にアメリカの記録読物の作家たちにとってのみ生きのこっている方法であるが、多数の調査人たちを派遣して、その連中の持ちかえってきたところのものを構成するかたちで、作家たちはかれの単純な構造の意識の世界を、外部世界の複雑さにむけて押し上げようと、果てしない試みをつづけてきたのであった。

しかし小説を書く者の試みが複雑化すればするほど、結局、かれの言葉が提示するところの多元的な性格は、いいにせの多元的な性格にほかならないことがあきらかになってくる。ぼくはテレヴィ劇画の忍者の努力について考えざるをえない。その忍者は、かれ自身が同時的に数知れず実在していると感じさせるところの技術をそなえている。しかしかれを襲撃する者は、それらの数知れぬ幻のひとつを攻撃すればいいのだ。一個の幻が倒れると、同時に、すべての幻が倒れる。小説を書く者が提示する、一応は多元的な性格をそなえているところの構造もまた、その突出部を、あるいは窪みの部分を刺しつらぬけば、作家の本質はただちにつきとめられてしまう。なぜなら、相対立するかに感じとられるところの二つ、または二つ以上の要素のいずれも、その作家の意識の光をいったんあびてそこに導入されたものなのであって、結局は、作家の意識を最後まで拒みとおす壁にかこまれた要素がそこに実在するのではないからである。

しかもなお作家がかれの小説のうちに、本質的ににせの多元的性格をみちびきこもうとしてくりかえし努力するのはなぜか？ それは作家が、かれの経験したところの一時代を、すなわちかれの内部の暗闇に掘りあてたところの社会を、たとえそれがにせの多元的性格であるにしても、なんとか全体の構造をそなえたものとして提示したいと望むからであろう。ひとりの作家は次のように多元的な、数かずの焦点をそなえた眼と意識が、あたかも実在するかのように書きはじめた。

《ベルリン十六時半、ロンドン十五時半。丘の上に、人気のない、厳めしいホテルが、一人の老人をなかにして、うっそりとして建っていた。アングレームでも、マルセーユでも、ガンでも、ドーヴァーでも、かれらは考えていた。「なにをしているのだろう？ もう三時間以上も経つ。なぜ降りて来ないのだろう？」彼は鎧扉を半開きにしたサロンのなかに坐り、濃い眉毛の下で、一点をみつめ、すこし口を開けて、はるか昔の記憶を思いだしているかのようであった。彼はもう読んでいなかった。書類を握ったままの斑点のある、年寄りじみたその手が、膝のあたりにだらりとしていた。

彼はホレース・ウィルソンの方を向いて「何時かね？」と聞いた。ホレース・ウィルソンは「四時半ごろでしょう」と答えた。老人は大きな眼を上げて、ちょっと人の好い微笑を浮べて「なかなか暑いね」と云った。真赤な、火花を散らす、きらきら光った暑気が、全ヨーロッパに蔽いかぶさっていた。人々は手の上に、眼の奥に、気管支に、暑さを感じていた。暑さ、埃、苦悩にうんざりしながら、かれらは待っていた。》（『猶予』人文書院版）

この多元的な外貌をあたえられた言葉が、それを読みとろうとする者に、かれの想像力と現実生活のかさなりあった経験の現場に実在させるべく提示しているものはなにか？　ミュンヘン会談の時代のこまかな時刻表つきの、世界的な規模における、社会の鳥瞰図ではない。そういうものはいっこうに現実的な手ざわりのある実体としてこれらの言葉が支えていはしない。ここにはミュンヘン会談を焦点とする歴史的な一時代を、その綜合的な総体の微小な一単位として生きた人間である作家が、あらためてその時代を綜合的な展望をもちつつ生きるとしたならどのようであるか、とひとり考えつめている現場の、机にむかった後姿のみが、現実感をもって実在しているのである。

その後姿を見せている男は、神のようにあらゆるものの多面性をすくいとって見ることができ、その先行きもまた知りつくしているところの眼をそなえている人間でなく、また時間をこえた認識力をそなえた万能の怪物でもあるどころか、ミュンヘン会談のおこなわれていた数日間を、ほとんどなにひとつ有効な予見もいだくことなく、自分の頭にむすびつけた照明燈が照しだすわずかなものだけを見ていた、あわれに無力なひとりの人間であるにすぎない。サルトルはそのようにして、ひとりの壊れものたる肉体と意識をそなえた人間であるかれ自身を、それこそ小田実の言葉を用いれば、等身大のままに提示する。われわれはかれの肉体と意識を通過してきた社会に、すなわちかれの経験のうちなる現代に正面からむかいあう。サルトルはそのようにして、あらためて自分がモーリアック批判において示したところの、ものの考え方を具体化するのである。

いまのべたところのことを、サルトル＝作家の側からでなく、ぼく＝読者の側から把握しなおしてみれば事情はもっと明瞭になるであろう。ぼくはサルトル自身の mot または翻訳による言葉を印刷した活字のまえにいる。ぼくはその活字のむこうの暗闇に実在するところのものとして、なにをとらえるか？　ぼくはミュンヘン会談のなりゆきを、こまかな時刻表にしたがってアングレームで、マルセーユで、ガンで、ドーヴァーで、不安と共に見まもる民衆を把握するのではない。ナチス・ドイツの、またチェコスロバキアの政治家たちの、強請と選択の現場に立ちあおうとしているのでもない。ぼくは、ひとりの作家がどのようにしてこの歴史的事件を、社会的な規模において経験するか、ということに焦点をあてて、しかも作家がその経験をおこなうのと同時的に経験しようとしているのである。活字のむこうの暗闇には、不安に待ちつづけ、人の好い微笑を浮かべ、暑さを感じている、一個の人間が坐っている。そしてしだいにぼくもまた、不安に待ちつづけ、人の好い微笑を浮かべ、暑さを感じる。ぼくは経験しはじめる……

サルトルの『猶予』の場合、かれが歴史家としてその仕事をしているのでないことはいうまでもないが、民俗学者が掘りおこす、歴史的なるものと、民俗学的なるものとのあい重なりあったところにおいての、人間の意識にのっとった種類の仕事をしているとはいいうるかもしれない。ぼくの生れた深い森の奥の谷間で、かつてそこで幾たびかおこなわれた一揆について、同時的に語ることがつねであった老婆もまた、同じ種類の作業をしていたのだ。いったん彼女が話しはじめると、すべての一揆はひとりのヒーローあるいは乱暴きわまる無頼漢をつうじて、あたかもその男が老婆の脇に立っているかのごとくに、その時を現在とする谷間の世界にむかって押し出されてき、子供らはそのすべての一揆を、新しい驚きとともに経験した。それは谷間ぐるみの集団的な想像力に支えられてのコミュニケイションであったというべきであろう。谷間から集団的な想像力が消滅すると、すべての一揆もまた、現実的な存在として再現される可能性を消滅せしめられた。貧弱な個人的想像力がのこした文書が埃りのなかからあらわれても、それがあらためて一揆を谷間の新世代に経験させることはないであろう。谷間の祭りよりも大晦日のテレヴィの歌謡曲番組が、もっとも拡大された共生感を谷間の人びとにもたらすようになったいま、いったん消滅した集団的な想像力の再生はありえないだろう。

サルトルはミュンヘン会談の記憶ということを、全ヨーロッパ的な、集団的想像力の母胎として、谷間規模の集団的想像力に一揆をよみがえらせるごとくに、世界にとっての決定的な選択を、よみがえらせるべく試みたのであった。しかし全ヨーロッパ規模の集団的想像力という雄大な構想は、結局のところみのることがなかったといわねばならない。したがってわれわれが、かれの一個の刻印を押した活字のむこうの暗闇に見出すのは、そしてかれと同時的な経験の時をともに生きるのは、暑さになやんでいる全ヨーロッパの民衆ではなく、ひとりの知識人としてのサルトル個人にほかならない。われわれは一個の作家の肉体と意識をくぐりぬけて社会への出口にいたるのみだ。しかしそれはサルトルの不名誉ではないであろう。巨人の時代は去ったのだ。いかなる時代の巨人も、民衆の集団的想像力に支えられて生きていた。いま平均的な身体をそなえた人間しか、想像力のうちにおいてもまた生きのびられぬ時代に、核兵器のみが巨人ロボットのごとく実在して全世界を覆っているのは、今日の人類の集団的想像力が、悲惨にも厖大な恐怖心としてのみ実在するからにほかならないはずではないか?

作家がその意識の狭く限られた一面性をはっきり認めることによって、あくまでもその視点を限定し、視野の拡散をふせぐべくつとめるということがある。それはわれわれの時代の作家たちの試みのもうひとつの側面である。それはひとりの作家の眼によっては見きわめられないところのことまで多面的に書く、ということへの潔癖な拒否から展開して、まことに厳格に固定された視点よりほかの場所からの眺めを考えることすらも拒むばかりになった。人間が夜の暗闇に背をむけて光の範囲のうちに入ろうとする。その時、かれが背後に意識せざるをえない、恐怖のかたまりのごときもの、それを、ひとりの作家が、かれの正面の光にみちた世界と同様に、はっきり見きわめることのできる眼の機能をそなえているかのように描き出せば、たちまち、あの克服しがたい恐怖のかたまりのごときものは消えてしまうだろう。それは文学の世界に貧困化の方向づけしかもたらさない。しかし作家が、眼のついた頭を肩の上にのせて動きまわりうる動物であることをすら忘れてしまおうとする厳密さは、どのような豊かさを結実させたであろうか。《コーヒー沸かしがテーブルの上にある。脚が四本ある円テーブルで、どっちつかずの地色、たぶん昔は象牙色——ないし白——だったのであろう黄色っぽい白の地色に、赤とグレーの格子縞のある蠟引き布で蔽われている。中央で、正方形の陶器の板が、皿受けの代りをつとめている。その模様は、上におかれたコーヒー沸かしのために、すっかりかくされている、というかすくなくとも、判別できなくなっている。》（『新しい小説のために』新潮社版）

ロブ＝グリエの言葉を読んでいるかぎり、確かに一応のところ、われわれは活字のむこうの暗闇に、ロブ＝グリエ自身がじっと坐りこんでいるのを発見するというようなことは、しなくていいという感覚を受けとることができる。そもそも活字のむこうに暗闇はない。そこは明るく照らされており、そこに現前しているのは、コーヒー沸かしがテーブルの上にあるという光景、そのテーブルの脚は四本で……ということよりほかのなにものもないと感じとることが（確かに一応のところ）可能である。あたかもロブ＝グリエの肉体のみならず、意識まで消去されたかのようだ。いや、視線はのこっている、と考えるにしても、眼と頭の内容物が消去された後にのこっている視線など、不思議の国のアリスの前で猫が消え去ったあとにのこっている、猫の微笑とでも比較するほかにないしろものであろう。ただひとつの、一面的に限られた視線をつうじて機能していた、作家の意識もまた消去されて、このスナップ・ショットを、印刷された紙の上に残したまま、怪人ロブ＝グリエは完全犯罪をなしとげ、すべての痕跡を湮滅して立ち去ってしまったのか？　あとに残されたわれわれがこの一節をくりかえし読むとき、われわれの内部の緊張はたかまってくる。そして奇妙な話だが、ぼくの個人的な経験を正直にいうならば、ぼくはコーヒー沸かしとテーブルとのあいだに、ひとつのもめごとが起こるのにこれから立ちあおうとしているのだとでもいうほかにない、サスペンスのとりことなる自分を見出すのである。

ロブ＝グリエの企みは、少なくともぼくをその網のなかにすっぽりとらえることに、効果を十分発揮したというべきであろう。かれは、《なぜならば作家は、今日、読者をないがしろにするどころか、彼の協力、積極的で、意識的で、創造的な協力を絶対必要とすると公言している。作者が読者に望むのは、もはや完成した、充実した、自己閉鎖的な世界を出来合いのかたちで受けとることではなく、それと反対に、みずから創造に参加すること、自分の手で作品を――そして世界を――生み出すこと、そうすることによって、自分自身の生を生みだすすべを学ぶということなのである》とわれわれに語るところの作家であるからだ。

　もっともロブ＝グリエの意識の世界と、すっかり切り離された事物が、活字のむこうに現前している、という感覚は、先にのべたように、一応のところ確かに、という留保つきである。われわれはやはり、ロブ＝グリエの意識の提示するものと出会っているのであり、ロブ＝グリエの意識の力の、われわれへの浸透性は、サルトルにおけるよりもっと油断がならないというべきだからだ。その証拠を端的に示すなら、ロブ＝グリエを一時間読んだあと、自分の身のまわりを見わたせば、たちまち自分の眼が、ロブ＝グリエ的な透明さ、公平無私さでもって事物を見ていることに気がつくことをあげるだけでいい。それはじつは、透明でも公平無私でもない、ロブ＝グリエ的にインパクトをあたえられた眼と意識から、自分を自由に解放できない、ということに根ざした現象にほかならないのである。

　そうしたロブ＝グリエ的な視線のかくれた意味あいを、もっと奔放に活用して、ほとんど全世界を覆いつくすほどの巨大さの眼が事物を眺めている、と感じられるような視点を、作家の意識のうちに導きこんだ新世代があらわれることも、文学の技術の論理の自然な展開というほかにはないであろう。《初めに雲があった。風に追いたてられながらも、山なみによってかろうじて地平線にすがりつく、黒く、重い、雲の群れがあった。あらゆるものは黒ずみ、物体は、まだ残っているわずかな光を散らしたり、浪費したりする鎖かたびらか、薄い鋼片みたいな鱗に整然と覆われていた。光源それ自体であるほかの物体は、定かではないが、近づきつつある事件の異常さに圧倒され、やがて戦いをいどまねばならぬ敵のようなものとの対比のなかにおかしげな姿で、弱よわしく、苦しげに煌《きら》めきはじめていた。運動は少しずつ調子が狂っていた。その強度や様式が弱まったというのではなく、大地を一インチずつ蝕み、腐敗させ、活動の内部に滲みこみ、かつて多種多様に確立されていた調和を破壊し、物質の核心に滲みとおり、生命の起源そのものまで無力にし、勝利を得つつある、永続的、断続的な固定化や、全体的な凍結を遅らせるために消耗してしまったためである。紙のように薄く繊細な影は、風景を覆って無数の光暈《アウロ》をつくり、光の力を奇妙に強め、タンク車が歩道沿いにつぶしていったガラスの破片は、まるで太陽を三つ合わせたぐらいの強烈さで、隣接する無限の空間に百光年の光を反射しているかのようであった。》(『大洪水』河出書房版)

このル・クレジオのいざないによって、われわれはロブ゠グリエと共に閉じこもっていた室内から戸外に出ることができる。そして自己閉鎖的な世界を出来合いのかたちで受けとるかわりに、恐怖にみちた緊張感のたかまりにおいて、世界を見つめ、自分の意識のうちに、かつてなかった新しい世界を把握することができるようになったと、未練がましく室内にのこっているロブ゠グリエの声のコダマのごとくに、かれに叫びかえしてやることができるだろう。しかし、その新しい世界とは、ル・クレジオの最初の作品の、奇妙に明晰な観照にみちた自己幽閉をおこなっている青年の、外部からきた(社会からきた)者への挨拶じみた問いかけが、核戦争はまだおこらないかね、というのであったことが暗示するように、核戦争による黙示録的な光景の展開しうる新世界である。すなわち、そこで二十世紀後半の自分自身の新しい生のありようを生みだすすべを学ぶということも、おこなわれざるをえないだろう。

ぼくはフランス文学科の教室で新しい言葉をまなびはじめることから、結局は、小説を書く人間としての自分を選びとることにすすんだのであるが、mot の世界で最初にぼくを把まえた作家であったサルトルが、核兵器による黙示録的な状況の出現を言葉にした、はじめてのエッセイの筆者であることを考えれば、いまル・クレジオの mot の世界に、核戦争の黙示録の可能性を見出して、かれを真に自分の同時代の作家として確認することができるのも、決して偶然ではないであろう。ひとりの作家としてのぼく自身も、自分の意識を、あたかも多元的な性格をそなえた、複雑きわまる構造体であるかのように押しひろげる試み、あるいはそれを一条の光線のごとくにも限定してゆく試みによって揺さぶり、確認し、また揺さぶりながら、結局は、この核時代の黙示録につらなりうる場所に出てゆかねばならないのであろう。それはまた、自分の内部の暗闇のもっとも暗く、もっとも深いところに核時代の黙示録的なるものを構築することにほかならない。そして今日の作家内部の社会ということについていえば、それが右のような深淵に根ざすものでなければならず、それよりほかのいかなるものも意味をもちえないことを自覚する以外にないであろう。

社会内部の存在としての作家はどのような意味あいをそなえうるか、という問いかけを、ぼくはこの十数年間くりかえし自分に発してきた。そしていま、ぼくはこれまでのいかなる時においてよりも、この問いかけに接して、意気阻喪する自分自身を見出すといわなければ正直ではない。ぼくが社会にむかって一歩踏み出すとすぐに、他人の声が発せられて、きみはなにか？　と訊ねる。ぼくは小説を書いている人間だ、とぼくは答える。次に発せられる問いは、きみはどのような小説を書いているのか？　ということでは、決してない。第二の問いは、それできみはどのような行動をおこなっているのか？　という苛だたしげな声にちがいないのである。

それはすでに「政治と文学」の命題の領域から離れている、あるいはそこを乗り超えている。実際、「政治と文学」というような命題など知ったことか、とさきほどの声ならいうだろう。文学がなぜ必要なんだ、という疑いが、当面の命題なのだ。小説を書いている人間は、実際行動においてどの程度に有効な成員たりうるか、ほとんど穀つぶしにすぎないではないか、というあからさまに否定的な色彩をおびた疑いこそが、作家にむけられる問いかけの声の実質である。ぼくは自分の作家としての内部の暗闇に、この否定的な問いかけの石礫が投げこまれるのを受けとめようとする。そいつが破壊するものを見きわめ、あらためて自分の内部の暗闇の構造体を再構築すべくつとめることを望む。この問いかけは、いうまでもなく大学を封鎖したバリケードの奥からのみ聞こえてくるのではない。コンピューターを管理する部屋に坐っている者たちからも発せられる問いかけである。それは社会主義国家から聞えてくる声であるにとどまらず、「新しい産業国家」からも、幾分、逆説的ないいまわしで、発せられる声である。すなわちそれはまた、ほかならぬ作家自身による、自分の内部の暗闇への問いかけでもまたなければならない。なぜなら、作家が言葉にかかわってのみ仕事をおこないうるものである以上、いかなる非文学的、反文学的、あるいはまた奇妙な造語をするとすれば、いかなる不文学的な言葉も、作家と無関係ではありえないからだ。事実、いったん文学の領域にとりいれられて飼育されてしまった言葉は、逆に作家の想像力の賦活作用の機能において、もっとも衰弱した言葉であることがしばしばなのだ。

あらためていうまでもなく、社会内部の作家という言葉は、社会に容認され、うけいれられた作家ということを意味するのではない。世界内存在にならって、社会内存在としての作家といいなおすことが、より妥当であるほどの意味あいにおいてである。また、さきにのべた「政治と文学」という問題のたてかたから離れて、あるいはそれを乗り超えてということについて留保条件をつけておくのが妥当であろう。それは「政治と文学」という課題が最終的に解決された、ということを意味するのではないからである。命題は未解決のまま、わきにほうりだされて、しばらく埃りをかぶることになる、というにすぎない。「政治と文学」という命題など知ったことか、という逞ましい拒絶の声は、いうまでもなく文学とは無関係な場所から発せられる声なのであり、そしてぼくは、それゆえにこその声が、作家にたいして、文学の問題としてまことに鋭く強靱な、想像力の賦活作用をおこないうる声だとみなすのである。

なぜなら、これまで作家が「政治と文学」という命題をめぐって考えあぐね、あるいは一応の結論をだし、あるいはそれを打ち壊されてふりだしに戻るというかたちで、あきることなくおこなってきた論理のゲームは、一応のところ作家を社会内存在として認めるという、暗黙の了解のルールのうえになりたってきたものであるからだ。「政治と文学」という命題がさかんに議論された場所は、しばしば作家に社会内存在としてのかなりの評価があたえられているところであった。ぼくは自分が、小説を書く人間として旅行した、様ざまな国を思い出す。とくに社会主義諸国への旅行での微妙な居心地の悪さを(それは圧倒的な居心地の良さと同居している奇妙な感覚であった)いつまでも乾かない湿疹のような、みじめな苦痛と共に思い出す。中国の作家たちとの交歓の席で、それはぼくにとってまことに豊かな人間的喜びにみちた交歓の席だったのであるが、同時に、くりかえしぼくは、ここに集っている中国と日本の作家たちは、すぐにそれとわかる巨大な権力から、特別許可証をあたえられてこういう異例の楽しみをあじわっているのであり、いまにもその特別許可証はとりあげられてしまうのだという、なかばは危惧、なかばは期待の、漠たる予感をいだいたのであった。しかもその権力自体があらわれる必要はなくて、もしこの席の参会者のひとりが立ちあがって、文学がなぜ必要なんだ、この穀つぶしどもめが! と叫んだとすれば、たちまち交歓の席のあらゆるものが瓦解して、夢からさめた憐れなものらが横たわったり、うずくまったりしている荒れた原っぱが現れるだろうと、北京の、上海の様ざまな交歓の席でぼくは夢想した。文化大革命が果たした役割は、この悪夢の現実化に似た側面をもまたはらんでいるであろう。現にぼくがいくたびか中国風の円卓をともにした中国の作家たちの自殺あるいは完全な沈黙がつたえられる。そこからあらためてひきかえせば、文学の自律性ということの否定、あるいはきびしい限定の上にたっての「政治と文学」の命題の解決が、作家たちに、かえってあの特別許可証をあたえていた理由そのものだともいうべきであるかもしれない。もし、自殺したとつたえられる老舎の死が事実であるとしたら、秀れた文人たるかれは、あらためてつきつけられた、文学がなぜ必要なんだ、という声にこたえて威厳と共に死を選んだのであろう。また趙樹理もその農民的誠実にかけて、新しい特別許可証の受け入れを拒んで沈黙をまもることを選んだのであろう。文化大革命がそのようにも決定的な揺さぶりを「政治と文学」を超えて、文学そのものにむけ、作家たちがそれに正面からこたえようとする時、社会主義国家における文学という究極の命題が、新しい切り口をひらいたことは確かなことだ。文化大革命はまったく政治的な営為であるが、その切り口を今後どのように生かすか、あるいは腐敗せしめるかは別にして、それはなごやかな日中作家の討論の席では決してなしとげられなかったところの、文学の本質にかかわった根源的な作業である。自殺した作家たち、沈黙した作家たちはわれわれにあらためて、現代における社会内存在としての作家の意味あいの新局面を提示する、積極的な力をそなえるものとして実在しつづけるにちがいない。かれらが、生きのこり発言しつづける者たちからの批判の言葉をもっとももまともに受けとめた人びとであることは確実であり、それをつうじて留保条件なしに「政治と文学」の命題にかれら自身の解答を提示して、あるいは自殺し、あるいは沈黙する時、かれらは社会主義国家における文学という命題に、鋭く積極的な光をそそいだのである。文学がなぜ必要なんだ、と問いかけた者たちと、すくなくとも等価の存在として、かれらは現代における文学、今日の社会内存在としての作家の意味あいの究明に力をつくした人びととして記憶されねばならない。政治的な状況の変化が、ある作家たちに死を、ある作家たちに沈黙をもたらしたのではない。文学がなぜ必要なんだ、という問いかけに、まともに答えようとした行為が、あるいは自殺を、あるいは沈黙をもたらしたのである。おなじ問いかけは胡万春のような造反派の作家たちにとっても、かれらが作家でありつづけようとするならば、いやおうなしに自分にむけた問いかけとして受けつがれざるをえないものであろう。文学がなぜ必要なんだ、というなまなましい問いかけが発せられつづける社会主義国家には、かっての、「政治と文学」の命題が、あきらかな政治優位のかたちで固定しており、執行猶予された文学の自律性が、なごやかに作家同士の交歓のテーブルを保障する状態よりも、はっきりした希望がある。すくなくともそこには文学的な希望がある。いかなる体制の国家であれ、にせの安定した身分として、社会内存在としての作家の位置が保障されている状態は、最悪だ。

ぼくはまたモスクワの作家たちのクラブで、今度はロシア風のテーブルに、いわゆる雪どけ以後の秀れた新世代たちと一緒に坐っていた時の様ざまな会話を思いおこす。そこにもまた街頭の一般市民にはあたえられない、特別許可証の感覚があり、そこに招待されてソヴィエトの作家たちとアルメニアのコニャックを飲んでいることには、居心地の良さがたかまるにしたがって、うしろめたい居心地の悪さが育ってきたことをも、記憶のうちから消去しがたい。とくにアクショノフは、かれの内部にそなえている暗闇の確実な所在についてただちに強く感得させる作家であった。ぼくがかれと会った時には、ほとんどつねに軽い酔いを発していたが、しかもつねに憂わしげな印象であったアクショノフとぼくは、深夜にひとりで小説の仕事をすすめているとき、どのようにして自分自身をはげますことができるか、という対話をしたが、かれは公式の答えとのみはいいきれぬ、独自の答え方をしうるはずの「政治と文学」について議論の命題をたててみるということはなしに、感動的なほど素直な言葉を発した、回復困難な絶望の匂いのする言葉を。しかしいまぼくはチェコ問題をつうじてアクショノフがどのように辛いところまで、かれの「政治と文学」の命題をつきつめないではいられないことだろうかとしばしば考えざるをえないのであるし、『ユーノスチ』誌の編集スタッフを離脱したかれの眼の前には、実際のところ、文学がなぜ必要なんだ、と問いつめる者の姿がうようよ現われているにちがいないことを思わずにはいられないのである。それはあらためて、深夜にひとり小説制作というまことに不確実であいまいな、なにやらわけのわからぬ作業をおこなっているときに、どのようにして自分自身をはげますか、という対話の内容に、奥深い根のところではつながってくるのである。文学がなぜ必要なんだ、と威勢よく叫びたてる声にたいして、アクショノフがまともに対峙し、ほかならぬかれ自身の意志によって積極的にその声を、かれ自身の内部の暗闇にとりこみ、そしてあらためてかれが一個の作家としてその展開を全的になしとげるとき、そこにもまた、社会主義国家の社会内存在としての作家とはなにかという、切実な問いへの実のある解答の手がかりが、つくりだされうる筈ではないか。かれがこれからもなお永く辛い沈黙の時をつづけるにしても、いましかしたらシベリアの真夜中の書斎にひとり坐っているかれは、モスクワの作家たちのクラブでアルメニアのコニャックを飲んでいたときのかれよりも、その内部の暗闇の構造体を、より多様にし、かつより確実にしている人間であるにちがいない。かれはすくなくとも「政治と文学」についての、その場しのぎ的なやりかたが得意な調停委員から、仮にわたされていた特別許可証を使用しつづけようとはしないで、いまかれの友人たちにも所在のあきらかでない場所の、孤独な書斎にじっと坐りこんでいる筈なのだ。かれはあらためて積極的にかれ自身のかちとるべきものとしての「雪どけ」に立ちむかうだろう。兆民の言葉をもちいれば、恩賜的な「雪どけ」でなく、恢復的な「雪どけ」が、かれの命題となっているだろう。文学がなぜ必要なんだ、という問いかけをもまた積極的にひきうけてかれが切りひらく荒地はしだいにひろがるだろう。かれの沈黙がどのように永びくことがあろうと、アクショノフ的なるものは、シベリアのこちらがわのぼくにたいしてのみならず、右のような喚起力を、様ざまな国の様ざまな作家たちにあたえつづけるのであるから、じつのところかれは決して沈黙しているのではない。

　あらためていうまでもないが、作家は、文学がなぜ必要なんだ、という問いかけの声によって、できればそれを避けてとおりたいと考えながら、不運にもつかまえられるというのではない。かれが自分の存在をかけた責任のとりかたにおいて、まともにその声をひきうけ、自分の内部の暗闇にまで浸透させる決意をするとき、はじめてこのもっとも非文学的な問いかけに、文学の核心にふれた意味あいが生じて、社会内存在としての作家を根源的に揺さぶるダイナモがしこまれるのである。そのような努力がおこなわれるのは、ほかならぬ作家こそが、にせの社会内存在としてのありかたに、あるいは、違和感を、不安を、あるいは自分自身を引き裂こうとする破滅的な力を見出しているからにほかならないであろう。

　にせの社会内存在としての作家のありかたを、多面的に観察しようとすれば、ぼくは中国あるいはソヴィエトの作家たちの世界を展望することをとくに必要としない。そこからアメリカと西欧の作家たちにむかってひと跳びすることをもまた、必要としない。なぜなら、われわれの国の、われわれの言葉による文学の世界にこそ、にせの社会内存在としての作家のありようの乱ちき騒ぎが、いまや天井知らずに高潮しているのだからだ。われわれのマス・コミュニケイションの現場で、われわれの作家たちはおよそありとある局面に、ありとある役割をになって出現する。いまや作家たちは活字の、また声の、あまつさえ映像の武器をすらひっつかんで千変万化の活躍をするスーパー・マンとしての社会内存在である。しかし新聞小説が、およそ作家の内部の暗闇に直接パイプを送りこんだところの文学的結実たることがまことにまれであり、週刊誌小説がそれに輪をかけたたぐいのものであるとすれば、すでにマス・コミュニケイションにおける作家たちの拠点とは、そのそもそもの基本的な土台において不確かなものだ。しかもなおラジオとテレヴィジョンに作家スーパー・マンの出現は殷賑をきわめる。すなわち、にせの社会内存在としての作家の実態は、誰にも見まがいえない巨大さにおしひろげられて、ありとある人びとの眼の前にある。しかもいったんスーパー・マンとなりおおせた以上、作家たちのにせの社会内存在としての役割は、およそ限定されることがない。

新聞の、ラジオの、またテレヴィのメディアにおいて、奇怪な作家スーパー・マンは予言者であり、同伴者であり、批判者である。ありとある視聴者に公開されている、かれの巨大な胸腔の内部に、たとえ小っぽけな暗闇がありえたにしても、それがいつまで憐れな存在証明をおよそ声にならぬ悲鳴のごときものによって主張しつづけようか？　そしてこのような怪物のうようよ歩きまわっている場所に、突然にあらわれた無名の荒あらしい活力のかたまりが、文学がなぜ必要なんだ、小説を書いている人間は、実際行動においてどの程度に有効な成員たりうるか、ほとんど穀つぶしにすぎないではないかと、裸の王様をなじるような疑いの声をつきつける事態の発生したのが、今日の状況なのである。そして、このおよそ文学とはかかわりのない所から、およそ文学にかかわらない個性の持主たちによって発せられた声が、並いる作家スーパー・マンたちの神通力を一挙にうちくだきえる衝撃力をそなえているかに感じられるのは、作家スーパー・マンの、にせの社会内存在としてのありようが、とっくのむかしに、かれ自身の文学的な深い暗闇からの補給パイプをみずから断ち切ってしまっているからだというほかにないであろう。もっとも、外被をとおして自分の本質的な部分に加えられた打撃の衝撃力を充分に感じとるためには、すくなくとも人並に鋭敏な感覚が必要だし、それをにせの社会内存在としての自分の核心にまでつらぬいてくる矢としてうけとめるためには、真の社会内存在として作家はどのようなものでありうるのかと、持続的に想像力をはたらかせていることが不可欠の条件である。したがって花やかな作家スーパー・マンたちの数知れぬ乱舞がたちどころにわれわれの視野から消えさる見とおしはないであろう。

そこで現在の問題は、作家スーパー・マンのにせのありようを拒む意志をそなえた、作家の個々の態度決定にかかわってくる。文学がなぜ必要なんだ、という石礫を自分の内部の暗闇に受けとめる積極的な意志をもつかどうかが、作家の態度決定のもっとも基本的な二つの選択肢である。しかも作家の内部の暗闇が、かれ自身にとってもまた本質的にわけのわからぬ要素にみちみちている以上、なにが自分の内部において破壊され、そのうちなにが再構築されうるかを判断する過程は、およそすみやかにおこなわれうる性質のものではないであろう。そのゆっくりとネジをねじこむ営為のさなかの作家にむかって、きみの作業能率をあげるために、暗闇の部分には強力な集光レンズをつけた照明燈をあてよ、判断留保はすべて欺瞞なのであるから、すみやかに選択し判断せよ、という作業監督の声がおっかぶせられることにもまたなるかもしれない。しかし、その声を聞きいれないことを自分の意志において選ぶ作家もまたいることを、たいていの作業監督が見出すだろう。怒った作業監督は、かれの声を聞きいれるものだけとりあえず引率して、この成果の不確実な、疑わしい現場を去ることになるであろう。すくなくともかれはすぐさま、小説を書いている人間は、実際行動においてどの程度に有効な成員たりうるか、という命題の解答をえることになる。どちらにしても次の現場で殺つぶしはあらためて見棄てられよう。

そこであとに残ることを選び、かつ、あとに残らしめられる穀つぶしたることを選んだ作家の努力は、しだいにひとつの方向に収斂してゆくにちがいない。すなわち、きみはなにか？という問いかけに、(A)ぼくは小説を書いている人間だ、と作家が答えるとき、次の問いかけは、(B)それできみはどのような行動をおこなっているのか？という問いかけだとぼくはすでに書いたのであるが、この(A)と(B)とのあいだの裂けめの広さ、深さは、じつは(B)の問いかけをおこなう者によって充分に意識されているとはいいがたいのであり、皮肉な話ではあるが、ほかならぬ問いつめられた作家自身が、この(A)と(B)のあいだの裂けめを具体的にうずめてゆくのでなければ、(B)の問いかけをおこなう告発者自身が、かれのおこなった問いかけを、ついには無意味に感じざるをえない始末にすら、なるのであるからである。そこで自分が穀つぶしたることをあえて否定しない作家は、かれの本質にかかわる責任のとりかたとして、この(A)と(B)とのあいだの裂けめをうずめる言葉をつみかさねるべくつとめるほかにないであろう。

小説を書く人間としての自分自身を選びとろうとしながら、出発点においてそのような生き方の、社会にかかわる意味あいについて、まことにあいまいな意識しかもたなかったと告白することからはじめたこの文章を、ぼくは右のような広く深い裂けめを、ほかならぬ言葉で埋める作業こそ現在の自分の作家としての行為にほかならぬと、現場から報告することで終ろうとする。また、そのような職業につくものとして、まことに日本的な状況を生きるぼく自身をふくみこんでいる時代そのものが、いったいどのような特殊性をそなえた新しい時代なのであるかについても、持続的に考えてみたことのない青年として、自分が作家の仕事にふみこんだことを語りつつ書きすすめたこの文章を、ぼくはいま自分が次のように、この現代を意味づけていると書くことによって結びたいのである。

すなわち、にせのそれでないところの、真正の社会内存在としての作家とは、ぼくにとって、自分の内部の暗闇のうちにひそむ、またひそみうるものを、その言葉によってさぐりもとめ、あるいはそれらのための容量の限界を押しひろげ、ひいてはそれらの全容を他人に伝達しうる客観性をそなえた、構築物としようとするのみの、限られた役割をしかもたない存在である。しかし、核《ニュークレア》専制王朝のごくわずかの専制者たちをのぞけば、あらゆる人類が、その内部の暗闇に、核戦争による黙示録的な悲惨の状況への予感の、具体的な核《コア》をそなえざるをえないこの時代において、ここにのべたような、小さな社会内存在としての作家の役割が、もしかしたら決して無意味でも無力でもなく、しかも様ざまな核体制の対峙する複雑な今日の国際政治前線の、すべての側に共通につうじる意味あいを持って、人間に働きかけうるところの時代こそが、ほかならぬ現代であるのではないだろうか？

個人の死、世界の終り

皮膚が粉をふいたように白く、頭髪もまた染めていなければ白いはずであるところの、盲目に近い弱視の少女が叫ぶように語っている。壇の下の少年たち、少女たちが、ほとんど罵声に近い、荒あらしい声で弥次る。しかしその粗暴な弥次が、じつは優しいコミュニケイションの意志の表現であることを知るには、永い時間が必要でない。白子だと、すなわち色素を欠いているために全身が白く、眼球の構造においてもまたそうなので、この世界が異様に眩しく、盲目たらざるをえない albino の体質だと少女自身でいい、普通学級にかよっていたあいだ、白豚、あいつにふれると感染するぞといわれ、そして盲学校に転校する日、背後からつきとばして、おまえがいなくなるのは嬉しいといった級友たちを怒りに燃えて糾弾したあと、いま盲学校で、はじめて愉快な日々をかちとったと、幼女めいた小柄な少女が両掌をつきあげて叫んで、その短い演説を終えたときの、盲目の少年たち、少女たちの拍手は激しいものであった。つづいて、まったくの沈黙がおとずれる。

壇上の少女は沈黙してじっと立ったままだ、舞台の裾からつきそいの級友がすすみ出て少女をみちびき、ひきさがらせるまでの一、二分間の沈黙。その沈黙は、まさにぼくを畏怖させせた。ほとんど盲目の少女を沈黙とともにとらえている巨大な暗闇、その打ち壊しがたい堅固な沈黙は、ぼくに、まことに永いあいだキリスト教的なるものとは無関係にぼくをとらえつづけてきたパスカルの一行、《この無限なる空間の永遠の沈黙が、私を怖れしめる》という一行を、具体的な質感と重みにおいて提示しなおした。ぼくは、しばしば見てきた悪夢においてのように、暗黒の巨大なひろがりのなかを、両腕、両脚をひろげた少女が、くるくる廻りながら墜落してゆくのを見ていると感じた。『不思議の国のアリス』が、かつて多くのことをぼくに啓示したように、この暗黒の国の albino のアリスは、ぼくの記憶と想像力の世界から、なかなかその光暈を没さってしまうことがないであろうことを、ぼくは予感した。

ぼくは日本のありとある地方の盲学校から集ってきた、盲目あるいは強度の弱視の少年たち、少女たちの演説を、おなじく盲学校にまなぶ生徒たちのなかにあって聞いていたのだ。かれらの語ることどもは、かれらのおちいらねばならなかったところの状況を、いかに正面から引きうけたかを提示するものである。かれらのほとんどが、そもそもの盲目の人間として、その生涯をはじめたのではなかった。したがって、盲目の自分自身をまともに引きうけて生き延びることを、かれらが実際にやりはじめた時、かれらは第一のしたたかな衝撃力をそなえた挫折を、乗りこえたのであった。盲学校は、自己解放をとげた者たちの場所となる。しかし、そこで新時代の盲人のための教育を受けて、すなわち、たとえばピアノの調律師たるための職業訓練を受けて、いったん社会生活へのとばぐちまで進み出た時、もっとも優秀な生徒たちにとって、より端的な、もうひとつの挫折の罠が待ちうけている。晴眼者と(これは特別な喚起力をそなえた言葉だ)競いあわねばならぬ、高度の技術に関わる職業であればあるほど、盲目の若者たちは、実社会での競争に生きのこれるかどうかを不安に感じはじめる。そこで、あらためてピアノ調律の教室を去り、鍼灸、マッサージの技術訓練を受けはじめるというかたちで、かれらは第二の挫折を克服してゆくのである。そのような経験を土台にした、若い盲目の人びとの、あらためてかれら自身を社会的にはっきり位置づけようとする決意にみちた言葉を、くりかえしぼくは聞いたのであるし、そこから受けとめた切実な圧迫感のある感銘についてもまた、ぼくはそれを忘れがたい。

しかしぼくをもっとも奥深いところで、いわば自分の内部の暗闇の最深部で、がっしりつかまえ、揺さぶりをかけてきた巨大なるものの掌は、二十人をこえる話し手たちが、受け手の激しい弥次によるコミュニケイションの信号に、ちょうど盲導犬にみちびかれるようにして、自分の進行すべき方向の軌道をわずかに修正しつつ語りつづけ、そして語り終った瞬間の、沈黙のうちにこそ、その堅固な根をひろがらせていたのだといわなければならない。しかもぼくは、それらの若い盲人たちに、とくにかれらのとらえられている果てしない暗闇のうちの沈黙に、自分が活字をとおして見きわめようとしてきた暗闇(それは見知らぬ他人の文章の活字によってであったし、自分自身が活字に組まれるべき文章を書きつづけることによってでもまたあったのであるが)、その暗闇の深部、いわばぼくの肉体＝魂の深部へと直接流れこんでくる、喚起的な水の流れの湧出口があったと考えるのだ。

具体的にいって、ぼくはあるいはそれらの若い盲目の人びとと、すっかり別の出会い方をしたかもしれないのである。それが、このようなかたちの出会いにならなかったことには、いまわれわれの生活している国家の、農村および都市における社会構造の変化によるのであるし、もうひとつの別の出会いの可能性は、われわれの今日の荒涼たる状況をこえてありうるものであったかもしれない協同体の想像力、われわれの国の民衆の共有しうる想像力に端的にかかわっている。伊勢・志摩地方のミコ寄せの現状について語った、きわめて新しい論文の次のような補注が、ぼくの右にのべたところのことの即物的な内容を明瞭にあらわしている。

《東北地方の盲目巫女のばあいは、身体障害者に対する福祉対策が逐次整備され、盲目の子女の多くは盲学校に入学し、鍼灸やマッサージ業へと進むために、巫業にはいるものは少なくなった。そのため現在では、新たに巫業を継承する盲女は皆無といっていいくらいに少ない。したがって、口寄せミコは早晩消滅してしまうであろう。目明きのミコが多い当地方では、前者ほどの危機感はないにしても、難行苦行のミコ修行を嫌う傾向は強く、また産業界における高度成長化の影響で、ほとんどの子女は、高校へ通学するか就職をして居住地を離れてしまう。よほどの事情のないかぎりミコ志望者は出現しないといってよい。ただ人生の苦難にあって転機を求める中壮年以上の婦人のなかから、わずかな志願者がでる程度である。何れにしてもその衰退消滅は時期の問題である。》(桜井徳太郎『民間巫俗と死霊観』)

すなわち、壇上で語っている盲目の少女たちのうちには、あるいは巫女となりえたかも知れぬ人間がいたのであるし、ぼく自身もまた、森の奥の谷間から根こそぎひきぬかれて大都市で生活するほかなかったからこそ、そこに、なにやらえたいのしれぬ、活字のむこうの暗闇のうちのみに真正なるものを見出す人間として宙ぶらりんの状態にあったわけであるが、もしあの谷間に居残りえたならば、父祖の、また自分自身およびそれにつらなるものらの肉体＝魂の救済をもとめて、あるいは東北に、あるいは伊勢・志摩に、盲目の巫女を探しに旅だっていたかも知れないのだ。現にぼくより一世代前まで、多くの村人はそのような目的のためにのみ森の奥から、谷間の流れにそって下ったのではなかったか？

したがって壇上に明晰な言葉で主張した、盲目あるいは強度の弱視の少女の不意の沈黙に、ぼくがおよそもっとも根源的なところ、肉体＝魂の、暗い深部で衝撃をうけたことを、あらためて四国の深い森の真夜中の、様ざまな記憶とかかわらせつつ、追認しようとすることは、単なるアナクロニズムではないであろう。

ぼくは戦時に旅順の高等学校から帰省したまま、敗戦によってその学校そのものがうしなわれたゆえに、谷間にとどまって山羊を飼っていた理科の学生から、天文学と昆虫学の啓蒙書をもらった。それは『全天星図』という大判の本を、『全天皇図』と読みちがえて躰がおののくような不安を経験する、戦争直後の転換期においてであった。ぼくはそれらの書物のうち、いまは原著者と翻訳者のそれぞれの名前すらも、あいまいな記憶の薄暗がりに沈んだ一冊の書物、おそらく

『時間・空間をつらぬいて』という表題の一冊に、およそそれまで出会ったことのない新しい種類の戦慄をはらんだ、活字のむこうの暗闇を見出した。あらかじめぼくがそこになにを発見したかをいっておこう。ぼくはそこに考古学も古生物学も天体力学もいっさい見出さず、ただ、ぼくを待ちうけている個人的な死のみならず、この世界をふくむ宇宙の死という怪物に出会ったのであった。怪物は、無数の永遠の鱗をつなぎあわせたもので身を鎧っていた。

この通俗科学書をめぐって、いまなお明瞭に思い出すことができる図版は、時間をはるかにさかのぼった世界においては、牙が長く発達しすぎたために、ついにみずから亡ぶことになった幻の虎と、やはり殻のなかの構造があまりにも複雑に進化をとげたために、生き延びえなかったアンモン貝の細密画だ。それはそのままぼくが、この書物にいだいていた関心が、どのような不安にいろどられたものであったかを語るだろう。そしてぼくは、この幻の虎とアンモン貝とが、はるかな昔、気の遠くなるような時間の堆積のむこうで、死滅したまま、いまなお死滅しつづけているのだという、ただちに言葉自体の矛盾によってその考え方のあやまりが意識される感慨でありながら、しかもなおぼくを強くとらえて離さなかった恐ろしく忌わしい感慨にひきずりこまれたのであった。それはぼくが、この書物によって宇宙空間について教えられ、その無限に近く遠い向うに、宇宙の空間さえも存在しないところの、なにやらわけのわからぬ絶対的な虚無があることを考えて(それもまたいうまでもなく言葉の矛盾だが、ぼくはあの時分、しばしば深夜に眼をひらいて谷間を包囲する森の高みをわたる風の音を聞きながら、虚無すらもない! と、決して肯定に転化しない二重否定のこもる、おびえた嘆息をもらしたものだ)、ただちにそれを死のイメージに転化したことに関っている。宇宙空間の無限、あるいはほとんど無限に近いところのもの、そして時の無限。そしてその無限の時を、死亡したままだ、という考えが、ぼくをおよそ耐えがたい惧れにみちびいたのである。そのころ、ぼくはありとある場所に死のにおいをかぎつけた。森が、谷間が、家屋が、大男《ビッグ・マン》「死《デス》」のすみかだった。しばしば夜ふけまで、天文学の少年愛好家たるぼくは、小さな望遠鏡で観測をつづけたが、ぼくの家族たちの憶測とはすっかり別に、ぼくは星を見ていたのではなく、星と星のあいだの暗闇を、虚無すら存在しないとぼくの解釈していた、宇宙空間のむこうを覗き見ようとしていたのであり、ぼくは星座の構造や星の色彩を楽しむどころか、暗闇の果てしないその底をまで覗きこもうとして、気が狂いそうな気分をあじわっていたのである。

　人間をのせた人工衛星の打ちあげが始ってから、ぼくはあの時分に自分のくりかえし見た悪夢の状況について、他人に話すことをためらわずにはいられないほど、実際、それらのあいだには端的な共通性が見出される。たしか『エヴァグリーン』誌にのった漫画で、壊れた人工衛星の丸窓ごしに、しきりにいい争っている二人の宇宙飛行士の顔が見えるものがあった。甲斐なきいさかいをつづける憐れな二人のホモ・サピエンスを乗せて、壊れた人工衛星は、果てしない宇宙空間へ遠ざかってゆく。この漫画もまた、かつて子供の時分のぼくの恐しい記憶とそのまま照応しあうものなのであった。

　したがってぼくは、谷間の寺で、本堂に地獄絵が展示される日、おなじ年ごろの遊び仲間たちとは、幾分ことなった反応を示す少年たらざるをえなかったのである。じつの所ぼくは、地獄絵の光景にほとんど威嚇されることがなかった。地獄絵を背にして、おそろしく通俗的な倫理観をくりひろげては、子供らを睨みまわしていた住職は、ぼくに奇妙な鈍さを見出したにちがいない。地獄絵の前を大急ぎで通り過ぎた子供らは、本堂前の横木にかけられた金輪を廻して、自分が地獄に行くかどうかをうらなうのだった。金輪が地獄の端にとまると心底怯えて、金輪を廻しなおす。しかしぼくは金輪が、宙ぶらりんの場所にとどまってしまうことのみを惧れたのである。なぜならそれはぼくのひそかな疑いどおりに、地獄も極楽も存在しないこと、死後にただ宙ぶらりんの虚無の空白のみがあることを意味したからである。ぼくの廻した金輪が地獄をさしてとまると、子供ら仲間は、自分のことのように懸命にぼくを説きふせて、幾度でも、幾度でも、金輪が極楽をさすまで、あらためて試みさせようとした。かれらにとっては、地獄か極楽かの二つの選択肢があるのみで、すなわち地獄より悪い状況はありえないのだから、そこにとまった金輪の予言を受けいれるかわりに、もういちど金輪を回転させることは当然な作業だった。しかしぼくは、金輪が第三の選択肢たる宙ぶらりんの状態に静止しなかったことで安堵しているのであるから、あらためて金輪の賭けを試みることを危険な行為とみなす理由がある。その結果ぼくは、あのようにも苛酷な地獄へと自分の死後の行く先が予言されても、それに憐れな異議申し立てをしない、勇気ある者、あるいは不吉な変り者として、しばらくの間は仲間から敬遠されるのであった。

『往生要集』の地獄の状況の描写において、くりかえしぼくを動揺させる力をそなえているのは、その苛酷な責めの時間の、永い持続および果てしないくりかえしのイメージの、仔細な強調である。人間が無意識におちいることによって、あるいは地獄においてあらためて死ぬことによって、鬼どもにもっとも効果的な抵抗をしようとしても、その逃げ口をあらかじめ閉ざすために、様ざまの多層的な地獄の構造の（それはいわゆる未来学という新奇な学問を協同して支える、社会学者にひきいれられたS・F作家や漫画家や建築家たちの想像力の描きだす、およそ複雑に層をなした未来社会の構造を思わせる。それらはともに人間の考え出す終末観の世界であることにおいて共通した動機づけをそなえているゆえであろう）いずれの現場においても、まことに数学的に計画されたプログラムを提示しているのだ。実際それは、地獄を信じる者はもとより、地獄を信じない者をもともに、したたかうちのめさないではおかない執拗さである。

地獄の全体の八つに分けられた構造において、等活地獄という、いわば序の口の地獄ですらが次のようである。《人間の世界の五十年をもって一昼夜とする四天王天の寿命は五百歳であるが、〔ところが〕この四天王天の寿命もこの地獄の一昼夜にしかならないのに、〔この地獄の寿命がまた〕五百歳なのである。》生きものを殺した人間のおちる、この地獄の《ここの罪人はたがいにいつも敵愾心を懐いて、もしたまたま出会うと、猟師が鹿をみつけたときのように、それぞれ鉄のような爪でたがいにひっかき、傷つけあい、ついには血も肉もすっかりなくなって、ただ骨だけになる。あるいは地獄の鬼（獄卒）が鉄の杖や棒を手にして〔罪人を〕頭から足の先までくまなく打ち突き、からだを土塊のように砕いてしまう。あるいはとくに鋭利な刀で、料理人が魚や肉をさくように、ばらばらに肉を切りさく。〔ところが〕涼しい風が吹いてくると、すぐもとのように活きかえり、たちまちまた起きあがって、前と同じように苦しみを受ける。あるいは、〔これらの罪人が活きかえるときには〕空中に「お前たち、みんな、もとのように活きかえれ」という声がするとも、あるいは地獄の鬼が二股になった鉄棒で地面をたたきながら、「活きかえれ、活きかえれ」と称えるのだ、ともいわれる。このような苦しみをくわしくはとても述べられない。』(東洋文庫版)

このような地獄、あるいはもっと救われがたい、大叫喚地獄、焦熱地獄、大焦熱地獄、無間地獄、そしてそれらのうちなる特別な工夫のこらされた、なおさらに苛酷な地獄について、ぼくは『往生要集』の読者たる祖母からも語りきかされていたのであるが、それでもぼくは、金輪をガラ、ガラ廻して息をつめ、ひとつの賭けをおこなう時には、宙ぶらりんの無限の虚無よりは、すすんで地獄を引きうけたいとねがったのであった。

しかし『時間・空間をつらぬいて』という書物は、まったくそこに印刷された活字が総動員されて、谷間の寺の地獄絵や、村の子供らの金輪による根源的な賭けに対抗すべくぼくを攻撃しているかのように、いや、個人は死に、死後は虚無であり、その虚無は、無限空間そのもののように無限に虚無なのだ、オリオン座の暗黒星雲の暗闇を見つめよ、たちまちきみは充分に無限と永遠と虚無とを把握するだろう、そのうえに、個人のみならず、世界の終りがあり、ついには宇宙の死があるのだ、どこに地獄のはいりこみうる隙間があるのか? とぼくを問いつめて、きりきり舞いさせるのであった。

ぼくはこれらの書物によって憂悶の種子を播かれた心を抱きながら、それらをぼくにくれた、当の理科生にむかっては、個人の死とはどういうものか、死後の虚無とはどういうものかと、たずねてみることができないのであった。たとえぼくの弟によってさえも、死を惧れて日夜、おののいている秘密をかぎつけられたとしたら、ぼくはどのように恥かしく感じたことだろう。それは性についてよりも、もっと恥かしくおぞましく、暗闇のうちにしまいこんでおかなければならぬ問題なのであった。現に性は、笑いをひきおこす共通の話題として子供らの広場に持ち出された。しかし死は、たしかに地獄絵でおどしつけられた子供らを、金輪による賭けにむかって走らせるものであったが、その翌日になれば金輪をあらためて試みるものなどいなかった。ところがぼくのみは、金輪については他の子供らを畏怖せしめるほどに勇敢であるかのごとくであったとしても、じつは日々つねに死のイメージにおびやかされつづける者であったのである。そしてそれを見ぬかれるほどの恥辱はなかったのだ。滑稽な撞着をはらんだ話になるが、それを他人から感づかれるようなことがあれば、ぼくはたちどころに死にたいとさえ考えていたのである。

そこで理科生へのぼくの質問は、いかにも亜科学的に偽装されざるをえなかった。おもにぼくは無限空間と、宇宙全体の死滅について質問したわけである。無限空間と死のイメージは、ぼくの内部において結びついているにすぎないのであるから、ぼくの真の不安を見ぬかれる心配はなかったし、個人の死についてならいざ知らず、地球をもなおこえた宇宙全体の死滅について論じることなら、それは男らしい議論とみなされてしかるべきだというのが谷間のガキたるぼくの思いついた詭計であった。

谷間で、椅子と机の生活をしていたただひとりの人間たる理科生は、宇宙空間について、いま自分の真上にどんどん昇ってゆき、無限に昇ってゆけば、ついにはいま自分の坐っている椅子に戻るのだという、かれのやりかたで解釈したアインシュタイン風の答えをあたえてくれたが、それはぼくに、この理科生も、またかれの解釈がもし正しければ、そのアインシュタインという亡命ドイツ人も、無限の宇宙ということの意味あいを死にからめて考えつめるのが恐しいあまりに、こうした妥協案を考え出したのではあるまいか、という不逞な疑いをひきおこした。当然にそれはぼくの不安を慰撫しなかった。

そして次の質問にこたえて、理科生は新たな不安をぼくの内部に根づかしめる解答をあたえたのである。それはこういうふうだった。宇宙全体の死滅？　もちろんそれはあるだろうよ、宇宙が現に存在しているのだから、始めあれば終りありじゃないかね。それでは存在していることが、はじめからまちがっていたのですか？　そのようなぼくのあらためての問いかけにたいして理科生は、ぼくが倫理的な命題をそこへ唐突に導入したことについて、いくらか嘲弄の意味あいをこめて、ぼくをつきはなす言葉を発した。言葉そのもののかわりに、解答の漠然たる印象のみが記憶にある。理科生は、宇宙の死滅よりは、この地球の終りのほうが先だよ、とぼくに教えた。世界がいま終るところを自分の眼で見るとしたら、どういう気分がするだろう、またそれを見とどけたあとではどういう気持にとらえられるだろう、とぼくが真の命題たる死後の虚無にむかって話題が順次展開するようにと、心貧しくねがいながら誘い水をおくると、理科生はじつにきっぱりと絶望的な宣告をした。

——だって世界が終ることは、みんな死ぬことだから、そのあとでどんな気持になるか、などというのはそもそも問題にならないよ。しかし、われわれが生きている間には、まだ地球は死滅しないからね。もしきみがいま世界は終ると感じはじめたら、それはきみの気が狂ってきたんだから気をつけたほうがいいよ、ヨモの＊＊さんのように！

結局ぼくは、自分のいだいている死後の虚無についての不安をいささかも減じてもらえなかったかわりに、根本的なところではそこにつながっている、狂気への不安までを呼びおこされてしまったのであった。ここで引き合いに出された、ヨモの＊＊という人物についでは、谷間の外のすべての人びとに説明をおこなわなければならないだろう。それはまた個人的に小さな楽しみでもある。なぜならかれについて考えようとすると、ぼくは幼時の自分にきわめて恐しくかつきわめて魅惑にとんだものであった、真夜中の戸外からのひとつの声を思い出すことになるからである。それはぼくの家の位置するところより川上の集落に住み、毎朝、馬車あるいは牛車をひいて谷間を出て行くのであるが、酔っぱらうと車も獣らもほうりだして、ひとり真夜中の谷間の道を戻ってくる、ひとりの小男の叫び声だ。

——わしは、ヨモの＊＊ぞ！　とかれは叫びたてつつ、深夜の暗い硝子戸の向うを通り過ぎてゆくのである。あくせく働いても、彗星が衝突すりゃ、地球は終りぞ、はっは！

ぼくの谷間の大人たちも、冠婚葬祭にはおよそ限度のない乱酔ぶりを示したが、それは谷間の協同体の構造の全体が、ひとつの許容の協定のもとに乱酔するのであるから、いささかも協同体にかかわる根拠づけなしに、ただひとり乱酔して、大声に自己を主張しつつ深夜戻ってくる男の存在は、ぼくにその狂熱の昂揚のとめどのなさにおいて、恐れと憧れとをいだかしめたのである。かれが大声に発した、はっは！　という笑い声の真夜中の通過をあざやかに思い出す。ヨモというのは、ヨモダという言葉の略であって、およそまともにことをおこなう意志のない人間を、われわれの地方で、ヨモダというのだった。

道化は協同体の内部に住みうるが、ヨモダは協同体からしめ出される。とくにかれのように乱酔して、真夜中に、はっは！　と叫ぶように笑ったり、ヨモノの＊＊ぞ！　と自己宣伝したりする男を、穏やかな谷間の、まともで小心な人間たちがどうして受け入れることができよう？　そこでかれは草ぶきの小屋に住んで、孤独な生活をつづけ、馬車あるいは牛車の輸送力が必要である間のみ、それも谷間の村と川下の町とをつなぐ路上でのみ、いちおうの居場所をえたのである。アルコール飲料に接することのできるだけの収入があれば、かれは獣も車も放棄して、ハレー彗星以来の固定観念を叫んでまわったのだ。そのヨモノの＊＊の予言についての理科生の言及は、あらためてぼくの不安の暗い奥底においてもうひとつの構造材となった。もしかしたらぼくは、もうひとりのヨモノの＊＊となろうとしている人間なのかも知れないではないか。そこでぼくは、自分が世界の終りを見つめていると感じることがはじまれば、それはすなわち発狂のはじめだということを忘れず、すぐに自殺して、それ以上に恥辱を重ねないようにしなければならぬと、ひそかに決意した。

そのような日々、隣町まで、遊行ミコあるいはアルキミコと呼びうるのであろうか、東北や伊勢・志摩のそうした巫女とは、いくぶん異なった性格のそれであるにしても、本質においては似かよった性質の、盲目の巫女がやってきて、死んだ者たちの声を聞かせてくれるという噂がつたわった。ぼくの家族は表面のところ科学的に、とくにそれは兄たちの啓蒙思想風の科学的態度にみちびかれてのことなのであったが、盲目の巫女にたいして冷淡であった。しかしぼくは、戦争のなかばにすでに死んでしまっていた父親を、その巫女を介して呼びだしたいと考えながら、息子たちの科学的態度に抵抗できない母親の、ひそかな焦燥を感じとっていた。そしてぼく自身もまた、たとえひそかにひとり隣町に出かけることによってでも、その盲目の巫女に会いたいとねがっていたのである。ぼくはその巫女が盲目であることにもっともひきつけられていたのだ。すなわち暗闇のうちにすみ、自分の肉体を暗闇のみでみたしている盲人は、宇宙のはるか向うまたは、無限な時間の向うの、絶対的な暗闇↓死と交信しうるのではないかという、およそ兄たちの科学的態度とは裏腹な、したがってかれらに話すことのまことに恥かしい夢想をいだいており、それゆえに、やはりひそかに激しく焦燥していたのであった。一週間ほどたって、この地方ではあまり大切にされなかった巫女が、憤って他の地方へと去ったという新しい噂を聞いたあと、ぼくは谷間を流れる夏の終りの川のネコヤナギが大きく茂みをつくって、魚どもの隠れ場をなしている淵へひそみ、冷たい水に肩まで沈んで眼をつむり自分は盲目なのだ、と自己暗示をかけた。そのうち水はぼくの躰を冷えきらせ、しだいに濃くなる茂みの影は、ぼくの閉じた瞼のむこうの暗闇にうごめく赤っぽい渦巻きのごときものを次つぎに消滅させた。ぼくは自分がいま死後の虚無を経験しようとしているところだと考え、なおその経験の奥深く入ろうとした。やがて家兎のための草を刈りに来ていた農婦が、なかば実際に死後の虚無に移行しつつあるぼくを見出して注進に行き、ひと騒ぎできることとならなんでも好きな、復員してきたばかりの青年たちが大挙してやってきて、ぼくを無限空間あるいは永遠の時間の暗闇から救助した。かれらはみな、あるいは特攻隊員として、あるいは切りこみ隊員として辛うじて生き延びてきたと語る者たちであったが、誰ひとり《無限なる空間の永遠の沈黙》に怖れをいだいてはいないので、救助されたガキの憂鬱を決して理解しなかった。

おなじころ、死後の虚無のイメージがぼくを畏怖せしめたと同時に、死のさなかの恐怖と苦痛を考える(

とが、地獄についての一種のオプティミズムと矛盾して、ぼくを逃れようもなく追いつめていたこともまたかくしておくわけにはゆかない。しかも戦争が終ることによって、漠然と予感されていた共同の死が、個人の死に還元されあらためてぼくひとりの手に戻されてみると、ぼくはすでに「死」という活字から恐ろしいなにごとかを喚起されないですますということが、決してできないところの自分を発見するほかになかったのである。

なによりも恐しい死、ありとある苛酷さのうちなるもっとも苛酷な死は、拷問され凌辱される苦難に続く死だと、アンドレ・マルローはなかば証言するようにいっていた。ぼくはもっとも酷たらしい死をとげようとしながら、甘美の表情を示している、まさに死なんとする者についての証言にも接した。かれの死刑執行は、永びく拷問の終りがそのまま死であることにおいて、マルローのいうところのもっとも恐しい死そのものでもまたあるのであるが、しかもなお甘美な表情を浮べているというのだ。この拷問にひとしい死刑執行を永びかしめる、ということが実際に工夫された証拠に、つづいて引用する、彭遵泗の『蜀碧』の一節は次のように実証している。《皮を剝ぐときには、頭から尻まで一直線に裂き、鳥が翼をひろげたような恰好に、前にひろげるのだ。そうするとたいてい一日以上たってやっと息が絶えるのであった。もしもすぐに死んだ場合には、刑の執行人も殺された。》いうまでもなく、皮を剝がれるのは人間である。この苛酷でかつ甘美な死については、公衆のまえで執行されるまさに恐しい死刑の写真をめぐって、マルローとはおよそ対比的に同一の時代を生きた、ジョルジュ・バタイユの書いた文章が、もっとも喚起的である。それは直接に、かれらの父祖たる孤独なサドの想像力にかかわってゆく手がかりをあたえる。

《北京で、何度かにわたる刑の執行を受けているときに撮影された処刑者のおおっぴらな像に結びついた世界は、私の知るところでは、光線が定着した像によってわれわれが到達し得る世界のなかで最も悲痛なものである。そこに現わされている刑罰は、最も重い罪に対して行なわれる**刻み切り**の刑なのだ。……処刑を長びかせるために、罪人は阿片を一服あたえられるのだということを私はきいた。デュマ(『心理学概論』の著者)は、犠牲者の表情の恍惚的な外見について強調している。おそらく少くとも部分的には阿片に結びついている否認しがたい外見が、写真の像の持っている悲痛な性質に何かをつけ加えていることは確かだということをいい添えておこう。》(『エロスの涙』現代思潮社版)

こうした事実をかたる活字はつねに、なぜ死の様態をこのようにも複雑化させることを、人間が望むのかぼくに疑わせ、つづいてえたいのしれない奇怪さの暗部がいつまでも残りつづける、堂どうめぐりの夢想のうちにぼくを引きずりこむものであった。それはいわば自然増殖する悪夢となる。あらためて仏蘭西人から触発されるまでもなく、直接中国からわれわれにおなじ性格の、数かずの証言がとどいているのでもまたあるからである。明末の動乱期における流賊の首領、張献忠の四川省における暴虐について語った『蜀碧』の著者が、その悲痛な自叙において嘆く言葉が、われわれのうちに喚起するもの、それは容易に消えさることがない。

《それにしても不思議なのは、逆賊張献忠が蜀に拠った後、帝を僭称し、人心を収拾しようとはせずに、ひたすら脳漿をしぼって殺し方を工夫したことである。「匏奴」で殺し、「雪鰍」で殺し、「貫戯」で殺し、腹を刳って殺し、「辺地」で殺した。士人を殺し尽くすと職人や奴僕を殺し、男を殺し尽くすと女を殺し、庶民を殺し尽くすと僧侶道士を殺し、人間を殺し尽くすと犬や牛を殺し、殺すものがなくなってしまうと兵卒を殺した。さらにまたその宮殿を焚き、その階を砕き、その部屋を壊し、その井戸を埋め、その城を平らにして、二年のうちに、死骸を積むこと山のごとく、流血は川を成した。》(東洋文庫版)

さきに進むまえに、いかにも文字の国、中国の人びとの発明らしくたくみに名づけられているが、それゆえになおさら実体にふれると反吐をもよおさざるをえない、殺害の方法の詳細についてもまた引用をつづけるべきであろう。《「匏奴」というのは、手足を斬り落す方法である。「辺地」というのは、背筋で真二つに斬り離す方法である。「雪鰍」というのは、空中で背中を槍で突き通す方法である。「貫戯」というのは、子供たちを火の城で囲んで炙り殺す方法である。そのほかに、歩行になくてはならぬ筋(アキレス腱)を抜いたり、女の足を斬ったり、人の肝を搗き砕いて馬の飼葉にしたり、人の皮を剝ぎとって目抜き通りに張り出したりした。》

個人を殺す、集団を殺しつくす。そのためにおよそありとあることどもが人智をふりしぼって考えつかれる。そしてその方法はしだいに大量殺戮の方向にむかっている。南京大虐殺においてほかならぬ日本人の果たした役割は、張献忠とその配下のおこなった殺戮を大幅にしのぐだろう。アウシュヴィッツの殺戮、広島、長崎における殺戮、その大量殺戮の方法と規模において、われわれの世紀はすくなくとも今日までの人間の歴史の頂点に達している。われわれの日常生活は、大量殺戮の武器の上に平衡をとる、奇術師めいた少数の権力者の賭けに左右される。かつてぼくをとらえた、死に関わる固定観念の頂点は、ここにひとりの人間が、かれの死後の虚無の永遠についてあまりにも深く惧れたために気が狂って、あるいはかれの死後に生きのこる人びとへの大規模な嫉妬にかりたてられて(事実、ぼく自身がそのような情念のちっぽけな萌芽をひそかに自分の肉体＝魂の内部の片隅に芽ばえさせており、あるいは宗教に、あるいは宏大な人類愛！にかかわる処置をおこないえない以上、他人たちの誰かがそうした情念を、すさまじいばかりの巨大さにまで拡大しないものか、わかりはしないと実感された)、かれ個人の死を、人類全体の死へと、すなわち世界の終りへと一致させることがあるのではないかという悪夢だった。

実際、怪奇冒険小説やその映画版において、ぼくはまったくしばしば、この作者はぼくがとらえられていたと同種の固定観念をへてきたにちがいないという兆候を見出したものだ。ジェームズ・ボンドにいたる数知れぬヒーローたちが、ひんぱんにおこなってきた大事業とはなんだったか？　それらはつねに、世界制覇をめざし、武運つたなく計画を放棄せざるをえなくなって、絶望のあまり世界の終りを結果すべき、とっておきの手段にとりかかろうとする巨大な悪玉をうちたおすことであった。それは、ひとり対全人類マイナスひとりの条件で、しかもそこに奇怪な均衡をもたせることを要求する、天才的な狂人を悪玉とする場合があるばかりでなく、冷戦下のマス・ヒステリアを利用して読者の想像力との橋をつくるところの、ひとつの陣営、すなわち冷戦下の世界の二分の一が破滅に瀕する道具だてが、やすやすとみちびきこまれる場合もまたあった。それはついに冒険小説や活劇映画の世界をとびだして、大統領と個人的に密談する核戦略家の著作のうちに正式に採用されさえしたのである。

広島で炸裂した核爆弾が滅ぼしつくそうとした人び

との、深く傷ついたが生きて郊外にのがれてくる被爆者たちの列を見て、『往生要集』の世界だと思うほかなかった、と書いた一婦人の文章は、個人の死と世界の終りの、ついにからみあうにいたった時代たる、現代の核《ニュークレア》専制王朝における、死にかかわる認識の転換を現場でとらえた、記念すべき文章といわねばならない。すなわち、ひとりの人間が、かれ個人の魂の救済のために西方浄土を観照するとき、その手引きとなった書物に、あの克明さ執拗さで書きこまれていた地獄の状況は、やはりひとりの人間の個人的な死につきあわせて、かれの魂の救済を鏡の裏側から照し出そうとする工夫にすぎなかったであろう。ところが、その個人的な死の規模たる終末観の状況が、核爆発の現実化によって、具体的な世界の終りとあいかさなりうることになったのである。その転換を広島における核爆発の直後に感じとりえた一婦人が、その内部に深く入りこんでいる『往生要集』の発する光の、急激な変容に気づきつつ、畏怖の嘆息をもらしたのだ。

　あの牛車あるいは馬車の曳き手が、森の奥にまで自動車の侵犯しつくしているいま生き延びているとしての話だが、かれが真夜中に乱酔して次のように新たな叫び声をあげつつ、街中を歩み去るとしたら、すべての谷間の大人たちが、あの小男の、はっは！という笑い声をかつてのように無関心に、聞き流すわけにはゆかない時代である。

　――わしは、ヨモの＊＊ぞ！　あくせく働いても、核爆弾が破裂すりゃ、地球は終りぞ、はっは！

　ぼく自身もまた、幼年時から少年時への移りかわりの時期に、理科生から教えられたことをまもって、本当に自分の眼と意識とに、世界の終りがはじまったと感じられ、ほかの可能性はないと考えられることになれば、それは自分が発狂したのであるから、とるものもとりあえず、たちどころに自殺して、恥辱を最小限にとどめようと考えてきたのであるが、いまやそれは修正されなければならない行動原則である。

すなわちぼくは、いま世界の終りがはじまった、という結論にいたらざるをえない観察をおこなえば、トランキライザーを大量に服用して、あらためて自分が気が狂いはじめているのか、どこかの核《ニュークレア》専制王朝の強権者が、かれの忠臣たるコンピューターによって世界の終りをひきおこすべきボタンを押すべくすすめられたのか(偶発事故ということもある!)、ともかく再度検討してみたあと、個人的に狂気したことのわかった頭を銃弾で砕くか、あるいは正気で寝そべったまま、アメリカ大陸の、アフリカ大陸の、またユーラシア大陸の、そしてすべての海の島々の、ありとある知人、およそ見知らぬ人びとと共に、熱風か衝撃波による一瞬の死、あるいは放射能障害による嘔気になやまされながらの永びく死を待ちうけるかの、二つの選択肢をあたえられているわけであるからだ。

ぼく自身このような終末観を支えるペシミズムを、あらためて自分のうちに認めながら愉快に感じているのではない。もっとも、おなじく反吐をもよおすたぐいの毒にみちたオプティミズムの持主たちも、いまやかれら独自の終末観のイメージを描くべくさかんに活動をはじめているのだ。いわゆる未来学の専門家たちのある者は、I・Qの一定水準にたりない人間たちが、未来社会においては淘汰されるであろうという考えを表明した。心優しくも、しかし強制的ではない方法が望ましい、という注釈つきで。しかしI・Qの低い人間を、強制的にでなく、どのようにして淘汰しえようか? ぼくは、まさにそのような淘汰をこうむるであろうところの息子をつれて、特殊児童の教育研究をおこなう施設に検査を受けにゆき、待合室の長椅子にとなりあわせた、おなじ条件の息子をつれてきている同年輩の父親からこの「学説」について聞いた。そういうことになれば、ナチス・ドイツの体制のもとでユダヤ人が隠れ場所にひそんだように、I・Qの低い者たちが避難しうるでしょうか？　とふたりの父親、すなわち、ぼくでもかれでもどちらでもいいところの、それというのもわれわれにとって条件はまったく同じだからだが、ともかくI・Qの低い子供を持った父親がいった。いや、それはできないでしょうね、隠れ場所で静かにしているように、いいきかせることが困難です。それでは強制収容所で殲滅されるほかにないでしょうか？　そう考えるのは絶望的すぎるでしょう。ぼくは、I・Qの低い者たちとその父親たちが叛乱をおこして、かれらの共和国を作るだろうと思います。もちろん未来政府は核兵器で威嚇し、I・Qの低い者の共和国を核武装に追いこみ、そこでI・Q戦争とでもいうものが起って、地球は亡びるのでしょう。そのとき、最後の人類は、もしI・Qの高い者ばかりであったなら、人間は滅亡しなかったのに、と嘆息する名誉をもつでしょう。……しかしそれこそ絶望的すぎませんか？

ぼくが自分の青春のはじめに世界の終りをみちびきかねない人間の厖大な狂気の、二十世紀的現実にふれたのは、『強制収容所における人間行動』という書物によってであった。この書物はいまいわゆる未来学の専門家をもまた生みだしているところの、社会学の研究者たちによって翻訳されたのであったが、そこにはヒムラーの次のような見解が引用されている、《諸君が強制収容所を見たとき、諸君は、これらの人間がすべて、不当にそこに監禁されているのではないことを確信させられる。彼らは、犯罪の世界の、そして、即ち人間の犯した失敗を一身に負う、人間のかすである。

このような強制収容所よりも……遺伝と人種との法則を支持する、明白な証拠はない。脳水腫にかかった人間、やぶにらみ、奇形児、ユダヤ人の混血児、人種的に劣った人間のかすが、驚くように群らがっているのである。》(岩波書店版)

著者E・A・コーエンの分析によれば、ヒムラー流のこうした考え方、この種のナチズムのイデオロギーにしたがったナチス親衛隊員《S・S》の超自我が、かれらに害虫どもを殺せと命じるとき、かれらはユダヤ人、ポーランド人、ロシア人を虐殺し、そしてそれによってかれら自身の日常生活をいびつにすることはなかったのである。未来社会の親衛隊員のための超自我とはいかなる性格のものであろう?

やはりぼくが自分の青春のはじめに、人間の狂気についての啓示をあたえる言葉をそのなかに見出すべく、くりかえすことになるがキリスト教的なるものへ方向づけられることはなしに、熱中していたパスカルは、ぼくの内部に様ざまな言葉としてなお生きているばかりでなく、それ以来ぼくが現実世界で経験してきたところのこととかかわりあって特別な重みをもくわえた。《人間は必ず狂気してゐるので、狂気してゐない人も、或る種の狂愚からいへば、狂気してゐるであらう。》(白水社版)自分がはじめて『パンセ』に接した翻訳書をあらためて開いたぼくは、右の断章のわきに赤鉛筆でひいた線を見出す。それはいったい、青春のはじめのぼく自身にどのような予感をあたえたのであったろう?

やはりパスカルによれば、《動物のあらゆる行為よりも、思考に近い効果をあげる。だが、それは、動物のやうに、意志を持ってゐると言はれ得る何事もしない》計算機《コンピューター》のプログラムに、産業国家の超自我などという要素ではなく、ここにあげた断章につうじるところの、ユマニスト的反省がみちびきこまれることはあるだろうか。もし世界の終りよりまえに、ぼく個人の死をむかえうるとすれば、ぼくは牧師を呼ぶかわりにその「未来社会」の一時点の、もっとも代表的なコンピューターのプログラム制作者へと病室のベッドから手紙を出して、右の命題につき返事をもらいたいと思う。もし数知れぬ危篤の病人からの同じ問合せの手紙によってプログラム制作者が困惑しきっていなければ、ぼくはもっとも現代風な受洗の機会をあたえられるかもしれないではないか？

皇帝《ツァー》よ、あなたに想像力が
欠けるならば、もはやいうことは
ありません

ある真昼、ひとりの壮年の男が、谷間の女教師の家にでかけて行って、土間に立つと、眼の前に坐っている女教師にとくに声をかけるというのでもなく、矢庭に垂直に跳び上った。女教師に向って襲いかかったのではない。かれはただ垂直にジャンプした。ところが人並はずれた大男のかれの、跳躍力もまたすさまじく、かれは真上の鴨居の、しかもそこから突き出ていた釘に頭蓋骨を割られて、土間に倒れ大量の血を流した。急を告げる者があって、その壮漢の父親が駈けつけてゆくと、女教師はなお火鉢の脇に坐って土間を見おろ

したまま じっとしていたというのであるが、物問いたげな老人の眼に見つめられると、まったく簡単明瞭に、

——お跳びあがりたんですが！ といったということである。それは、われわれの谷間の表現で、お跳びあがりになったのです、とでもいう意味あいであって、一般化していえば、憐れにもわれわれの谷間のお調子者は、こうした冷徹な批評の言葉によって、つねにその冒険心をしたたか沮喪せしめられたのである。

ガイナという、谷間においてしばしば用いられる批評の言葉は、すくなくともその出所に関しては中央でも明瞭である。《がいにかさ高にお出やるな》という膝栗毛発端の用例が辞書にひかれている。ガイニという副詞に、意味あいの上でつらなるガイナという連体詞が、われわれの地方に、日常語として生き残っていたのだ。

たとえばひとりの谷間の男が、ある日、並はずれて勤勉に働く気がまえを示したとしよう。かれに向って穏やかに、かつ冷たく、傍観者の言葉が発せられて、いったん燃えあがろうとした労働への冒険心は冷却せしめられてしまう。

——ガイナねや？ と傍観者はいうのである。大層なことではないか、とでも一般化すべきこの言葉を、穏やかに冷たく発するのである。

鴨居から出た釘に激突するまで、いかなる目的もなく、ただ奇妙な情熱にかられて跳び上った壮漢も、もしあの女教師の脇に谷間の男がひとり坐っていて、まさにジャンプしようとする直前、ガイナねや！ と批評してくれたとしたら、かれの逞しい下肢のバネは力をうしなって、その結果、かれの頭脳にえたいの知れぬ欲求不満こそ残れ、頭蓋骨を割ることはなく終ったであろう。かれは情熱《パッション》を発揮することがついにできないが、そのかわりに受難《パッション》することもない。

もし谷間を出ることがなかったなら、ぼくもまた、およそ情熱にとりつかれないことを生活の基盤とする人間としての、生涯を送ることになっただろう。ぼくの谷間は、かつていちどならず一揆の指導者を生んだが、そしてかれらの荒ぶる肉体＝荒魂との同一化による想像力の解放を、子供らはもっとも好んだが、その意味あいにおける想像力の真の祭りは、すでに大人たちに共有されることがなかった。過度の情熱にとりつかれず、また異様なまでには想像力の爆発をひきおこすことのないところの人間のみが、谷間において生き延びつづけえたのだ。気質が遺伝的に淘汰されるものなら、ついにはそのような性格の人びとが谷間をみたしたはずであったのかもしれないと考えられる。

　森のなかの谷間では、そのようにして許容されることのない狂気めいた情熱に、ぼくは活字のむこうの暗闇においてあらためて確実に再会した。そしてそのたびに新しく、あの谷間では情熱は一種の禁忌であったのだとさとった。とくに自己破壊にいたる一本道を駈けてゆくようなたぐいの情熱は。ところがその種の情熱こそ、ぼくの幼年時、少年時の、死への恐怖と、プラスの軸において平衡をとりうるところの、重みと広がりをそなえているものだということもまた、青年時のはじめに直観されたのである。ぼくが谷間を出て作家となった人間として、いま想像力の世界でおこなっていること、なおおこないつづけようとしていることは、端的にいってその直観の上になりたっている作業であるともいうべきであろう。

　自己破壊にいたる一本道は、情熱の昂揚にかりたてられる昇り坂の一本道であるとともに、いわば反・情熱の、しだいに下降し、冷えきってゆく降り坂の一本道でもある。とくに情熱の、異様なほどの昂揚を、進んでその想像力の世界の竜骨にしている型の作家が、時どき、救助しようもない情熱の下降について、鋭い観察力を発揮することがあるのに注意を喚起したい。それは、自己破壊にむかって急激に昂揚する一本道のフィルムを逆回転させて見ているような印象、まったく方向性は逆でありながら、しかも同一であるという、奇妙な印象をあたえるものだ。ヘミングウェイは、殺し屋どもが身近にせまってきているにもかかわらず、外出着をきたまま壁にむかってベッドに寝そべっている、大男のスエーデン人について書いた。それはこのもと拳闘選手が、ギャングの傭った殺し屋につきまとわれて、もうどこへ逃げて行ったにしても生き延びようがないから、そこで殺し屋どもがくるのを待っているという、通俗映画的なストーリイによって、ぼくに忘れがたい引っ掻き傷のような衝撃の記憶をあたえているのではない。ぼくはかれが、たまたまその日、いったん外出着にきかえながら外へ出かけてゆくふんぎりがつかなくて、じっとベッドに寝そべっているということに、もっとも鋭く刺しつらぬかれる印象をいだいたのであった。ギャングに追いつめられて抵抗力をうしなった男、という設定は、くりかえすがテレヴィ映画のつくり手たちでも考えることだ。外出着にきかえながら、まったくごくわずかな気持のたかまりでよいにもかかわらず、外へ出てゆく気持をたかめることのできないベッドの上の男のイメージに、将来のある朝の自分自身を見出して、ぼくはじつに厭な味のする根源的な恐怖心をいだいたのである。ヘミングウェイの自殺、それも猟銃でしばしば自分を撃とうとし、飛行機から跳びおりようとし、まだ回転しているプロペラにむかってすらとびこもうとした、執拗な自殺の試みのあと、それも夜明けに、口、顎、頰の一部がわずかに残るのみという、すさまじくも自己破壊的な猟銃自殺をおこなったという外電に接した時、ぼくがほとんどひとりでいることが耐えがたいような恐怖心の一触に震えあがって思い出したのは、ほかならぬ大男のスエーデン人の、外出着をきこんだまま憂わしげにベッドに横たわっている光景なのであった。

ヘミングウェイとならんでまことにアメリカ的な、もうひとりの作家の短篇小説における、他人には不可解な自殺をとげることになる「ベッドの古強者」という噂だった映画プロデューサーの、まったく短かい遺書が、ぼくの意識から離れないことともまた、かくしておくわけにゆかない。事実その一行、Every year I have been getting more and more depressed. という遺書の言葉は、ぼくにとってノーマン・メイラーの書いた、もっとも重要な文章のひとつに思えるのである。(シグネット・ブックス版)

二十世紀アメリカの、前半と後半とを、それぞれに似かよった役割において代表する、これらふたりの作家たちが、ともに敬意をはらうことをためらわないであろうところの、十六世紀末から十七世紀にかけてのスペインの作家もまた、おなじような喚起力を持つ、気懸りな文章をのこして、ぼくがそれを思いおこすたびに、背後の暗い片すみから、いつも醒めている眼に(この作家のつくりだしたヒーローは、人類のイマジネーションの歴史においてもっとも名高い狂人であろうが)、見つめられているような気分にさせる。まことに永い狂気めいた情熱の昂揚する遍歴のあと当のヒーローがたちむかう死をかたろうとして、作家は次のように始めるのである、《人間にまつわる事柄はすべて永久不変ではない。常にその初めから、最後の結末まで下降をつづけてゆくもので、ことに人の生命にいたっては、なおさらである。》

そしてヒーローが、《わしは、姪よ、もうすぐにも死にそうな気がいたすぞ。しかしなろうことなら、狂人という名を残すほどにもわしの生涯は不幸なものではなかったということを、人に知らせるような死に方をいたしたいと思うのだ。なるほどわしは間違いではあったが、せめてわしはいまわのきわに、まさにそれは本当だと認めさせたくはないのだ》と「心の憂いと味気なさが彼の生命を奪ってゆく」にあたっていいだす時、狂気のうちのかれに多かれ少なかれ魅惑されるにいたっていた周辺の人びとは、かれがいまわしい「新しい狂気」におちいったと信じる。しかし、かれらはヒーローが事実、死に瀕していること、そして本当に正気に戻ったのだということをついに認めざるをえなかった。《彼がいよいよ死んでゆくのだと彼らが推定した根拠のひとつは、こんなにも速やかに狂気から正気に彼が返ったということ》である。

死の床でヒーローがきわめて自覚的に「わしの狂気時代に従士として使った」と呼ぶところの、遍歴のあいだもつねに正気であった小男は、涙ながらにヒーローをかきくどく。《お前さま、わしの大事な旦那さま、死なねえでくだせえ、それよかわしの忠告をきいて、長いあいだ生きてくだせえよ。それってえのは、この世の中で人間が人間にできるいちばんでっけえ気違いってものは、誰にも殺されもしねえし、胸の憂いちゅう手のほかにはその人を締め殺す手はねえというのに、ただおっ死《ち》ぬということでがすよ。》しかしかれの卑俗な言葉は、その主人の行状への判断としていかなる時においても結局は憐れに正しかったように、この場合にも絶望的に正しく、胸の憂いは主人を殺した。

勇ましの郷士ここにぞ眠る、
きわまれるそれが勇気は
死の神も君が生命《いのち》を
死をもってかち得ざりしと、
世の人は語り伝えぬ。

ありし日は世界を蔑《なみ》し、
世をあげて君をおそれて
ひたぶるに怖気《おぞけ》ふるいぬ。
かくしては幸を得たりき。
狂人として世を送りしが、
正気に復してみまかれり。

この墓碑銘のあと、作家はかれ自身もまたVale《サラバ》という最後の挨拶をするまえに、《ドン・キホーテはひとり予のために生まれ、予はまた彼のために生まれた。彼は行動することができたし、予はまたこれを書くことができた》といいのこすのである。(中央公論社版)

この言葉はあらためて、この作家自身の生涯の行動について様ざまなことを思い出させる。ジョルジュ・デュアメルによれば、作家セルバンテスが誕生するまえに、そしてそれは現実生活者としてのかれの生涯の終りまぢかになってのことだったのであるが、セルバンテスという人間はまことに逆説的な矛盾にみちた行動家であった。

若いかれは兵士としてレパントーの戦いに出陣し、負傷して左手の自由をうしなった。しかも、モール人にとらえられて、かれはアルジェの徒刑場で辛い歳月をおくらねばならなかった。デュアメルの引用するセルバンテスの同時代者の証言によれば、脱走をくわだてては失敗しながらも、敵にいちもくおかせないではいなかった若きセルバンテスの人格は、《自らの生命を賭けて一同が意気沮喪せぬやうに励ましてゐた。然も、彼は四度に亙つて危く生命を失ひかけたのであり、──つまり杙刺しの刑、絞首の刑或は火焙りの刑に処せられかけたのであるが、──それといふのも、かうした苦難から大多数の人々を救ひ出さうとして彼がやつたことが皆祟つたのであつた》という種類のものだったのである。

もっともデュアメルは、もともと矛盾にみちたセルバンテスの生涯こそを語ろうとするのであるから、かれに「完全な人間」としての肖像を贋造してやって文章を終るわけにはゆかない。《さて、かうした美徳は更に続くであらうか？　続いたら、とにかく美しすぎることになる。セルバンテスは、大いなる不幸の中で偉大であつた。人間といふものは、けち臭い惨めさに陥つても依然として偉大たり得るものであらうか？　これは申すまでもなく、更に困難なことなのである。》かれは身代金をはらってもらって帰国するが、永年にわたって《凡庸なまた心許ない生活を送るのである。生きんが為に、彼は、哀れとも哀れな色々な職業を甘受することになるのだが、そのうちの或るものは、正に、殆ど不名誉なものと言つてもよかつた。》

《結局のところ、セルバンテスの殆ど全生涯は、誤謬と敗北との、はらはらするやうな憂鬱極まる情景を、我々に見せてくれるのである。そして、これが継続するのであり、老年期の閾口まで続くのである。然るに、借財の為にセビーリャの獄中で罪を償ってゐる影の薄いこの不具の老人などには大したことなどは全く出来まいと皆が思ひ、且つこれを怪しまなくなつた時に、突如として無比の傑作が予告されたのである。》

デュアメルは、そのようなセルバンテスが、とくにドン・キホーテの登場をつげた第一部の発表後、「精神が変容し、屢々衰退もして行く年齢に於て、このやうに切断された、それも一寸の間のことではなく十年もの生活、十年もの試錬の歳月によつて切断された」あと完成したところの第二部を評価しつつ、とくに正気の死のちかづくにしたがって「人間味をおびた」ドン・キホーテの示す、勇敢さと卑怯さ、高潔さと、成り上り者あるいは野心家風のふるまいの同居、そして降参したり妥協したり、暴力のまえで沈黙したりするところの、およそ矛盾だらけの軌跡をなぞったあと、次のようにいう。

《丹念にこの患者を調べてみた挙句、私は、仮に狂人だとしても、「ドン・キホーテ」は自分の狂気をはつきり知つてゐると思ふのである。彼は、自己の錯乱を、面白気に傍観してゐる。驚くべき病勢弛緩期が屢〻彼にあるのだが、その間には、彼は自己批判もするし、その期間には、自分の狂乱に打ち興じもするのである。》(『文学の宿命』創元社版)

このセルバンテスについての言葉を、エラスムスについての言葉ともどもにルネサンス期の人類の「二人の師匠《パトロン》」をかたった、すなわちふたりのユマニストたちをかたった文章として一九四〇年に邦訳したのは、すでに襲いかかりはじめている嵐のような戦乱の時代を見すえている、フランス・ルネサンスの専門家であった。したがって一個の人間が、かれのうちにある上昇指向と下降指向、狂気にさからう力と狂気につきしたがおうとする力を、偉大さへの可能性と卑小さへの可能性をあわせそなえて、なおかつ一個の人間であることを考えるのが、すでに古書店でも手にはいりにくくなったこの書物の、まともな読みとりかたであるはずである。

もっとも、フランス的なユマニストのドン・キホーテ解釈とはことなった考え方をも、あわせ示しておかなければ、ぼくのようにおよそユマニスムの世界を遠く憧憬しつつ卑小な暗闇に入ったり出たりしている人間の文章として妥当でないであろう。ドン・キホーテをめぐって「最大の問題、すなわち、いったい《ディオス・ミオ》、スペインとはなんだろう」と考えようとした、かれの同国人の哲学者は、次のように書いた。《『誘惑者どもは、わしから冒険を取り上げることはできよう。じゃが、努力と気力だけは無理じゃろうて。』彼は心情の男であった。それこそ彼の唯一の現実であって、その周囲に不器用な亡霊たちの世界が現出したのだ。周囲のものはすべて、意志が発動し、心が燃え上り、熱狂が突走るための口実にしかすぎなくなったのである。しかし、あの白熱した魂の内部にも、やがて自分の偉業の意味についてのっぴきならぬ疑いが頭をもたげる瞬間がやってくる。この時である。セルバンテスが悲しみの言葉を積み重ねるのは。この小説の五十八章から終章まで、全篇を支配するのは悲痛《アマルグーラ》である。「憂愁が心いっぱいに広がった――詩人は言う、そしてつけ加える――憂いのあまり、食事が喉を通らない、悲しみと憂いが満ちてきた。」「死なせてくれ、――とサンチョに言う――わしの思想に殉じさせてくれ、わしの不幸のために。」ここで初めて、彼は風車を風車として理解している。ともかくこの努力の人の苦痛に満ちた告白を聞いてもらいたい。すなわち、「実を言えばわしが精魂かたむけて達成したものがなんであるか、わしは知らない、わしが努力して得たものがなんであるかを、わしは知らないのだ」と。》(現代思潮社版)

デュアメルは、ドン・キホーテを、それよりもっと以前に、「風車を風車として理解している」ところのユマニスト的な世界の人間とみなしていたのであるし、ぼくもまたその考え方にならいたい。しかし若いオルテガの発見する悲痛《アマルグーラ》にみちた、熱狂的な「努力」の後に、それによってただひとつの道、憂愁への道にしかドン・キホーテがみちびかれなかった、という観照は、あらためていえばおよそユマニスト的なるものに到ることから遠い、つねにぐらぐらする危険な平衡感覚の上にたっているぼくに、より近しいものなのである。最大の問題、いったい《ディオス・ミオ》、憂愁とはなんだろう? ぼくは、死のまぎわの憂愁のうちなる最晩年の悲痛《アマルグーラ》なセルバンテスをおそう、「常にその初めから、最後の結末まで下降をつづけてゆくもの」の認識、死をまえにして無益な正気に戻ったところの、狂気の冒険遍歴を経た憂わしげなもと騎士のイメージに直接打ちのめされる。それを考えれば、あえてセルバンテスの血をうけついでいることを否定しないであろうあの二人のアメリカの作家に戻って、かれらのまことに気の滅いる憂鬱さの、しかもその把握の鋭さにおいてじつに確実な説得力をそなえた、死についての根源的な観照にセルバンテスをつなぐことは困難でない。このような意味あいをこめて、ぼくにもっとも根深い恐怖をあじわわせる墓碑銘として、次の二行がくっきりと濃くきざみつけられているということをあらためて記したいのである。

　狂人として世を送りしが、
　正気に復してみまかれり。

ドン・キホーテの場合を離れても、一般に狂人として世を送った永い歳月のあと、正気に復するとはいったいどういう経験なのであろうかと、そうした噂を聞くたびにぼくは、個々のケースについて切実な興味をよせずにはいられない。狂気は魂の死だ。しかもこの魂の死はじりじりと圧倒的な緊迫力でもって肉体を侵蝕する。

ぼくは仔猿が死んだために気が狂って、死体を離さなかった母猿の話を思い出す。あるいは単に仔猿が死んだことに気がつかない母猿の行為であったかもしれない。ぼくはこの事件についての若い動物学者の報告記事を切りぬいてしばらく持っていたが、その科学記事はあまりに鋭い喚起力をそなえて、くりかえしぼくを不安で息苦しい夢想の永い時間にさそったので、結局、破棄してしまった。そこで、いま容易に確かめがたいが、猿に狂気もまた認められることは、この事件を離れて、学者の記録するところであったように思う。ともかくその母猿が、すっかり腐敗してしまった死児を抱えている傍に近づくと、その恐るべき異臭はそれこそ観察者の気も狂わしめんばかりだったというのだが、それこそ腐敗した仔猿のように、死んだ魂をかかえている生きた人間の肉体は壊疽《えそ》のような臭いをたてはじめる。肉体は荒涼とする。魂のひそむ空洞が人間の肉体の内部にひらいているのだとして、そこに狂気がやどる時、その内壁はふたたび柔らかな魂が戻ってくるには適しないものとなって、荒れはてた内壁はむりに戻った魂に引っ掻き傷をつけるにちがいないと思われるのである。

　フランツ・ファノンは、ひとりのニグロ好きの娼婦について語った。彼女はニグロと性交することを想像するときにのみ(それは実際に性交する前のことであって、性交のさなかにというのではない)オルガスムスに達するのであるが、この娼婦の性的生涯をみまた奇妙な改宗の事情を、ファノンは次のように記録し、かつ分析したのであった。《彼女のニグロ好みは次のような話を聞いたときから始まったと語っていた。ある女がニグロと寝て気が狂った、二年間、狂ったままだったが、治ってからは決して他の男と寝ようとしなかった、というのだ。その娼婦は女がどんな風にして気違いになったのか知らなかった。しかし、そのような状況を再現し、得も言えぬ境地の秘密をつかみたいと躍起になっていた。娼婦の求めていたのは、性的次元における彼女の存在の破壊、解体だったはずだ。彼女がニグロ相手に試みた実験はことごとく彼女の限界を強固にしただけだった。オルガスムスによる妄想に彼女は達することができなかった。彼女にはそれを体験することができなかった。そこで思弁に身を投じて復讐していたのである。》(みすず書房版)

ぼくもまた、このニグロと寝て気が狂ったという女の話にとらえられてしまった娼婦のような具合に、ある信じがたい情熱の昂揚のあまりに気が狂った人間の話を聞くと、平静でいることができないものなのだ。一般化すれば、ぼくは情熱の次元における自分の存在の破壊、解体のおおよそのかたちを現実的に想像したいのだろう。もっとも頭から足先まですっぽり狂気にはいりこんでしまうことを、ぼくが恐れている以上、ぼくの考察と実験の範囲はまったく限られている。その点、あのニグロ好きの娼婦のなんと勇敢なことであろう。狂気におちいったあと、醒めてついに再び男と寝ることのなかった女の話の全体を承知しながら、彼女はいくたびとなく、絶対にわけのわからぬ暗闇のうちにおいて待ちうける自分の存在の破壊、解体の瞬間をまねきよせるべく、恐しいオルガスムスに向ってたゆみない実験をくりかえすのである。端的に狂気を恐れている点でぼくは、このニグロ好きの娼婦にすっかり差をつけられているのであるが、それでも深淵のかたわらに立った人間が、つい崖ふちまで歩み出ないではいられないように、幾たび、その狂気にいたるほどの情熱の昂揚にひきずられる自分を肯定的に意識したことだったろう。性的次元によりそわせて比喩を用いれば、ぼくは独房につながれて異性から物理的に遠ざけられているか、あるいは端的にいって、不感症の女をひとり自分のうちに飼っているかのごとくであった。

ぼくがしばしばくりかえしてきた愚かしい泥酔さえも、時にはそうした指向にみちびかれていたことがあった。誰もいない書斎で、あるいは旅さきのホテルで、ぼくはおよそ嫌悪感とともにしか、その味を認識しえない強い酒によってひとり猛然と酔いはじめる。その酔いの上昇のさなかに、ぼくは頭のなかの火のかたまりに熱せられてしだいに赤く浮びあがってくるタングステン・コイルで示されるような、はっきりした分岐点の存在を見出す。それはAの道を選択するならば、この暴力的な自己破壊じみた乱酔をなおも加速して、それがついににせの情熱にすぎないにしても、ともかくその昂揚のうちに死ぬ、あるいは意識が存在しなくなるのであり、Bの道を選択するならば、再びここから醒めておよそ額をまっすぐにあげることもむつかしいような憂鬱の明日にはいりこむのであるところの分岐点である。アルコール飲料の眠りをさそう性格によってぼくの実験はなんとか無難にすんできたといっていいかもしれない。泥酔したあげくの眠りは、死に似ているし、二日酔の憂鬱は、狂気のさめたあとの脱力感をいくらかなりと想像させる。もともとぼくは、活字のむこうの暗闇から自分を無意味に引き剝がすところのアルコール飲料を、二十代の半ばちかくまで嫌悪していた。それが不意に、ウイスキーあるいはジンに向って急速に近づくことになったのは、狂気あるいは死に準じるものについてひとつの体験に近いように思える状態を、想像力のヒューズが焼けきれるような電圧まで忍耐せざるをえなかったとき以後なのであるから(もっとも忍耐しえた以上、ぼくはもとより死も、狂気も経験しなかったわけだ)、ぼくの頭のコンピューターの配線図は、アルコール飲料と無意識との接続について単純な直線を描いているにちがいない。

　もっとも乱酔についてまともに考えてみることはとくに必要でないし、面白いゲームでもない。集団的な乱酔の習俗についての考察をのぞけば、アルコール飲料がなにか人間の内部についての真実を啓示すると思われないのは麻薬についてと同じだ。

　ただアルコール飲料あるいは麻薬が、ひとりの人間の内部を充填するための欠くべからざる資料となってしまったあと、たまたまそのようにしてつくりあげられた中毒者が、たとえきわめて軽微なそれであれ、禁断症状を示している時には、われわれはかれの憂わしげで無力な外観からすらも、なにごとか危機的な切迫感のある信号をうけとる。それはサルトルにならっていえば、本来人間が欠けた部分をそなえたところの意識であって、その欠落感にかりたてられ、ついに完成することのない完全な円への試みにむかって跳びあがりつづけるところの存在であることを、端的に絵とききする眺めであるからであろう。にせの充足をあじわっているアルコールあるいは麻薬の中毒者が、人間的条件にかかわって本質的にみにくいのもまたその点にかかっているであろう。数箇月まえの外電が、ヴィエトナム駐在の特殊活動部隊《グリン・ベレー》によって、ＣＩＡの工作員であった二重スパイが殺戮されたことを報じた。解放戦線への二重スパイであるのみならず、アメリカ側とのかかわりかたがまた特殊活動部隊《グリン・ベレー》とＣＩＡとの二重構造になっているところの、およそにせの外皮のうちににせの果肉がふたつひそむような現実生活をおくったヴィエトナム人の非業の死の報道において、しかもなおもっともグロテスクな厭らしさをつきつけてくる部分は、この男がむりやりモルヒネを血管に流しこまれてにせの充足のうちに射殺された、という細部であった。深夜の湾内に漕ぎだされた小さなボートの上で、ピストルをかまえた殺戮者と、モルヒネによってにせの充足をえている二重スパイとは、おそらく窮屈に膝を接していたであろう。そしてモルヒネを注射されていない肉体であるところの殺戮者のほうは、すっかり醒めてかれ自身の意識の欠落部にまっすぐむきあいつづけねばならなかっただろう。もしかれが正気の人間であるとして、やがてこの殺戮の時むなしく陸上を駈けまわっていたＣＩＡからの電話で、自分の殺した男が、ＣＩＡの二重スパイでもあったことを知り、モルヒネによるにせの充足と弾丸とによってかれが処理したところのことに、いかなる意味あいでも正当化の理由づけがおこなわれえないと認めざるをえなくなった時、殺戮者の意識の欠落部は暗闇からつきでた力ある触手によってどのように揺さぶられたのであろうか？

　このようなおよそ弁護しようもなく不正で厭らしく無益な殺戮をおこなった人間が、やはりキリスト教国の人間であって、どうか自分を救って下さい、と黒暗暗たる空に眼をむけるとして、結局そいつはかれの天上の神と、どのような折合いをつけるのであろう？　今度は自分に注射するモルヒネによる陶酔にかさねてピストル自殺することが、この殺戮者のもっとも穏当な、しかも手なれた結着のつけかたであるか？　けれどもこれまでの報道に限れば、本国に召喚されたこの特殊活動部隊《グリン・ベレー》の将校は、異様なほどにも昂然と活気をあらわして胸をはり大股に家族たちにむかって歩いてゆくところを写真にとられて、新聞をかざった。そこにはいかなる神とも苦しい折合いなどつける必要はなかった人間の実在がうかがわれた。それでもしかし、ある朝かれが気の滅入りはじめている中年男たる自分を発見したとしたら、このヴィエトナムの古強者を、もういちどこの写真における狂気めいた活力の状態にまでふるいたたせることは、もう誰にもできることではないのではあるまいか？　そういう予感のごときものもまた、あの粗い網目によって印刷された小さな写真はぬけめなく表現していたと思われる。なぜなら、ともかく将校は元気すぎた。メイラーのもう一行のもっとも魅惑的な喚起力をそなえた詩句をひくならば、

　To tell the sad dreary truth

召還された殺し屋将校はとにかくあまりにも元気すぎた。

ぼくは、自分が活字のむこうの暗闇との相関において、現実世界と架空の世界をどのように生き延びてきたかを語ろうとする、この文章を書きつづけてきて、いまその終りちかくに到りながら、それこそ暗闇のなかの円型水槽を回遊しつづける、整然たる絶望の旅のうちなる鰯どものような具合に、出口のない堂どうめぐりをしはじめているのに気づいた。ぼくは森の奥の谷間の出発点から、この一連の文章を書きはじめた以上、架空のそれであれ、不確かな予定のそれであれ、ともかくあるひとつの到達点にむかって上昇してゆく、あるいは下降してゆく方向づけと共に文章を終らなければならず、ぼく自身それを望んでいるのでもある。ところがいまぼくはほかならぬ自分の積みかさねてきた活字のむこうの、まだ息づいているような暗闇から、突然に、まったく不連続的にとでもいうほかない唐突さで、**救済**という言葉が跳びだしてき、ぼくにまつわりつきはじめたのを認めるからである。実の所ぼくは、困惑をかくすわけにゆかない。活字のむこうの暗闇に、溺死人を探すべく濁った水の奥へつっこんでひっかきまわす棒のような具合に、なにやら分明なものと不分明なもののからみあった実体、あるいはその影を、つきとめようとしてそこを探りつづける手だてをくりかえし確かめているうちに、ぼくは当の自分が、救いとはなにか、救済とはなにか、ということをまともに考えてみなければならぬところに立って、じっと暗闇の水面を見おろしている男にほかならぬことに気づいた。赤裸に告白するならば、ぼくはこのように厄介な言葉とのめぐりあいがこの一連の文章を書きすすめているうちに生じうると、あらかじめ考えていたのではなかったのである。げんにいまもなお、ぼくは救い、救済という言葉に違和感をいだく者だ。それを実際に自分の指で書きつけながら、ぼくはくりかえし抵抗を乗りこえなければならない。そもそものはじめにぼくは、読書による経験は、言葉の正統なる意味あいにおいて、経験であるのか、読書によって訓練された想像力は、現実への想像力たりうるのか？　という問いかけを、自分自身にむけて発することから、他人と自分の活字のむこうの暗闇にあらためて入りこみ、あらためて浮びあがって息をつき、そしてまた入りこむという作業をはじめたのであった。あるいは逆に、活字のむこうの暗闇に浮びあがって深呼吸をひとつすると、また息苦しい現実のうちなるぼく自身にかえってくるという運動をおこなってきたのであった。この間いかけへの直接の答の端緒は、ほかならぬこの運動そのものがいくらかなりと明瞭にしたはずであろう。調査カードや、旅券や、出入国カードの職業欄に、作家と記入しはじめた時から、ぼくと活字のむこうの暗闇との関係は二重構造になった。そしてぼくの問いかけと答は、右のような運動そのものがスタイルを決定するところの、自分の新しい活字を積みたてることによっておこなわれるようになったのであった。

狂気にとらえられて活字を喪なうか、あるいは死をむかえるときまでとも、またぼくはこの文章をはじめようとしながら書きつけた。このふたつの異なった到達点の、どちらかをあらかじめはっきり想定するのでなければ、確かなことがなにひとついえないのではないか、という疑いについては、ぼくはその乗りこえかたを、奇妙な話に響くかもしれないが、一冊のＳ・Ｆの援助によって語ることができるように思う。実際ぼくは森の奥で海野十三の想像力に心底おびやかされて以来、自分の根源的なところで、くりかえしＳ・Ｆあるいは通俗科学書に揺り動かされ、局面打開のもっとも困難なところに追いつめられると同時に、正気で生き延びてそこを脱け出す方途を示されてきた。しばしばば、S・Fと通俗科学書は、ぼくにとって宗教家の仕事が埋めるはずの穴ぼこを、なんとか補塡してくれたのであった。もっともそれは、歯の実質を蝕ばみつづけるものを完全に除去することなしに、その場しのぎの金属をかぶせてしまう、やわな歯医者の仕事さながらに、いつなんどき、なにもかもが回復不可能なまでに蝕ばまれつくしていることを激甚な痛みとともに認めさせられるたぐいの補塡かもしれないのであるが。

いまそれについて語ろうとするS・Fは、まったく通俗科学書の書き手たちの痼疾とも思える、悪意のない大仰さで、ニュートン物理学の単一時間軸からの解放、宇宙のはじまりから終末までを見つめているラプラスの魔からの解放によって、はじめて可能になったS・Fだと解説者のいうところのものである。《量子論の立場をとれば、宇宙、あるいはその延長としての未来というものは、不確定性を示す作用量子なる因子によってかなりくわしく規定されてはいるものの、生物の自由意志などによって変更することのできるゆとりをある程度は含んでいる》、そこで「多元宇宙《パラレル・ワールド》」の考え方があらわれてはじめて可能にした新趣向のS・Fだと宣伝するところのしろものだ。（『航時軍団』早川書房版）

可能性としてのふたつの未来世界からそれぞれひとりずつの美女が、現在の時に向ってタイム・マシンでやってくる。それは現在を生きる一個の生物たる人間の、自由意志による小さな選択によって、未来のありとある可能性のうち、もっとも可能性の強い二つの世界の、どちらかが未来において現実化する、という見とおしにたって、なんとか可能性としての未来の自分の存在する世界を、現実的により強い可能性のある世界たらしめるべく、工作にやってきた文字どおり不倶戴天の敵同士たる二人なのである。そこで巻きおこされる大波瀾は、まったくS・Fらしい大騒ぎ、S・Fの世界ではあまりにもありきたりの奇想天外だ。ただそのS・Fを読み終ろうとするぼくの内部に、不意に深く突き刺さってきた燃える棘のように、メッセージは、ついにAの未来世界が可能性の闘いに勝ちをおさめた瞬間、ありうべきAの未来世界と、もうありえないBの未来世界が限りなく近づいて同一の世界となり、激しく戦いつづけた美女A′とB′が、ついに同一人物にほかならなくなる光景から発せられた。

　自分が狂気にむかおうとしているのか、正気の死にいたるまでなんとか生き延びつづけられるのかをあてどなく考えつつ、いま現在の自分がやっていることに、個人的な「多元宇宙」たる未来からの光と闇の照射をあてたいとねがうぼくを、なやましていたジレンマは、この大時代なS・Fの未来世界Aと未来世界Bの、ありとあるS・F的な思いつきのうちの最大規模の結婚たる、轟々たる二つの世界の重なりあいの光景を思い浮べることによって充たされた。なんとなく自分の内部にむかって顔の皮膚が浮べる微笑のごときものとともに、ぼくはジレンマを解消したように思うのである。まったくぼくは本質的に通俗科学的な人間なのだろう。

　さてぼくは救済、救いという言葉が、不意にぼくの意識の前面にあらわれてぼくをすっぽり把握しはじめたことをのべているのであるが、ぼくの個人的な「多元宇宙《パラレル・ワールド》」の、どのようなかたちの未来が、やがて決定的に強い可能性の因子を獲得するにしても、微妙にことなった色彩とかたちをそなえた、様ざまな救済、様ざまな救いが、その究極の瞬間にかさなりあってひとつになり、ぼくの内部をいっぱいにうずめて居すわるであろうことを感じる。ぼくはいまのところ、どうか救ってください、救済をあたえてください、と天上のなにものかに叫びかけようとしているのではないか、もとより、救済、救いのきっかけをがっしりと自分の掌につかんだというのでもない。ぼくはいま、おまえはなんというぶざまなことをわざわざいいはじめたんだ、そんなことをいっているひまにこちらへにじりよってきたらどうなんだと、ふたつの方角からの憐憫と非難にあわせて勧告の意志もまたこもっている声を聞くように感じる。それは政治的人間からの声としては、ついにアジアとはなにか、アジアにおける日本人とはなにか、ということをつきつめていって、日本人の誰ひとりそれを避けてとおることのできない、政治的な態度決定をせまる方向へと、強いベクトルを伸ばそうとしている声である。また宗教的人間からの声としては、近代日本の成立以来はじめて、天皇制体系の全体をもうちにふくみこんで、なお肥大化しようとする趨勢において、すべての日本人にやはり最終的な宗教的態度決定の問いかけをしてくる方向へと、人間家族の煉瓦をつみあげている声である。

きみはいま救済、救いを必要と感じはじめているのか、それはそのとおりだろう、きみは自分の受けとった極刑の判決を明瞭に認識したところだからだ、そこできみに最後の機会をあたえよう、われわれのところへ上告してきたまえ、とそれら双方の声が「多元《パラレル》・宇宙《ワールド》」の未来からの声のように、本質的にことなっていながら、同時にいかにも似かよっている響きで、こもごも語りかけてくる。ところがそれらの声にたいしてどのようにぼくが答えるかといえば、いやぼくは上告しません、被告人には上告しない自由もまたあるはずですという、裁判官も検事も弁護人もあらゆる傍聴人までをもふくめて、みんなをこぞってしらじらしい気分にさせてしまうような言葉なのだ。

もっとも事実に近く歩みよるべくつとめて、この救済、救いという言葉の、ぼくにおけるあらわれかたを再現するならば、次のようになる。アア、ソウイエバ、救済、救イトイウコトモアルンダッタ、コレカラハクリカエシ、ソレニツイテ考エツヅケルコトニナルダロウ。しかしぼくはそれにむかい息せききって走りはじめることはしなかったのである。いまもそれをしようとしているのではない。ニグロと性交して気が狂った女の話を聞いて、たちまちニグロとくりかえし性交しては根源的な自分の存在の破壊、解体をもとめ、しかもそれを果たしえなくて、まことに醒めた正気の心において、ニグロとの性交の前にそのことを考えることによってのみ、憐れなオルガスムスをえているという、フランツ・ファノンの記録する娼婦よりは、ぼくもいくらか遠方まで見とおしのきく眼をそなえざるをえないようにしていくらかの経験をへてきたからだ。あるいは、気が狂うほどの性交をして、二年ものあいだ狂気でいたあと、もう決して男と寝ることのなかったという問題の核心の女の、正気にもどってからの日常生活の総体が、漠然とながら黒ぐろと巨きく浮びあがってくるように感じるからだ。

そこで、逃がれるようにしてまたは攻めこむようにして、ぼくはフォークナーを読みはじめる。フォークナーの活字のむこうの暗闇をうずめている、情熱の極点にむかってまことに不毛きわまるパセティックな自己燃焼をはかるところの、いずれも不撓不屈な人間たちを、ぼくはくりかえし経験しようとしはじめるのである。ヨクナパトファ・サガの、奇怪な情熱にとりつかれておのおの生および死を鋭く強く発見する人たちのむらがりにむかってぼくは入りこんでゆく。そしてフォークナーが、まったくしばしば、あの男、あの人、かれ、彼女のことを克明に話しつづける第三者をつうじて、そのような情熱の過飽和状態を生きぬく者たち、あるいは情熱の圧力過剰のあまりに内側から爆発する死を激しく死にとげる人間たちを描写させるのを、自然ななりゆきだとあらためて認めるのである。そのような情熱の純粋結晶そのものによってなりたっている核《コア》をそなえたたぐいの人間、われわれ人類にあたえられた無数の属性のうち、ただひとつ情熱だけを不均衡に大量にとりこんで、それよりほかの属性はすべて犠牲にしたような人間、かれらの情熱《パッシオン》がすなわちそのままかれらの受難《パッシオン》であるような人間は、わずかの決定的な言葉と行動よりほかには、くだくだしく自己表現する余裕をもたないし、また語り手のがわからいえば、そのような人間については、いつまで語っても語りつくしてしまうということがありえないからである。ぼくはその種のヒーロー荒ぶる者と、語り部の構造関係について、およそフォークナーの名すらも聞いたことのなかった、森の奥の谷間での幼年時の日々に、すでに熟知していたと感じるものだ。そしていま、ぼくはフォークナーの情熱と受難の渾然たる融合体たる人間たちを、活字のむこうの暗闇に経験しながら、活字のこちらがわの明るみにいる自分が、決して単なる思いつきのようにではなく、しかし常住不断の実在というのでもなく、予期しないがいったんやってくるとまさに待ちうけていた客にほかならないことが喜びとともに自覚される、少数の友人の訪れのような具合にあらわれるところの、アア、ソウイエバ、救済、救イトイウコトモアルンダッタ、コレカラハクリカエシ、ソレニツイテ考エツヅケルコトニナルダロウ、という醒めた認識を(いまのところはなお頭の片隅で)あらためておこなっている自分に気づくのである。

森の奥の谷間から出発したその瞬間から、およそ後戻り不可能の状態において、徹底的にぼくは自分の真の言葉の土壌から根こそぎにされてしまった。ぼくは活字のむこうの暗闇に、想像力の賦活作用をあたえられて生きいきと血のめぐっている真の言葉を発掘しようとすることによってのみ、根なし草の不安に抗して生き延びてきた。他人の領有する荒地たる、この現実を生きている自分自身の核《コア》を確認しようとすればつねに、いったん活字のむこうの暗闇に自分を投企《プロジェ》するようにして、それをおこなうほかにないと感じることから、結局ぼくは作家という職業を選ぶことになったのでもあるだろう。

ぼくは自分の最初の子供が三歳にたっして、かれが唖でないにもかかわらず、決して能動的に言葉を発しない人間であることをついに認めざるをえなくなった時、暗然としながらもミスティシズムの霧につつまれたような心の奥では、まことにそれを当然のことのように感じている自分をもまた発見していた。くりかえしのべてきたように、声として発せられる言葉としての、ぼくにとっての真の言葉を、現に根こそぎにとりさられてしまっているところの人間がぼくにほかならず、かれはそのような父親の息子であったからである。

ところがある日ぼくは、終始テレヴィの前に沈黙して坐っているのが習慣となった幼児が、食事を呼びかけるぼくをふりかえって見ると、殴られでもすると惧れたかのように、片眼とその周辺のみならず唇の片隅までも歪めるのを見た。はじめぼくは、自分が習慣のように子供を殴打する粗暴な父親であって、そのために幼児がこうした反応を示すようになったのだという、根拠のない罪障感をいだいた。しかしやがてこの現象は、出生直後の大手術のあと、魚のように片眼を使ってしかものを見ないことになったぼくの幼児が、なんとか父親たるぼくの顔をはっきり見きわめようとして、そのように顔を歪め焦点をあわせているのにほかならないということがわかった。しかもかれは、ぼくの顔のうちの、それも眼をとくに選んで見きわめようとしていたのであり、それはテレヴィのコマーシャルに頻出する眼薬の広告と関係しているのだった。やがてかれはそのテレヴィのコマーシャルの図柄をそのまま使用している新聞広告のなかの、大きい「眼」という活字を指さして、そして顔半分を懸命に歪めながら、父親たるぼくの眼を見つめて、そこにidentificationをおこなうようになった。われわれは様ざまな、テレヴィのコマーシャルをなぞった新聞の広告を蒐集してidentificationのゲームを始めた。そうした日々のある夜の夢で幼児にむかいあったぼくは、「眼」という活字の新聞紙片をとりあげると、自分の眼をくりぬいてそこに張りつけた。鼻、耳、口のみならず、髪、そして頭蓋骨の内容までをもひとつずつすべてとり去って、ぼくは指でちぎった新聞紙片のよせあつめである薄っぺらな頭を肩の上にのせた人間にかわっていった。しかもその夢の内なるぼくは、自分の幼児が新聞紙片のコラージュから、ほかならぬ父たるぼくの肉をあらためて認識しているのを感じてもいたのだ。幼児は顔を歪めていちいちを確認しながら、ぼくの指がくりぬいて棄てた血みどろのものを熱心に喰うのだった。

また夢の話か、まったく幾たびおまえの夢あるいは白日夢の話につきあわされたことかという声が、苛だたしげに発せられるかもしれない。ぼくは自分がその見知らぬ他人の問いかけに対してでなく、ぼく自身の母親のおなじ問いかけにたいして答えた言葉を書きとめておこう。この夏、数週間をぼくの家族とおなじ屋根のもとに暮したあと、森の奥の谷間へかえろうとする朝に、ぼくの母親は妻にむかって、というのはぼくと母親とはしばしばそれを経験してきたとおりに、幾年ぶりかで再会すると、すぐさまあたかも憎みあっている者同士のように、直接に口をきくことがなくなってしまうからであるが、たとえ森に飛行場が切り開かれるか、四国と本州が橋でつながれるかすることがあっても、もう決して自分は森から東京へ出てくることがないだろうといいのこして帰って行った。それと同時に母親はまた、あれは作家の生活をつづけることでいったいどのような知識と経験をえたのだろうかと、その息子の活字と想像力とにしか頼ることのできない不確かな生き方について、失望感のにじんだ不安と疑いの声を発したというのだ。まったく夢をだけ相手にしているような人間になってしまったようではないかと。終日、活字を見つめており、見知らぬ来訪者あるいは電話をつねに惧れて苛だち荒あらしい声を発し、そして深夜にわずかな分量の文字を書き、泥酔して眠り、そして翌日にはもう昨夜書いたものを廃棄しているという息子の生活を、彼女は夏のあいだずっと苦にがしく観察していたのであったろう。そこでぼくは妻に、いまの職業についてから、まさにその夢をじっさいの経験のように確実に受けとめることができるようになりました、というむねの返事を長距離電話で母親につたえてくれるように頼んだ。それが同時にまた夢の話かという見知らぬ人びとの声への返事でもある。たとえその返事が再たび失望感のにじんだ憫笑によってのみむかえられるにしても……

さて活字のむこうの暗闇から喚起されるところのことをめぐりつつ書きつづけてきた、この文章の最後の部分を、マラムッドの『修理屋《フイクサー》』によって呼び起されるものを書きつけて終ることにしよう。帝政末期のロシアの一地方から、かれの職業のための道具だけを持って、都市キエフに出てきたひとりの善良なユダヤ人が、異教徒の子供を殺戮してその血を搾り、過越《すぎこ》しの行事のためのパンにひたしたという架空の罪をかぶって、反ユダヤ主義運動の犠牲羊たらしめられようとし、いつ公判がおこなわれるともしれぬ牢獄であじわうのはまことに恐しい苦難であるが、その「苦難の無益さ」をはっきり認識したところのかれが(実際いったん狂気にさえおちいり、そこから回復し、また絶望あるいは単なる無気力感からもいくたびも死のとばぐちまで落ちこみながら、なおも生き延びつづけるところの、自分とほぼおなじ年齢のこのユダヤ人の苦難を見つめることは、まったく端的にぼくを刺激しつづけたのであるが)、ついに到達してゆくところは、憎悪と共にほかならぬ皇帝《ツァー》にむかって直接に自分の言葉を投げつけうる状況への、想像力の展開である。

ついにはじめての公判が開かれることとなり、そしてかれの事件をつうじての反ユダヤ主義の策謀が、ひいてはロシア全土にわたるユダヤ人の大虐殺の実態が明るみにひきだされて、かつてのおとなしい田舎者たるユダヤ人には思いもつかなかった筈の、次のような認識を、当のかれ自身が人びとの意識につきつけることとなるであろう法廷への馬車のなかの夢想においてであるが、かれは皇帝《ツァー》と対決するのである。《……だがどんなユダヤ人、どんなまっとうそうなユダヤ人であろうと——皇帝《ツァー》の敵、皇帝の犠牲者に、してしまう。皇帝がふんだんに供給してくれている屍体の殺害者として選ばれた者に。罪のない者であろうと、投獄し、飢えさせ、けもののように鎖で壁につないでおける者に。なぜなのか？ 頽廃した国では罪のないユダヤ人などというものは存在しないからであり、国家の頽廃の何よりも顕著な徴候は自分たちの迫害している者たちへの恐怖であり憎悪である。ロシアには反ユダヤ人主義よりもはるかに大きな不正が行なわれていることを、オストロフスキーは想起させてくれた。罪のない者を迫害する者たちは彼ら自身も絶対に自由ではない。こんなふうに考えていったことは満足感をもたらすど

ころか、強烈な怒りで彼の心を満たした。》(早川書房版)

　そして反ユダヤ主義者のテロでなかば破壊された馬車のなかの、夢想をおしすすめるかれは、皇帝《ツァー》にたいして、あなたはついに悲惨な暮しをしている民衆への敬意をもたらす洞察力に欠けていると糾弾し、決してそれを認めることをしない皇帝《ツァー》に、それならば、もはやいうことはありません、と拳銃をつきつけて巨大な対立者を撃ちたおすのである。その拳銃はやがて現実の民衆の手にしっかりと握られて現実化する拳銃ともまたかさなりあっているのであって、単なる幻のそれをこえたところの行為である。ここで洞察力《インサイト》という言葉は想像力と置換えてもとくにまちがいではあるまい。また、この拳銃を想像力の拳銃と呼んだとしても、怒りたけるユダヤ人の夢想の全体をおとしめることにはなるまい。想像力の弾丸は皇帝《ツァー》を倒し、《歴史というものにも逆転させる道があるのだ》という新しい考えを、夢想する男にあたえる。小さなことであるがまた重要な契機でもあるものとしてペンギン・ブック版で、この「道」が複数であることをつけくわえておきたい。《おれの学びとった一つのことは政治に無関心な人間などはいないということだ、ことにユダヤ人の場合は、と彼は思った。政治に関心がなくては人間ではありえない。それは明らかすぎるほどだ。じっと坐りこんでほろぼされるままになっていられるものではない。しばらくして、彼はこうも思った。自由のための闘いのないところに自由はない。スピノザは何と言ってるか？　国家が人間性質*にとってはいとわしいやり方で行動する場合には、その国をほろぼすほうが害悪が軽微ですむ。反ユダヤ人主義者どもを倒せ！　革命万歳！　自由万歳！》(*ペンギン・ブック版で、human nature)

　しかしついにこれは夢想の劇であり、想像力の世界に閉された行為ではないかという声が、あらためて問いかえされてくるだろうか？　ぼくは森の奥の谷間から出てきて選びとった作家という職業において、なにほどの経験と知識をえたか、それは活字のむこうの暗闇にかかわるところの、想像力の経験と知識にすぎない、という自省を再び確認しよう。救済、救いという言葉が、いまぼくに切実な喚起力をそなえてあらわれてきたということをすでにのべたが、この文脈においても「言葉」が、と書きつけられるとき、すでにあらかたのことがあきらかであるように、これもまたぼくの、活字のむこうの暗闇にそもそものはじめに住みつき、そこからやがて現実世界の内なるぼくの肉体＝魂に作用しはじめることになるであろうところの、結局は想像力のきっかけとでもいうべきものにすぎないのである。それでもぼくはあらためて、古めかしい無法者たちの義兄弟の誓約の儀式さながらに、活字のこちら側の現実に住むぼく自身の皮膚の切り口と、活字のむこうの暗闇に実在しているぼくの皮膚の切り口とをかさねあわせて、ふたつの切り口からにじみでる血をまぜあわせようとする。ぼくはそのようにして想像力にもっとも深くかかわる生き延びかたを選びとりつづけることを、あえて現実の回避とも、夢のうちなる日々への退行ともみなさない点において、少なくとも頑固な人間である。森の奥の谷間のガキたるぼくもまた、すでにその意味あいにおいては充分に頑固だったのであって、谷間の数世代をおおう暴動の首謀者の幻影によりそっては、言葉こそちがえ、あらゆる意味での皇帝《ツァーリ》よ、あなたに想像力が欠けるならば、もはやいうことはありません、と叫ぶことを繰りかえし夢想していたのだ。

〔一九六九年〕

II

アメリカ旅行者の夢

地獄にゆくハックルベリィ・フィン

アメリカ。アメリカという言葉の胸苦しいような魔力から僕がまったく自由になることはないだろう。僕はものごころついて以来、ずっと、アメリカという言葉のひきおこす錯綜した複雑きわまるコムプレックスのうちに生きてきた。僕の生涯で最初にして最大の恐怖感は、アメリカという言葉にみちびかれた。われわれの国はアメリカと戦っていた。アメリカは、母親や弟ともども子供の僕を、村の敷石道にうつぶせに寝そべらせてタンクで轢き殺すだろう。もし、頭の皮膚が、そのショックであまり痛んでなければ、アメリカは、それでちょっとしたランプ・シェードをつくり、日本での体験の記念品とするだろう。とくにうまく日本人の頭らしく乾燥させることができれば、ランプ・シェードは大統領に献上されるかもしれない。もし畑に落ちている新しい万年筆を見つけても、それは絶対にひろってはならない。陰険なアメリカはそれに爆薬をしこんでいて、子供の指も顔も胸もぐしゃぐしゃに潰してしまうだろう。アメリカは強姦し殺戮する。火焔放射器で焼く。アメリカは日本人の肉を喰うかもしれない。僕が地方都市の高校生であった時分、いうまでもなくすでに戦争は終り、新しい戦争が朝鮮ではじまっていたが、まだ数年をへだてるにすぎない、恐怖のアメリカの思い出が突然によみがえって、僕の頭に危険なきらめきをチカチカ放つ厭らしい奇妙な欲望の渦巻をひきおこしたことがあった。僕とおなじ年齢の、知能の発達の遅れた少年が、わが地方都市の近くの島で幼女を殺害し、逮捕された、と新聞がつたえていた。少年は防空壕あとに(まだ、そのようなものが残っていたばかりか、市民の日常生活の世界とのつながりもごくわずかながらとどめていたからこそ、知能の遅れた少年がそうした屈強の場所をかれの犯罪の場として思いつきえたのであろう)幼女を連れこむと、竹の尖端をとがらせたもので、すなわち数年前のある時期、すべての市民をこぞって武装させる唯一の武器であった竹槍で、幼女の腟から喉もとまで刺しつらぬいた。幼女のひらかれた口からあわれな肉体の抵抗によってささくれた竹槍の先端が見えた。少年はまったく欲望のないタイプか無智であるか、おそらく不能であるかしたのだろう、幼女には強姦された形跡がなかった。少年はただ幼女を串刺しにして殺した。少年は新聞紙でつくったGI帽をかぶっていたということである。戦後、占領軍兵士による強姦が、あるいは強姦殺人がおこなわれたことは確かであるが、当然ながらそれは子供らの眼に見えるところでおこなわれたのではない。またその噂や報道が、子供たちの耳と目から入ってその空想力の領域をいっぱいにうずめてしまうという風に、こうした事件が公然と表沙汰にされるということもなかった。白痴の少年の殺人にあたって、かれをかざった頭かざりについて、実際に進駐してきたアメリカの兵士たちは、いかなる責任もない。責任をとらねばならないのは、戦時から敗戦のあとも数週の間つづいて、僕の地方に猛威をふるった、強姦し殺戮するアメリカの幻影である。まだ、アメリカが、われわれの国との戦いを遂行している直接の敵であるか、われわれの国を屈伏させたばかりの勝ちほこる敵であって、すなわちかれらがまだ敵の性格づけをうしなっていなかった時期のアメリカの幻影を、白痴の少年は模倣したのである。その白痴の少年のみならず僕自身もまた、強姦し殺戮するアメリカの幻影のもとにおいて、強姦され殺戮される同胞に連帯感をもつかわりに、まことに恥かしい奥の奥なる意識においての、ひそかな極秘のもの思いにすぎないにしても、強姦し殺戮するアメリカに自分を同一視してみたいと考える一瞬があったことを、認めざるをえない。国家は、じつに数多くのチビの叛逆者どもを内蔵して、絶望的な戦争に狂奔したものだ。戦後、すくなくともあの白痴の少年の眼にふれるところでは、強姦し殺戮するアメリカの幻影が、現実世界に顕現することはなかった。白痴の少年はかれひとりで、かつては日本中をとらえていた恐しい幻影に生命をあたえるほかなかったのである。怒り狂う島の大人たちに囲まれたとき、白痴の少年はまったく平然としていたということだ。強姦し殺戮するアメリカの幻影が、仮に少年の竹槍と手をかりて幼女を串刺しにしたのである。新聞紙のＧＩ帽がそれをあきらかに広告している以上、白痴の少年は、かれ自身が咎められることを想ってみもしなかったにちがいない。

それから恐怖心と憎悪の純一な対象であるアメリカより、もっと始末が悪く、あつかいがたく、抵抗しにくいもうひとつのアメリカが村の生活にも浸透しはじめる。戦争が終結するとたちまち、アメリカは戦いの時より比較を絶して複雑な相貌をあきらかにして、われわれの生活のうちに具体化しはじめたのだ。疎開してきている人びとのうち、それも敗戦の時まで村の人間の社会生活からまったく拒否されていた人物が、それも数日間だけ奇妙に熱っぽい注目をうけて、村の不安と期待の焦点となる。かれはアメリカが四国のあるひとつの浜に上陸して大虐殺をはじめた、というニュースをどこか絶対にわけのわからぬ情報源からはこんできたのである。翌朝、アメリカの大虐殺のニュースは、そのあからさまな刺激性を幾分緩和されて、それだけに逆になまなましく実感的な反撥をそそる細部を付加されて、あらためて流布された。アメリカは、確かにわれわれの村から百キロの浜に上陸したが、かれらの現にやっている作業は大虐殺ではなくて、男は断種、女は強姦の、ふたとおりの行為である。すでに昨日の急造の疎開派重要人物は、村の社会生活の枠の外にあらためてはじきだされはじめている。こういう火急の時にも冷静なリアリストはいるもので、われわれの村にも、本当のアメリカ人を見たことがある人間はいくらかいるが、かれらと個人的な接触をもったものはまったくないことを調べあげる。戦争が村を、ある種の鎖国の状態に戻している。そのときからほぼ百年前、われわれの村から四国山地を南に山越えして太平洋岸に出た浜のひとつから、スズキ漁の船に乗って海に出、難破してアメリカの捕鯨船に救助された少年が、十年のアメリカ滞在から帰国して幕府に証言したアメリカ知識ほどにも、具体的、実際的な知識が、じつは村の人間の誰にも確保されてはいないことがわかったのである。《人を殺し候者は死刑に行ひ申候。柱を立、板の上にのせ置き、罰文よみ聞け、下たのせんを抜き候へば罪人上より落かゝり、首をしめ死に候よし。見及は不仕候。……ピヤナと申琴、ハンチョウと申す三味線、セルコと申胡弓様の物御座候。流行歌も御座候。「向の坂より君が来る見れば涙を催し一曲、又「朝宵につくる姿は誰か為、外にも有るまい一曲など云歌を歌ひ申候。……米利幹にては天をヘブンと申候。地をガラアン、日シャアン、月ムーン、星をシタア、春シブレン、夏シャマ、秋ヲトン、冬ウインダ、……男陰フレカ、女陰アシ、昼デイ、米ライシ、酒ランム、茶テエ、山ラアン、川レバ、海シイ、井ハヤロ、唐チャイン、天竺インデヤ、日本ゼッパン、米利幹をメリケンと申候。》(『漂客談奇』引用は『新・ジョン万次郎伝』出版協同社版による）このように基本的な知識さえ自分自身の体験として、あるいは自信をもって語りうるものが、一九四五年夏の僕の村には誰ひとりいなかったのである。しかも男は断種、女は強姦、すでに村の人間の不安は一体ではない。分裂がはじまっている。なお数日がすぎ、アメリカは断種などおこなわないだろう、という予測が一般化したあとも、村の女たちに、強姦されるかもしれないという、おぞましい疑惑はのこっている。とくに若い娘たちは不安に醜くなって、髪を切ったり皮膚に煤を塗りたくったりして、なおさら醜くなり、森に逃げこむことを相談している。それを、もう断種されることのない、安全な睾丸をぬくぬくとぶらさげて安心した僕ら男たちが、いくぶん冷淡な気持で眺めている。分裂はなおも深まる。森へ逃げこむことについてあれこれ娘たちが考えているそばで、親たちはアメリカがジープに積んでくる凄じい能力の電波探知器によって刃物がすべて摘発されるという噂を惧れて、父祖伝来の日本刀を油紙でくるみ、木箱につめて森の奥深く隠匿しにゆく準備をしている。ついにアメリカをのせたジープがわれわれの村の谷間に入ってくる。その時にはすでに、娘たちをわくわくさせた強姦の幻影もあらかた色あせているが、ジープは一瞬にして、村のすべての意識あるものを震撼し、凍りつかせる。われわれ村の子供たちはとくに茫然とし体を硬直させてアメリカを見た。われわれ子供たちは、国民学校の校庭で、ついせんだってまで農家の少年を満洲開拓の義勇軍に応募させるアジテイターの役割をはたしていた教頭から、ジープを見たならば、ハローと叫ぶようにと訓示され、声をそろえて発声の練習までしていたのであるが、誰ひとり、それを実地に試みる勇気をもつものはいない。ジープは村役場前にとまり、出発し、国民学校の校庭にとまる。子供たちの群に、チョコレートが投げられる。大人たちのうちには、煙草をひろったり、これは村の知的選良たちの自尊心にかかわって、やがてひとさわぎひきおこすことになるのであるが、誰も完全には解読できない英文のびっしり印刷されたラベルのついている、アスパラガスの罐詰をうけとったものもいた。これはアメリカについての村の平均的感覚を一挙に揺りうごかし、力ずくで押しひろげる体験であった。僕がそこに属していた子供たちの一団にむかっても、銀紙でくるんだいくつかの小さなものが投げられた。もっとも僕はそれを拾わなかった。しかし、結局それは拾ったよりも悪かった。僕はそのチョコレートによってきわめて激しく誘惑され、しかも自尊心からそれを拾うことを拒んだのである。複雑なジレンマが僕をとらえた。憎悪と恐怖心よりほかの情念が、アメリカに関って熱病さながら僕のちっぽけな肉体のうちをかけめぐりはじめたのを感じたのは、それがはじめてだった。ジープが村の谷間を去る時、すでになにものかを解放された村の子供たちの大半と、大人たちの少数が、ハローと叫びたてた。僕はその言葉を、僕がかつて耳にした、もっとも新しくみずみずしい戦慄をそそる言葉のように感じた。ハロー・アメリカ、アメリカはチョコレートをくれ、なにひとつ略奪せず、強姦も殺戮もせず、薔薇色のはにかしそうな顔で、遠慮ぶかく微笑して、ジープの荷台にまことに禁欲的にきっちりと坐りこみ村を去った。

デモクラシー、デモクラシーのアメリカ。骨おしみせず啓蒙的な明るいアメリカ、村の新制中学の民主主義の授業は、戦場からかえった教師と子供たちを生きいきと解放する。新聞からきりぬかれて教室に張られた天皇とマッカーサー元帥の写真、それはまだ子供の自分に明瞭に意識化できないが、自分の頭のなかの暗闇の奥の奥に、巣の深い横穴のくらがりに確実にひそんでいる獣の気配のように、なにか異様な手ごたえのある大きなものが存在しはじめて、モーニングに威儀をただしてなんとなく孤立無援の天皇と、軍服の襟をひろくはだけて腰に両手をあてているアメリカの将軍にかかわっていることが感じられた。そしてアメリカの戦後作家が《FBIは一般人の芸術と一般民衆の心のなかに抑制の意識をもちこんだ。それは邪悪な力であった》(ノーマン・メイラー『大統領のための白書』新潮社版)と書いているのをやがて読んだ時、僕はかつての頭のなかの奥底の暗がりのかたまりを、一歩明るみにむかって引きずりだした。僕はあのころ天皇の《一般人の芸術と一般民衆の心のなかに抑制の意識をもちこむ》《邪悪な力》が、アメリカによってとりのぞかれてゆくことを、予感しはじめていたのであろうと思う。人間天皇のイメージは端的にそのような解放感を民衆の心にあたえるものであり、しかもそれ以上に、抑制の柵はどんどん取りはらわれつづけるのではないか?やがて憲法は象徴という言葉で新しい天皇を意味づけたが、もっともっと抑制の柵はおしひろげられ除去されるように感じられた。《朕はタラフク食っている汝臣民飢えて死ね》そうしたいい方すらもひとつのスキャンダルとしてではなく、抑制の意識をとかれた明るく解放的な感覚につながるものとして、受けとられうるように思われた。なにかもっともっと抑制の柵のとりはらわれる方向へ。しかも僕は新しくそうした存在となった天皇にたいして、むしろ好意的な感情において、ぐんぐん抑制の柵のとりはらわれるべき方向へ眼をむけていたように思われる。それは決して反・天皇のスキャンダラスな期待ではなかった。アメリカがわれわれの地方のすべての新制中学に、理科実験用の蓄電池をおくってくれるという通知がきて、地方都市のCIEに子供の代表と校長がそれをうけとりにゆく。

校長は汽車の旅のあいだつねにくりかえしている。日本はアメリカの科学力に負けたのだ。蓄電池を十分に活用して科学的な頭をつくらなければならない。CIEには、好奇心を持続することができず、早くもそれを萎えさせて疲れはて怯えたような子供たちが、それぞれ代表として集ってきている。アメリカと通訳の日本の女が、まことに奇妙な食べ物をくれる。コーンフレーク。新しい食べ物は、自信をうしなっておどおどしている子供の内部に、なおさら屈折した感情をひきおこす。空腹で激しい欲望を感じるが、すっかりなじみのない新しい食べ物を、見知らぬ子供たちと一緒に食べるのは恥かしく、欲望がつのってくればくるほど屈辱的な気持もたかまってくる。ミルクをいれたアメリカの容器を床に落して割った子供が、体を震わせ、かれの頭に突然に回復した、戦時以来の巨大な恐怖心にとらわれて泣きはじめる。かえってその事故に抑制をとかれた小さな他人たちは、おのおの自分のミルクをなめてみた。甘い、うっとりするようなアメリカ、うしろめたい気分をそそる優しすぎるアメリカ。蓄電池はジープや兵器、鉄兜とおなじ濃い草色にぬられていて、大きく圧倒的だ。汽車に持ちこむことが子供と校長の腕力では不可能なほど、ずっしり重い蓄電池。結局、それは闇屋のトラックの荷台に、疲れはてた子供と校長と共に積みこまれて谷間の村に運ばれる。蓄電池は学校のみならず村全体を揺りうごかす。ただ子供たちのためにこのように堂々たる機械が提供されることは、それまでの村に決してなかった。物量のアメリカ、科学力優位のアメリカ、気前のいいお人善しのアメリカ。しかし蓄電池はただの一度も活用されることがない。二つの電極に銅線をむすんでピッ、ピッと無益な火花が出るのを教師たちが見学したのみである。アメリカは、子供たちにとって活用不能のものを、単にかれらにとって余剰であるからというだけで支給させたのではないかというようなことを疑う教師があらわれて、子供たちにショックをあたえる。ある夏の午後、台風の影響で停電した村の、ひとりの知識派が、学校にかけつける。その午後、アメリカのロサンゼルスの全米水上選手権大会で、フジヤマのトビ魚、古橋が泳ぐ。ラジオ放送でその中継実況を聞こうとしていた村の数多くの人間のために、あの蓄電池を利用することはできないだろうか？　理科の教師が村中の圧倒的な期待をあつめて蓄電池にとりくむが、ラジオはいつまでも沈黙したままである。深い失望と憤懣のなかで、突然ひとりの教師が、松川の列車転覆も、下山事件も、みなアメリカがやったのだそうだ、と奇怪なことをいう。それはラジオそこのけのまことに恐しい動揺をひきおこす。教師はよってたかって非難されて、地方都市の動物園を見に行ったとき、サルだったかクマだったかの檻の前で誰かがそういっているのを聞いただけだと弁解し、嘲弄される。サルかクマがそういう秘密をしゃべったのだろう。

翌年、新しい戦争がはじまる。殺戮するアメリカの幻影がよみがえる。しかし僕はすでに地方都市の高校生で、幻影よりは知識に、よりおおく支配される年齢である。そして朝鮮での戦争の実態のもっとも恐しい細部についての知識を、新聞から読みとる能力はない。地方都市の中央にある城山で、アメリカの大学から旅行にきた女子学生たちと僕のグループが知りあう。彼女たちが漫画の本を見せてくれる。眼鏡をかけて反歯でチビの醜悪な人物がえがかれているのを見て、これは朝鮮人か？　と僕の友達のひとりが無邪気にたずねる。いや、日本人だ、と女子学生たちはこちらもまた無邪気に答える。この漫画は、とてもあなたたちに似ている、と女子学生たちは僕らを指さして笑うのである。そこで僕は、自分の生涯ではじめて、自国の人間でないものの眼で自分自身を見た。アメリカの眼にうつった自分自身。それからまた数年たって、僕は砂川の米軍基地わきの桑畑に、おなじ大学の学生たち仲間と一緒に坐りこんでいた。僕らの頭の上を数米の高さで戦闘機が飛びこえて、離陸してゆく。僕は鉄条網の向うの鋪道をいかにも平べったく長い車で通過するアメリカ将兵の家族たちを眺めては、突然に、投げられたチョコレートやCIEの待合室でのコーンフレークのもたらした、恥かしさと欲望のからみあった懊悩の気分を思いだした。それから日本人の警官たちが、僕らを追いたてにやってくる。アメリカ、アメリカという言葉にたいして、僕がいかなる胸苦しい感情も喚起されなくなる時というものは決してこないだろう。アメリカという言葉が僕自身にくわえる魔法の力の重みを、なんとかして軽減することはできるにしても、それからすっかり自由になることができるとは思わない。それは政治的なアメリカへの態度によって左右されるような種類の、意識の浅いところにある、見透し可能のジレンマではなくて、いわば僕の過去と現在と未来にかかわった、本質的な生命の混沌の一要素のようなジレンマだ。しかも過去のアメリカへの僕の感じ方と体験のすべては、現在の僕の内部に、同時的に共存し併存しているように感じられる。僕はそれを解きほぐしてみるべくつとめることはできるが、整理して結果を固定化してしまうことはできない。解きほぐされた糸はたちまちそれら自身のエラスティックな力で、めらためてもつれあい、再びなにやらわけのわからない魔法の力をもった黒いかたまりにかえってしまう。

一九六五年夏、ある朝、すでに鋭い陽ざしが、乾燥してしのぎにくくはない空気を、さらに熱している時刻、僕はアメリカ、マサチューセッツ州、ケンブリッジで大学前の広場、ハーヴァード・スクエアの中心部にある地下鉄への降り口とそれを囲む外国誌や新聞、それにいうまでもなくアメリカの国内誌と新聞を売っているスタンドに向って、横断舗道を渡ろうとして信号の変わる瞬間を待ちうけていた。僕は、その日の午後、海へ持って行って友人たちと食べるためのサラミ・ソーセージやパン、オレンジ・ジュース、それにバーボン・ウィスキーの瓶も一本いれた大きい紙袋を胸にかかえていた。ズボンのポケットには、小さな版の『ハックルベリィ・フィンの冒険』をいれており、それが薄い布地の夏ズボンの腿のあたりで嵩ばる感じだった。汗、暑気。しかし夏の朝の人間を活気づける、あの、そそるような気分と、また、ぐったりさせるような鈍い感覚もあって、僕は脇に立ってやはり信号機を見つめている、すでに若くなくなりはじめているフランスの女流作家と話しながら、その朝全体を愉快に感じていた。

僕はおなじハーヴァード大学の夏期国際セミナーのメンバーである彼女と、われわれのセミナーの不分律にしたがって英語で話していた。僕はこのフランスの作家と、フランス語で話すこともできた筈であるが、ごく自然に、われわれが英語で話していたことは、あの朝の、僕の気分を再現する上で、かなり重要なことのように思われる。僕はそれよりほぼ五十日ほど前、アメリカに到着したのだった。その夕暮、僕はおなじ広場の雑踏のなかにはいりこんで、自分の周囲の人びとの、人種的な多様さに、荒あらしく雑駁な感じをうけた。そして自分がその荒あらしさの勢いに排除されるように感じた。ところがほぼ五十日の後、僕はフランス人の仲間と同様、かつては荒あらしい雑駁さと感じられたものの中に自分自身をとけこませて、周囲とおなじ言葉を使い、とくに違和感もなしに、そこに存在していたわけであった。しかもわれわれ二人の異邦人は、その国の言葉で、その国の政治むきについて批判的な会話をかわしていた。そのようなことを自然におこなわしめる雰囲気が、あの大学町には広く深くひろがっていた。

僕はアメリカのヴィエトナム北爆について話し、その強硬策を統合参謀本部でおしすすめている、ひとつの有力な勢力としてルメイ将軍の名があること、そしてそのルメイ将軍とは、広島・長崎への原爆投下に現地で実際に計画をたてた人物であり、日本の自衛隊の拡大に功があったとして、日本政府から勲一等旭日大綬章をうけた人物でもあることを話したところだった。そのルメイ将軍について数箇月後僕はアメリカのラディカルな、しかも独立独歩のひとりの老ジャーナリストが、次のように詳細に、本質にかかわって書いているのを読んだ。《「私のつらつら考えるところでは」とルメイは最近のAP通信との会見でもっともらしく語った、「われわれは地上軍の使用よりは空軍力の使用によって、ずっとよく使命をはたすことができる」と。「使命」というのはもちろん、北ヴィエトナムよ、お前は降服したほうがよいぞ、そうしなければお前の国を焼きつくすぞ、ということだ。最近出したばかりの自伝『ルメイの使命』のなかでかれは、朝鮮戦争が勃発したときに「私がただちに提案したのは、アメリカが第二次世界戦争で日本にたいしてやったように、北に攻めこんで主要諸都市を焼きはらうこと」だったと指摘している。「私は、これこそが戦争をきわめて急速に、かつ最小の損害でおわらせるだろうと信じたのである。」これがまた、ヴィエトナムで勝つためのルメイの処方箋だったのだ。

ルメイは、統合参謀本部にいた三年間、自分はずっと北を攻撃するよう主張してきた、と書いている。かれは、ハノイに「おとなしく手をひいて、侵略をやめろ、さもないとお前らを爆撃で石器時代にもどしてしまうぞ」との最後通牒を出すことを主張した。「われわれは地上軍ではなく、海空軍力でやつらを石器時代に押しかえしてやる。」こんな具合に石器時代を口にしているのは、心理学的にみて露見的である、というのは、ルメイ自身が残忍な石器時代的メンタリティの男だからだ。》(I・F・ストーン『危険なアメリカ』徳間書店版)

ルメイ将軍が、石器時代という言葉にとりつかれていることは、心理学的にというよりも、もっと直截に、かれの戦術的イメージの背後に、広島・長崎での体験と、核兵器のしだいに厖大となるストックが重みを加えていることを示すであろう。こうした人物に、われわれの政府は勲章をおくったのであった。広島での抗議にかかわって、政府の責任者はこう語った。《私も空襲で家を焼かれたが、それはもう二十年も前のこと。戦争中、日本の各都市を爆撃した軍人に、恩讐をこえて勲章を授与したって、大国の国民らしく、おおらかでいいじゃありませんか。》僕はこの鈍感さについて、それが道徳的荒廃であり、広島の人間への裏切りだと、書いたことがあった。しかし僕も、こうした言葉と叙勲が、それこそ心理学的にルメイ将軍を勇気づけ、北爆に自信をもたせる効果をはたすであろうことまでは思いいたることがなかった。ルメイ将軍が、ナパーム弾を北ヴィエトナムに投下して人間を焼くことを考えるにあたって、背後に、広島のむごたらしい死者と生きながら苦しむ者のイメージをひかえさせるかわりに、勲一等旭日大綬章とおおらかな被害国の民衆の記憶しかないのだと考えてみれば、おのずからわれわれ日本人には、あるもっとも恐しいことへの、現にいま進行している共犯関係の事実が浮びあがってくる筈ではあるまいか？

僕がそのようなルメイ将軍の今日と昨日の役割について話すと、フランスの女流作家は、数日前の原爆投下二十周年の日に、このマサチューセッツ州のある地方局のディスク・ジョッキーの担当者が、

——ハッピ・バースデイ、ヒロシマ・デイ、ハッピ・バースデイ、ヒロシマ・デイ！　と歌って即刻、馘首されたという話をした。

そこで僕が彼女に、その放送を彼女自身が聴いたのか、それともそうした報道を新聞で読んだのか？　と訊ねかえしていたとき、オープンにしたフォルクス・ワーゲン（それは人間を積みこむことのできる深靴という感じがする）に乗った四人のアメリカ人の若者が、僕らのつい鼻さきをかすめてすぎ、僕にむかっていくつかの言葉を、くちぐちに叫んで嘲弄した。僕が聴きとった言葉は、

——どうだ、思い知ったか、というような意味のものと、もうすでに死滅した言葉と僕の思っていたyellow perilという言葉であった。また僕の女友達はそうした黄色人種と性関係をもつ人間という風に、もちろんそれは事実に反するが、嘲けられた。

そこで僕は突然、その朝が八月十五日の朝であることを思いだし、それまでそれについてまったく意識していなかったことに気づいて、ともども深く動揺させられるのを感じた。それから、アメリカにかかわる相矛盾しあった様ざまな思い出と情念のエラスティックな糸のかたまり、二十年前のその日とそれ以来の、あるいは巨大な屈伏感、解放感そして自由の感覚というたものが僕を圧倒的にみたして、僕は眼も昏むような気分になった。それと同時に僕は、僕の脇に立ったまま、フォルクス・ワーゲンからの嘲弄に気づかなかった

ふりをしている女友達の表情と、むきだしの性的な嘲罵の声とにはさみうちされて、すっかり赤面してしまうのも感じていたのである。yellow peril という言葉が、僕にそのまま、地方都市の城山で陽気なアメリカ人女子学生に見せられた、いわば Jap という言葉の漫画化みたいな、眼鏡をかけて反歯でチビの醜悪な人物の絵を思いださせた。僕は、僕自身を、あのアメリカ人漫画家の眼で見ていた。それまでハーヴァード・スクエアの雑踏にまぎれていささかの違和感も感じなかった僕が、いまや僕ひとりだけ漫画のアニメーションのように、眼鏡をかけて反歯でチビの醜悪な日本人としてそこに立っている自分を見出したのである。そして僕はいっさいの根拠なしに、そうした漫画的な自分が、脇に立っている白人の女を誘惑しようとしているのだという風に感じ、いわば性的な情緒にかかわってもっとも動揺していたのであった。僕はじつに深く孤立無援に感じ、一種の恐怖感のうちにあった。僕はすぐうしろの暗く荒あらしい酒場の入口に逃げこんで、朝からそこにたむろしているアルコール中毒者たちのあいだにかくれたいと考えた。しかし現在、信号は人間が歩いている形をした青い燈にかわり、フランス人の女流作家が、鋪道に一歩踏みだしていぶかしげに僕をふりかえっている以上、そこを渡ってゆかねばならないことはあきらかで、そこで僕はますます怯んでくるような気分になり、広場の中央の雑誌や新聞のスタンドをまぶしく眺めやり、力のぬけた足でそれこそ漫画風に、ぎごちなく前屈みに歩き出そうとした……するとまったくそれまでの会話とは無関係な感じで、友達は憤ろしげにこういったのであった。言葉もまた、それまでの英語からフランス語にかえて、挑発するように、

――あなたが『博士の奇妙な愛情』のような映画を

見て、そこでの戦争や核兵器のあつかいに反撥しないのは理解できない。

　このケンブリッジの夏の朝の、わずか数秒間の体験にかかわって、僕はふたつの方向にみちびかれる。二冊の本にむかって、といってもいいが、とくに後の方の本については、僕は単に一冊の本について考えるというより、もっと広く本質的な、僕のアメリカ感覚にむすびつけてみなければならない。

　第一の本は黒人作家チェスター・ハイムズが、戦争の終った年に出版した、『サタデイ・リヴュー』誌のいわゆる《暗闇のなかの叫び声のように髪のさかだつ人種的抗議の中篇小説《ショート・ノベル》》(“If he hollers let him go”バークリー・メダイヨン版)である。しかもその一節の印象が喚起されるということである。ひとりの黒人青年がいる。戦争がはじまって、かれは造船所で働いているが、裕福な黒人エリートの娘と愛しあっており、戦争がおわれば大学にゆこうとしている有望な青年である。ところがかれはある瞬間から、怯えきった scared な人間となってしまった。あるいは、自分がの生涯のすべての時にわたって怯えきっている人間ということに気づいてしまった。そこで黒人青年は、あからさまに絶望的な行動をくりかえすにいたり、白人の女子労務者のトリックで、強姦未遂事件の犯人として追われるにいたり、結局は、軍隊におくりこまれてしまう、そうした小説である。なぜ、青年はそのようにもひどく怯えてしまったのか、どのようにして自分が終生怯えている人間であることに気づいたのか？

　戦争がはじまった時、青年はロサンゼルスの日系一世がキャンプへおくられるのを見た。《日本人たちが送り出されるのを見た時に、確かではないがそれがはじまったのだ。あるいは、その時まで、それに気がつかなかったのだ。チビのリキ・オヤナは「ゴッド・ブレス・アメリカ」を歌い、その翌日、両親と一緒にサンタ・アニタへやられた。これは人間を根こそぎひきぬき、機会をあたえず閉じこめることである。告発も、裁判もなく、一言いうだけの機会もあたえず。もし、自分もおなじことをやられたら、ロバート・ジョーンズ、ジョーンズさんの黒い息子である自分も、と考えることが、おれを怯えさせはじめたのだ。》

すなわち、あの朝のケンブリッジでの僕は、強制収容所におくられる日系二世と、かれとおなじ運命を予感することで怯えはじめた黒人青年の二人に、自分自身を同一視していたわけである。もちろん、誰も僕を根こそぎひきぬきに来はしなかった。しかし、あの朝までの五十日間ちかく、僕はアメリカ到着以来、ほんの一瞬も怯えることがなく、自分をアメリカ人による戯画化の眼でもって、すなわち日本人がアメリカでこうむるべき、もっとも痛烈な客体化の眼でもって自分を見ることがなかった。寮のコモン・ルームでセミナーの仲間たちとテレヴィを見ている時、おおかれ少なかれカリカチュアライズされた日本人が画面にあらわれても、誰も僕を気にかけなかったし、僕も無頓着だった。僕はほぼ五十日の間、無色の溶液のようにアメリカ社会にとけこんでいる錯覚をもっていたのである。しかしあの朝の体験は(公正にいってこうした体験は、僕の四箇月のアメリカ滞在において、ただ一度であったが)僕に、すくなくとも僕の意識の世界において、時どき、自分をもっとも辛辣な戯画化の意図で見るアメリカ人の眼の存在を、空想してみる機会、自省的な機会をあたえた。

さて、僕があの朝の体験にみちびかれて、それについてあらためて考えはじめた、もう一冊の本とは、たまたまあの時、夏ズボンのポケットを嵩ばらせていた『ハックルベリィ・フィンの冒険』である。あの瞬間、僕のズボンのポケットの『ハックルベリィ・フィンの冒険』は、まことに錘りのように僕の意識の深みへ垂直につきささっていった。僕にとって『ハックルベリィ・フィンの冒険』は、その瞬間から二十年をさかのぼる夏の体験の前後をつうじて愛読してきた、アメリカ人による唯一の本だったのであるが、僕はその時までそれをとくに意味あることとは考えず、自分がなぜ、二十年前の夏の前後をつうじて、アメリカへの複雑きわまるコムプレクスからそれを切りはなしているのかについても、考えてみることがなかった。僕はあらためて『ハックルベリィ・フィンの冒険』が、いったいどのような人間のイメージを僕にあたえてきたのかを検討してみなければならぬ、と考えるにいたったのであった。ハックルベリィ・フィンは、なぜ、僕にとって、なんとなく通常のアメリカ人とはちがう種類のタイプと考えられていたのか？　ハックルベリィ・フィンこそが、おそらくは今日のアメリカにおいても、少年たちにもっともポピュラーなヒーローである筈ではないか？　そしてまた、ハックルベリィ・フィンを読んで育ったにちがいない戦後アメリカ文学の作家たちのヒーロー群に、いかにもたびたび、僕は、ハックルベリィ・フィンの後裔たちを見出してきたではないか？　『オーギー・マーチの冒険』に、『鹿の園』に『地上より永遠に』に、『ライ麦畑の守護神』に『走れ、ウサギ』に。ミシシッピー川を流れる筏のかわりに、アメリカ全土を覆うハイ・ウェイを疾走する自動車を採用した二十世紀のハックルベリィ・フィンか『路上』のヒーローである。僕はアメリカで自動車旅行をするたびに、今日の車が百年前の筏と、いかに似かよった精神的・肉体的体験をさせるか、ということを理解しないではいなかった。それについてはあらためてもっと詳細に書かねばならない。

戦争のさなかに、すべてのアメリカ的なるものへの敵意と憎悪と軽蔑と恐怖の網目をくぐりぬけて、僕のところへ『ハックルベリィ・フィンの冒険』がやってきた。そしてたちまちハックルベリィは、僕が文学をつうじて獲得した最初のヒーローとなったのである。僕に岩波文庫版、中村為治訳の『ハックルベリィ・フィンの冒険』をくれた恩人が誰であったか僕は思いだせないが、それを死んだ父親だと考えることで、僕は父親についての、最上の思い出をつくってきたのであった。

ハックルベリィの物語に、著者の命にしたがって、英国近衛歩兵第一聯隊の兵器部長が注意をくわえている。《この物語に動機を見出さんと試むる人は告訴せらるべし。教訓を見出さんと試むる人は追放せらるべし。筋を見出さんと試むる人は射殺せらるべし。》そこで僕は、動機というのでもない、教訓というのでもない、筋そのものというのでもない、ひとつのイメージに熱情をもやした。それは、地獄にゆくハックルベリィ・フィンという恐しい魅惑にみちたイメージである。戦時の子供は平和時の子供より、死についてしばしば考えることがあって当然であろう。僕の国民学校の教師は、たびたびこういうテストをしたものだ。

——おい、どうだ、天皇陛下が、おまえに死ねとおおせられたら、どうする？

そして期待されている答は、死にます、切腹して死にます、であった。もっとも、天皇陛下がこの谷間の村まで汚ならしいガキを探しだしにくることはあるまい、とたかをくくっているところもあったのであるが、しかし死についてそのようにたびかさなる厳粛な嘘をついていると、地獄という言葉が無縁には感じられなくなってゆくようであった。

ハックルベリィはトム・ソーヤァ（かれもまた独自

のヒーローであるが、僕はかれにいささかも惹かれることがなかった）との洞穴の探検のあと、几帳面で行儀正しい未亡人の養子となって放浪生活の足を洗った。しかしハックルベリィはその生活にひどく苦しめられる。未亡人の妹がかれを教育しようとする。彼女は地獄について話してくれる。《そして私はそこに行きたいなあと言つた。すると彼女はひどく怒つた。別に悪気で言つたのではないのだが。私の欲したのはただ何処かに行くといふことであつた。私の欲したのはただ変化であつた。別のところなら何処でもよかつたのだ。》

ついにハックルベリィは黒人奴隷ジムと、筏でミシシッピー川を流れくだる旅に出る。そのジムがかれにひとつの深刻なジレンマをあたえ、そしてハックルベリィは、正面から、かれ自身の地獄をひきうけるにいたるのである。

《こんなに自由に近いと思ふと、俺からだ中震へて、熱ぼったくなる、とジムは言つた。ところで、ねえ、私も、彼がさう言ふのを聞くと、からだ中震へて、熱ぼつたくなつたのだ。何故といふに、私は、彼はもう自由になりかけてゐる――それは誰のせゐか、誰のせゐでもない、私のせゐではないか、と考へ始めたからである。私にはどうしても、この考へを良心から取り去ることが出来なかつた。それで私は心を悩まされ、落着いてゐられなくなつた。一と所にじつとしてゐられなくなつた。今までは、私のしてゐるこの事が何であるか、はつきりとは考へなかつた。だが今やそれがはつきりした。そして私につきまとひ、益〻私を苦しめた。私は、私のせゐではない、何故といふに、私がジムをその正当な所有者から逃げ出さしたのではないから、と自分自身に分らせようとした。だがそれは無駄であつた。》

《ハック・フィンが黒ん坊に自由を得させる手助けをしたといふことがすつかり知れ渡つてしまふだらう。そしてあの町から来た人にいつか再び出会つたら、私は恥かしさのため顔も上げられず、即座に跪いて彼の長靴を舐めるだらう。きつとその通りだ。人が何か卑しいことをする。それからその報いをその人は受けようと欲しない。その時には、隠れてゐられる限り、恥ではないと考へる。私の苦しい羽目はそつくりこの通りであつた。このことを色々と考へれば考へるほど、私の良心は益〻私を苦しめた。そして私は益〻自分が悪く、低く、卑しく思はれるやうになつた。そして到頭しまひに、ここには私の顔を打つて、私に何の害をも与へたことのない哀れな老婦人の黒ん坊を私が盗んでゐる間、始終上なる天から私の邪悪さは見守られてゐたといふことを私に知らせる、明らかな神の手があつたのだ、そして今やその手は、いつでも見張つてゐて、このやうな憐れむべき行ひが、ここまでは来るべし、その先は行くべからずと禁じてゐる神のあることを私に示してゐるのだ、と突然思ひついた時に、私は殆どその場に倒れさうになつた。そんなに私は怖くなつた。》

このやうな懊悩のあと、たまたま白人にとらえられたジムを正当な持主に密告する手紙を書いたハックルベリィは、その手紙をだすべきかいなかについて最後の決断をせまられる。《それは苦しい立場であつた。私はそれを取り上げて、手に持つてゐた。私は震へてゐた。何故といふに私は、永久に、二つのうちのどちらかを取るやうに決めなければならなかつたから。私は、息をこらすやうにして、一分間じつと考へた。それからから心の中で言ふ。

「ぢやあ、よろしい、僕は地獄に行かう」——さう言つてその紙片を引き裂いた。

それは恐ろしい考へであり、恐ろしい言葉であつた。だが私はさう言つたのだ。そしてさう言つたままにしてゐるのだ。そしてそれを変へようなどとは一度だつて思つたことがないのだ。私はこのことを全部頭から押し出してしまつた。そして育ちがさうなのだから、私の得手である邪《よこしま》な生活をまた続けてゆかうと言つた。その反対の方は私の得手ではないのだ。そしてその手始めに、私はまたジムを奴隷の状態から盗み出してやらう。そしてこれよりもつと悪いことを考へつけたら、それもやつてやらう。何故といふに私はもう落ち込んでしまひ、永久に落ち込んでしまつたのだから、毒喰はば皿までといふ状態になつてゐるのだ。》

社会の秩序の内側にいるトム・ソーヤァにくらべてハックルベリィ・フィンは、社会の外側にあって自由に、かれ自身のための地獄を選択する。ハックルベリィはそのようにして、日本の子供のために、アメリカへの恐怖心や憎悪、あるいはアメリカへの全面的な依存、屈従の影響下にあるどちらの時代においても、アメリカに癒着していない自由なヒーローとして、われわれのがわから観測することが可能だったのであろう。しかもいま僕は、大森林と川の時代のハックルベリィの反・社会のジャンプのあとの自然、迷信によって深くきざまれている自然への態度に類似したものを、今日のアメリカの文明の世界においてたびたび発見するように思ったのであった。いうまでもなく、それはビート・ゼネレイションの流行以来の、ヒップとスクェアといった図式での人間のとらえ方においていうのではない。すなわちヒップのうちにハックルベリィの後裔を見出し、それより他の一般的アメリカ人を、ひとしなみに、トム・ソーヤァともども、スクエアと呼ぶというような表面的な面白さにかかわってのことではない。むしろ、いわば古典的といってもいいほどの、明確かつ広範囲な印象において、僕はアメリカの今日の社会に、たとえばニューヨークの五番街に、森の奥で夜鷹と犬とが鳴いている声を貧しい心で聴いているような、アメリカ人の存在を感じたのであった。

アメリカの夢と悪夢

ある九月の夕暮、僕はコネチカット州ニュー・ヘイヴンの汽車の駅の暗い荒涼たる地下道で、アメリカの夢はいまなお達成されつつある、という熱情をそそりたてるようなポスターを見た。それはある自動車会社の広告であるが、アメリカには今日もなお、年々、数多くの百万長者が生れている、という内容のもので、ポスターの中心には、十九世紀末風な印象の銅版画スタイルの、ひとりの勤勉そうな若者の全身像が画かれていた。僕はその若者の名前を知りたいと思ったが、ポスターのどこにもその説明はなかった。おそらくそれはアメリカの民衆にとって誰の眼にもあきらかな、アメリカの夢の象徴であるにちがいない。『アメリカ文学へのオクスフォード・コンパニオン』という辞書に、ホレイショ・アルジャーという作家の項目があって、そこには、この十九世紀後半の少年向き人気小説家が、《貧困と誘惑とに対する闘いは少年を間違いなく富と名声にみちびく、という原則にたった小説》を書いて二十万部以上も読まれた、と説明してある。あの若者は、おそらくホレイショ・アルジャーの主人公のひとりなのであろう。アメリカの夢、American dream それはアメリカにかかわって僕をもっとも鋭く刺激する言葉だ。アメリカの夢、僕はそれについて考えながら暗いプラットフォームにあがって行った。貧困のうちなるアメリカ、「もう一つのアメリカ」はしだいに眼につかないところにかくれる傾向にある、とマイケル・ハリントンは書いていた。ハイ・ウェイの通らない谷間に、アパラチア山脈の高みに、一般市民から隔絶されたスラム街に、そしてまた大量生産される小ざっぱりした衣服のかげに。貧しいアメリカが、かれら自身の叫び声によって、その存在を社会に示すのは、スラム街における非行少年の集団殺人においてのような、悲惨な特別の例においてのみである。政治的にも、いかなる団体に属することもないかれらの声が高く響くことはありえない。しかし、僕はそのような貧困のうちなるアメリカに、旅行者がめぐりあう機会のある数少ない場所として汽車の駅のことを考えていた。ハイ・ウェイと自動車文明の大展開の裏側ということにすぎないのではあるが、アメリカのそれも地方都市の汽車の駅の荒涼とした気分は、くりかえしそれに接するたびにショッキングだ。薄暗い照明のもとのプラットフォームに佇んでいる人びとに、今日のアメリカ生活における貧困と誘惑のがわの諸性格を僕は見出すように感じて、これらの憂い顔のアメリカ人たちは、あの広告をどのように見たであろうか、と疑った。アメリカの夢はいまなお達成されつつある、年々、数多くの新しい百万長者が誕生する……

貧困と誘惑とに対して闘い、間違いなく、富と名声を獲得するにいたったアメリカの英雄のうち、もっとも華やかで典型的なひとり、チャールズ・リンドバーグの伝記のひとつ、K・S・デイヴィスの作品は『英雄』という題名であるが、その副題は“Charles A. Lindbergh and the American Dream”である。(早川書房版) そこにはアメリカの夢を達成したひとりのヒーローが、その後どのような生き方をおこなわねばならなかったか、そしてかれが、アメリカの夢の裏がえしされた悪夢の達成者としての凶まがしい横顔をどのように示す一瞬がおとずれたか、についての魅力的な記録がある。アメリカの夢の達成者としてのヒーローと、アメリカの悪夢の達成者としての反《アンチ》・ヒーローとのかかわりあいについて考えることが、この章での僕の主題である。アメリカの悪夢の達成者としての反《アンチ》・ヒーロー、そんなものがいただろうか? そのもっとも端的なあらわれのひとりがアル・カポネというシカゴのギャングだった。ドイツの戦後詩人すなわち、大量殺戮を頂点とする今日の人間の悪に、加害者および被害者の両側から、まことに鋭敏な感覚において連帯責任を感じている詩人のひとりエンツェルスベルガーは、カポネの晩年の言葉を引用している。《おれは百万人の胸のうちから生れた、お化けなのさ》、そして詩人は注釈する。《カポネは歴史のなかの人物だが、想像のなかの人物でもある。かれは集団的な想像力の所産であり、その限りにおいて幻影なのだ。》確かにアメリカの夢がアメリカの厖大な数の民衆にわけもたれているかぎり、ヒーローと反《アンチ》・ヒーローのお化けは生れつづけ、それらはともに、まことにアメリカ的な血をうけついでいるように思われる。

なぜ今日もなおアメリカがこのような夢、アメリカの夢とヒーロー、それに反《アンチ》・ヒーローの国でありつづけるのか？　それについては、われわれがアメリカという言葉によって胸のうちに喚起されるところのものを究明してゆくことのなかにしか解答の鍵はないし、鍵はそのなかにこそあるのである。ヨーロッパの人間にとっても、事情はおなじであり、ひとりのフランス人は、アメリカの夢という言葉に、次のような内容を、すなわちかれ自身の内なる熱望と欠落感にみちびかれたことのあきらかな意味づけをあたえている。《西部の処女地と個人の無限の可能性。》それはまったくヨーロッパに喪われてしまった要素そのものだ。われわれもまた、われわれの内部に存在しないものを追いもとめるようにして、アメリカの夢とその裏がえしされた悪夢に、実質をあたえるのである。そしてそのような国として、すでに西部の処女地があきらかに喪われ、個人の無限の可能性もまた疑わしいアメリカが、なぜ今日も選ばれつづけるかといえば、ノーマン・メイラーが次のように指摘するような性格が、なおアメリカの夢をかざっているからであろう。《そして、この神話、われわれはすべて自由であり、冒険をおかし、ヴァイオレントなもの、香り高いもの、思いがけないものの波にのって成長するように生まれたのだという、この神話は、国民の規制家たち——政治家、医者、警官、教授、牧師、ラビ、大臣、イデオローグ、精神分析学者、そして無数のコミュニケーターたち——が精神正常《サニティ》に衛生法、陳腐なきまり文句に平凡な説教と、レンガを山と積み重ねて、現代生活をどんなに囲いこんでみても、けっして手なずけることのできない力をもっていた。神話は、どうしても死のうとはしなかった。》（『大統領のための白書』新潮社版）

すなわち、ヨーロッパの古く耕作されつくした、おとなしい家畜のような沃野から、自分自身の根をもぎとることを、経済的変化をはじめとするもろもろのものに強制されて、やむなく新大陸の曠野に渡ってきた《根なし草》の子孫たち、オスカー・ハンドリンのいわゆる、《移民たちは危機のうちに生きた、なぜなら、かれらが根こそぎひきぬかれた者たちだったからである。古い根がたたれ、新しい根が確立されていない、移植のあいだ、移民たちは、極限状況にいたのである。そのショックと、ショックの効果は、長いあいだ続いた。そしてその影響は、かれら自身では海を渡る費用をはらうことのなかった数世代にまで影響をのこしたのであった》という、本然的に不安な子孫たちは、ふたつの鋭く緊張して対峙する極を見つめる人びとであった。片方の極は、そうした危機のうちなる生によってひきおこされた、荒あらしい自然、人間に敵対する自然への惧れ、うやうやしさ、迷信深さである。あの不撓不屈のハックルベリィ・フィンが持つ意外な迷信深さは驚くべきものだ。そしてそれは、およそハックルベリィが深夜そこにひそんだ森や、筏で流れておりた大きい川とは縁の遠い、ハイ・ウェイや高層建築の時代の今日のアメリカ人にもつらなっている迷信深さであって、ノーマン・メイラーが書いた次のようなコラムの一節は、まことに筏の上で食事するハックルベリィとジムの身のうえにおこった挿話のような驚きをそなえている。《ジャック・ケネディについてぼくが聞いたいちばん悪い話は、かれがある日ボートに腰をおろして、チキンを食べていて、半分嚙みかけの骨を海へ投げすてたという話である。ぼくのいう意味を理解するひとがあまりにすくないので、ぼくは、動物の死骸は水にあたえるものではないと説明しなければならない。動物の死骸は、もとの地中にしみこんでかえっていくものだからである。……自然を憎むことは、なにも悪いことではない。自然を愛するように、自分の読者たちをさとすようなコラムニストになるよりは、まだましである。悪いことは、死を完全に恐れるあまり、これを正視する勇気をうしなうことである。チキンの骨を海中に投げることが悪いのは、それが死の根源、つまり埋葬にたいしなんの感情もしめさないからである。》《根なし草》の子孫たちの、奇怪な恐しいものをはらんだ自然、曠野への敬虔さは、またそこに新しい生活への自由をもとめて踏みだしてきた先祖ゆずりの、夢みる性格といわば表裏一体をなしている。アメリカの夢は、そうした種類の、なにやら奇怪で恐しい悪夢と隣接する緊張感をもった夢であり、アメリカの夢の達成者としてのヒーローが、ほとんどつねにいつのまにかアメリカの悪夢の代表者としての背光をおびかねないのは、そうした理由にこそもとづくのである。そして今日のアメリカのヒーローは、マスコミュニケイションの拡大によって、たちまち怪物的なほどの巨大に育てられてしまうのであるから、かれがいったん悪夢として現じはじめると、その恐しさは、たとえようもなく巨大である。あるひとつの国家の人口の厖大さというものは、もしそこにある方向性がみちびかれるとき、じつに特別なファクターとなる。こうした国でマス・コミュニケイションが日常的におこなっていることが、いつ凄じい爆発の導火線たりうるかしれないことを考えるものは、心底おびえる瞬間をもたざるをえないであろう。

リンドバーグは、晩年社会的に孤立した権威的な父親をひどく尊敬する子供で、父親が社会に対してもった、不当にあつかわれているという疎外感を、かれもまたわけもった。社会は父親の真の偉大さを理解しない、愚かで怠惰な弱者たちによってなりたっている。リンドバーグは、成長するにしたがって、ますますきらかに父親ゆずりの精神的姿勢を固着させるにいたる。《低俗な世論に対する軽蔑、大衆の気紛れに対する嫌悪、他人との間に一定の距離を保とうとする決意、他人から畏敬を要求し得るような「偉大さ」へのあこがれ。》

同時にリンドバーグは、それこそがかれの冒険を成功させる積極的な要因であったところの、ひとつの天才的な個性を持っていた。すなわちかれは、機械に一種の人格《パーソナリテイ》をもたせる力、特別な想像力の力をもっていたのである。その能力こそが、かれをアクロバット飛行や、パラシュートによる脱出における、様ざまな死の可能性から救い出してくれたのであった。かれ自身、みずからのその能力を信じるにいたっても決して不思議ではない。誰ひとり、かれの度かさなる危機からの生還について、客観的な説明をなしうる一般大衆はいなかったのであるから。かれはまた、かれの飛行機スピリット・オブ・セントルイス号とかれ自身とを、われわれ、と呼ぶ。

もっともリンドバーグが幼年期の夢想からそのまま、大西洋横断飛行のヒーローへの道をまっすぐ歩んだというのではない。大戦に参加したアメリカに食糧不足の可能性が生じる。そこで高等学校の愛国的な生徒リンドバーグは、かれの機械への愛を満足させてくれる一台のトラクターと共に農場の経営にのりだす。もしかれが立派な百姓でありつづけたなら、かれがアメリカの夢のヒーローとなることはなかった。かれはひとりの善良なアメリカ人として、他人の誰かが、アメリカの夢を達成するドラマを、農場の片隅で望見しているにすぎなかったろう。そのリンドバーグが、不意に飛行機に対して熱情を燃しはじめ、そしてかれの前にアメリカの夢への展望がひらける。この英雄がじつは単なるひとりの百姓でもありえる事情は、アメリカの夢をめぐる劇のひとつの性格づけとして記憶されねばならない。リンドバーグが大西洋横断飛行への出発の前夜に体験した恐しい不眠の時間についての、ディヴィスの記述は興味深い。それはまことに直接的に、筏の上のハックルベリィ・フィンの困難な恐しい夜を思いおこさせる。ハックルベリィもまた、浮浪者であるほかはごく普通のアメリカの少年にすぎなかったが、リンドバーグ少年が機械について特別な能力・感覚を持っていたように、深夜の森の放浪や、洪水期の川の筏生活について、ごく特別な能力・感覚を持っており、単にそれのみが、かれを危険や死からまもる守護神であったことが思いだされる。アメリカの夢の達成者たるためには、ほんのわずかな、そうした特別なるものが必要とされるのみだ、という印象がある。そしていうまでもなく、冒険者がそうしたごく小さな特別の支えにしか、内側から充実させられていない以上、かれは壁のように立ちふさがる不安や恐怖心の前に赤裸の状態で存在しているわけである。

《幼児の頃、自分がどんなに闇を怖がったかを、彼は今でもおぼえている。それは単に未知のものに対する恐怖にすぎないのだと自分に言いきかせてみる。夜と死が恐ろしいのは、それが肉体の眼と心の眼から物をかくしてしまうからだ。それらの物は、実際に会ってみればやさしい美しいものかもしれないのだ。開拓者や探険家や発見者にとっては、この未知のものがもつ恐ろしさこそ、一つの挑戦なのだ。》

そして一九二七年五月のある雨あがりの朝、まだひとりの孤独な青年にすぎないリンドバーグは、もうひとつの大陸にむかって離陸し、その瞬間、かれは厖大な数のアメリカ人のすべての想像力によって追いかけられはじめたのである。《それは全く突如として全米一億の人々の心が一つとなり、一つの感動(ほとんど宗教的な)に支配されたかのようだった。そしてそれは、一人の孤独な少年(この二五歳の青年がいたるところで「少年」呼ばわりされたことを、心理学者は意味深く思うかもしれない)の上に、一種熱烈な希望と憧れをもって集中されたのだった。まるでその「少年」が彼らに代ってひとりで死と対決し、それを征服することによって彼らを破滅から救おうとしてでもいるかのように。》

冒険者が、一般大衆の代行者として孤独に、しかし広く一般的な死と対決し、かれの個人的な勝利が、そのまま一般大衆に共有されて、かれらを死の危険から遠ざける、というタイプの考え方は、やはりアメリカのように、危機のうちに生きた《根なし草》の心理的末裔たちの国のものであろう。そこには、今なお未開な地方の集落においてのように死の恐怖について人前で話しあい、あからさまに死の危険におびえることのできる雰囲気がある。そしてそういう国のヒーローは、まず死と戦ったことのある、しかもなお、死に対して戦いを挑むことのできる人間でなければならない。ノーマン・メイラーが大戦の生き残りの勇士であるケネディにかけた期待の根元もまたそこにあった。ところが、数千年来の風土によって保護されたわれわれは、死をそのようにむきだしにとらえないし、死をそのように征服しなければ、われわれ一般に破滅がおとずれると考えたりもしない。堀江青年が日本とアメリカのあいだの海を、いわば最強の死に最低の条件で挑戦するためのような、小さなヨットで航海したとき、かれの冒険の死にかかわっての、それこそ、まさに宗教的な意味を理解したのはアメリカの民衆のみであり、日本の民衆は、かれを突飛な野心的成功者として注目しただけだったので、いったんマス・コミュニケイションの昂奮が下火になったあと、青年がわれわれすべての人間の死にかかわる成功と破滅の儀式の司祭であったことを記憶しつづける者たちは、太平洋のこちらがわにほとんどなかった。それはまた、わが国での登山隊の遭難への異様な冷淡さに、端的にあらわれている事情でもある。冬山の崖に宙づりになった青年が、われわれすべての生命の尊厳のために、破滅的な死と戦っている孤独な尖兵だというふうに感情移入する習慣は、このおだやかな風土において風変りなファナティックの行為にすぎなかったのである。原爆症と闘う患者たちについていえば、かれらこそ具体的に未来のわれわれすべての破滅を賭けて、今日の最悪の死の軍勢と対峙している前衛なのであるが、そうした共通の恐怖感に立って、切実にかれらと連帯する意識をもつ者たちがわれわれのうちに本当に存在しているか？　その欠落は日本という風土について実に多くの連鎖的なことどもを暗示する。

リンドバーグと共にすべてのアメリカ人の想像力が大西洋上を飛び、かれらすべての死と生、破滅と再生のための賭けをおこなっていた時、リンドバーグ自身は、しかし一般のアメリカの民衆とはあきらかに断絶のある考え方をもっていた。それは後年のリンドバーグの反《アンチ》・ヒーローへの転身のひとつの芽として、重い意味をもつものである。リンドバーグが自伝として書いた『翼よ、あれがパリの灯だ』は飛行中のかれの心理について語る、次のような部分をふくんでいる。すなわちリンドバーグは、ただ単独で飛行していることを喜び、かれの飛行機とかれ自身によせられている熱望のことなど思ってみもしないのだ。《ただ一人で飛行するということは、どんなに得なことだろう！　私は、父が何年か前、他人に頼ることに対してきつく戒めてくれた時のことが、今わかった。父は、ミネソタの、古い移住者のいった言葉をいつも引用した。「一人は一人、二人になると半人まえ、三人では結局ゼロになる」と。》死についての感慨も独特だ、この死と生の賭博師はむしろ死の、破滅のがわに好意をよせているようですらある。《私は、生命とそのかなたの偉大な世界との境界線に立っている。これが死というものだろうか？　死はいまでは最終的な終焉とは思われない。むしろ新しい自由な存在への入口のように思える。》もしリンドバーグが、宇宙飛行士たちのように、飛行しながら、地上の民衆にこうした感想をつたえる回路をもっていたなら、かれは莫大な憤激をかったにちがいない。かれの考え方、感じ方には、およそ民衆の生命への熱情とはちがった方向に、いわば孤独な死にむかって飛翔するところがある。

しかし結局リンドバーグは大西洋横断飛行に成功し、アメリカの夢のもっとも輝かしい達成者となった。じつに厖大な量の熱望の光彩がかれのまわりに虹をつくり、そしてかれはもう絶対に、アメリカの夢を達成したヒーローの位置を降りることができないように見えた。すくなくともそれから十年間、リンドバーグにはアメリカの夢のヒーローたるよりほかに、現世での生き方がなかった。しかもその間つねにリンドバーグは、幼年期以来、大西洋の上を飛行している瞬間においても、かれを支配しつづけた、プライヴァシーへの激しい愛着を失わず、かれにむけられた大衆の巨大な熱狂に冷たい違和感をうしなうことがなかったのである。ところが内心のみならず、しばしば外面にも出た。そそのようなかれの拒否にかかわらず、アメリカの民衆は、かれをして《理想の息子》《あらゆる娘たちの夢みる若者》《キリスト教的青年の完全な手本》とみなすことを、すなわちかれらのアメリカの夢のヒーローを、まさしく実直な民衆のアメリカの夢の集合体にふさわしいものだけで充実させようとした。かれらはリンドバーグがアメリカの夢の達成者となった、というより、アメリカの夢が、仮にリンドバーグの肉体と精神をかりて（アメリカの夢をそこからぬきとれば、それは、蟬のぬけがらのように空虚で、いかなる実質もない、単なる外側である）顕現したのだというふうに考えたのである。かれらは自分たちのアメリカの夢を、リンドバーグをかりて実在させ、造物主のおしつけがましさにおいて、その成果を楽しんでいるのだ。

《こうした経験は、一般に熱烈な賞讃や栄誉と考えられているものが、実際に形をとる場合には正反対なものとなることを、彼に悟らせた点で意味があったかもしれない。おそらく漠然とながら彼はここに示されたものが、ある面では自瀆的といってもいい一種のナルシシズムだったことを知ったであろう。なぜならば、「リンディー」とは何百万の人々が栄光につつまれた自分たちのイメージを讃えるための鏡であるとともに、彼のからだに何とかして手をふれ、あるいは唇をふれようとして躍起になる時の彼らの肉体の投影でもあったからだ。それを見て、本物のリンドバーグが胸の悪くなるような嫌悪をおぼえたのも当然だった》と、リニス・S・デイヴィスはあらためて顕在化してリンドバーグの後半の生涯を支配することになった、民衆への嫌悪感の本質を分析する。アメリカの民衆の、栄光につつまれた自分たちのイメージとは、すなわちかれらすべてにその可能性がある筈のアメリカの夢の達成者としてのイメージであり、それをこの飛行好きの若者が確認させてくれたばかりだったのである。百万長者になることが、アメリカの夢である。世界中から注視されるヒーローたることが、アメリカの夢である。しかもそれはホレイショ・アルジャー流の地味でストイックな、貧困と誘惑との闘いによってなしとげられるよりも、ある日突然に花やかなショックとして達成されるようなアメリカの夢であることが、もっとも熱情をそそるであろう。リンドバーグはそうした最上の条件でアメリカの夢を達成し、すべてのアメリカ人の肉体の投影として現実に存在し、すなわち全アメリカを覆いつくすような巨大さで存在し、かれはすなわちアメリカであり、アメリカ人の総体となった。しかも、かれの内部には幼時以来の大衆への嫌悪感が暗くうずまいていたのである。

犯罪者が、もっとも花やかで富裕な被害者を選択しようとしている。かれが頭上をあおぎさえすれば、そこにはアメリカ大陸を覆いつくす、アメリカの夢を具体化した特別な人間の姿がすぐ眼にはいるのである。犯罪者はもうリンドバーグを見逃す筈がない。リンドバーグは愛児を誘拐され、殺害され、ついにアメリカを去る。そして、かれが再び、アメリカに帰ってくる時、かれはいわば、アメリカの夢の達成者としての立場の逆のがわから、アメリカの大衆にむかうことになるであろう。それはリンドバーグの生涯において、アメリカの夢の具現者として巨大なヒーローたることの意味の影にあったものを、もっとも爆発的にあきらかにする瞬間であろう。また、アメリカの夢自体の内蔵する恐しさの意味が、もっとも赤裸々にあきらかになる瞬間であろう。リンドバーグがアメリカを去るにあたって、ポートランドの『オレゴニアン』紙が、《われわれは初めてまともにアメリカの恥辱に直面した……民主主義が犯罪者のなすがままになっていると見えることとぐらい、ヨーロッパの独裁者たちを喜ばせるものはない》という論説をのせたということは、やがてヨーロッパから帰ったリンドバーグが、公然と民主主義への挑戦者となったことと考えあわせてまことに意味深い。リンドバーグの内面には、むしろかれの愛児を殺戮した犯罪者の、孤独に閉じた反・社会性とかよいあうものすら存在していたのである。

リンドバーグはかねがね、医学者アレクシス・カレルという実に特徴的な人物と親交をむすび、人工心臓の研究に協同作業をおこなっていた。アメリカという巨大な国は、時に、カレルのようにファナティックな、そして結局は反アメリカ的な学者を外国からまねきよせて研究の場をあたえる、奇妙な寛大さ、あるいは弥次馬根性をそなえている。ナチスとの相関からみれば、カレルとまったく逆の立場にいた医学者ではあるが、『オルガスムの原理』やオルゴーネ箱のウィルヘルム・ライヒもまた、アメリカに最後の土地をもとめるほかない、ファナティックな、ほとんど気狂い科学者めいた天才であった。もっとも、アメリカが最後にはこうした反・日常的、あるいは反・民主主義的な才能を拒否することもまた確実であって、カレルは対独協力者の汚名のうちにフランスで死に、ライヒはニューヨークにおいて死ぬことこそできたが、その死場所は刑務所の中であった。カレルやライヒ(かれについては『小人よ、聞け』《リッスン・リトルマン》が参照されるべきである)のようなタイプのファナティックな医学者の特徴のひとつは、かれらが病人の肉体をつうじて獲得したにすぎぬ人間についての確信を、尊大にも人間一般の社会・制度にまで拡大して考えてみるばかりか、モラリスティックな著作をおこない、実際に社会に対して働きかけ、自分の理念の現実世界における実現を望むにいたることである。カレルは、《人間は、科学のまだ存在しなかった十八世紀に発明されたデモクラシーがわれわれに信じさせてきたように、決して平等に創られたものでないことは、逃れられない事実である》というような乱暴な理念にたち、指導者としてのエリートを科学的につくるための研究所の開設を主張し、また次のように語ったということだ。《あるいはわれわれがアメリカでつくっているような雑種文明が最良の精神を生み出すかもしれない。……われわれはまだ偉人の発生過程を本当に知らないからだ。だが、われわれが犬の飼育において行なっているように、それらの純血種族のうちから最悪のものを抹殺し、最良のものを保存することができれば、おそらくそれも有効であろう。》

アレクシス・カレルは『未知なるもの、人間』を一九三五年に出版したが、それについてディヴィスはこう解説している。《このような書物が、ムッソリーニのエチオピア攻撃やヒットラーのニュルンベルク法の年に有力な批評家から賞讃をうけ、ベストセラーになったことは、自由主義者の心を動揺させた。彼らはまた、このカレルが、アメリカの最も偉大な英雄で、専ら技術教育だけを身につけ、その個人的悲劇をアメリカ・デモクラシーの「訓練」の欠如に由来するものと信じているらしい、一人の反社会的傾向をもった青年の上に明らかに及ぼしてきた影響に、心を痛めずにはいられなかった。》英国滞在中のリンドバーグは、一九三六年夏、妻と共にドイツを訪問してナチスの巨頭たちと親しくまじわった。三七年、三八年にもかれはドイツを訪ねる。かれはナチスの航空機生産能力に感銘をうけていた。ヒットラーはリンドバーグに、鷲と星の功労十字章をおくる。それはミュンヘン会議の背後においてドイツの空軍力に高い評価をあたえ、対立国にショックをあたえたリンドバーグの功績に(それはたとえていえばオッペンハイマー博士が突然、中国の核兵器は西側のそれを上まわると証言したとすればひきおこすであろうような影響力をもったところの、リンドバーグの宣伝のひきおこした結果への感謝である)むくいるものだという観測をも許すものであった。リンドバーグはナチスの勲章と共に、アメリカに帰ってくる。

そしてついにリンドバーグは、一九三九年のナチスによるポーランド侵入、英仏の対独宣戦にあたって、《年もまだ若く、魅力に富み勇敢で、粘り強く、世論のための戦いでは合衆国大統領を相手にまわして最後まで戦い抜く力を持っている男》として、当時、マス・コミュニケイション最大のメディアであったラジオの世界をつうじ、ルーズベルト大統領の参戦政策に対抗しはじめるのである。かれの論理の基盤は、直接にアレクシス・カレルの匂いのする人種差別思想であった。かれはヒットラーとすら手を握って、白色人種の自己防衛する壁をつくることを願ったのだ。結局、われらの国によるパール・ハーバーへの攻撃は、リンドバーグの反・参戦論をただちに敗北させた。それはまたリンドバーグ個人についていえば、アメリカの夢を達成したヒーローとしての時代の終焉を意味するのであるが、かつて飛行機によって大西洋を横断しアメリカの夢のヒーローとなったリンドバーグが、マス・コミュニケイションの新兵器、ラジオをつうじて大統領に対抗し、かれとかれの背後のアメリカの民衆を、かなりのところまで脅かし影響をあたえたことはまことに暗示的である。

アメリカの夢、そのもっとも端的な表現は、大統領たることであろう。しかもその夢は、ケネディを焦点においてあらためて検討するが、一応のところ、アメリカのすべての民衆にとって解放された夢である。わが国の天皇をはじめ、そうした特別の存在が民衆にとって閉じられた扉の向うにある国では、すでにのべたとおり、そうしたものにかかわって抑制の意識が働き、それが民衆の想像力をおかす。民衆はまことに奇妙な妄想でもってそれに対抗するほかない。たとえば弓削の道鏡についての様ざまな説話がその例である。そうした抑制のうちなる国家でなく、開かれたアメリカで、リンドバーグがラジオをつうじておこなったことは、もうひとりの大統領、いわば反《アンチ》・大統領として、ルーズベルトに対抗することであり、それはまさに、かれがスピリット・オブ・セントルイス号でパリの空港に到着したとき以来、昇りつめてきたアメリカの夢の階段の最上階に達したことを意味するものであったというべきであろう。

逆の側からリンドバーグの、ルーズベルト大統領への宣戦布告を考えてみるなら、なぜ一介の飛行士が、大統領にさからって、ラジオでの闘いをいどむ気になったのか？　もし、リンドバーグが反ルーズベルトの宣伝をやめて協力するなら、かれをして将来設置さるべき空軍省の長官にしようという妥協案すら、提出されたという噂もあるのである。それは、リンドバーグが、たとえ一介の飛行士であるにしても、かれがアメリカの夢を達成したヒーローとなった瞬間から、かれがアメリカ人である以上、かれのヒーローとしての道は、もう大統領への階段をのぼりつめるよりほかに、前へおし進めることが不可能だった、ということに由来する。リンドバーグのような形ですでにアメリカの夢を具現したヒーローに、大統領たるか、反《アンチ》・大統領たるよりほかの、どのような道が、次の征服の目標として残っていよう？　空軍省長官のポストなどはまったくなにほどのものでもない。リンドバーグは、パール・ハーバーの奇襲による(すなわちルーズベルトのメリットによるのでもなければ、リンドバーグの失点によるのでもない)、局面の不意の転回がおとずれる前までは、ラジオ放送によって巨大な関心をひきおこすことによって、リンドバーグ＝英雄的飛行士というイメージにとどまらず、リンドバーグ＝アメリカの夢＝真の合衆国大統領というショッキングなイメージを、厖大な数のアメリカの民衆にいだかせつつあった筈ではないか。現に《ラジオにおけるルーズベルトの最大の敵》が次の大統領選挙に出馬してこないと誰が保証できたろう？

孤独な人間嫌いの若い飛行士が、大統領すらをおびやかす存在となりうるという、そのような激甚な飛躍が、アメリカの夢というスプリング・ボードを介すれば可能であるところの国、アメリカ。もし、リンドバーグのルーズベルト攻撃が成功し、反《アンチ》・大統領が真の大統領となってヒットラーと手をにぎったとすれば、ということを考えるなら、アメリカの夢ほどにも恐しいものを内蔵した、民衆の熱望の一般形は、ほかの国家にはありえないのではないかと思われる。ハックルベリィ・フィンは、時代・社会の外側に、《じゃあ、よろしい、僕は地獄に行こう》という決意の声とともに敢然と跳びだしたヒーローであった。リンドバーグは、かれの孤独な地獄の上を破滅的な睡気と戦って飛行し、厖大な数の民衆に、かれらのアメリカの夢の達成者としてむかえられたが、つつましいハックルベリィが生来もっている、一般民衆へのへりくだった異質感とはちがって、積極的な敵意において大衆に冷たく沈黙して対し、それから眼の前に厭うべき大衆の現実的な顔を見る必要がなく、つねに一方的な指導的雄弁で終始すればよい、ラジオというメディアをつうじて大衆に呼びかけて、ついに反《アンチ》・大統領としての、アメリカの夢のもっとも奇怪なひとつの可能性（あるいは落し罠）を暗示したのである。今日もその暗示は決して死んではいない。

ジョン・F・ケネディは、ハックルベリィ・フィンが貧民の、リンドバーグが中産階級の息子であるのにくらべて、大富豪の家の出であった。僕はシカゴでリネディ財閥に属する巨大なビルディングを顎でさしながら、ケネディについて語ったタクシーの運転手の表情に、アメリカの他のどのような都市でのケネディへの回顧談ともちがう、一種特別な冷淡さがあったことを思いだす。それはボストン郊外のケネディの生家を案内する観光バスの運転手の、あたかも、東海岸に移民してきたストイックな人びとのひかえめな生活の伝統が、そのまま聖ジョン・F・ケネディの自己犠牲につらなったという風な、敬虔きわまる説明の対極をなすもので、僕はあのタクシー運転手の猜疑心の匂いのこもっている声音を忘れてしまうわけにはゆかない。ケネディはアメリカの夢を達成して若い純正の大統領となったが、かれの富は、そうなることによってかれにもたらされたものではなかった。むしろ富豪の息子が大統領となったのであって、ケネディの場合にはアメリカの夢の、才能と努力とをかたむけて奮闘すれば富と名声とにいたることができるという、素晴しい神話の条件の二分の一は、最初から問題の枠外にはずされてしまっていたのである。一九五九年のケネディ・グループの第一回大統領選作戦会議で、ケネディの父親は、もし必要なら一家の全財産をつかってもよいといったということだ。そこで補助的に、ケネディのアメリカの夢の神話にみちびきこまれたプラスの要素は、かれの若さということだった。あのようにハンサムで陽気な若い男が大統領となる、と考えることで、厖大な数のアメリカの民衆が、その夢をあらためてロマンティックな色彩に染めなおしえたのである。ケネディの側近のひとりであったシオドア・C・ソレンセンのケネディ伝のもっとも魅力ある部分は、ケネディの神話が、確かにただ大統領になることのみをめざしたアメリカの青年の、《間違いなく》夢を達成できた物語ではなかったかと感じせしめる効果をもつような部分である。きみもまた大統領になれる、という最上のアメリカの夢の新しい強力な宣伝がそこにおいて息をふきかえす印象であって、ケネディの背後に大財閥がひかえているということはあっても、なおケネディの若さはそれを上回る有効な働きを示したのである。ソレンセンの本は、すくなくともケネディが大統領に選ばれてホワイト・ハウスに入った二日目までの、かれとかれの周辺について、そうしたアメリカの夢の幻をえがきあげることに成功している。

ひとりのアメリカの青年が大統領たることをめざし、かれはこの壮大なアメリカの夢に熱中する。青年にとって大統領になったあと、どのような政治をおこなうかのイメージが明瞭にあるかといえば、それはそうではないように感じられる。かれにとってそれはとくに重要な問題でないのではないかと疑われるほどだ。ケネディ上院議員にとっては、大統領たること、そしてアメリカの夢を具現することのみが究極の問題であるように見えるのである。リンドバーグにとって大西洋横断後の栄光は目的でなく(それがかれ個人の内部においてたびたび嫌悪し拒否すべきもののように感じられたことは、すでにのべた)、ただ、大西洋横断の冒険において実現すべきアメリカの夢のみが問題であったように、ケネディ上院議員にとっては、大統領選に勝つことのみが目的であるように見える。そしてかれとそのグループは、ハックルベリィが筏の技術を、リンドバーグが飛行機の技術を持っていたように、かれらの唯一の才能として、選挙の技術を持っているように見えるのである。そして、かれらがいかに生きいきとして自由に選挙にたちむかい、素晴しい勝利をおさめるかを語るソレンセンの記述を追ってゆくと、ここにはケネディの政治的能力は問題でなく、アメリカという国においてなら、ごくふつうのひとりの青年が、こうした選挙の技術を習得することによって、大統領たることが可能なのではないか、すなわちアメリカの夢はそのような形で本当に今日も生きているのではないかという実感をうけとるにいたる。そのようにしてケネディは選挙に勝つのである。《新大統領はホワイト・ハウスの住人になったという少年らしい誇りと昂奮から脱けきらなかった。就任二日目、ポール・フェーと弟のテディをつれてミサにいった帰りにホワイト・ハウスの執務室に案内し、ほとんど空っぽの執務室にただ一つある椅子に腰をおろし、椅子をくるくる回しながら、うれしそうに「ポール、どうだい。結構かね」とたずねた。そこで、ポール・フェーはみなの気持を代弁して、こう答えた。「いまにだれかやってきて、OK、三人とも出てゆくんだよ、と言うんじゃないかという気がしますね」》(『ケネディの道』弘文堂版)

あるひとりのアメリカ青年とその仲間が、ホワイト・ハウスの大統領執務室にしのび入って時をすごしている。だれもが、すぐにこの場所の正当な所有者(それはおおいにリンカーンみたいなヒゲを生やした、身長三メートルもある巨大漢であるかもしれない)があらわれて、OK出てゆけ、というと思っている。しかしいつまでも巨人は追い出しにあらわれず、時がたち、青年たちはかれらこそがそこの主人であることを発見する。そうしたアメリカの夢の童話が可能に感じられるような印象において、ホワイト・ハウスの新しい主人ケネディとそのグループの雰囲気をソレンセンはつたえたいと望んだというべきであろう。

ジャック・F・ケネディのそのような陽性で単純な顔の背後に、《ぼくもまたこの十年間、心ひそかに大統領をねらって立候補しつづけてきた》と書いたことのある(running for President という言葉と American dream という言葉とはまことに似かよった響きをたてるように思われる)ノーマン・メイラーは、もうひとつのもっと翳りにみちた顔をえがきだすことを望んで、ケネディの招かれざる架空の大統領選挙運動員となった。それは、根こそぎひきぬかれた者たち、危機のうちに海を渡って極限状況のなかに生きた者たちの、《根なし草》のショックをうけついでいるアメリカ人としての、切実な自己救済の希求によってくまどられている顔であった。おそらくノーマン・メイラーは、今日のアメリカ文明の奥底に、ハックルベリィ・フィンの時代のアメリカ人が、大森林や大河の暗闇のむこうに感得してそれに怯えた、もっとも恐しいものの気配を見出すことにおいて、最上の感受性を持った作家である。メイラーはケネディの姿をかりたかれの幻の大統領に、ひとりの人間の顔をもって国家を人格化することのできるようなヒーローを夢みていた。そのような政治家の出現によって活気をあたえられる政治を、メイラーは実存的な政治と呼び、それなしではアメリカ社会が、ついには全体主義にいたるべき、それ自身のうちに死をはらんだ致命的な疾患から回復することはないであろうという恐怖感に、背後から追いかけられていたのであった。ミシシッピー川を筏でくだるハックルベリィや黒人ジムが、死滅の匂いにもっとも敏感な嗅覚をもっていたように、メイラーは今日の文明のうちなるそれに、特別な感覚をもっているタイプの作家である。さきに引いたケネディとチキンの骨についてのメイラーの懊悩は、実際真面目にうけとられねばならない。メイラーは、リンドバーグの敵であったルーズベルトを、危機のアメリカが必要とするヒーローの典型のひとりとみなした。《性的なもの、性に飢えたもの、貧しいもの、激しく労働するもの、想像的に裕福なものが、大統領のうちに自分たち自身を見、大統領を自分たちのような人間だと信ずることができた。だから、この国の大半がエネルギーを発見することができた。国は時代を窒息させる有毒な栄養物だと

感ずるために浪費されるエネルギーが、そんなに多くはならなかったからである。》

メイラーはどのような根拠にたってケネディをアメリカの蘇生をかけたその種のヒーローとみなすのか？それはメイラーが、ケネディの戦時の体験、かれ自身も負傷しながら、部下の救命ベルトの革ひもを歯でくわえて五時間も泳いだ体験に、かれのもとめるものを見出すからであった。《それは自分のうちに死を感じ、自分の生命の危険をおかすことによって、自分の内部にあるその死を治すことができるということに賭ける人間の英知である。それは本能の治療《セラピー》である。これを不合理と呼ぶほど賢明な人間があるだろうか？　ケネディは、海軍に入隊するまえ、病気がちだった。黄疸で長患いの洗いおけで、プリンストンの一年生から洗いすてられ、ハーバードでは一年間病気をし、すでにフットボールでの怪我で背をいためていたかれの試練は、憤懣と野心が自分の肉体にはあまりにも大きすぎる男の、自己憎悪を思わせる。だれでも自分の激情を精神分析医のカウチの上で吐きだすことができるわけではない。なぜなら、怒りのうちには、ただ権力を獲得することによってのみ、はじめて和らぐことのできる怒りがあり、英雄となろうと試みるか、でなければ、すでに細胞のなかに存在しているあの死にもどっていくことを要求するほど非常に大きな激怒があるからである。だが、もしひとが成功するなら、呼びさまされたエネルギーは、それこそ異常なものとなりうるだろう。……事実、国がその想像力を回復し、国の開拓者《パイオニア》が予期しないもの、測り知ることができないものを渇望するまでは、人間の肉体に温か味をあたえる政治は存在しえない。それはわれわれが希望を託することのできる、将来に訪れる変化であった。このような人物が政権をにぎるとき、国民の神話はふたたび溌剌とな

るだろう。》

　ケネディが実際に大統領に選ばれたあと、メイラーは、新大統領が想像力をもっていないとして失望の意をあきらかにした。しかし、アメリカの夢について考える者なら、いつの日か、メイラーの期待のみたされることがあるかもしれないという、緊張感のみなぎる着想にいたる瞬間をもつ筈である。すくなくともアメリカの夢という言葉は、いまなお、そうしたものの切実な必要性と可能性とを語りかけてくるだけの独自な、しかも柔かくエラスティックな響きをもちこたえているように思われるのである。

　しかしその達成のときには、メイラーが、かつて自分の国にファシズムの跳梁をみたことのないアメリカ人の無頓着さで、軽やかに使用する《権力》という言葉が、より重く、より危険な自己主張をはじめることもまたありうるであろう。僕はアメリカの知識人たちの家庭で、じつにたびたび、リンドン・B・ジョンソンの政策を批判する会話のうちの次のような声を聞いたものであった。

　――前の選挙でわれわれがリンドン・B・ジョンソンを支持したのは、ただ、ゴールドウォーターをうちまかすためにのみ、そうしたにすぎない。そこでいまわれわれは、あらためてリンドン・B・ジョンソンの正体について当惑しながら考えなおしはじめているのだ。

　あの猛禽のように美しい顔をしたゴールドウォーターは、選挙の間、アメリカの悪夢を代表する反《アンチ》・大統領として、これらの知識人をおびやかしつづけたのであった。そして知識人たちはなんとかかれをうちまかすことができたが、しかしいま大統領ジョンソンの背後に、すなわち今日のアメリカの夢の新しい達成者の背後に、すくなくともわれわれの視点から見るかぎり影のように、反《アンチ》・大統領ゴールドウォーターの、すなわちアメリカの悪夢の黒ぐろとした巨体が立ちふさがっているように感じざるをえないのは、あれらの知識人たちが選挙中には見すごしていた、アメリカの夢と悪夢の奇怪なメカニズムの、作用そのものをあらわす現象だというべきではあるまいか？

コンピューターの道徳性

八月の最初の金曜日の夕暮、僕はケンブリッジの古めかしい(空室の広告が核戦争用シェルターの位置の表示のわきにかかっている)アパートメントの前に駐車したフォルクスワーゲンの中で、いかにも不得要領な気分のまま、待機していた。やがて柳で編んだ大きい籠のなかに立派なペルシャ猫をいれて片手にさげ、もう片方の手にテニスのラケットとスライド映写機のケースとをさげて、フォルクスワーゲンの持主が車に戻ってきた。猫の籠を細心に後部座席につみこむと、われわれは出発した。僕はその朝、エール大学の心理学の助教授から電話をもらって、かれの住居に招待されたのであった。どのようにして、かれの家にたどりつくか？　電話の声は、僕に大学の近くのオフィス街の、都市計画の事務所ケンブリッジ・セヴンを訪ねて、チュマイエフ君という若い建築家に会うようにといった。チュマイエフ君がかれの車で僕を目的の場所まで運んでくれるだろう。われわれのフォルクスワーゲンが、ケンブリッジをぬけだしてボストンに入り、しかも郊外に向う高速道路三号に出て、フォルクスワーゲンの日常的なスピードを大幅にこえた速さで走りはじめた時、僕は自分が内心うすうす期待していた距離とはちがう、きわめて遠い場所へ運ばれていこうとしているのを感じた。その夕暮、僕はボストンかあるいはそのすぐそばにあるだろうところの助教授の家で夕食をとり、そして真夜中までには再びケンブリッジに戻ってくることを予想していたのである。目的地に着くまでどれほどの時間がかかるのか？　と僕は、籠の中のペルシャ猫ほどにも不安な気分になって尋ねた。

——四時間か、四時間半かかるだろう、とアメリカ大陸にやってくる以前の父祖の血をそのまま保持している、白面の繊細な美青年チュマイエフ君は、ごく穏やかに答えた。

四時間あるいは四時間半、そのあいだ僕は、いま会ったばかりのアメリカ人と、この狭く閉じられた個室である自動車の中で、じっと肩を並べて坐っていなければならない。はじめて会ったわれわれの間に、いったいどのような会話が可能だろう、しかも僕にとってまったく不十分にしか話したり理解したりできない英語で！　この種の惧れの感情を、僕はアメリカで、長距離の自動車の旅に出るたびにくりかえしあじわわねばならなかった。自動車、ハイ・ウェイの果てしないつらなりを広大なアメリカを横切って疾走する自動車、それは僕にとって、まことに端的にアメリカそのもののイメージを喚起するものであったが、いくたびかのそうした自動車旅行のあと、ついに僕は自動車のつくりあげた文化の性格にたいして、ひとつの特別な認識をおこなうようになった。アメリカのハイ・ウェイを走る自動車、それは二十世紀後半における、ミシシッピー川を流れる筏だ。

ミシシッピー川を流れる筏の乗組員の危機感が、現代アメリカのハイ・ウェイを走る自動車の利用者の緊張感に、共通するところがあるように思われる。人間の生活形態を、ひとつの図版にあらわすとして、一家族を、一個の点としよう。点と他の点は、密着しているのではない。物質の原子の図版さながら、原子核や電子の微粒子がそれぞれ離れて不連続に、しかもおたがいに力をおよぼしながら存在するように、おのおのの点は、離れて不連続に、そして相互の力関係においてひきつけたり排しあったりしながら存在している。かつての村のような小集落では、点と他の点とは、人間の足でむすぶことのできる程度の距離をへだてているのみであった。そのような間柄の点が数十個あつまって村をつくる。そしてもうひとつ別の村にいたる中間には、狼や追剝ぎの出る恐しい森があって、そこをあえて横切って行くことは、日常生活の枠外に出る、非常時の行動である。村が町に、小都市に、大都市にかわるにつれて、点と他の点とのあいだの距離が、すこしずつひろがる。また、汽車やバスや飛行機が、ひとつの点の集合体と、もうひとつ別の点の集合体とを安全にむすぶ役割をはたす。これらの交通機関の、日々展開する安全性の増大は、人間の旅から狼や追剝ぎ以来の恐しい非日常性を解消してゆき、文明が進行する。

ところが自動車の発達が、こうした段階的な文明の進行のなだらかなカーヴに、突然、陥没や飛躍やらをもちこむことになる。自動車が、ひとつの点となった。

それは車のついた動く家、移動する家族単位である。人は自動車によって家族的な閉鎖性、日常性を失わないまま大幅に移動する。すでにひとつの集落内での移動ではない。大都市から、別の大都市へのハイ・ウェイの曠野を、自動車に乗った点が、家族の閉鎖性、日常性を保持しつつ急速度で移動する。すでに点の、ある集合体が、ひとつの都市として、他の集合体に対立するということはない。ひとつの大陸が、移動する点によってまんべんなく覆われている印象にかわったのである。点と他の点とのあいだの離れた不連続な距離の谷間は、すでに足によってカヴァできる程度の規模ではない。自動車の運動が円滑に進行して、そこにいかなる故障もおこらないとき、それはまことに文明のすばらしい展開である。しかしいったんそこに事故がみちびきこまれると、ゆっくり走っている運動体と疾走する運動体の、衝突によるダメジの差さながら、自動車の行動半径を単位とする新時代の生活形態の受ける歪みは、人間の足の行動半径を単位とする村の生活形態のひずみに対して、ほとんど比較を絶する激しさである。ハイ・ウェイの曠野のまんなかで自動車が故障したとすれば、家族が家のなかで時をすごす際の無防備さのまま、荒あらしい自然のただなかにほうりだされた者らは、それまで自動車のエンジンの力が、かれらの眼からおし隠してきた、決して足の力でそれを踏破することのできない他の点への距離の圧倒的な巨さに突然、気がつくであろう。ヒッチコックの恐怖映画のひとつ『サイコ』は、縦横にはりめぐらされたハイ・ウェイのすぐうしろにせまっている暗く恐しい大森林の存在によってモティーフにリアリティをあたえるものであったが、それはすなわち、もし自動車の足をうしなった人間がハイ・ウェイのすぐ裏側にある落し罠におちこんでしまったなら、むしろハイ・ウェイそのものが反人間的な兇器となる、という教訓を示した。憐れな被害者は、現代アメリカの陸地を流れる乾いたミシシッピー川のひとつの淀みに、はいりこんでしまった不運な筏の乗組員である。加害者が、ハイ・ウェイの発達によってすっかり片隅におしやられ取りのこされた、旧式なドライヴ・インの経営者であったことは暗示的であるし(かれはハイ・ウェイの幅をきかす世界では落伍者であるが、そこから逆にかれの領分にこぼれおちてきた者に対しては、普段自分の足でのみ存在している人間の強みを発揮し、まことに旧時代な方法で殺人をおこなう力をもつのである)、かれが犠牲者もろとも沼に沈める自動車の実に惨憺たる末路はそれ自体が批評的である。

多かれ少なかれ、わが国にも自動車文明のもたらした、おなじ落し罠は存在するであろう。ドライヴ・クラブの車や、盗んだ車を利用するだけで、白痴にちかい非行少年が、わが畏怖すべき警察力を煙にまくことができるのは、まだわが国の警察のブレーンに自動車文明の不連続性に気づいていないかたむきがあるからであろう。しかし、わが国には、突然に自動車を失った人間を、激甚な恐怖感で不意うちするほどにも広大な大陸の広がりという感覚はない。われわれにはまだ自動車の、それ独自の力の権威をいくらか疑ってかかる自由がある。しかしアメリカ大陸の厖大な面積は、自動車文明の不連続性に圧倒的な力をあたえる。ハイ・ウェイを安全に旅行する人間の無意識にも、つねにこの危険の感覚は尾をひいているであろう。それがアメリカのハイ・ウェイの自動車旅行を一種特別のものとする。今日のアメリカの自動車旅行者は、百年前の西部への旅行者の不安と緊張と、また、逆にそれらの存在によってのみ保障される、生命の根源にふれた昂奮とを忘れさってはいないであろう。

そうした百年前の西部への旅行者のひとりであったマーク・トウェインは愉快な冗談をとりまぜた旅行記（"Roughing it" ラインハート版）の冒頭で、旅に出る兄によせて次のように西部への若い憧憬を語っているが、このような憧憬を自分の現に住んでいる国の地続きの場所にむかっていだきうるのが、広大なアメリカ大陸に住む者のみの特権であることはくりかえすまでもない。

《私は若く、無智であり、兄を羨んだ。私は兄がえた名誉と財政的な素晴しさを自分にもほしいと思ったが、とりわけ、特別にうらやましく感じたのは、兄がおこなおうとしている長い風変りな旅と、かれが探険しようとしている奇妙な新世界に対してであった。かれは旅行しようとしていた！　私はかつて家《ホーム》を離れたことがなかったので、旅行という言葉は私を誘惑する魅力を持っていた。ほんのいますぐに、かれは大平原に、砂漠に、ここから幾百マイルも、幾百マイルも遠ざかっていることであろう、極西部の山々のうちにはいりこみ、バッファローやインディアンを見、草原モルモットやカモシカを見、あらゆる種類の冒険をおこなうであろう。あるいは絞首刑に処せられるか、頭の皮を剝がれるかすることもありうるであろう。そして素晴しい時をすごし、家に手紙をよこしてそれについて語り、ヒーローとなるであろう。かれはまた、金鉱や銀鉱を見るであろうし、仕事が終った午後には出かけて行って丘の斜面で、手桶に二、三杯もキラキラする金属のかたまりをひろい、金や銀のかたまりすら見つけるかもしれない。かれはしだいに金持になり、海をとおって故郷にかえり、サンフランシスコや大洋やパナマ地峡について、あたかもそれらの驚異に面とむかったことがとくにたいしたことでもないというふりに、おだやかに語るであろう。》

百年後、やはりもっともアメリカ的な作家のひとりが、五十八歳の年にいたるまで住みつづけてきたアメリカを、〇・七五トン積みの小型トラックであらためて旅行することを決意する。彼は旅行に出ようとして《人々の眼にあるもの》を見た。それは、のちに国内どこへいっても、いやというほど見せられたものである。ここから出てゆきたい、どこへでもかまわないから飛び出したい、動きだしたい——という燃えるような憧れである。

《人々は私に、いつか出かけてゆきたい、何かに向かってでなく何かから離れるために、自由に、しばりつけられないで動き回りたい、と静かに話しかけた。行く先ざきの、どの州のどこへ行っても、私はこの表情を見、この憧れの言葉を耳にした。国民のほとんどぜんぶが、飢えたように、飛び出したがっている。》

(スタインベック『チャーリーとの旅』弘文堂版)

作家は、《大きくて、こわい》モハービ砂漠を横切る。かつてそこを通った時、かれは車のエンジンに気をつかい、《この地上の地獄を徒歩で越した昔の家族連れの気持がよくわかったような気がした》ものであったが、《いまでは信頼できる性能の、快適な車で、高速道路を飛ばせば、日陰のある駐車所も、冷蔵庫を備えたガソリン・スタンドもあって、まことに容易である》と証言する。しかし作家は、そうした容易な砂漠の背後に、やはりひとつの《地上の地獄》の存在を感じとり、それに根源的なところで深く影響されているのであって、砂漠に眠る夜かれは一個の生命の生死のみにかぎることなく、一文明の生死についての冥想をまねきよせざるをえないのである。砂漠という、もっとも今日の文明から遠い現世の地獄での冥想が、核戦争という、もっとも今日的な文明の所産である、現世の地獄のイメージにあきらかに刻印された冥想につらなるのをわれわれは見るが、そうしたことをひとりの人間に可能とする舞台が、砂漠に駐車して夜をすごすための自動車であったのである。

《砂漠は、好ましくない場所であるだけに、非生命にたいする生命側の最後のトリデになるかもしれない。というのは、世界の富み、水分が多く、好ましい地域では、生命は生命の上にのしかかって増殖し、その混乱のあまり、敵である非生命とさえ同盟関係を結んでしまったからである。そして腐敗した生存技術は、非生命の持つ、焼き焦がし、凍らせ、毒するという武器がなし得なかったことをなしとげるかもしれない。生命体の破壊と消滅にまで持ってゆくかもしれない。もしも、生命体のうち最も万能な人類が、従来と同じく生存のため闘うならば、自分自身だけでなく他のすべての生命体も殺してしまうことだってあり得よう。そして、もしもそのようなことが起きれば、砂漠のような好まれない場所こそ、生命の再分布の苛烈な母胎になるかもしれない。というのは、砂漠に生きるものは、荒廃にたいしてよく訓練し、武装しているからである。誤ったわれわれ人間さえも、砂漠から再出発できるかもしれない。不毛の、好まれない砂漠の陰にしがみつく孤独の男と日焼けした妻は、コヨーテ、野ウサギ、ツノヒキガエル、ガラガラヘビそれにヨロイをつけた昆虫類、訓練され、試練を受けた生命体の断片の武器を持つ兄弟たちとともに、非生命にたいする生命の最後の希望になるかもしれない。こういうことの前に、砂漠は神秘的なことを養ってきているのである。》

今日のハイ・ウェイを疾走する、新しいミシシッピー川の筏たる自動車の利用者の緊張感が、もうひとつの側面を示すのは、その自動車に他人が乗りこんでくる時にあたってである。自動車とはひとつの室内がそのままガソリン・エンジンにひかれてハイ・ウェイに走り出てきたとでもいうように、家族の閉鎖性をそのまま持ちこたえている場所である。自動車でスーパー・マーケットに(しかもその地帯のかなり広い区域に独占的にただ一軒で、その区域の図書クラブまでがそこに同居しているような綜合的な市場に)買物に行くほかに生活のすすめようのない郊外などで、個人の自動車に招じいれられるたびに、僕はよそゆきのパーティにまねかれた他人の家で、たまたま、まったく個人的な家族の部屋に迷いこんでしまったようなとまどいを感じたものだ。たいていどの自動車の後部座席にも、通常は他人の眼にふれることのありえないような、まことに家族的なこまごました品物が置いてあったりするので。しかも、とくにアメリカの地方都市や郊外では、自分が車を持っていない限り、他人の車に同乗するほか動きようがないのであるから(そこで自分の足はほとんど絶対に無効である)、この不断に侵犯せざるを得ず、侵犯されざるをえない、自動車の内なる家族的閉鎖性、家族のプライヴァシーの問題は、厳密にいえばアメリカにのみとどまらないにしても、やはりアメリカ的な自動車中心の文明の、基本的な状況のひとつと呼んで大きい誤りはないであろう。アメリカというまことに広大きわまる国、自動車文明に当然にも制覇された国では、すべての人間に他人の自動車の家族的閉鎖性のなかへ入りこまねばならぬ機会がほとんどつねにあるというべきであろう。そして自動車に同乗する人びとがおたがいの共有する狭い空間を愉快に維持するためには、かつてミシシッピー川の筏において要求された同乗者のモラルが再び意味深く復活してこなければならぬ筈である。ハックルベリィとジムとはかれらの筏への闖入者たちが和解するのを見て喜び、こういう風に考えるのであった。《それは凡ての不愉快を取り去つた。そして私たちはあゝよかつたと思つた。何故といふに、どんな仲たがひでも、仲たがひを筏の上に乗せてゐるといふのは惨めな仕事であつたらうから。何故といふに、何よりも第一に、あなた方が筏の上で必要とするのは、皆が満足して居り、他の人に対して正しく深切な気持を持つてゐるといふことであるから。》

アメリカのハイ・ウェイを走っている車に同乗している者たちに不和がおこった際も、ハックルベリィの筏においてと同じように、異端者をすぐ追いはらってしまうという決心には相当の勇気が必要であろう。ハックルベリィたちが、なかなか闖入者どもを厄介払いできない事情は、今日の自動車においてもおなじことであるだろう。なぜなら、自動車に同乗している人間は、それなしでは自動車文明の生活単位の網の目からもれてしまうのであり、そこでかれはほとんど生命にかかわる切実な要求として同乗を申し出たのであるからである。ヒッチ・ハイカーによる犯罪がたびたび新聞をにぎわす国で、自動車を運転する者が、ハイ・ウェイで手をあげている予備の犯罪者かもしれぬ者のために、なぜあらためてブレーキを踏むか？ それもまたおなじ事情によるだろう。そういう状況ではいうまでもなく、自動車に同乗することを申し出るところの、かれ自身は自動車を所有しない者の心理的姿勢は、特別に切迫したものとなるであろう。かれはすみやかに自動車の家族的閉鎖性の内がわの人びとと共通の会話に入らねばならない。もっとも、自動車の正規の乗員たちも、不愉快をまぬがれるために、かれらの自動車の閉鎖的な内部にいったん許容した他人とすみやかにコミュニケイションをおこなうことを望むであろう。見知らぬ、あるいはいま会ったばかりのアメリカ人の車の中で、僕が体験した共通の会話への相互の試みは、たとえそれが滑稽な軽口に終始するものであっても、おおげさにいえば時どき一瞬のひらめきのように、ある種の自己救済への希望が浮びあがってくる性格のものであった。鋭敏なビートニクの作家のハイ・ウェイのヒーローたちは、こうした種類のヒッチ・ハイカーの心理学にふれてこういう分析をおこなう。《大した運転手だった――ぎょろりとした眼をして、嗄れた耳ざわりな声を出す運転手で、すごく頑丈な体つきをしている。彼はドアをびしゃんと閉め、あらゆるものを足で蹴りつけて、出発の準備をした。こちらにはほとんど見向きもしない。それでぼくは疲れた心をいくらかでも休めることができた。大体、ヒッチハイキングの一番厄介なことは、いろんな人間にこちらから話しかけて、この男は便乗させてやっても心配のない人間だと感じさせ、そのうえこちらは運転手の御機嫌までもとらねばならないことだ。ホテルに泊らずに旅行する計画を立てるとき、これが大きな気苦労になる。この男がしゃべる声はトラックの轟音を威圧するほどに大きいので、こちらは怒鳴り返しさえすればよかった。その後で二人は一息ついた。》(ケルワック『路上』河出書房版)

ボストンから東南にくだりケープコッド湾を巻くようにして、大西洋につきでたプロヴィンス・タウンに向って、われわれの車は走っていた。チュマイエフ君は沈黙して、いま会ったばかりの日本人の奇妙な英語を理解すべくつとめ、籠のなかの猫は不安げに鳴きわめき、そして僕は以上のようなことを考えながら、この自動車にひとつの共通な気分を見出すべく懸命に試行錯誤していたのである。

――アメリカの夢という言葉できみはどのようなイメージを喚起されるか、と僕はアメリカに到着して以来たびたびくりかえしてきた質問を発してみた。

――郊外に建っている独立家屋だ。それがすくなくともアメリカ人の夢だから、とチュマイエフ君はいった。確かに郊外に建っている独立家屋に住むことは人間らしい生活だ。しかし夢の実現をあせる連中が、まったく手軽な郊外の独立家屋を沢山つくったために、ほら、あそこに見える家屋群を見たまえ、隣接して建っていておたがいの寝室がすぐ向いあっている始末だ。あれは人間らしい生活のできる住居ではない。

ボストン郊外の、暗く単調な深い森の眺めは僕がかつて見た風景のうち、もっともモスクワ郊外の風景に似ていた。モスクワ郊外でもそのように果てしない森林を背後にした住宅群がところどころに現れるのを見たが、それらは永い猛烈な冬にそなえて荒あらしく頑丈な剝きだしの板壁で鎧われていたものだった。僕はボストン郊外の、やはり北の地方の住居らしい外貌の家々を眺め、父親が高名な建築家であり、かつ文明批評家であるチュマイエフ君の、良家の子弟らしい横顔を見、それから当然わが国の住宅事情について考えた。しかし自動車の心貧しい同乗者としては、ハイ・ウェイのさなかでそのように問題を複雑化することは望ましい会話のすすめ方ではないであろう。

――きみは都市計画の仕事をしているということだが、アメリカで都市計画のもっとも成功している都市はどこか？　と僕は尋ねた。

――ボストンだと思う、と微笑して、冗談好きな大学生風のチュマイエフ君は答えた。しかし、そのボストンが一九六〇年のある日、ある時刻、とくにあきらかな理由は一切無く、ありとある道路が、みな交通麻痺してしまったことがある。突然に、道路が自動車でいっぱいになってどこにも隙間がない具合になってしまった。きみはそういうことが現実にありうると思うかね？　確かにそれがありえたのだが、しかし一体なぜああいうことになったんだろう。

僕はアメリカのひとつの都市のありとある街角に自動車が充満して動きがとれなくなっている刺激的な光景を空想した。一連の数字を彫った十五個の正方形のセルロイド片を、四角の枠のなかで動かして、数の順序にそった並べ方にかえるゲームがある。一郭だけセルロイド片の一個とおなじ大きさの空間があって、そこを利用してセルロイドを移動させる。あの空間に不意にもう一個のセルロイド片がはまりこんでしまった状態。僕は東京のもっとも交通量の多い場所のひとつの、自動車の流れをしばらくのあいだすっかりせきとめてしまったひとりの青年に会ったことを思い出して、その話をした。その青年は中小企業の配達用小型トラック運転手であるが、政府の交通政策に不満を表明するため、祝田橋の交差点に車をとめ、ドアをロックすると、運転台で静かに『正法眼蔵随聞記』を読んでいた。レッカー車がやってきて車ごと穏やかな抗議者を運び去るまでの二十分間、三千台の自動車と二十数台の都電がとまり、三宅坂から三原橋まで車の列がつづいた。僕が会ったこの青年は不思議な静かさにみちた寡黙な小男で、欲望をなくすことと何事も気にかけないということを、かれの愛読する仏教書から学んだといっていた。

——この交通麻痺の事故以来、ボストンの新しい都市計画のプランがはじまった。アメリカ人は危機《クライシス》にめぐりあって、やっと現実を理解しはじめるのだ、とチュマイエフ君はいった。

それから僕とチュマイエフ君は、今日のアメリカの危機一般について話しはじめ、僕らがおたがいに薄らす予感しては、その接近を惧れていた、僕らのフォルクスワーゲンの中の個人的な危機は一応解消される手がかりをえたのである。結局、ひとつの車でほとんど知らぬ同士が長時間旅行することの緊張感が、アメリカで僕の体験した、いくつかの興味深い会話のそもそもの動機をなしたといってもいい。外国人旅行者の場合を離れても、アメリカの青年たちにとって自動車での長い旅は、新しい特別な文化的場を形成しているにちがいない。大学の掲示板にガソリン代負担を条件に長い自動車旅行への同行をもとめる広告がたびたびのっているのを見るたびに僕はそのように考えたものだ。

　チュマイエフ君は、数年前の核戦争用シェルターのブームの時期に、まだハーヴァード大学の学生であったが、そうした傾向に憤激して、ひとつの連続したスライドをつくりはじめた。核戦争についても、おそらくは危機にめぐりあって、やっと現実を理解しはじめる、アメリカ人の習性を、この場合、実際の危機《クライシス》がおとずれた時には、現実を理解してもすでに遅いのであるから、チュマイエフ君は、もっとも危惧したわけである。連続スライドは、いわば力による均衡の歴史的な絵ときであった。それはヨーロッパの古版画などを複写して、あるひとつの軍隊が石弓を採用すれば、敵軍もそれを開拓し、別の軍隊が火縄銃で攻撃すれば、城をまもる側もついには銃を採用してこれに対抗するという、軍備のシーソー・ゲームの歴史をたどり、今日の核兵器による力の均衡の神話にいたって、そのもっとも危険な神話性を赤裸々に剔出《てきしゅつ》しようという意図にたつものである。

　長いドライヴのあとプロヴィンス・タウンの、背後に海をひかえた心理学者の夏の家に到着して、遅い食事の後、僕はチュマイエフ君のスライドを、ハーヴァード大学の演劇クラブ出身で、いまは戯曲を書く準備をしている、演劇青年風の男などと一緒に見た。それは古版画による石弓の攻防戦の光景の美しさにくらべて、たとえば原子力潜水艦が浮上した瞬間の写真の嘔気をそそるようなグロテスクさが率直に強調されているような、感覚的なスライドで、それを見終ったあと、核兵器による力の均衡という神話がいかに寒ざむとした不安をそそるかに、あらためてぐったりしてしまうような、いわばペシミスティックな無力感をそそる性質のものであったといっていい。この若い建築家はじつは、力の均衡の神話に市民の側からの打開法があるかどうかについては、まことに絶望的な懐疑をあらわすためにのみ、このスライドを作ったのではないかと思われる印象ですらある。演劇人志望の青年はあからさまに不満の意を示した。かれは左翼の学生集会のニュースなどにも通じている反体制的なタイプであったが、チュマイエフ君のこの恐怖の叫び声のようなペシミスティックな無力感の表明に反撥して、スライドの具体的な解決の見通しの欠落を指摘し、かれはこういうところで一応満足し、あるいはあきらめて判断停止し、美しいスライドをつくるだけのチュマイエフ君は、結局現体制に順応する典型的なスクエアだ、という苦い批評をおこなった。

しかし僕は核兵器の充実、拡大による力の均衡の神話に、このようにもあからさまな恐怖心と無力感を表明するアメリカ人の青年がいることに深い印象をうけていた。スライドの作者の脇には、上品で柔和な老婦人がいかにも満足気に微笑して坐っていて、彼女が息子のチュマイエフ君の良心を誇りにしていることはよくわかった。その真夜中、海辺の村には豪雨と雷鳴がたびたび襲ってきた。もしひとりのアメリカ人の青年が、かれの政府のおしすすめる力の均衡の神話を破壊すべき行為をなにひとつおこないえないとすれば、かれが美しいスライドを作って恐怖の叫び声のような、まことにペシミスティックな無力感を表明するよりほかに自己解放の手段をもたないとしても、僕はそれを咎めようとは思わなかった。すくなくとも、われわれは恐怖の叫び声において結びつくのであるし、僕自身もまた、ペシミスティックな無力感から自分を引き剝がすことのできない日本人である。自分がいったい何をおこないうると信じているか？

翌日、チュマイエフ君と猫と僕とは、おなじく車でボストンにひきかえした。途中、海の見える高台を走りながら、チュマイエフ君は望遠レンズで終始カモメの飛翔だけを記録した自作のフィルムの話をした。カモメのかすかであるが鋭い鳴声を特殊な録音機で採取して、それを唯一の効果音としたということである。カモメは兇悪な鳥で、白い翼の飛翔はそれが画面いっぱいにひろがるとまことに美しいが、そこに微細で鋭利な鳴声が加わると、鳥肌が立ってくるほど恐しい気分だというのである。兵士としての姿など空想することも難しい、優雅で繊細なチュマイエフ君の芸術的な特徴は、そうしたまことに激甚な恐怖の印象のみなぎる瞬間を切りとってくることにおいてあきらかであるように思われる。それもひとつの態度だ。《洗脳》の問題の専門家である心理学者とは、真夜中と早朝、今日のアメリカにおける対中国ヒステリーについて話したのであったが、アメリカの民衆は、中国人に対して戦前から毛沢東の政権獲得にいたるまでの、すべての時期にわたって、恵みをあたえる者としての意識をもってきたのであり、毛沢東政権以後、アメリカ人は二重に、中国人から拒まれたという気持のとりことなっている、そこで憎悪はつのるばかりだ、というのが心理学者の意見であった。

アメリカですごした夏の一年後の夏、僕はエンツェンスベルガーの『政治と犯罪』(晶文社版)を読んでいた。小さな庭のまことに日本的な庭木にかこまれた籐椅子に寝そべって。そして不意に、一年前のハーヴァード大学のラモント・ライブラリの一室での胸苦しく、もの狂おしい衝動が自分に回復するのをあじわった。僕は眼をつむり、躰のまわりに、高温ではあるが多湿でないケンブリッジの空気を感じ、様ざまな種類の外国人たちの匂いをかぎ（僕のすぐとなりの椅子にパキスタンからきた、石頭の女詩人が坐って、あまりの熱さに薄い黄色の絹の民族衣装をぱたぱたやっている）、ひとりの才槌頭の、凄じく肥った中年男が、異様なほど陽気に、楽しげに、また確信をこめて、想像すべき最悪のこの世の地獄の話、全面的な核戦争にいたるエスカレーションの様ざまな段階の話をしている光景を想い出した。かれはこの午後の講演のまえの、われわれのセミナーのメムバーとの昼食の社交的な雰囲気を、なお微醺のように身のまわりにただよわせたまま、世界最終戦争の話をしていたのである。

エンツェンスベルガーは、戦争の巨大な悪に加害者および被害者の双方の意識において、全体的なアプローチをおこなうことのできる戦後ドイツの詩人であるが（そのようなかれの根底の態度もまた、僕に、パール・ハーバーと広島とをそれぞれの欠落なしに考えつづけることについて、ひとつの展開を体験したアメリカの旅を、直截に思いおこさせるものであった）、かれはエルサレムの地方裁判所でアイヒマンの審理がおこなわれはじめた年、アメリカで出版された一冊の書物『熱核戦争論《オン・サーモニュークリア・ウォー》』について、そこにこの書物の著者の特技である図表によって表現された、奇怪な核戦争感覚について語っていた。それは《悲劇的とはいえ予測可能の戦争決算表》と呼ばれる図表である。死者の数と、経済再建に要する期間との関係が、そこでともかく一見したところは具体的に想像されている。二百万の死者、一年で可能な経済再建。四千万の死者、二十年。八千万の死者、五十年、一億六千万の死者、百年。この表面だけは具体的な想像力のグロテスクな欠陥は、たとえ一億六千万の死者が出ようとも、自分はそのうちに入らないであろうと信じているらしい学者にも、おなじく自分もまたそれを生きのびるだろうと予測してこの経済再建説に、媚びられるにまかせる大衆にも、ともにあきらかで、それはまことに非人間的な退廃であるが、エンツェンスベルガーはハーマン・カーンという数学者・物理学者・軍事理論家の物の考え方を、アイヒマンのそれにつきあわせて検討しようとしたのである。

《ところで「攻撃してきたロシア人をこらしめる」ためとあれば、アメリカはどの程度の犠牲を払ってもよいか？「わたしはこの問題を多くのアメリカ人と討論したが、一五分ほど議論していると、承認しうる味方の犠牲者数の見つもりは、ふつう一〇〇〇万から六〇〇〇万のあいだにおちつく。どちらかといえば、後者の数字に近いところで意見の一致を見ることが多い……。この最上限の数字が得られるしかけは、まったく興味ぶかいものだ。つまり人びとは、国土の総人口の三分の一を、いいかえれば半分よりもやや少い数字を、口にするのである」

A・アイヒマンは一九六一年十二月に死刑を宣告され、絞首によってこの判決を執行された。

H・カーンは、アメリカ空軍科学顧問団の評議員、原子力委員会技術小委員会の委員、民間防衛局の専門委員であり、さらにニューヨークのホワイト・プレーンにあるハドソン研究所(アメリカの軍事計画のための専門研究をうけおう)の所長である。かれには妻とふたりの子があり、また、かれは美食家として名だかい。

中間問題。カーンとアイヒマンとの比較は可能か？「人間悲劇の総数」についての「客観的考察」てなものがあるか？　六〇〇〇万の人間の殺害を「承認しう

る犠牲者数」と呼ぶような言語に、どんな倫理的な説得力があるか?》

われわれのセミナーにやってきた、ハーマン・カーンは《恐怖の商人《テラー・マンガー》》とか《核時代のクラウゼヴィッツ》とかいわれる評判の怪物であるよりも、見たところ、『不思議の国のアリス』の気狂い帽子屋をまるまる肥満させ、ひどく陽気にしたような小男であったが、かれの楽しげな歌のような講演の奥底に、僕はじつに恐しいものを見ているような気持で、終始、緊張しつづけていたのである。その緊張感は、時どき怒りとも絶望感ともまたことなる、暗くもの狂おしい胸苦しさにたかまるのであった。しかもカーンの生きいきした風俗的な実感のある比喩にいろどられた饒舌に、僕はつい反射的な厭らしい笑いをそそられずにはいない。あれはまったく風変りな体験であった。カーンの特殊な語り口をのこしたまま、あの午後の講演は、おなじ年に出版された。すなわちエンツェンスベルガーの引用する書物より四年後に、それだけエンツェンスベルガーの嫌悪する性格を深め強めて出版された『エスカレーションについて』(副題 Metaphors and Scenarios. プレガー版)にもっと強調され敷衍されており、僕はそこにあの悪夢をふたたび体験する。もともとこの本は、エキスパートの軍事専門家たちをふくむ聴衆に対しておこなわれたカーンの、それ自体、分析にあたいするとも思われる饒舌、核戦争を脇の下をくすぐるたぐいのユーモアと共に語ることのできる奇怪な饒舌による講演を土台として成立したものなのである。

カーンがエスカレーションと呼ぶところのものは、まず次のように定義される、《ここに用いられている意味によっては、エスカレーションという言葉は英語において、比較的新しい言葉である。典型的なエスカレーションの状況においては、二つの側のあいだの制限された戦いの何らかの形式において、「危険をおかすことの競争」あるいは少なくとも、その決意、そして地域的な手段による対決がおこなわれることであろう。一般に、どちらの側でも、何らかの方法でその努力を増大すれば、他方がおなじくその努力を増大することで、こちら側のそれを無効にすることがないかぎり、勝利をおさめることができる。その上に、多くの状況において、もし、敵の側に追いつかれぬ、したがって勝利をおさめるような努力の増大ならば、そのための費用は、勝利の利益にくらべて安くつくということがあきらかであろう。そこで、エスカレーションを制止するものは、それ自体の望ましからぬことや費用ではなくて、おおいに、敵の側のそれに対する反作用、しかも度のすぎた反作用への恐れである筈である。「危険をおかすことの競争」と決意とがおこなわれるのはそうした理由にもとづく。》

そしてこうしたエスカレーションの本質を示す暗喩として、カーンは、すでに名高い、ストライキと、「卑怯者《チキン》遊び」の暗喩をあげている。とくにストライキの暗喩は、低い段階のエスカレーションに適合するわけであるが、二つの側の軍事的努力の拡大の競争のかねあいを、会社もつぶさず労働者に去られることもなく、どこまでストライキを忍耐し、あるいはそれをつづけうるか、そして自分の側に有利な条件を獲得しうるかという、経営者と労働者の「危険をおかすことの競争」にくらべるのである。

そしてもうひとつの暗喩は、こうしたまことに風俗的な思いがけない例をもちだすところにカーンの面白があるのであるが、アメリカの戦後の非行少年たちの危険な遊び「卑怯者《チキン》遊び」のそれである。二台の自動車が、道路の中央の白線をまたいで、おたがいに向って突進する。一瞬早く、衝突を惧れて自分の側の車道にハンドルを切ったものが卑怯者《チキン》である。もし競争者のどちらも最後までハンドルを切る決意をしなければ、自動車は激突して両者に死がもたらされるのであるから、この暗喩は、核兵器による全面戦争を頂点とするエスカレーションの、より高い段階にもっともふさわしい暗喩である。すなわち、核戦争を背景にもつ、この危険な暗喩の「卑怯者《チキン》遊び」の必勝法について、カーンは、かれのメンタリティの歪みをそのままあかしだてるような、次のようにグロテスクな戦術を示す。

《エスカレーションは、この遊びよりずっと複雑である。しかし、この遊びは、それでもなお、役に立つ類比を提供する。なぜならそれは、重要であり強調せねばならぬ国際関係の若干の側面を、たとえば、エスカレーションの状況の多くにおけるシンメトリカルな性格を、絵ときするものだから。ある種のティーン・エイジャーたちは、「卑怯者《チキン》遊び」をおこなうにあたって興味深い戦術を利用する。熟練したプレイヤーはまったく酔っぱらって車に乗りこむことがある、誰の眼にもかれが酔っていることがあきらかにわかるようにウイスキーの瓶を窓からほうりだすようなことをして。かれはまた、きわめて暗いサン・グラスをつける。もし何か見えるにしても、あまり多くを見ることはできないことが他の者に明瞭なように。自動車が高速に達するやいなや、かれはハンドルをひっこぬいて窓から投げだす。もしかれの相手がそれを見ていたならば、かれはすでに勝っている。もし相手がそれに気づかなかったなら、問題がのこる。もし両方とも、この戦術を採用していたとしたら。》こうした暗喩は、われわれを思わず笑わせたものだ。しかしいうまでもなくその笑いはたちまち凍りつくたぐいの厭な笑いだったのである。

ハーマン・カーンはエスカレーションの諸段階をこ

まかく分析する執拗な想像力を発揮して、《エスカレーションの梯子》という、四十四段の梯子からなる図表をつくった。相対する二つの陣営が、相手を圧倒するために一段ずつ昇ってゆく軍事的段階の梯子、いうまでもなく最後の段は、無制限の核兵器による全面戦争、《痙攣または思考の枠を離れた戦争》である。すでにその段階での核戦争は、ひとつの痙攣のごときものであり、思考などはうけつけないところでの反射的な行為による絶望的な相互破壊である。

もちろん、ハーマン・カーンは《エスカレーションの梯子》を、人類が終末にむかって駆けのぼるための指図として考案したわけではない。あらゆるエスカレーションの段階において、アメリカがそのみずから関っている危険の程度を、具体的に認識するための尺度としてそれを秩序だてたのである。ソヴィエトが、アメリカのよって立っている梯子の高さに威嚇されて屈伏することなく、より危険な高みにその梯子を上ったなら、アメリカは過剰な危険をおかすことなく、しかし確実に再び相手を凌駕するためには、どこまで次の梯子を上ればよいか、ということの具体的な研究のための《エスカレーションの梯子》なのである。しかしこの図表に、どこで平和への転換の契機が決意されうるかを読みとることは当然のことながら難しいのである。いうまでもなくカーンはエスカレーションの諸段階を、その最終段階まで整理したのにすぎないのであって、両陣営の「卑怯者遊び《チキン》」のプレイヤーは、衝突の前にどちらかが(それもカーンとかれに研究を委嘱した者たちの期待にそっていえば、ソヴィエトのプレイヤーが)、ハンドルを切ってみずから卑怯者《チキン》の汚名を着る選択がおこなわれうることを、否定する根拠はないであろう。

それでもなおカーンの《エスカレーションの梯子》お

よびカーン自身のメンタリティを、疑わしく嫌悪すべきものに感じさせるグロテスクな印象はどこに由来するのか？　梯子の最終段階にいたるまでもなく、この《エスカレーションの梯子》の、おたがいに敵を威嚇する力の根元をなしているのは、核兵器による全面戦争のモティーフである。しかもそれを全段階において、つねに効果あらしめるためには、おたがいに具体的にそれがおこりうることだということを信じている（あるいは信じたふりを理想的に演じる）必要がある。

《「平和にとってかわりうるものなどなにもない」といういい方は誤解をまねく。もしそれに意味があるなら、「どのような代償においても、どのような種類のものでもいい、平和」をもとめているということであろう。しかし、望ましくない種類の平和は、様ざまな戦争よりも、熱核戦争すらよりも悪い結果をもたらしかねない》と信じている（あるいは信じたふりを理想的に演じる）必要がある。しかも、少なくとも最終段階にいたる一段前までは、絶対に、自分の方からハンドルを切ってはならないというのが、勝つための両者にひとしくある条件なのであるから、いったん《エスカレーションの梯子》に乗った両者は当然に、とことんまでゆくほかないであろう。そこで注意すべきことは四十四の梯子のうち、すでに二十一番目の梯子が、《みせしめの地域的な核戦争》であることである。それは、みせしめのという註釈つきであるが、カーンは、一、二、三発のみせしめの核爆弾が、いかに《エスカレーションの梯子》の実際的権威に重要であるかを、熱情をこめて説くのである。わが国の体制側の理論家が昨今しきりに主張するように、二、三発の地域的な核爆弾の投下は、相対的なものとして考えられねばならない。絶対的な悪としてその可能性を閉せば《エスカレーションの梯子》におけるこちら側の優位はそこで挫折してしまう。しかし二十一番目の梯子をいったん上ってしまったと想像する力は、そこから《痙攣または思考の枠を離れた戦争》への道の短さの感覚に驚くであろう。しかもその感覚なしでは、《エスカレーションの梯子》の相手方を威嚇する力そのものがそもそも存在しないのである。

実はハーマン・カーンにとっては《エスカレーションの梯子》の最終段階、すなわち全面的な核戦争たる、《痙攣または思考の枠を離れた戦争》すら、相対的なものであるように思われる。そうでなければ、《エスカレーションの梯子》の究極の強制力は存在しえない。全面的な核戦争が絶対におこりえないものなら、誰がその寸前にみずから身をひいて屈伏するだろう。衝突が絶対におこりえない「卑怯者遊《チキン》び」なら、誰がわざわざハンドルを切って恥かしい敗北を認めるだろうか？

かれの《エスカレーションの梯子》の究極の強制力を維持したいハーマン・カーンは、むしろ全面的な核戦争を、結局は人類が回避するであろうと信ずる者たちを、嘲笑するがごとくである。《多くの人々が、痙攣または思考の枠を離れた戦争の概念をうけいれるのみならず、もしそれが国家のもつ、または論ずる戦争の唯一の概念ならば、戦争は「考えうべからざる」あるいは「不可能な」ものになるとして、または戦争の抑制がおしすすめられるとして、それに人道的な価値をあたえることは、私にとってあきらかなショックであった。かくのごとく、ある種の超「軍国主義者」たちと、ある種の軍備抑制家たちと、そしてある種の平和運動のメンバーたちのあいだに、奇妙な同意の領域があらわれるのだ。かれらがみなそれぞれのきわめて異なった推論と倫理的な位置から、かれらの同意点に達するにもかかわらず。》もっともかれらはみな最終戦争の不可能性について論じたがらない。モラリストの連中は、そうすることで政府が戦争防止に真剣さを欠くのを惧れ、軍国派は、そうすることで軍備の拡大が阻まれるのを嫌って、とカーンは分析する。この学者にとって特に、核兵器による全面戦争にいたる道を拒もうとして倫理的な立場をとる者たちなど、現実的なファクターとしてなにものでもない。エンツェンスベルガーの言葉を再びひけば、そのようなハーマン・カーンに《どんな倫理的な説得力があるか？》すなわち右のような事情において僕は胸苦しくもの狂おしい衝動を禁じえなかったのである。

　チュマイエフ君のスライドも、この若い建築家の胸のうちなるエスカレーションのイメージの歴史的な絵ときであった。僕と一緒にそれを見た演劇青年の反撥は、そこにカーンのエスカレーション観と似かよったものを鋭敏にかぎつけてのことだったのであろう。チュマイエフ君の内心の眼にもエスカレーションの核兵器による全面戦争に終る全段階は見えており、しかもかれはエスカレーションの中途でそれを阻むいかなるプランをも、スライドの中に封じこめることができなかったのであるから。しかしチュマイエフ君のエスカレーションのスライドには、恐怖心と無力感の素直な叫び声がひびいており、すくなくともそれは《倫理的な説得力》をもつものであったように思われるのである。

　ハーマン・カーンの《エスカレーションの梯子》は、国防長官が使用する電子計算機《コンピューター》の基本的な構造を決定するイン・プットとして採用されうるかもしれないが、カーン自身における倫理的モティーフの欠落は、そのままコンピューターの奇怪な特質ともなるであろう。それ自体の属性として、道徳性をそなえているコンピューターなどは、もしあったとしてもまことに風変りな例外であろうから。コンピューターの厳密さにおいて《エスカレーションの梯子》が上りつめられ、ついには《痙攣または思考の枠を離れた戦争》がおこってしまった日、かれの論理の精密さの少なくとも片側は十全に証明した学者ハーマン・カーンの巨大な笑顔が、『不思議の国のアリス』の猫の笑いさながら、潰滅したアメリカの空に浮ぶことはありえないであろうか？

しかし、それよりも、もっと恐怖にみちた空想として僕のオブセッションとなっているのは、エスカレーションの戦略家たちの要請と、それによって支配あるいは影響された、わが国の体制側の頭の良い理論家たちの掩護射撃によって、日本が核武装を押しつけられてしまった暁の、国防長官のコンピューターの提出するヒントである。シカゴで秋の暮に一緒に食事をしたハンス・モーゲンソー教授は、広大な中国大陸のすぐ傍の島国日本が核武装したとすれば、それは自殺にほかならぬ、といった。しかし、ハーマン・カーンの二十一番目の梯子《みせしめの地域的な核戦争》に照合させれば、中国にいくらかの核兵器によるダメッジをあたえたのち、中国からの報復核攻撃によって全滅する、核武装国日本ほどにも有効な、みせしめの捨て石があるであろうか？　ペンタゴンのコンピューターに、エスカレーションの究極の段階の全面核戦争の脅迫力をつよめる具体的証明として、国ぐるみ滅びる日本人への同情の因子が加えられることはあるかもしれない。しかしその同情でもって、二十一番目の梯子の段階での敗北をペンタゴンに認めさせるほどにも強く道徳性を示すコンピューターを国防長官が採用するとは、僕に信じられないのである。

パール・ハーバーにむかって

アメリカに旅行するなら、ナンタケット島に渡りたいと僕は考えていた。もっとも単純な心で、アメリカの土地の名を思いうかべようとすれば、ハックルベリィ・フィンのミシシッピー川と、モオビイ・ディックをもとめて船出する者たちの基地、ナンタケット島が、つねに僕を懐かしい気分でみたした。ミシシッピー川は、セント・ルイス市からマーク・トウェインの生れた町に向って車で小旅行する時に見ることができた。川水は濁って水勢は猛だけしく、やがて夕暮れにセント・ルイス市に戻ってくると、建築中の巨大なモニュメントの傍らで（それは西部への戸口とでもいうような種類の意味づけのもので、向いあった二本の弧の輝く合金の先端が、いままさに接して、オメガ型を完成しようとしていた）川は遊覧ボートを浮べ、そしてすべてが赫々たる大きな夕陽に面していた。陽が翳るとなお水勢は激しく感じられた。ハックルベリィ・フィンの水上の冒険は、まことに子供向きのものではない。

ナンタケット島へは、夏の終りのある週末にボストンから若いアメリカ人の文学研究家の車にフランス人の作家たちと同乗して、東南にくだり、ケープ・コッド掘割を渡って、なお南下し、ウッズ・ホールから連絡船に乗って向った。われわれは、ナンタケット島で古く善きアメリカの壁紙や家具にかこまれた部屋を貸す民家を見つけ、自転車を借りて乗りまわし、泳ぐだろう。そして捕鯨博物館を見るだろう。僕は、ウッズ・ホールから島にむけ船出するかわりに、ニュー・ベッドフォードから船に乗ることを主張した。『白鯨』の語り手であるイシュメイルと呼ばれる青年が、かつてそうしたように。しかし、僕の提案は、メルヴィルについて僕ほどセンチメンタルでない友人たちによって却下された。

《何年かまえ――はっきりといつのことかは聞かないでほしいが――私の財布はほとんど空になり、陸上には何一つ興味を惹くものはなくなったので、しばらく船で乗りまわして世界の海原を知ろうとおもった。憂鬱を払い、血行を整えるには、私はこの方法をとるのだ。口辺に重苦しいものを感じる時、心の中にしめっぽい十一月の霖雨が降る時、また、思わず棺桶屋の前に立ちどまり、道に逢う葬列の後を追い掛けるような時、ことに、憂鬱の気が私をおさえてしまって、よほど強く道徳的自制をしないと、わざわざ街に飛び出して人の帽子を計画的に叩き落してやりたくなるような時、――その時には、いよいよできるだけ早く海にゆかねばならぬぞと考える。これが私にとっては短銃と弾丸との代用物だ。カトは哲学的美辞をつらねてその身を剣の上に投げた。私は静かに海にゆく。これは少しもふしぎなことではない。この心持が分るならば、どんな男でもその程度に応じて、いつの日にか私と同じ感情を大洋に抱きはしないだろうか。》(『白鯨』岩波文庫版)

このようにして青年は海に向い、冒険を体験する。それは、およそ小説のもっとも深い核心にふれた出発の仕方だ。この百年間のアメリカ文学において、いったい幾人の青年たちがこのようにして、かれらの《海》に旅立ったことだったろうか? メルヴィルが、このやり方の創始者でなかったとしても、かれより遅れてきた者たちは、じつにたびたび、自分がメルヴィルによってもっとも深い所まで掘りさげられた竪穴を、なお掘り進もうとしていることに気づかねばならなかった。善良なイシュメイルとはおよそ異った人格の連中が、かれそっくりのやり方で、おのおのの小説のうちへ入っていったのである。

《映画の都——そうわたしは呼びたいと思うが——から二百マイルはなれた、南カルフォルニアの仙人掌《サボテン》の荒野に、デザート・ドオという町がある。そこへ、空軍部隊にいたわたしは、楽しみをもとめて行ったのである。しばらくまえのことだが。》(『鹿の園』新潮社版)

《どうしてこのアフリカ旅行をやらかす気になったのか？　簡単に説明はできない。事態はますますひどくなって、そのうちに手のつけようもなくなってきた。ぼくが五十五歳にして、アフリカ行き切符を買いこんだときの状態を思うと、いっさいが嘆きの種ならぬはない。もろもろの事実が群がり迫ってきて、まもなく胸は重苦しくなる。万事ごちゃごちゃと——両親も、妻も、女たちも、子供たちも、農場、動物、ぼくの習慣、金、音楽のレッスン、ぼくの酔態、偏見、野性、いや、歯も、顔も、魂までが入り乱れだした。叫ばざるをえないのだ。「いや、いや、退っとれ、ちくしょうめ、わしを放っておいてくれ！」と。だが、向こうだって、やすやすと放っておけるものじゃない。万事がぼくに所属する、ぼくのものなんだから。で、四方八方からなだれこんでくる。混沌そのものだ。》(『雨の王ヘンダーソン』中央公論社版)

メイラーの青年は、海のかわりに砂漠のなかの享楽の町に向うのだし、ソール・ベローの出発者はすでに老人に近い。しかしかれらは、わがイシュメイルと絶対に切り離しえない血のつながりに結ばれて、かれらの《白鯨》に出会うべく出発するのである。そしてかれらは自殺をまぬがれるが、自殺よりももっと危険なことを体験せざるをえない。しかしかれらが再び陸地に戻った時、かれらは《白鯨を見た者》として、確固たるかれ自身を把握しているのである。端的にいうなら、それがアメリカ文学だ。

われわれはナンタケット島に向う船の上で、すみやかに流れ去る海の水を眺めながら、《たしかにだれも知っていることだが、瞑想と水とは永遠に結ばれている》というイシュメイルの言葉にならって、それぞれのもの思いにふけったり、あるいは議論したりした。白鯨、モオビイ・ディックとはなにか？　フランス人の女流作家は、つねづね僕から核兵器についてくりかえし説きつづけられた返礼に、モオビイ・ディックとは今や、核兵器あるいは核時代そのものだ、といって僕をとくに悪意からではなく嘲弄した。

——原子力潜水艦の、あの異様な、償いがたい醜悪さは、モオビイ・ディックそのものだ、と彼女はいった。

——いや、モオビイ・ディックは醜悪ではなかったのじゃないか？　と不確かな記憶にしたがって異議を申し立てる者もいた。それにしても百年前の読者は、モオビイ・ディックについて、具体的な何を連想したのだったろう？

——何ひとつ連想しはしなかったわ。ただ、白い鯨が一頭、そこに現前するのを見出しただけだったにちがいない！　とアンチ・ロマンの作家たちのひとりである女流作家は、真面目になっていった。そしてそれが、一等正しい、メルヴィルの読み方なのよ。

僕は内心で、モオビイ・ディックがその誕生後、百年以上たって、核時代と関わりあうことについて興味をひかれていたのであった。巨大な鯨のような素材が文学の領域に入りこんでくると、それが単に物そのものとしての現前性のみを保つことは困難だ。たちまち巨体は、意味の水苔で覆われてしまう。

メルヴィルは『白鯨』の冒頭に、語源部および文献部というものを置いて、世界中の鯨についての表現を探っていた。そのうちに、モンテーニュの『レイモン・スボン弁護』から引いた言葉があった、《とにかく他の何ものにもあれ、つまり獣にも舟にもあれ、この怪物(すなわち鯨)の恐ろしい顎に飛びこむものは、たちまち呑みこまれて亡ぶのであるが、魚どもはそこを無上の避難所として睡るという。》

僕は、われわれ日本人が公的にすら、いまや臆面もなくいうところの《核の傘》について、不快な恐怖心の一触と共に、思いださざるをえない。魚どもはそこを無上の避難所として睡るという……

――モオビイ・ディックそのものよりも、この白い鯨に対する憎悪の激しさが問題なのだ、とアメリカ人の文学研究家がいった。もしゴールドウォーターが大統領に当選していたら、われわれは、かれと共にモオビイ・ディックを追わなければならなかっただろう。それにジョンソンすら、いまや、おなじモオビイ・ディックを追いかけはじめているようでもあるんだ。われわれはスターバックなのさ。

《人の心を狂わせ苦しめるすべてのもの、……生命と思想とにまつわるすべての陰険な悪魔性、――これらのすべての悪は、心狂ったエイハブにとってはモオビイ・ディックという明かな肉体をもってあらわれ、これに向って攻撃することも可能とおもわれたのである。彼はアダム以来全人類が感じた怒りと憎みとの全量をことごとくその鯨の白瘤に積みかさね、おのれの胸は臼砲であるかのように、心中に焼けただれた弾丸のすべてをそこで破裂させた》と、イシュメイルは観察するが、かれにとってエイハブ船長にさからう手だてはない。徳性と常識をそなえた孤独な男、いわば捕鯨船上の知識人スターバックもまた、猛りたつエイハブ船長に対して、むなしく抗弁の心を抱くのみである。《おれの魂は敗れ、狂人の奴隷になってしまった。

正気のものがこんな立場で骨を折らねばならぬとは、堪えられぬ苦痛でないか。だがあの人がおれの底まで刺しこんできて、この理性を吹き飛ばしてしまった。神を恐れぬ人の末期は手に取るように見えながら、その手伝いをせねばならぬという気に取り憑かれている。有無をいわせず、消し難い何ものかがわしを彼に縛りつけ、どんな剣でも切ることのできぬ綱で引張る。恐しい老人だ。》

若いアメリカ人の文学研究家の夫人は、純粋な心を持った小柄な女で、モダン・ダンスの踊り手だった。彼女は、その生真面目な愛らしい頭で、すべてのことについて率直に考え、大胆に聞えるほど飾りけなしにそれを表現したが、およそ悪意の無い、僕がアメリカで出会った、もっとも感じの良いタイプの若い母親だった。彼女がビキニをつけて、おなじビキニの娘と海辺を歩くと、鹿の親子が水を飲みに来たという印象だった。彼女は美男の夫が、性倒錯の連中の鴨にならないように、始終、気を配っていた。その彼女が次のようにいったのである。

——憎悪の激しさが問題なのよ、確かにピーターがいったように！　パール・ハーバーの後、ずっと私たちは日本人に憎悪を抱いていたわ。それは広島・長崎の後ですらも、十分に消えさったかどうか疑わしい。あなたも、子供の頃、アメリカに憎悪を感じて、戦争の時を過したのでしょう？　そしてそれは、広島・長崎の後でどうなったの？

かれらの憎悪はどうなったか、われわれの憎悪はどうなったか(アメリカは強姦し殺戮する、火焔放射器で焼く)、僕はナンタケット島での週末をたびたびそれについて考えざるをえないことになった。それから暫くたち、秋になって僕が『武装した社会《アームド・ソサイエティ》』の著者を訪ねた時、きわめてやわらかな雰囲気のうちに続いていたジョンソン政権批判の対話に、どのような切っかけであったか不意に、硬く冷たいものが介入してきて、アメリカの進歩的な社会学者がこういった。

——パール・ハーバーがなければ、結局、ヴィエトナムもなかっただろう。パール・ハーバーにおいて日本人が喚起した警戒心が、ヴィエトナムにおける米軍の役割の、そもそもの根をなしているのだ。

その時、僕の記憶は奇妙な錯綜を示して、子供の僕をとらえた恐怖心(アメリカは強姦し殺戮する、火焔放射器で焼く)、そして怯えにみちた憎悪が、そのままヴィエトナムの子供のそれと重なっているように感じた。しかしそれは正確ではない。僕の内部にかつて猖獗をきわめた、恐怖心と憎悪とは、敗戦と共になにものかによって断ち切られた。そしてデモクラシーの時代が来た。単純な話だという者もいるだろう。しかし僕の内部に、抉《えぐ》りとられた恐怖心と憎悪の痕の穴ぼこが開いていたとすれば、それを埋めたものはデモクラシーの感覚であったというほかにない。朝鮮戦争が始った時にすら、僕は朝鮮の子供たちと共に、かつて自分をとらえていた恐怖心と憎悪の言葉(アメリカは強姦し殺戮する、火焔放射器で焼く)、それを思い出すことはなかった。僕は大学で、しばしばアメリカの極東政策を非難するデモンストレーションに加わったが、それは論理的な動機によるもので、憎悪につき動かされてシュプレヒコールの声をあげたことはなかった。

そして戦時の恐怖心と憎悪から、すっかり自由な人間としてアメリカに到着した日本人である僕が、ハーヴァード大学で原爆体験のもたらした思想について話した時、突然に、亡霊のごときものが僕を待ち伏せしていたことに気づいたのである。講演をおこなったホールから大学の内庭の寮に向って暗がりを歩いている僕を、二人のアメリカ人の老婦人が呼びとめた。彼女たちもまた、善良な穏和な人びとであると感じられたが、しかし僕の講演が、彼女たちにとって、あたかも自分たちが攻撃されたもののごとく受けとられた、ということはただちにわかった。

——あなたは広島を体験したことを核心においた。日本人の新しいナショナリズムを期待して働いている、と話したが、それはアメリカに対してはどのようにあらわれるナショナリズムなのか？　そこで天皇は、どのような役割を果たすのか？　パール・ハーバーの記憶は、それに影響しうるのか？

そして僕が自分のイメージの内なるナショナリズムという言葉が、不穏当であるのかを疑いながら、くちごもっていると、それまで黙っていた老婦人がこういった。

——パール・ハーバーはどのような意味をもつのか、あなたの広島以後の新しいナショナリズムにおいて？

僕がその時、理解したのは、老婦人たちが、僕の広島をめぐる講演のモティーフとして、原爆を投下された国の人間の憎悪を見出したということである。攻撃されたと感じた老婦人たちは、パール・ハーバーを援軍に要請することによって僕に反撃した。しかし、彼女たちが、僕の内部に、広島の体験をこうむらせた者への怒りを見出していたとしたら、彼女たちは幻影を見ていたのだ。最初、僕は敗戦を転機とした、様ざまな改革を受けいれると同時に、広島でおこなわれたところのことのすべてを受けいれたのだ。その時、恐怖心と憎悪とは、断絶した。確かに、アメリカ訪問中の僕は、核時代への恐怖心と憎悪とを抱いてはいたが、それは戦後、自分の意志と論理によって構築したものである。それらと戦時の恐怖心と憎悪との間には、端的な断絶がある。すなわち老婦人たちが、パール・ハーバーの記憶によって僕を一撃しようとした戦術は、まとはずれであったことになる。

しかし、と僕はいままた、あらためて考えざるをえない。あの憎悪はどうなったのか、パール・ハーバーが僕の意識からすっかり消えさっていたのはなぜか？戦後世代にとってパール・ハーバーはどのような意味をこめて復活するのか？

ここに僕自身の考え方の速度を追いこす、ごく最近の記憶を注のように書き加えておきたい。広島で原爆体験の意味を追求しつづけている中国新聞のある論説委員が語った言葉、かれもまた僕と同じ反撃を受けたのだろう。

――パール・ハーバーでの民間非戦闘員の死者は、数十人にすぎません。自分は広島の被爆者の問題を、難民の問題としてとらえたい。

難民の問題、それは広島をヴィエトナムに限りなく近づける。そして広島をパール・ハーバーからは限りなく遠ざける。しかし僕はいわゆる戦後世代の人間として、自分がもういちどパール・ハーバーにむかって近づいてみなければならないのを感じる。僕はデモクラシー世代への揶揄に動揺する者ではないが、しかし自分にとってデモクラシーとはなんであったか、なんであるか、なんであり続けるであろうか？という命題はつねに、眼の前にすえておかなければならない。そしてその検討のために、戦後、僕の内部で砂地の川のように消えた、パール・ハーバーの記憶と、それにつらなる恐怖心と憎悪について考えることは有効だという、確かな予感がある。

少なくとも僕は核時代の《あの鯨と遭遇すべくひた走りつづけている時に当って》イシュメイルのように次のような断念をおこない、その上に寝そべることはできないのである。《われらのすべての内部にはたらく地下の鉱夫があるとして、その鶴嘴は絶えず動きまわりぐもり音を立てているとすれば、それによって彼の竪坑がどこへ向っているかを知ることもできないであろう。何人も、ただ抗いがたい手に牽かれているのだと感ずるほかはないではないか。大戦艦に曳かれた小舟の身で何と抗うことができよう。他の人は知らず、私一個としては、ただ時と処との力に任せてしまうほかはない。》

僕はかつて自分が大学を受験した年、級友のうちに防衛大学を選ぶ者たちがあらわれて、それが戦後における同世代のうちの、もっとも決定的な別れの最初のあらわれだったと、書いたことがある。僕はその年、東京大学を受験して落第したが、防衛大学を受験したY君やO君は、そこに合格してかれらの道を歩んでいる筈である。Y君が海上自衛隊に加わりアメリカにも留学したと、最近会った、別の級友から聴いている。

いま防衛大学についてここに書くのは、まずひとつの契機がある。それは、ある雑誌で、村松剛が、僕について、かれは防衛大学を受験して落第したために東京大学に入ったと、絶対に事実に反する中傷をおこなっているからである。村松剛は、あたかもそれがY君の証言であるかのように匂わせているが、僕はY君がそのように卑劣な人間となったとは考えない。卑劣な中傷家は、村松剛である。かれは嘘を恥じない。いうまでもなく僕は、ただ中傷を反駁するためにのみ、防衛大学の問題をもちだしたのではない。防衛大学を、自分の進路として選ぶ級友たちがあらわれた時、僕をとらえた暗く深いショックについて語ることが、僕自身の当面の主題に、ひとつの光をあてるからである。

おそらく僕の学年の高校生たちが、すなわち一九三四年から三五年の間に生れた者たちが、第一回の防衛大学生の募集の対象であった。僕は、防衛大学をめぐっての、公然とではない、奇妙な熱気のこもったひそひそ話を、高等学校のそこここで聞いたことを思い出す。防衛大学の出現が、われわれにあたえた衝撃は、そのように暗く翳った性格のつきまとっているものであった。教師たちは、すくなくとも表面ではこぞって応募に反対であった。Y君やO君はその選択に勇気を要した筈である。それは決して防大か、東大かというような選び方の可能な雰囲気ではなかった。僕はやがて、防衛大学生は、われわれの世代の恥辱だと書いたが、それは、自分たちの級友から防衛大学生を出すことを互いに防ぐことができなかったことへの、自己批判をもふくめての言葉であった。Y君やO君の選択を、不審に感じ、痛ましく思ったこととつながっている言葉であった。

なぜそのように防衛大学の出現が暗く湿ったショックであったか？　それはまず、敗戦とデモクラシー教育が、僕の世代にあたえた根本的な影響にさかのぼって考えられなければならないであろう。そしてそれはおのずから、パール・ハーバーに、また戦時の子供の心をみたしていた恐怖心と憎悪とにつながってゆく検討となるであろう。

パール・ハーバーという言葉が、いまわれわれに喚起する意味は、アメリカ側の、すなわち受身の発想である。パール・ハーバーにおける平和な日常生活が、唐突に破壊されダメッジを受ける、というのが、言葉《パール・ハーバー》の包みこんでいる内容である。しかし、当然のことながら、戦時、子供のわれわれの頭を熱くしていた真珠湾という言葉は、能動の発想によってつらぬかれていた。われわれの九軍神が、特殊潜航艇に乗ってそこにもぐりこみ破壊し、また、破壊する！　九軍神という数の半端の印象が、疑いをひきおこすということはなかった。そこでは、戦争手段の威力の問題が表面いっぱいにひろがっていたのであり、戦争による悲惨の問題が、たとえもう一人の参加者の俘虜化というような形ですら、念頭に浮んでくることはなかったのである。戦争の続行される間、真珠湾は、戦争の手段の威力の、変ることない旗印であった。そしてわれわれ幼い者の、恐怖心と憎悪は、その戦争の手段の威力のバランスの上に乗っかっていたのである。それは、日本の子供たちの戦争体験の、ヨーロッパ諸国の子供たちのそれにくらべて特殊な点であるが、沖縄の子供たちを除けば(それは重要なことだ。かつて子供たちをふくめた島ぐるみの集団自殺まであった沖縄で、それを生き延びて成人した戦後世代は、核基地に無防備のまま同居する二十年以上を体験しているのである。戦争の悲惨を、身をもって経験した者たちが、なお、戦争の最大の悲惨のすぐ間近で、新しく永い忍耐を強いられているのだ)、日本本土の子供たちは、身をもって戦争の悲惨をあじわうということは、その質において稀薄であった。したがって、子供たちのアメリカへの恐怖心と憎悪も、戦争の悲惨に根ざす感情というのではなかったというべきであろう。

確かにわれわれは(アメリカは強姦し殺戮する、火焔放射器で焼く)、そのような恐怖心に対抗しなければならなかったし、それに応じて憎悪の炎をも、燃えあがらせたものだ。しかしそれは、架空の、いわば想像力の世界での恐怖心であったし、憎悪であった。それが想像力の世界の経験であった証拠に、子供たちはひそかに、役割を逆転させることすらできた(おれたちは強姦し殺戮する、火焔放射器で焼く)、現に紙でつくったGI帽をかぶって殺戮し、死者を辱かしめた白痴の少年もいたのである。かつての朝鮮の、そして今日のヴィエトナムの子供たちにとっては、こうした役割の逆転など、ありえないであろう。戦争の悲惨は、かれらにとって想像力の世界の問題ではない。日々の現実生活の問題である。

さて敗戦と、戦争放棄にデモクラシーの理念の加わった平和憲法は、そうしたわれわれになにをもたらしたか？　それによってはじめて、われわれは、戦争について、その手段の威力に関わって考える態度を棄て、その悲惨を中心にすえて戦争を考える態度をえたのである。これが根本的な転回だ。

そのような視点を、しかも日本人の立場から採用する限り、パール・ハーバーの問題はとくに大きく前面に出てはこないであろう。パール・ハーバーよりも、もっと大きい戦争の悲惨がアメリカの側にも、日本の側にもある。そして、恐怖心と憎悪の対象は、アメリカではなく、戦争そのもの、戦争の悲惨そのものに変ったのであった。日本人の平和思想が、いわゆる現実派のまきかえしの出現まで、一貫して、力の均衡の理論よりも、戦争の悲惨への想像力によって、その核心をつくりあげていたことは右の事情によるであろう。そして今なお、われわれに、右の立場を非現実的だとみなす理由は、いささかも無いというのが、僕自身の観測である。

ところが防衛大学生たることを選ぶということは、もっとも端的に、戦争の悲惨の論理から、戦争の手段の威力を軸とする論理の世界に、転向することであった。かれらは戦争の悲惨を見きわめようとしていた平和憲法の側の立場から、直接、平和憲法にさからって、戦争の手段の威力の、専門家たろうと選択したのであったからである。

平和憲法を根底にすえて、戦争の悲惨を見きわめる態度は、とくに広島・長崎の原爆体験に関わって日本人独自のものとなった。原爆の威力より、原爆の悲惨について考えることを、核時代の認識の中心に置こうという態度は、日本の土地にその根を深くおろすことによってのみ、外国に向っても力を発揮するものであった。それは決して、日本および日本人の存在と切りはなして、それ単独でコスモポリタンに効果を発揮する思想ではない。それは今日あらためて再認識されねばならないであろう。

たとえば、僕はアメリカのもっとも善良な市民から、パール・ハーバーと広島・長崎を、その意識の内において相殺しているのではないか、という印象をうけることがしばしばあった。もし、パール・ハーバーの戦闘および、広島・長崎の原爆攻撃を、戦争のもたらす人間的な悲惨において比較するなら、そこにバランスが成立しうると考えるものは、きわめて稀であろう。すなわち、そこには戦争の手段の威力の比較の論理しか存在してはいないために、パール・ハーバーと広島・長崎の相殺といったことが可能だったのである。

それはアメリカのみにとどまらない。中国の核実験を写したフィルムを深夜のテレヴィに見た時、僕をおそった暗い恐怖感のことを僕は永く忘れることがないだろう。中国のある砂漠の一角にキノコ雲がおこった時、それを見守る中国の若い研究者たち、労働者たちを揺り動かした喜びの表情は、客観的にいっていかにも美しく感動的であった。サルトルがわれわれに語った言葉をひけば、《核戦争の脅威に無防備のままさらされていると自覚している国》が自力で核兵器を開発した喜びは、かれらの若い表情から直接につたわってくるものであった。

しかし核実験の直後、およそ軽装の防護服を身にまとったかれらが、放射能の荒野に、勇んで駈け出すのを見ると、それは不安の念をひきおこさずにはいない。かれらには今、開発したばかりの核兵器の威力についての、誇りにみちた知識はあるであろうが、核兵器のもたらす人間的悲惨については、ほとんど知識がないのではないか、と僕は疑った。ありていにいえば、当然、かれらはその知識に欠けているであろう。なぜなら、核兵器の悲惨について具体的に真実を知っている者たちのいる場所は、この核時代にあっても、なお広島・長崎の原爆病院をおいてはほかにありえないからである。

したがって核時代の狂気を生きのびるために、核兵器の威力の論理にみずからを縛ることなく、核兵器のもたらす人間的悲惨を、自分の論理の核心にすえることのできる唯一の存在は、戦後の日本人でなくてはならない。しかし次のような声を発して、みずから核兵器の威力の論理に巻きこまれようとするのも、戦後の日本人である。中国の水爆実験の報道に接して高坂正堯は書いた。

《少々極端な言い方をするならば、中国の水爆実験の成功に対してわれわれがとるべき態度は、それをきわめて精巧で高価な科学花火の実験の成功と見なすことである。なぜなら中国の水爆実験の成功は、少なくとも当分の間軍事的には意味がないからである。》

ここには徹頭徹尾、核兵器から、その威力に関わる喚起しか受けることのないメンタリティがある。かれもまた少年として敗戦に接し、戦争の悲惨についての認識から、戦後に向って出発したのであった筈である。戦後二十二年間は、まことに短い年月ではない。戦争の悲惨の論理から、戦争の手段の威力の論理へと長い路を駈けぬけるための時間は、ある種の人びとにとっておそらく、たっぷりすぎるほどだったのである。

ナンタケット島で、僕と友人たちは、ほぼ期待どおりの週末をすごした。われわれはナンタケット・サウンドの荒い波にもまれながらくりかえし泳ぎ、島の反対側の浜に向って自転車を走らせた。僕とアメリカ人の文学研究家とは、かれが書こうとしている「タフ・ガイ・インテレクチュアル」という論文について討論をした。それはテレヴィ俳優のベン・ギャザラのようなタイプの知識人たちを、今日のアメリカ人のひとつの典型としてとらえようとする論文で、そのイメージには、死んだケネディの面影が重ねあわされているように思われた。また、われわれはプラスティックの皿を水平に投げ合う遊びを、波うちぎわで永い間つづけた。水平に、しかも激しい円運動のエネルギーをあたえながら皿を投げることは、かなり難しい。その皿投げゲームは昨年の流行だったのが、わがピーターはそれを一年限りで放棄することができなかったのである。海鳥が群れて飛び白浪が立つと、僕は狂気にかられてモオビイ・ディックを追った男の死の光景を思い出さずにはいないで、たびたび皿を捕えそこなった。エイハブが叫ぶ。

《貴様、破壊力を揮うが征服の力なき鯨よ、わしは貴様めがけて躍りかかり、貴様と摑み合い、地獄の只中から突き刺し、ただ憎みから最後の一息をたたきつけるぞ。あらゆる棺桶も棺台も一つの大きな水溜りに沈めるがよい。だが、わしはそんなものに用はない。呪われた鯨め、わしは貴様に縛りつけられたまま、貴様を追跡し、そしてこなごなに打ち砕けるのだ。さあ、この槍を食らえ！》

そして、すべての者たちが死に絶え、イシュメイルのみが生き残った。《我これを汝に告げんとて只一人のがれ来れり》、しかし何のために？

不可視人間と多様性

日本人にとって黒人とはなんであったか？　われわれが、黒人のうちに人間そのものを見出したことはあったか？「見えない人間」である黒人の、透明な影のうちに、われわれ自身の黄色の顔を、かいまみたことはあったか？　ほとんど無動機に感じられる、あのグロテスクな猖獗ぶりをしめしたダッコチャンの、小さな数百万の黒人たちは、いったい何を意味していたのか、どのようにして日本人の心にくいこんだのか？アトランタ市の、黒人たちのための大学で、そこはマーチン・ルーサー・キング・ジュニアの学んだ場所であるが、ある秋の朝、僕はひとりの東洋人の学生に出会った。僕が、かれに日本語で話しかけると、青年は英語で、自分は朝鮮人だ、と答えた。そしてかれは、公民権のための運動の組織をたずねるために、この南部の都市にやってきた、という僕に、いささかの悪意のひらめきもなく、こう尋ねかけて僕を沈黙させた、日本人にとって黒人とはなんであるのか？　これは無限にコダマを発して広がりつづける問いかけの、最初の声である。日本人にとって朝鮮人とはなんであるのか、中国人とは、アメリカ人とは、日本人自身とはなんであるのか？　日本人にとって、今日の日本人自身とは、「見える人間」なのか、「見えない人間」なのか？　negritude という言葉を、僕にはじめて聞かせてくれたのは、カメルーンの青年であるアーロン・チェリイ・トーレンであった。かれは、アフリカ文学の主要テーマは negritude だ、というふうに、それを語った。かれはフランスで教育をうけたアフリカ人であって、カルテジアンという表現が、まさにふさわしいような考え方と言葉をもった人物であった。祖国から追放されてのフランス生活から、いちどだけ東に飛んで、かれは東京に来た。そして僕はかれから、negritude という言葉を学んだが、なにひとつかれにかえすことはできないまま、かれがカメルーンの進歩派の仲間たちと共に、殺害されたという噂にすら接した。それは後に誤報だとわかったが。まだこの噂を信じるほかなかったアメリカ滞在中、アメリカの民衆たる黒人たちによって、negritude 黒人であること、という言葉が発せられるのを聞くと、僕はしばしば頭をまっすぐにあげていることができないように感じた。

黒人が、かれらの内部の主体性を見すえながら、黒人とはなにかを考えようとして、表現しようとして、negritude という言葉によるとすれば、かれらの外部から、かれらを見る者らにおける、黒人とはなにかということを、もっとも端的にあらわした言葉が、ラルフ・エリスンの Invisible Man 見えない人間、不可視人間であっただろう。戦後のアメリカ文学における、最良の小説ともいうべき、この実体にみちたシュールレアリスティクな悪夢を、エリスンは次のように語りはじめた。

《僕は不可視人間だ。といっても、エドガー・アラン・ポーにつきまとった幽霊のたぐいではないし、ハリウッド映画に出てくる心霊体なんてものでもない。僕はちゃんと実体を備えた人間なのだ。肉もあれば、骨もあり、繊維もあれば、液体もある――心だって持っていると言えないこともなかろう。僕の姿が見えないのは、ひとが見ようとしないからだけのことなのだから、そこのところを理解しておいてもらいたい。サーカスのアトラクションに、時に胴体のない人間の頭だけ見せることがあるが、あれと同じで、歪んで映る手に負えない鏡に八方からとりまかれているみたいなのだ。ひとは、僕に近づいてきても、僕の周囲の物象や、自分たち自身を、でなければ、自分たちのえがいている想像の断片を、眼にするだけだ——要するに、僕以外のあらゆるものを眼にするだけなのだ。》(早川書房版)

この黒人青年が、《だが、僕はいったい何をしたがために、こんなにも憂鬱にさせられねばならないのか? まあ、がまんして聞いていただきたい》と語る物語は、初等学校の卒業式の日、少年のかれが体験したところのことから展開する。かれは優等生として、人間の進歩の本質は謙譲だ、という演説をするために、町の有力な白人たちの集会にでかけるが、かれが仲間の黒人少年たちと共に強制されたのは、眼かくしをしての、むちゃくちゃのボクシング試合であり、「おなかの小さなアメリカ国旗が文身してある部分」まで、あらわにした金髪の裸の女の踊りを見ることであった。

それらは、かれに恐怖と憎悪とを、その核心において あじわわせる。そしてかれの見る悪夢は、白人たちから、「すべての関係者に告ぐ。この黒人少年を走り続けさせよ」という木版ずりの文書をもらう夢だ。

ラルフ・エリスンは、われわれの夏期国際セミナーを、その最後の講演者として訪れた。かれは、その唯一の長篇小説たる『見えない人間』にルイ・アームストロングの歌をひいてそのように書いたとおりに、すなわち、黒人青年が、まあ、がまんして聞いていただきたい、と語る表情そのままに、「心暗く、憂鬱な」顔をしていた。紺の背広に黄色のシャツをつけて、やはり紺のネクタイをしめたエリスンは、ほとんど病める海驢《あしか》のように見えたものだ。かれは自作について語り、かれ自身の小説が『ハックルベリィ・フィンの冒険』や『白鯨』にそのままつながっていることをあきらかにしようとした。確かに、『見えない人間』の黒人青年は、黒い肌をしたハックルベリィというべきであろう。かれはハックルベリィが筏に乗ってミシシッピー川を流れる困難な旅をした後も、なお新しい土人部落《テリトリィ》にむかって新しい旅に出発することを望むように、放浪しつづける。もっともハックルベリィの旅立つ心は、《私の欲したのはただ何処かに行くということであった。私の欲したのはただ変化であつた。別のところなら何処でもよかつたのだ》というような動機によっているが、エリスンの黒人青年にとってのそれは、ひたすら走り続けしめられることによる旅である。そしてハックルベリィが森や川にいだいた恐怖心は、エリスンの黒人青年にとって、およそありとあらゆる人間社会に向けられている。かれは恐怖と憎悪の心をいだいて走り続けねばならない。走り続ける青年が、めざしているところの、やがて発見されるべきものは、negritude に他ならないが、それは、やはり恐怖と憎悪につらぬかれてひたすら船を走らせ続ける、エイハブ船長の白い鯨のごときものだ。

ラルフ・エリスンがあまりに暗く憂鬱だったので、われわれセミナーの参加者は、かれがセミナー自体に好意をよせていないのではないかと疑った。かれより数週間まえにセミナーを訪れたCORE(人種平等会議)の指導者は、まことに暗く憂鬱な、南部における公民権運動の実際を語りながら、いかにも陽気だったのである。かれは sit in とか jail in とかいう、実際には殴打や血の実体のつまっている筈の言葉を、黒人の芸人の幾分は下品なくすぐりのように使用して、われわれ聴衆を湧きたたせた。もっとも、かれが南部から躰につけて持ちかえった深刻な恐怖に、そのようにユーモラスなやり方で、時には悪ふざけのような喜劇化でもって、対抗しているのだということは明瞭であった。それにしても、かれの上機嫌な講演ぶりは、われわれに濃い印象をあたえていたので、われわれはエリスンに、しだいに気づまりな印象をいだいたのである。

しかし、その夜、セミナーのお別れパーティにあらわれたエリスンは、かれの暗い憂鬱さの陰に、それを素直な心でのぞきこむ者の眼にはただちにあきらかな、深い優しさをひそめているのだということをたちまち了解させた。かれはきわめて秀れた知識人として業績をあげてきた初老の人間でありながら、眼かくしして撲りあいをさせられた、不安な黒人少年の恐怖心を、そのまま持ちこたえて、これまで、かれの黒人としての生涯を、走り続けてきたような人間だったのである。エリスンを中心にして、われわれは大量のジンを飲み、そして奇妙な踊りをおどった。僕は、数分間だけ、かれの関心を独占して、自分が『見えない人間』に対していだいている敬意を語ることができた。僕はかれのヒーローが、多様性 diversity について語る言葉のうちに、アメリカの黒人問題のみならず、日本人をめぐるすべての問題についてもまた、最上のヒントを見出す、ということを話した。エリスンは、ただ、自分にとって多様性の問題は、重要な課題だ、ということを答えたのみだった。事実、われわれがケンブリッジの倉庫みたいな、借家の台所の床を蹴って踊っていた間も、ロサンゼルスの黒人居住区では暴動がおこり、それを深夜のテレヴィが中継していたし、南部では、多様性というより、逆にかれら自身の一様化への情熱にかられた、もっとも戦闘的な若い黒人たちの運動が、現におこなわれていたのである。しかし僕は、いまなおエリスンの描く黒人青年の、多様性への情熱に強くひかれる。おそらくは、近い将来に多様性が、真の力をもつ時がくるのだ。そのための闘いのひとつが、かれら自身の一様化への意志に燃えたっているように見える、ブラック・パワーの若者たちの運動でもあるのだろう。しかしエリスンは暗く憂鬱な眼に、まことに優しい光をみなぎらせながら、きわめてひかえ目な、多様性の時代への期待をのべるのみだったのである。

《いずれにしても、こうした一様化への情熱はなにが故なのか？》と『見えない人間』の黒人青年は地下での隠遁生活を切りあげて再び地上に出てゆき、おそらくは「見えない人間でも社会的に責任のある役割を演じる可能性がある」ことを試すべく、出発しようとしながら問いかける。《多様性こそが標語なのだ。人間にさまざまな要素を保持させることだ。そうすれば独裁国家などは生まれはしないだろう。彼等が一様化運動を推し進めたりすれば、とどのつまりは、見えない人間の僕までが、白くなることを強制されるにきまっている。ところが、白なんかは色ではない、色の欠乏だ。僕は無色になる努力をしなきゃならないのか？だが、かりにそんな事態が起きたとしたら、この世界は何を失うことになるか、俗物根性はぬきにして、真剣に考えてみることだ。アメリカという国はさまざまな糸から織りなされているのだ。僕にはそのもとの糸が判るし、いつまでもそのようであってほしいものだ。》

いまエリスンの文章を読みかえしながら、僕が濃い実在感と共に思いだすのは、優しさと恐怖心とがないあわされて、ひとつの根源的な表情となったような、かれの眼そのものだ。すでにのべたように、あらわれ方こそちがえＣＯＲＥの実践家も、『見えない人間』の作家も、恐怖に関わる感受性を、率直に表面にあらわして生きている人びとであった。僕は南部に向って旅立って、おなじ属性をそなえた、若い黒人の知識人たちに会うことになる。それは、僕にとってもう消えることのない、黒人の顔の属性である。アメリカにおける negritude の基本的な顔。

地球上の二十億の男のうち、誰ひとり自分と一ラウンド満足に闘える者がいないから、ケネディ宇宙空港からロケットで火星にむかい、そこで対戦相手を見つけたいと語る、ヘビー級の世界チャンピオンについても、試合前のかれに多くのジャーナリストが見出すのは、発狂しかねないほどに恐怖心をいだいている、ひとりの若い黒人の顔である。すくなくとも、われわれが単にカシアス・クレイにとどまらず、試合前の黒人ボクサーの恐怖心にとらえられた印象に人間的な感銘を受けるのは、かれが直接、一分後からひきうけようとしている暴力的なるものに対していだく恐怖心が、かれの黒人としての日々の生活の根をひたしている厖大な恐怖心につながってゆき、すなわち、かれが恐怖心を介して、かれの negritude を綜合的に表現していることを見るからであろう。

アトランタ市で、僕が最初に見た印象的な眺めは、黒人居住区の一劃の舗道で、ふたりの黒人が死にもの狂いの喧嘩をしている光景だった。その早朝の眺めは、黒人のための大学を訪ねようとして乗ったタクシーの窓から見たのであったが、それだけで他のすべての印象から切り離されたまま(事実、それにつながるような種類の、他の事件に直接ふれることは、僕にとって南部の旅行の間、もう二度となかった。また、この事件について、僕は黒人の知識人たちと話し合うことがなかった)、しかしひとつの衝撃として残っている。僕は、暴力そのものよりも、赤裸の恐怖心をそこに見出していた。そして、それをこえて僕は奇妙な体験をあじわっていたのである。それは、殴りあっているふたりの男の背後に、巨大な白人の眼が存在していて、それが男たちを見つめている、という実感の体験。

かなり傾斜のある広い舗道の下方から、僕と友人をのせた、白人運転手のタクシーが登って行くと、狭い歩道に立ったふたりの黒人が殴りあっている。歩道の向うは盛り土されたように小高くなっていて、その上に木造の住宅がある。開かれたままの扉口の向うは暗くてなにも見えないが、そのこちら側にベランダが張りだしていて、そこに大きい籐椅子を置き、老黒人が殴りあいを見おろしている。いかにもアメリカ風な、家と家とのあいだの仕切りの無い、平原に並んで立った二つの家のような、隣りの家にも、籐椅子をのせたベランダがあり、老黒人がいる。それは単に老黒人がひとりずつというのではなく、女たちや子供たちが一緒に、ベランダの上にむらがっていたのであったかもしれない。しかしそこには、無頓着な静けさの印象が横たわっていて、いま、その情景を思いえがこうとすると、大きい籐椅子の上の老黒人の姿のみが浮びあがってくるのである。殴りあっている黒人たちの、特に片方は酔っぱらっていたかもしれない。かれは相手よりも上背があり、逞しく、殴りあいでも明瞭に優勢であった。そのうち、もうひとりの黒人、すなわち殴られつづけていた小柄な、野球帽をかぶっている黒人がよろめきながら車道に踏みだしてくると(われわれのタクシーは大きくそれをよけて曲った)、舗装の壊れめから一個の煉瓦をつかみあげてひきかえし、そしてかれの敵の頭を殴った。殴られた男の頭が割れて異様な紅色のものがあらわれるのを僕は見て、嘔気と共に眼をつむった。そこを通り過ぎるタクシーの後尾の窓から、やがてふりかえった僕は、地面に倒れている男と、三メートルほど離れたところで、それを見おろして立っている男とを見た。その時もなお、ベランダの上の人びとは静謐《せいひつ》のうちにいたと感じられる。

僕は、闘うふたりの黒人に、まことに奇怪なほどむきだしの、暴力的なるものを見たように思う。暴力そのもの、道路工事の掘削機が舗道面に激突させる鉄の爪のように、反人間的な暴力そのもの。不連続的に爆発する暴力そのもの。ふたりの人間が、自分の肉体と精神から、暴力的なるものより他をすべて消去して、暴力の機械のように相対している印象。そして、その暴力的なるものへの純粋化を推しすすめる力として、ふたりの男に共通の激甚な恐怖心があると、僕には感じられたのである。すなわち、そこに闘うふたりの男の属性として、暴力的なるものと、その裏側の支えである恐怖心とのみが、実在していると感じられたのである。

その暴力的なるもの＝恐怖心の結晶のような存在へ、自分自身を研ぎすましてしまった黒人たちの背後に、巨大な白人の眼があるという感覚を、僕はその後くりかえし、友人たちに説明しようとしたが、つねに充分な理解がえられることはなかった。しかし僕には、それらの黒人たちが、日々、厖大な恐怖心のもとに生きているのでなければ、暴力的なるもの＝恐怖心の極度の緊張のもとに働いているのでなければ、あのように突然、暴力的なるもの＝恐怖心の狂気にとらえられたお互い同士を前に、死にもの狂いで闘うことはおこらないだろうと感じられるのである。そして、あの黒人たちの暴力的なるもの＝恐怖心の緊張をひきおこしている存在は、すなわち南部に君臨する白人たちにほかならず、白人たちへの圧倒的な恐怖心によって尖鋭化された暴力的なるもの無しでは、あの朝ふたりの黒人の喧嘩は、もっと人間的なものたりえたのではなかったかと思われるのである。白人たちへの厖大な恐怖心が、黒人たち同士の殴りあいにおいても、黒人をとめどない暴力的なるもの＝恐怖心の竪穴に潜りこませるのだ。

それは巨大な戦争のおこなわれている国家における

個人の暴力犯罪の尖鋭化とひきくらべても理解しうるものではあるまいか？　孤独な犯罪者の密室の行為に拍車をかけるものとして、かれのみならず被害者もまた、共に頭上にいただいている巨大な戦争の、暴力的なるもの＝恐怖心の緊張があることを僕は信じるものだ。シカゴの大量殺人をはじめ、この数年のアメリカにおける、暴力的なるもの＝恐怖心の爆発的な表現と感じられるたぐいの犯罪の増加は、単に、戦争続行の体制のもたらす道徳的退廃のみに由来しはしないであろう。無抵抗の看護婦たちを、ひとりずつ殺戮してゆく、平凡な面がまえの無名の犯罪者の頭上に、巨大な戦争の、暴力的なるもの＝恐怖心の濃い影が、ひろがっていたように思われてならない。

　さて黒人たちふたりの殴りあいを暴力と恐怖心の極北まで追いつめるものとして、南部に遍在している巨大な白人の眼があるとすれば、南部の白人たちもまた、かれらの内部での人間関係のすべてのあらわれを、巨大な黒人の眼によって見つめられているとみなすことが、妥当ではあるまいか？　ジェームズ・ボールドウィンが『その男に会いに行く』（ダイヤル・プレス版）で描いている南部の白人の内部の問題は、当然それを、特に黒人の作家が書いているということをふくめて、右の事情に関わるダイナミズムにつらぬかれている。

　それは南部の町で黒人との軋轢のうちに不穏な寝苦しい夜をすごしている白人の男が、少年時に、去勢され殺害される黒人を見た日のことを思いだし、かたわらで寝ている、おなじ白人の妻に欲望を発していどむ、という短篇であるが、かれが妻にささやきかける言葉は次のようだ。《さあ来い、シュガー、おれは黒んぼ《ニガー》がやるようにやってやる、黒んぼそっくりに、さあ来い、シュガー、おまえが黒んぼ《ニガー》にやらせるようにやらせろ》、この白人の閉じられた寝室に黒人の影がしのびいっていることを、白人たちの肉体のうちにすらそれがしのびいっていることを、われわれは認める。ボールドウィンをつうじて理解するかぎり、黒人がその巨大な翼のもとで緊張を強いられている暴力的なるもの＝恐怖心は、南部の白人をもまた覆っているのである。

アトランタ市へ僕が旅行したのは、おもにそこでSNCC（学生非暴力調整委員会）の本部と、マーチン・ルーサー・キング・ジュニアのSCLC（南部キリスト者指導会議）の本部をたずねるためであった。はじめてアトランタ市のホテルに入った時、そのエレベーターで働いている黒人の娘たちが、それまで僕が旅行した東部の都市の黒人の娘たちとはまったく種族のことなる人びとのように見えた驚きも忘れることができない。そして町に出ると、黒人の通行者たちには、ニューヨークやワシントンの黒人たちの解放感とはまったく逆の鬱屈した暗い、閉じた感覚があって、そのきわだった変化の印象に衝撃をうけたこともまた記憶に新しい。したがってSNCCの本部で会った若い黒人たちの、明快であざやかな解放感はもっとも鮮明に思い出される。しかも、それでいて、僕はかれら知的な若い黒人の眼に、ラルフ・エリスンの表情に見たとおなじ、恐怖心に敏感な者の印象と、そして優しさと呼ぶのがあいまいにすぎるなら柔軟な想像力の兆候を見出した。

一九四〇年にアラバマで生まれたジョン・ルイスという黒人青年が、もうひとりの黒人の少女と共に、SNCCで僕に応対してくれたのであったが、かれは頭に新しい傷を持っており寡黙で、わずかな言葉を、事実をのべるためにだけ発した。かれは一九六〇年に、実際の運動をはじめたのであるが、すでに三十九回もjail inした。すなわち逮捕された。かれの頭の傷はつい先ごろのアトランタ市でのデモンストレーションの際に、警官に割られたのだ。デモ隊はひとつの橋を渡ろうとして、はじめジョン・ルイスは指導者のひとりとしてそれに反対していた。しかし、ついにかれがデモ隊の大勢にしたがった時、警官がかれをとらえた。そしてもうひとりの少女は一九四四年にニューヨークに生まれ、ペンシルバニアの大学で一年生の時に加わったデモンストレーション以来、SNCCに属して働いているというジュディ・リチャードソンという学生であった。僕は彼女の名前を、たまたまニューヨークからアトランタに向う飛行機で読んだ、サリー・ベルフレージという白人の娘の『自由の夏《フリードム・サマー》』(ヴァイキング・プレス版)で見出したように思ったが、小柄でどこか日本人に似ている、生きいきしたその娘を、『自由の夏』の単に憎悪のみならず、銃弾の飛びかうミシシッピー夏期計画の現場にむすびつけることをためらう気持もまた、働かざるをえない。やがてジュディが、自分は一九六四年夏にミシシッピーで逮捕された、といった時、僕は彼女が『自由の夏』の有能な電話連絡係にかさなりあうのを確認した。SNCCの運動に加わってよかったと思うのは、孤独でないからだ、と彼女はいった。ある留置場で、やはり頭を割られているひとりの黒人女を見たが、その女はいったん留置場を出ても、もうどこにも行くところがないのだった、あんなに恐しいものは知らない、と彼女が話したのを、僕はその言葉の意味を、確実にはつかめないと感じながら、しかし彼女の恐怖については明瞭に理解したと思った。

SNCCのこの数年のしだいにたかまる活動の質と量については、すでにわれわれは多くの新事実を知っている。僕がアトランタ市を訪ねた一九六五年秋に、僕のとったノオトのうち、いまも幾らかは生命を持っていると感じられるのは、ごくわずかのことにすぎない。それはすでにヴィエトナム問題について、はっきり態度の分れていたＳＣＬＣにおいても、一九一九年に人種間の取次ぎ《インターレイシャル・コミッション》を目的につくられた機関の発展である、人種問題の調査と情報提供のためのＧＣＨＲ(人間関係についてのジョージア評議会)においても、それぞれの人びとが、ＳＮＣＣの急進的性格を指摘しながら、しかもＳＮＣＣに同情的だったことである。ＳＣＬＣの書記は、自分たちはＳＮＣＣの急進性とはことなった、独自のレヴェルで、しかもかれらと一緒にやってゆくことができるだろう、とにかくＳＮＣＣは公民権運動の必要な資産だ、といった。ＳＮＣＣとは公式に関係がなく、ただ非公式に資料を提供するだけだといいながらも、ＧＣＨＲの白人秘書は、もっと単純に、ＳＮＣＣの人たちは火つけ役を果たしている、みんな素晴しい人たちだ、と感嘆するのだった、marvelous な人たち……

『自由の夏』は、その素晴しい人たちの具体的な表情と、かれらが公民権運動のために入りこんで行くミシシッピーで、どのように憎悪にみちた白人たちが、かれらを待ちうけていたかを、雰囲気の描出に秀れた文章によって生彩と共につたえている。とくにミシシッピー計画に参加する、おもに白人の若い志願者たちの基礎訓練において、かれらがいかにも南部における暴力的なるもの＝恐怖心の実在について、その想像力を行使することによって迫ってゆく課程は多くのことを教える。かれらの想像力の世界は、暴力的なるもの＝恐怖心によって充満する。かれらのミシシッピーへの出発は、まことに激しい緊張感のもとになされる。したがってかれらの眼にはじめてうつるミシシッピーの小さな町の情景は鮮烈だ、そこはアメリカではない、どこか他の国のようにうつるほどである。いうまでもなく、かれらの暴力的なるもの＝恐怖心への想像力が、現実のそれを追いこしてしまっているというのではない。実際にはもっと酷たらしいものが実在してかれらを待ちうけているであろう。しかしかれらの行動法は、あのモンテーニュ以来の、恐怖の対象自体のうちへ実際にはいりこんでゆけば、恐怖や不安のかわりに、具体的な行動の手がかりがあらわれてくるという、モラリストの知恵にのっとっているのである。

そして僕が金髪の若い娘であるサリー・ベルフレージの、南部での実際行動のうちなる観察力の発揮にかかわって、もっとも興味をひかれるのは、彼女がおなじ運動において連帯している白人と黒人の間の、人種的な問題をあえて見つめつづける勇気をもっていることだ。彼女は黒人たちのために、かれらに加担して働きながら、しかも白人と黒人とをふくむアメリカ人の多様性を見うしなうことがない。人種差別派のアメリカ人たちが、黒人の実体を見ることをせず、かれら自身の想像力の産物をしか見ないために、黒人が「見えない人間」となるのだと、ラルフ・エリスンの素直で、しかし荒あらしい世間を走りつづけるうちにしたたかな反撥力もそなえた黒人青年はいう。そうだとすれば、当の人種差別派のアメリカ人による、公民権運動への白人参加者たちへの批判として、かれらもまた黒人についても自分の想像力の産物しか見ていないのだ、かれらにとっても黒人は逆のありかたで「見えない人間」ではないか？　という声は、ありうるだろう。しかしサリー・ベルフレージとその仲間たちは、つねに黒人の実体を見つめており、多様性への確信によって「見えない人間」の伝説を打ち壊しつづけているように思われるのである。

僕がアトランタ市を発ってセント・ルイス市に向う日、レインコートのポケットにいれておいた雑誌は、『マンスリー・リヴィユー』誌の七・八月号で、そこにはアン・ブレイドンの『南部のフリードム・ムーヴメントの展望』という長い論文が特集されていた。アン・ブレイドンはひとりのマルキストが南部をおとずれ、若い公民権の運動家たちの会合に出た後、次のように語ったと紹介している。

《私はこれまで多くの会合に出たが、あのような人たちはまったく見たことがない。ヒロイックな者たちはいない、誰ひとり自分の声を聞くためにしゃべる連中もいない、お互いの考え方に耳をかたむけ、問題が解決するまでは永い時間を坐りつづけることを望んでいる。私たちは、外国で革命がそれに参加する人間を、いかに新しい人格にするか、ということを読んできた。私はそれが真実かどうかをいつも疑ってきたが、いま私はそれが、真実だと知っている。》

僕は自分が実際にふれ、あるいはサリー・ベルフレージの記録などをつうじてふれた、公民権のための運動の黒人と白人の参加者に関するかぎり、この幾分ナイーヴに聞える語り口のマルキストに反対する理由を持たない。この夏の、様ざまな黒人暴動の報道に接しながら、破壊された市街に、おのおのの多様性について認めあい、しかもお互いの実体を「見えない人間」の幻影のうちに埋らせることのない新しいアメリカ人があらわれて協同することを、ある日はペシミスティックに、ある日はオプティミスティックに夢みた。もし、それが可能であるなら、僕はこの夏の暴動に、SNCCの知的な想像力と、恐怖心の敏感さを素直に示していた、あの穏やかで明快な若者たちがどのような役割を果たしたのかを、具体的に知りたいと思う。『自由の夏』はあからさまに暴力的な憎悪に対して、黒人たちが直接に、やはり暴力的なるものによって反撃せざるをえなくなる時、共闘している白人の参加者たちが自然に背後に沈み、そして黒人たちが前面に出てくる印象を、きわめて微妙な細部に関わって示している。サリー・ベルフレージのように一九六四年の夏期計画以来、SNCCの活動家たることを持続している、それこそ新しい白いアメリカ人たちは、どのような役割を果たしたのであったろうか？　すくなくともかれらが、暴動をもっともまぢかに見つめ、そこに参加している黒人たちを「見えない人間」としてではなく、それぞれの多様性をもった、実体ある黒いアメリカ人として認識したであろうことは、確実に思われるのであるが。

僕がアメリカ旅行の最後の予定地ロサンゼルス市で訪れたワット地区は、五週間前の暴動の具体的なごりをとどめていた。そこで事後処理のために働いている市の機関の知的な黒人に、僕はテレヴィや新聞、雑誌、とくに『ライフ』誌が、あまりにも鮮明に写しだした、暴動参加者たちの個々の顔が、日常に復したワット地区での市民生活の支障にはならないだろうか、と尋ねた。

――いや、このように広大で密集していて、お互いがばらばらの所では、知っている隣人の顔をテレヴィやカラー写真のページに見出すものはいないだろう、と青年は答えた。

『ライフ』誌の暴動の状況をつたえるカラフルな写真のカメラマンは、暴動に参加している暴力的なるもの＝恐怖心のかたまりというイメージは見たが、「見えない人間」の実体たる黒人の個々の顔は見なかったので、あのように実際に暴力をふるっている市民たちの正視に耐えぬ酷たらしい顔を明瞭にとらええたのであろう。カメラを向けられながら平然と家具を略奪している黒人女性は、あるいはおなじく平然と銃砲店のかざり窓のうちに手をさしいれている黒人少年は、自分たちが実体を持って個々の日常生活に復帰すべき個人の顔によってでなく、暴力的なるもの＝恐怖心の総ときとしての白人の頭のうちなるイメージとしてのみ、すなわち実は「見えない人間」としてのみ白人カメラマンと、かれの背後の数百万の読者の眼にうつることを知りつくしていたのだろう。

ラルフ・エリスンはニューヨークのハーレムでの夏の盛りの暴動を、克明に『見えない人間』でとらえ、破壊者ラスという黒人指導者が、およそ絶望的で超現実的な活動を示す情景を描いている。破壊者ラスは大きな黒馬にまたがり槍をふるって暴動を激励し、警官隊に立ちむかい、《やつらを葬れ！　やつらを追い出せ！　やつらを焼き尽せ！　このわし、ラスが命じる――一匹もあまさずやっつけてしまえ！》と絶叫するのである。エリスンのヒーローたる黒人青年は、《笑いたくもあると同時に、ラスは滑稽な存在ではない》と感じる。《滑稽ではないだけでなく、危険でもあり、間違っていると同時に正しくもあり、気ちがいじみていると同時に冷静な健全さを持ってもいる……なぜ彼等はそれを滑稽に、滑稽にだけ、見えるように話すのだろうか。》

僕が望むことは、かれらの暴動の具体的な情況について可能な限り接近することのできる、想像力をつちかうことであり、暴動に参加しているかれらを「見えない人間」としてではなく、多様性をそなえた実体として見るべく自分の眼を訓練することである。そのようにして、われわれ自身が「見えない人間」となることから、自分を擁護しなければならない。

〔一九六六―六七年〕

III

渡辺一夫架空聴講記

出来得レバ憎悪セン

教室という言葉、授業あるいは講義という言葉を人ごみのなかで耳にすると、ぼくは火の種子を頭に蒔かれたような思いで、急ぎ足にそこを遠ざかるようになった。遠ざかりつつ、火種を、もみけそうとし、またかきたてるようにしてぼくは歩く。あの教授の言葉の意味を、いま理解できるように、教室でまっすぐ理解していたなら、といった明瞭な悔いにとらえられるというわけではない。もっと混乱した、暗く深い穴ぼこにすいこまれるような気持で、あの教室に、あの教授の声を聞きつつ、あのように実在していたぼく自身、そのぼくの、時間と場所にかかわる、くりかえし不能のありようが、どうにも良くなかった、いかに悔いつづけても十分でない、そのように考え、しかもつよい懐かしさと恐しさのこもった状態で、具体的な教室の光のかげん、教授の風貌、姿勢そして友人たちの配置というようなことを、細部のいちいちにくっきりした線をしだいにいれてゆくように、いわば想像力の世界に現前させつつ、ぼくは恥かしい嘆息をついて歩きつづけるのである、あたかもどこか、自分の意識からすらも遠い場所へと逃げさろうとしているとでもいう具合に……

そのような時に夢想するのは、すでに教壇を立ちさっていられる教授の面影を喚起しつつ、架空の聴講をおこなうことである。いかなる学問とも無関係に生きている、いまのぼくは現実の一九五〇年代に渡辺一夫先生の教室にいたものだと、とくに声を大きくしていう勇気をもたないが、ここに刊行される先生の著作集（筑摩書房版『渡辺一夫著作集』）を、ぼくは自分の生涯にわたって、そのように架空の聴講をおこなうかのごとくに読みつづけるであろう。ぼくのこれまでの生涯の幸いの中心に、現実の先生の風貌、姿勢そして声に接することができたという経験をおくとするなら、ぼくはこれからの日々に、その経験を再生しつづける幸いを確保しつつ、架空の教室の印象を鮮明にすることを遠慮しようとは思わない。好都合にも、ぼくの職業は想像力の分野である。

今日の学生は漫画に関心をよせるという。架空の教室で始業のベルを待つあいだ、ぼくも漫画をのぞくことであろう。手塚治虫の漫画に、ロボットと人間の抗争する未来社会を描いたものがあった。人造の傭兵がまことに酷たらしい戦争をして、人間そっくりのみじめな死をとげた。人造の傭兵に、死をかけた大規模な戦闘をおこなわせて、それを見まもっている、本ものの人間の、恐しい頽廃という暗い未来観が、漫画家の想像力をひきずっていると察せられた。

あの漫画を読みながら、先生の到来を待っているとするなら、架空の教室らしく都合よく、先生は「ラブレーと戦争」という講義をされることになるだろう。もっとも殲滅される人造の傭兵の、本ものの人間が殺されるより、もっと根源的な酷たらしさの印象は、ラブレーがローマ滞在中に見た陸上模擬戦の、つくられた残酷のゲームが、本当の生死につながる残酷よりもっと奥深くまで、人間の恐しさ酷たらしさを鮮烈にうかびあがらせたことを思い出させこそすれ、「ラブレーと戦争」の、もっとも複雑な苦渋には、やはり漫画の方法をもってしてはせまることができないといわざるをえないのであるが。

さて先生のこの文章が、架空の教壇から講義されるとして、次のようなラブレーの一節の引用を聞くとき、僕は新聞をひき裂くのを我慢しながらのようにして読んだばかりの、ニクソンのカンボジア侵略の自己正当化の演説を連想しないではいられないだろう。《かくまで辛苦惨憺して海山を越えるにしても、その目当ては何でございます！

——その目当てはな、（とピクロコールは言った、）凱旋してきて、安穏に休息いたすことじゃが。》

ピクロコール王は戦敗れてもリヨンでその日暮しの人足としては生き延びることができたが、ニクソン王によって、おまえたちの生命を救うためだ、という倒錯した御託宣ともども、カンボジア侵略を命じられたヴィエトナム駐在のアメリカ兵士たちは、永い泥沼の戦いに死に、比較をぜっして大量のヴィエトナム人、カンボジア人が死に、そしてより大規模の新しい戦争がぐっと接近してくる、それがニクソン演説の内容であった。

《黒船によって破られねば、迷妄の霧の晴れぬ国、黒船が遠ざかると、いつの間にか同じような霧の涌きあがる国。この霧は、一切の人間的な努力を挫くものである。「戦争放棄」と憲法の条文に記すことは、文字のある国、特に「ことだまの国」では、朝飯前のことであろう。問題は、「戦争放棄」ということを降服して武装解除される前に理解しようとする意欲があったかなかったかである。ラブレーの場合は、いかに生ぬるく、割切れないものがあろうとも、人類文化史の顕著な一素材として記念すべきであるし、せめてそれくらいの理解ができねば、新憲法も例によって空手形となるであろうし、「そらみつやまとのくに」は、都合の良い時には外国文化の厄介になり、都合が悪くなると、再び新しい「みそぎ」を創造するのが関の山であろう。》

先生のこの言葉が、敗戦後一年のうちに発せられたものだということを想起しつつ、今日現在の声としてあらためてそれを聞いていると夢想するとき、ぼくは畏怖の心をいだく。そして「王公の抹殺を想像し得ぬ時代」に、「不可避な戦乱即ち不可避な悪」にたいして「出来得レバ憎悪セン。然ラズンバ心ナラズモ愛サン」とした人びとについて先生の語られる言葉を、あらためて自分の架空聴講ノオトに書きつけつつ、茫然とするようにしてぼくは新しい畏怖にとらえられるのである。すなわち先生は、然ラズンバ心ナラズモ愛サンの人としての顔をぼくの眼に見せてくださってきたが、もっともよく見える眼の者には、むしろ出来得レバ憎悪センの人ではなかったかと。いうまでもなく比喩として「王公の抹殺」というのではあるが、ともかくもいかなる体制の国家においてであれ、今日の時代がそれを想像し得ぬ時代であってはならぬはずであろうから。しかし、すくなくともそのように考える時、ぼくにはあらためて先生のお仕事の、これまで薄暗がりにあるようであった文章が、明快な光を自発しはじめるのに気づくのである。

la tache noire !

ぼくは旅さきで、軽い症状ながら、ひとりで鞄をさげて歩くわけにはゆかぬ程度ではあるところの熱病におそわれて、ホテルに泊っていた。白壁に黒いしみが、濃く大きく、べったりとついているのが見えるように思えた。それはぼくの内部の意識についているしみで、不眠のまま夜明けがたの微光のなかで壁を見つめていると、まことくっきりと明瞭に、その黒いしみは現実化した。

　ぼくの旅行は、安保条約の延長に反対する意志をもって集ってきた若い人びとのまえで話すためのものであった。かれらは、たとえこの言葉の意味あいが、つねにくるくる変転するものであれ、確かに「善き意志」をそなえた人びとであるというほかはないところの、そして明敏かつ率直な資性をそなえたところの若者たちのように感じられた。とくにかれらは怠惰でなく軽佻浮薄でなかった。しかもなおぼくは、かれらが、そのような危険をおおくそなえている者たちであるかのように「人間が機械になることは避けられないものであろうか?」という文章を祖述するような内容のことどもを、自分の耳にも暗く滅いってひびいてくるたぐいの声で語ったのである。思えば、端的にあの壇の上のぼくは、すでに発熱していたのであろう、そして聴衆の頭上に、あの黒いしみの徴候をみとめてすらいたのであろう。

　ぼくの話が、その聴衆を鼓舞するということは、およそありえなかった。かれらとぼくとは安保条約の廃棄を望む志において同一なのではあったが、ぼくはかれらがたとえ「善き意志」によって走る機械の歯車になるのであるにしても、なおその歯どめをさしこむような心において話したのであったから。そして、しだいにあからさまな発熱の気配を額や頬の皮膚にたしかめつつ、控室に戻ると、ひとりの青年が待ちうけていて、いまきみがその著作について語ったところの、あのフランス文学者のエッセイには、皮肉がいっぱいつまっているから！　と訳知《わけし》りめいたことをいった。そしてぼくは、やにわに麻疹にかかってでもいるかのように熱とプラス・アルファによってみぐるしくも激昂し、いや、およそあの学者はエッセイにおいて、いわゆる皮肉をいわれたことはないと信じる、といいかえすと、ひとしきり咳こんでぐったりしてしまった。そしてひとりホテルのベッドに横たわるまで、またそれ以後も、その青年とぼくとが渡辺一夫先生の講義を机をならべて聴いているとでもいう具合に、先生の様ざまなエッセイを思い浮べては、それを傍らの級友に、これをきみは本当に皮肉だなどと要約するのかい、と問いかけることを夢想していた。

先生はまことに美しい、かずかずの追悼の文章を書かれた。「吉満さん」はそのひとつである。そこに確かに皮肉という言葉があらわれるのを人びとは見るであろう。《僕は、祖国の行きつく先には不可避な結末があることを、またそれが文化史的に見て必然であることを説き、汚ない爪先で皮膚を掻くと化膿することがあり、腫物の悪質なものは切開以外に治療法がないということを、日本が自ら証明することも、これまた世界文化に貢献する道かもしれないなどと、暗澹たる皮肉まで言った。》

皮肉、しかしそれは「暗澹たる皮肉」である。そのにがく黒い汁をふくんだ針は、その言葉を発した人間の心をこそもっとも鋭く刺しているのである。しかもこの「暗澹たる皮肉」に耳をかたむける人間は、《この苦難によって、日本は、——我々は、磨かれなければいけません》と、「簡単に」、まさに無限に複雑で重いものを踏まえてしかも「簡単に」こたえる言葉を、かえすところの、たぐいまれな人間なのであった。ぼくはこの文章が架空の教室で講義されているのを聞きつつ、不謹慎にも私語するぐうたら学生のように、傍らの青年に、きみはこれをさしてもなお、皮肉だなどと要約するのかね、とくりかえし問いただすことを夢想したのである。

　もっと正直にいえば、ホテルのベッドに発熱からの汗にまみれて横たわりつつ、ぼくはすでに数時間もまえに別れた、あの名も知らぬ青年にむかって、先生はいわゆる皮肉という言葉をもってそれを形容して妥当であるようなことを、不特定多数にむけて書かれたことはなかった、それを認めよ、と執念ぶかく追及する夢想をつづけながら、そのように攻撃的になることによって、受動的に自覚される肉体的な苦痛をまぎらわせていたのであった。

　しかし不眠の永い時間がつみかさなるにつれて、おのずからぼくの意識の矛先《ほこさき》は、ぼく自身にむかった。ぼくは白い壁に浮びあがる、ぼく自身の内部の黒いしみの投影を見た。ほぼ十年前のこと、ぼくはおなじホテルで、睡眠薬中毒を中心とするもろもろの欠陥を克服しようとしていた。医師あるいは荒くれの看護人のかわりに、ぼくは『狂気についてなど』という一冊の本を持っていた。ぼくをとらえようとしている「狂気」は、まことに卑小で、いじましくみにくいものであった。「狂気」のちっぽけな昂揚自体のうちに、それが汚ならしく醒めたあとの、浅ましい荒涼の感覚が予知されるたぐいのものであった。ぼくはなによりも恥かしさの心においてそれとたたかっていた。そしてぼくはそれにうち克ちつつあったが、そのさなかにも今後の生涯にわたって、その「狂気」のたぐいのもろもろのことが、あらためて回復すべく、ぼくをくりかえし待ち伏せするであろうことは、なにものよりも確かであると信じないではいられぬのであって、その予感こそはもっとも恥かしかった……

《「狂気」に捕えられやすい人間であることを人一倍自覚した人間的な人間によって、誠実に執拗に地道になされる》たぐいの営為を、この十年間にいくらかでもぼくは試みてきたか？　そのように考えるとホテルの壁のしみはじつに大きく黒くあらわれた。次の十年間にそれをなしうるか？　そのように考えすすめると、夜明けの微光のなかで、黒いしみはなおも大きく、なおも黒ぐろとして、壁面をほとんど覆いつくすかと思われた。

ピラトに訊ねられて

大学改革あるいはその発展にむけての筋道にたって、まことに数多くの学生たちの思考と行動がつみかさねられるように、外側にいるぼくには観察された時期（ここに過去形をもちいはするが、もっとも根強い底流は、いったん流れはじめた以上いまも涸渇してはいまい）、ぼくは現にそのような状況のなかに架空の教室をおいて、そこでもし渡辺先生の講義を、ヘルメットをいちじ膝においた自分が聞いているとしたら、というようなことを夢想することがあった。それは怖ろしかった。架空の級友どころか、現実の行動的な学生諸氏に、なにをとぼけたことをいうか、と殴られかねぬようないいかたになるが、端的に、恐怖心を揺さぶられた、というのがもっとも正直な、ぼくの内部におこった、決して少なくはない波動と渦巻の「総括」である。

実際に、基礎語学の授業をうけるよりはデモに、研究室の本は売って資金に、というような人びともまた、先生の教室にいた模様であることが、漠然とながら噂としてつたわってくる。ぼくは、自分の部屋で語学の下調べをしながら、胸苦しい思いで荒あらしい街頭を考えないではいられぬ二十歳前後の自分について空想したり、これは具体的な貧しさの記憶をよみがえらせては、もしかしたら募金のみじめな成果に困惑しつつ、研究室の書棚の前に立って、われとわが身に泥をかぶりたいような憤怒にとりつかれたとして、自分こそは本を盗み、売りはらいはしないかと、暗澹たる思いに沈むのであった。

そのような時、ぼくは二宮敬氏が、戦後の氏の生き方の最初の里程標としてあげていられるところの、学徒叢書版『空しい祈禱』を、自分の書棚からとりだしてくる。そしてこの著作集にはおさめられぬ、後記の文章をあらためて読む。すでにいくたび読みかえしたかもしれぬその文章を、およそ想像力のいじましい細部にこだわらざるをえず、またそのようなこだわりかたに(奇妙ないいかたではあるが)いささか熟達した人間として、架空の研究室から本を盗んで売った、みじめに苛だつ学生の内部に潜りこむようにして読む。

《ただ、私の希《ねが》うことは、貧しい私の思想や稀薄な感情のなかに、もし仮に若き世代の人々に受け取って貰えるリレーのバトンのようなものがあったとしたら、それこそ私は瞑目すべきだということである。私は現在、日本の将来に対し余り明るくない想像を持っているし、過去の日本に対しては恐らく必要以上に羞恥と嫌悪とを感じているし、現在の同胞の大半に対しては極めて失礼な絶望を抱いている。私のこうした気持は、バトンを握ったままよろよろと転び寄った私の佯《いつわ》らざる感慨であるが故に、もし新たな気力を持って私のバトンを受け取って下さる人々があるとしても、当然、それらの人々から蔑視憫笑を蒙るに相違ない。それでも構わぬのである。否、そうあるべきだとすら思っている。ただ、バトンさえ受け取って貰えれば、……》

そのようないいかたが、いまの若い人につうじるだろうか、というような、ひとつ屈折した問いかけを発する人にたいしては、ぼくはこう答えたいと思う。つうじるも、つうじないも、先生はきわめて端的に、このように考えられるからこそ、このようにいっていられるのであって、それはすでに単なるいいかたの問題ではないでしょう。

それでは、端的にそのように考えられながら、このように呼びかけの声を発せられたとして、たとえば研究室の本を盗んで売るような学生は、それこそ「憫笑」するのみではないだろうか、バトンは受けとめられないのではないだろうかと、さきの意地悪い声が、もういちど問いかけてくるとして、ぼくはどう答えよう？

おそらくぼくは、どのように答えようとしても結局は十全に答ええないたぐいの問いかけを、平然として他人につきつける、今日このごろの流行を思いつつ黙ることであろう。二千年前にもまた、そのような問いつめ方をした人間がいたとつたえられることを考えあわせつつ。

しかしぼくは、きわめて鋭敏かつ強靱な、生産的想像力と、実践力のかたまりであるところの、決して数少なくない人びとが、すでにがっしりと、先生のバトンを受けとっていられる、ということを実例において示す自由はもつであろう。ぼくはその実例を、単にはくに問いかけてくる屈折ごのみの質問者に示すのみでなく、自分にたいして、また自分のうちなる、研究室の本を盗んで売りかねない学生のイメージにたいしても示そうとする。

《私が『真空地帯』を書きまして、多くの人に出版記念会をやって頂いたとき、ちょうど私の隣りの番地におられる渡辺一夫さんがお祝いの言葉をくださいました。一部は新聞にも載りましたが、それによると、「ふたたび日本に軍隊といったものができるならば、いくら兵隊さんがアメリカ兵を模範にして、女と腕を組んで歩いても、ダンスをしても、実体はあまり前と変りますまい。少々ハイカラな『真空地帯』ができるだけのことでしょう。」こういうお祝いをくださったわけです。

私は、いかなる怒濤の中にも絶対に後退せずに乗り切って生きてゆきたいと考えております。しかし、現在われわれに迫ってくる力は、非常に小さいインテリゲンチャの力だけでは、絶対に乗り切れるものではなく、すべての人が一しょに闘い、かつ叫びを上げるということがなければ、日本は絶対に独立しえない。》

渡辺先生の言葉の内部に抱懐されるところの、真に人間を励ます力を、野間宏氏がこのようにはっきり受けとめていられることをこそ、ほかならぬぼく自身が、先生のすべての著作を読むにあたって、想起しつづけたいのである。

寛容のパラドックス

架空に、というのでなく実際に、机をならべて授業を聞いたことのある、ひとりの友人について、この数年、しばしば切実な緊張感において考えることがあった。それは、この友人が、いわゆる全共闘運動を論理的にささえるような文章の書き手として、とくにゲバルト(内部ゲバルトをふくめて)を支持するところの、論理として独立したエッセイを、いくたびか発表したことにかかわっている。そしてそれは、この友人の人柄を知るものにとって、あのような男がそれをいうのは、ほかの誰がそれをいうのよりも良いことではあるのだが、と好意的な留保条件をつけるように考えつつ、読みつづけさせるような文章であったのである。

ぼくはその友人の文章を読むとき、しばしば渡辺一夫先生の「寛容《トレランス》は自らを守るために不寛容《アントレランス》に対して不《アン》寛容《トレラン》になるべきか」を思うのであった。またキリスト教の不寛容を、民主主義の(それは、いわゆる戦後民主主義の、またそれを告発する、直接民主主義の、という、あい対立する二側面にかかわってのことであったが)不寛容ということにおきかえつつ、ルネサンス期の様ざまな、人間像について語られた、先生の著作を思うのであった。

もっともぼくは、先生の文章をそのまま、友人の論理につきつけて考えようとしたのではなかった。むしろぼくは、あの友人もまた、これらの先生の文章を読みかえしつつ、しかもなおかれ自身の、このような主張を、今くりひろげずにはいられないのだろうと、友人の内部のおそらくは暗く冷えびえした葛藤すらも、想像するのであった。なぜなら、その大学教師でもある友人の、論理によって擁護された不寛容《アントレランス》は、明日にも、ほかならぬその友人にたいして、不寛容《アントレラン》な矛先をむけてくるはずのものでありえたからである。

そこでぼくは、ひそかにその友人の傍に身をおくようにして、あらためてその時点での、自分における寛容と不寛容ということについて考えようとした。実のところ、ぼくはじつに不寛容にしか、他人を許容できぬ自分について、自覚するほかなかったからでもある。たまたまそのころ、小林直樹教授が、『世界』に、「政治における寛容と不寛容」という文章を書かれた。その秀れた論理に自分の感じるところのもの、決意したいとねがうところのものをうちあてるようにしつつ、考えることができたのはさいわいであった。

小林教授は、法哲学者ラードブルックの《相対主義は、普遍的な寛容である。しかし不寛容に対してまで、寛容ではありえない》という言葉を紹介していられる。そして、《デモクラシーは、あらゆる思想に寛大であるけれども、デモクラシーの敵に対してまで寛容ではあり得ない、という言い方をするならば、民主主義の名をかたる独裁的な権力者に、思想弾圧の口実を与えることにな》る、というパラドックスをそれに対比させていられた。また「反逆者達の不寛容」を擁護するマルクーゼの《反動的、退行的な意見には寛容を与えるべきでなく、逆に進歩的なものに対しては寛容を拡げよ》というテーゼについて、そこにもまた「進歩」の仮面をつけてあらわれるかもしれぬものへの、危険な寛容の可能性というパラドックスを浮びあがらせていられた。

そして小林教授は、《デモクラシーの体制を維持もしくは形成してゆくためには、すべての思想に対する無差別な寛容の原理を再確認すべき》こと、《民主主義の基本的な価値を基準として、その実現をめざす実践的活動に対しては、広い通路を認め、反対にその価値の破壊をめざす実践に対しては、不寛容な態度が必要》であること、《正当な目的のための実践が行なわれる場合においても、その実践活動の方法は無制約ではなく、一定の合理的限界がある》こと、の三つのテーゼを提出していられるのであった。

ぼくはこの考え方に直接に啓発されながら、じつは自分の内部に、ある恐しい困惑をいだいてもいたことを認めねばならない。もし、ぼくが、あの友人のように、ほかならぬいま、中核派と革マル派の（このような自己限定は、かれら学生自身への侮辱ではあるまいかと疑いもするが）内ゲバのただなかにたつようにして、そのどちらを《民主主義の基本的な価値を基準として、その実現をめざす実践的活動》とみなすかを決断しなければならないとしたら、どういうことになるか、自分はそこですでに乗りこえがたいパラドックスの暗礁に乗りあげてしまうのではないか、と怖れたからである。

そこでぼくは、その友人とともに架空の机をあらためて並べることにして、つねに、より原理的な方向へ考えを深めてゆかれる渡辺先生の、寛容と不寛容のとらえかたを、あらためて講義してもらうことができるなら、と夢みたのであった。

《よしそのために個人の生命が不寛容によって奪われることがあるとしても、寛容は結局は不寛容に勝つに違いないし、我々の生命は、そのために燒燃されてもやむを得ぬし、快いと思わねばなるまい。その上、寛容な人々の増加は、必ず不寛容の暴力の発作を薄め且つ柔らげるに違いない。不寛容によって寛容を守ろうとする態度は、むしろ相手の不寛容を更にけわしくするだけであると、僕は考えている。その点、僕は楽観的である。》

渡辺先生が、自分は「楽観的」だ、といわれる時、それはよくよくの決意をふくんでのことであろう。したがって、架空の机を並べる実践的な友人が、いや、たしかに先生のいわれるとおりであるにはちがいないんだが、いまのところ、おれは不寛容にくみせざるをえないんだよ、わかるだろう？ というようなことをいうとして、ぼくはその友人に、きみのそのような決意は、先生の決意に、かならずしもかさならないことはないのじゃないかなあ、健康に気をつけて仕事をしてくれ、と決して大きくはない声によってにしても、答えたろうと思うからである。

麻にほかならない

まことに個人的なことになるが、ぼくは自分の息子を名づけるにあたって、ちょっとした策略をこらした。この嬰児が、妻や義母の庇護のもとにもっとも永く、その無防備の時期をすごさねばならぬ以上、彼女たちの美意識をさかなでするような名前は、嬰児の自己保全のために、良い条件とはいえないであろう。しかしぼくは、あまり花やかな名前によって、やがて青春をむかえねばならぬかれの、自意識に重荷を背おわせたくはなかった。それと共に、ぼくの死後、なんとかやってゆくのであろうかれに、やはりひとつのメッセージは、おくりたいのであった。そういうわけで、ぼくは万葉集から、反抗的でかつ心優しい小娘の歌を思いだして、桜麻《さくらを》の苧《お》原の、という、あの桜麻を、息子の名とすることにした。

桜麻は、雄麻であるから、晴れやかな、あの桜とはいささかもつながりがない。だからといってわざわざ、桜の好きな婦人たちに、そのむねを通告することもないであろう。そして、息子がぼくに、自分は、桜などという花の名はいやだ、といえば、ぼくはただちに、こんなふうにいえるわけなのだ。

——桜麻 n'est autre chose que le lin!

しかも、そのときぼくが息子につたえたいと思う最良のメッセージはすでに発せられているのである。ぼくは渡辺先生のお宅にうかがって、そのメッセージのメッセージたるゆえんを紙に書いていただいた。まだ息子は揺籃にいるので、その、釣り針とも、イワンの馬鹿をなやます愛敬ある悪魔の尻尾のさきとも見えるデザインの、Wという文字を朱で捺した、先生の筆跡は、いまぼくの仕事机の真上にある。

Pantagruelion n'est autre chose que le lin.

パンタグリュエリヨン草は、麻にほかならない。麻にすぎぬパンタグリュエリヨン草を、ラブレーが、なぜあのようにも熱狂的に賞めたたえるのか。その問いにこたえて先生が解説された文章は、ぼくの知るかぎりでは、先生の内部の昂揚がもっとも直截に、おもてにあらわれた文章であるように思える。

《我々は、これらの博識誇示が目立つ数章のなかに、ルネサンス期の人の歓喜の声を聞きわけることもでき、様々な学説伝説の羅列それ自体も、この「霊草」を用いて将来人類が創造し得る数々の驚異の叙述も、同じく歓喜の声に充ちているとも言える。この観点よりすれば、第五十一章末でオリュンポスの神々が人間の進出に恐怖して洩らす言葉は、象徴的であろう。「パンタグリュエリヨン草」は、正にルネサンス期に人間の獲得した何物かであったとも言えよう。神々は次のように叫ぶ。

「パンタグリュエルが、その草を使用して、その効力を発揮せしめた結果、我々は新たな憂慮に陥ってしもうたが、嘗ての日のアロイデス族ども以上の振舞いじゃな。……我々は、この宿命に逆うことは不可能じゃ。それと申すのも、『必然』の娘、宿命の姉妹どもの手によって、紡錘にかけられてしまったことだからだ。云々。」そして、神々は、パンタグリュエルの子孫に天界を犯されるのを覚悟してしまうのである。

こうした異教的宿命思想も、ラブレーが装飾として採用したにすぎないのであろう。しかし、「パンタグリュエリヨン草」という半ば巫山戯《ふざけ》たものではあるにしても、新たに人類が獲得したものの象徴――それは合理精神、科学精神、自由検討精神の象徴であるかもしれないが、――この象徴に秘められた人類の進歩に対する希望の表白とは、極めてルネサンス的な人間讃歌となっていると言えるであろう。》

さてぼくは『壊れものとしての人間』という読書ノオトを書いて、そこにぼく自身の悪夢と、それにたちむかうさいの自分を鼓舞するための存在を、ひそかにパンタグリュエリヨン草と呼んでいることをのべた。それはまったく、自分流の呼び方なのであったから、この本を出版してすぐ、先生から葉書をいただいて、きみのパンタグリュエリヨン草が何であるか、前から考えているが、現在のところでは、《エルナニが Je suis une force qui va. と言った時の force qui va に似たものかもしれぬ》と思う、ということが書いてあったのには、いわば架空の聴講のさなかに採点された答案がかえってきたとでもいうように内心深く、狼狽したものであった。ぼくはそれからしばしば、エルナニのことを考えてみたが、いつも、なにがしかの不安がのこって、最初の狼狽の余波を思い出させた。

もっとも、先生の偶感集から、辰野隆博士について書かれた、次のような文章を読むと、ぼくもまた、自分の散文やその背後のぼくの生き方そのものの、深刻プラス滑稽に一歩、余裕をもって対することができ、そこで先生の、ぼくのパンタグリュエリヨン草への評点も、くっきり見えてくるように感じたのである。

《先生は、初めのうちは真面目に、僕の言うことを聞いて居られたが、段々と僕が興奮してゆくのに気づかれたものか、「おい、よせやい、君。エルナニみてえな面《つら》をしやがって！」と言われた。同座の友人たちは笑い出したし、当の僕自身も、黒い衣裳をつけて蒼白な顔をし、「余は進み行く力だ！」などとわめき立てるロマンチックな英雄エルナニの姿を想い出し、同時に、黒い外套を着て、蒼白になり、「いやそんなことはどうしても僕にはできません」などと気張ったことを言っている僕自身の姿を省て、思わずおかしくなって笑い出してしまった。》

そしてぼくもまたやむなく笑い出しながら、架空の教壇の先生にむかって、いや私も悪夢とか狂気めいたものとかをふりかざしているようではありますけれども、私と息子の未来について考える時、にぎりしめるパンタグリュエリヨン草には、やはり「人類の進歩に対する希望」を仮託したいのです、と、いわば追試の答のような具合に、申しのべることを思うのであった。

洗脳と脳捻転

アメリカのヒッピー、ヒップスターというような青年風俗の新潮流がさかんにつたわってきたころ、ヒップとその対立概念たるスクエアとを、対照表のようにいちいち具体例においてしめした文章があった。それが風俗的な枝葉をはびこらせているものであれ、その根底に、一時代を新しい光と影によって截然とわかつにたるような思想、感覚がひそんでいるとき、確かにわれわれは、そうしたリトマス試験紙をつかって、この世界の人間や事物を区分けしてみたい欲求にかられる。とくに新世代の若者たちにおいて、その希求は、はげしいであろう。

渡辺先生が、架空の教室でテオフィル・ゴーチエ『青春の回想――ロマンチスム群像』の講読をされるとしよう。ぼくはおそらく友人たちとともに、あるいはひそかにひとり楽しみつつ、身のまわりの事物や人間を、あれは焰色《フランボワヤン》、これは灰色《グリザートル》と、分類していったにちがいない、と思うのである。一九三八年にはじめて訳出され、それが先生の仕事をつねにつらぬいている、およそ戦争の暴力的な介入をゆるさぬ持続的な性格によって、一九四七年にあらためて公刊された訳書から引用すれば、次のような章節が、架空教室のわれわれを魅了するにちがいないから。

《私から見れば、世間の人間は、焰色《フランボワヤン》と灰色《グリザートル》との両陣に分けられ、一ぽうは私の愛情の対象であり、他ほうは私の嫌悪の的だった。私は、生命を、光明を、躍動を、豪放な思想と実践とを、文芸復興期《ルネサンス》の華やかな時代への回帰を希っていたのであるから、帝政時代の遺産として王政復古に残された、ぼけた色彩や、貧

弱で潤いのないデッサンや、人形《マヌカン》の群像のような構図などは唾棄していたのである。》

いうまでもなく先生は、華やかな時代としてのみのルネサンスを語られるのでなく、確かに豊かで力強い一時代を描かれつつ、それにもかかわらず、というより、それゆえにこそ、この時代の暗さ奇怪さ凶《まが》まがしさが濃く深く激しく実在した、その全体について語られた。そのような時代を形容するのに、かつては毒のようにも強い肥料にみちていた時代、という表現が使われえたものであるが、現在、地球の表層を汚染する毒には、およそいかなる生産のイメージもない……

そうしたことをぶつくさいうようにして、右の引用を再考しつつ、さて、ぼくが思い描くのは、先生が許容される言葉と、拒否される言葉へのヒップ——スクエア、焔色——灰色、のたぐいの対照表である。もっとも先生は、焔色をとって灰色を唾棄する、というようにではなく、灰色のまじった焔色、というような選択をされるであろうが。（先生の近来の絵が、意外にも「血気にはやる画学生《ラパン》」流な色彩であることの不思議については、これはすでに、ぼくの分析しうる範囲をはるかにこえている！）

そこでぼくが試みに一項目をたててみるのは、おなじく脳という言葉を核としてできあがっている次の一対の成語である。

洗脳——脳捻転

第一の言葉は別にして、第二のそれは、あるいは腸捻転と誤植されても、不平をいえないかもしれぬほどに独特の造語である。渡辺先生の面影をそなえた人物も出てくるところの『甲乙丙丁』において、中野重治氏が、この言葉を現実化された。そしてそれ以来、すくなくとも、ぼくにとってこの造語は、腸捻転より、もっと身近に感じられる言葉となった。まことにこのようにも独特なイメージをそなえた新語が、そうひんぱんにつくりあげられるということはないはずである。

ぼくの推測しうる領域のこととして考えるとするのではあるが、おそらく渡辺先生が、かつて現実にそうであったように、もし中野重治氏と書簡を往復されるとして、その手紙にこの脳捻転という言葉がふくまれるとしたら、その意味は両者のあいだに、まことに確実に伝達されることであろう。ことの本質において、このように深刻でありながら、同時に、まことににがい微笑をもたたえている人間の嘆息のようでもある、この種類の言葉は、とくに先生によく働きかけうるであろうから。

そして洗脳という言葉については、およそ洗脳されることを、戦時の天皇制ファシズムの強権のもとにおいても、決して受けいれられず、かつ他人を洗脳するように語ることもされなかった先生は、この言葉を、しりぞけられるであろうと思うのである。

いや、洗脳という言葉を用いたエッセイをいちどならず、先生は書かれているではないかという声を、ぼくが架空の教室でこの言葉あそびをしているとして、「焰色《フランボワヤン》」的な友人が、いちはやく指摘するにちがいないのであるが、ぼくはやはり、先生は、脳捻転のがわの人であり、洗脳のがわの人でないと、いいたいのである。

「洗脳について」は、中国で戦争犯罪をおかした人間の悔悛を、いわゆる洗脳と揶揄する者たちにたいして書かれた文章である。沖縄について考えつつ、しだいにぼくにも、「中国で悔悛する」日本人というものが、いかに今日と明日についてアジアを自分の問題とする時、重要であるかがわかってきつつあるような気がする。もっとも、いったん悔悛した人間が、それを可能にした状況から離れると、すぐさまもういちど

「悔悛する」ことは、しばしばなのであり、現実に先生は、それを予想しつつ、しかも「中国で悔悛する」日本人を揶揄する者らに、あえて反対されたのであったろうことを思うと、ぼくの程度の経験の者にも感慨は複雑になる。渡辺先生の偶感集には、とくにこのようなかたちの、いわばあえて書かれた文章がいくたびも発見されるのではなかろうか。揶揄する者の声は根だやしになることはないが、かれらの声が盛んだからといって、それで人類が上昇エネルギーにみちているとは誰も信じえないはずである。

……et vous abêtira.

この秋のもっとも風の激しい日、ぼくはアメリカの生態学者《エコロジスト》と昼食をして、深海に鳴き叫ぶザトウ鯨の「歌」を聴かせてもらい、遠からぬ死滅の日をひかえている鯨たちの運命について、まずしい英語で、永いあいだ話した。それから土埃りのふきつけてくる街を、泳ぐように歩いて、古書店で『ラブレー覚書その他』を買った。そこでぼくはいくらか回復した気持になりはじめ、もうひとつの古書店で、なぜそれがそこにおいてあるのかは厳密には理解しがたく、しかし、なかば立ちなおってくる気持の勢いのつづきでは、ああ、ここにこれがあるのか、と自然に納得される、古式な鉱石受信機を見つけて、それも買った。

不規則な形のものを紙に包もうとして幾分難渋している書店員に、それは修繕すると聞えますか、と無用なことを訊ねると、ぐっと頭をあげた男は、

——戦前の放送でも聞くかね？　と突っかかってきた。かれのとげとげしたふたつの顴骨のあたりに、小さな黄色の土埃りのうずまきが、くるくる廻っているようで、いかにも息苦しかった。

ぼくはその夜ふけ、子供が寝しずまってから鉱石受信機を修繕しはじめた。翌朝かれを驚かせるために。指さきが痛みはじめると買ってきた古書を眺めた。

昭和十八年八月十五日、という不思議な感慨を誘う日に印刷された『ラブレー覚書その他』は、そのようなぼくに、より奥深いところでの息苦しさをあじわわせるのだった。現に「ユマニストのいやしさ」のような文章が、そこに収載されているのである。また『敗戦国フランスと文学』の一連の文章が、そこに収載されているのである。泡鳴の生き方におけるような「絶望的な蛮勇気」こそは、およそ先生と無縁であろう。しかしぼくは、軍服の言論統制官にたいして、穏やかな憤怒の心において居ずまいをただす、そのようなひそかな決意なしで、次のような文章が、戦いのさなかに公表されたとは想像しえないのである。

《日本国民は「大君の御楯となる」という「善き《ボンヌ・》言葉《パロル》」を持っていて、国民の理想はすべてこれに尽きることは申すまでもないが、「善き言葉」はいくつあってもかまわない以上、思想家も文学者も、国民が、孫呉の兵法にも悖《もと》り百年の計の樹てるのに障げとなるような狂乱やあらゆる美名に匿れて肥大する眼に見えぬ利己主義に陥らぬように、国民を慰藉し鞭撻し教導するために善き言葉を惜んではならない。》

ぼくは茫然とこれらの言葉を受けとめ、それから蘇生した指を働かす。そのようにくりかえしてぼくは鉱

石受信機をいちおうのところ修繕しあげ、ダイヤルをさんざんいじくりまわして、その時間にも放送しているはずの、深夜放送をさぐりあてようとしたが、ラジオ機関は沈黙したままである。真夜中すぎても風はおさまらず、両腕くびが黒ずんでいるのは、鉱石受信機にこびりついていた古い埃が隙間風に舞いあがってのことだろう。自分のまっ黒な顔が思われてぐったりしていると、ＪＯＡＫ、ＪＯＡＫという、すでに廃されたのではなかったかと疑われる、古めかしいコール・サインのあと、蚊の鳴くような音量ではあるが、リン・リンと勢いのこもった懐かしい声が、パスカルについて話しはじめた……

　声はパスカルの賭について話してゆく。信仰したいと思いながら、信じることのできぬ人間にむかって、あたかも信じているように聖水をいただき、弥撒《ミサ》聖祭を聞くことをすすめるパスカルの言葉について語り、そうすれば自然に信じるようになり、abêtir されるだろう、というパスカルの表現の、その abêtir という言葉について様ざまな考え方を紹介してゆく。

　ぼくはその声を聞きながら、自分の内部の、ひとに話すのが気遅れする、宗教的(?)関心のことを考えた。ぼくは『往生要集』をくりかえし読む。そこにもパスカルのいうように、なかなか信じられない者にたいして、形からでもいい、念仏するように、ということが語られているように思われる。そうしていれば、やはり自然に信じるようになり、abêtir されるだろう、と源信もまた、いっているかのごとくである。そしてぼくは、すなわち信仰せざる者、信仰することを惧れている者、それでいて『往生要集』にひきつけられている小賢しい男は、そうなのだ、ぼくは abêtir されることがいやなのだ、と逃口上の新しいヒントをえたような思いで考えた。

もっともぼくが abêtir という言葉の意味をはっきり把握した、というのではない。ぼくはその言葉が自分の、滑稽な宗教的(?)関心の現場に、これからしばしばあらわれるであろうことを予感して、そういえばぼくは、この言葉の反対に、éveiller されるようにということばかりもとめているが、それが愚かしくキョロ、キョロするだけの、éveiller されることであるのにもまた、気がつきかけているんだと思いかえした。

鉱石受信機の声は、そのあいだにも話をすすめ、リラダンが『未来のイヴ』において、人類はその利害を超越している、という言葉をエジソンの台詞《せりふ》として書きとめたことを語っている。すでにぼくは、自分が夢を見ているのであり、その声は、渡辺先生のJOAK一九四一年夏の放送の草稿を内容とするのだとわかっていたが、いま鯨たちすらをも死滅させようとしている、乱獲と公害の世界について考えると、それこそ人類は《さっぱりした、慾のないものだな》とがっかりして、あらためて éveiller される力も湧いてこないようなのだった。先生がこの放送をされたのは、日本はその利害を超越している、と戦いに滅ぶわが国を見おくりつつ嘆かないようにという希求、それも足もとから崩れてしまいそうな希求に発していたであろう。日本は戦いにほとんど滅び、辛うじて生き延びたが、考えてみればいまあらためて、その利害を超越するところのことを、国際政治的にも、生態学的にも大規模におこなおうとしているのだ。

小さい魚の手がかり

この冬のはじめ、ぼくは印度を旅行した。印度での様ざまな経験が、ぼくにもたらしたものの焦点には、自分が、日本的な思いこみから自由に解放される(なお、その解放のされかたが不十分であるとしても)ということがあったように思う。旅の終りに、ガンジス川のほとりの聖地ベナレスで、BBC放送のつたえる、日本人作家の割腹自殺について聞いたときにも、ぼくが感じたのは、なぜにかくも日本人たることにとらわれているのか、あるいは、とらわれているかのごとく演技したのか、という疑いなのであった。

しかもこの作家が、生涯の最後に発した叫び声、天皇陛下万歳！という叫び声こそは、日本人の思いこみのみなもとを、しゃにむに過熱させるたぐいの叫び声なのであったから、それがこれから亡霊さながらうろついて、機会あるごとにひきおこすであろう歪み、ひずみのことを考えつつ、小舟でガンジス川の赤っぽい黄土色の水の上に浮んでいると、解消しようのない憤怒がくりかえしこみあげてきて、ぼくは熱にうかされたような気分になった。しかし朝陽のもと沐浴する印度の民衆の、穏やかな躰のうごきと、おちついた真摯さには、そのような暗い苛立ちをもまたのみこんで、あらためて、より深いところで、人間とはなにか、ということを考えるようにうながす、無言の呼びかけが感じられもしたのである。あの朝、ぼくが自虐的に倒錯した気分にとらわれ、おなじく、天皇陛下万歳！と叫んだとしても、ガンジス川とそこに沐浴する人びとの誰ひとり、それに意識をかきみだされはしなかっただろう。それは当然じゃないか、なにもベナレスで、と友人に冷笑されるとすれば、それでは日本でそう叫ぶと、なぜ特別なのだ、と問いかえしたいとも思う。

印度からかえってすぐ、ぼくは渡辺先生のお宅にうかがって、先生のお仕事の時間を思わないのではなかったが、じつに遅くまでお邪魔した。ぼくは自分が、印度でなにを経験したか、なにを考えるようになったかを、お話したいと思っていたのであった。それこそ自分勝手な思いこみであるが、いま、この架空教室の修学旅行から帰ってきたばかりだとでもいうように。しかし、いうまでもなく、そうしたことをあらためて先生にたいして持ち出す必要はないことが自覚されて、ぼくは老いた印度ゾウの皮膚のピンクの斑点とか、曠野の道を、ヒマラヤ熊を踊らせつつ旅していた子供とかの話を長ながとしたのであった。先生は、自分にはピンクの斑点はじめ、いかなる老斑もない、と厳粛にのべられた。

そして、あの作家の割腹事件について、ぼくは先生の世界にもまた、それが落した影にかかわってお話をうかがうことができたのである。先生は日本的な、日本「中華」思想的な思いこみを峻拒しつつ、そのように強制してくるものとあらがいつつ仕事をしてこられた。その先生は、この割腹事件に接して、「また始まった」と感じられた、ということである。いまあらためて、あの事件と先生の内部へのその波紋ということを考えると、ぼくはおよそ公的な使命感など持つものではないが、たとえきわめて私的に、であるにしても、このまま、また始めさせてはならないぞ、と思わぬわけにはゆかないのである。

それではさしずめなにをするか？　ぼくは自分が譲歩せずにいようと考えている、ある一点を、あらためて見つめてみる。それからそのような自分を励まそうとして『フランス・ルネサンスの人々』を読みかえす。

ここには、じつに多様な人間の生き方が描き出されているから、ぼくはまことにいくたびも、あの一点は譲歩しないで生きてゆこう、この一点は……と考えるたびに、その一点についてふさわしい、確実な、励ましの声を、そこから受けとってきたのであった。

たとえば、ぼくが非核武装中立ということを、自分の、善き弁証法とも悪しきゲーム理論とも関係のない、ヤワな頭で、なんとか考えてみようとする時、ぼくはしばしば、あの美しい陶器のつくり手ベルナール・パリッシーについて先生の書かれた文章を読んでは、自分を励ましたのである。もちろんそれは、鯨を見て、メダカが元気づく、のたぐいにほかならないが。

先生によれば、パリッシーは、《神様のおかげでふしぎにも助けていただいた戦乱の恐しい危険をば、私はつくづく考えていたが、ほどなくして、戦乱の時代に、ここへ閉じこもればもう安心だというような都市設計図を作ってみようという気になった。しかし、今日、人々の用いるすさまじい火砲の類を思うにつけ、私はほとんど希望を失い、毎日毎日うつむいていたが……》と書き出しつつ、安全な城塞都市の計画を語っているということである。

ぼくはこのようなつつましい考え方から、ついには大きいものごとを始めてゆく人間にひきつけられる。しかもそのように出発して、パリッシーが浜辺の弱く小さな魚や貝類をしらべつつ、防禦構造の計画図をねったということに、強くひかれる。その老陶工の人間らしい威厳にみちた獄死については、すでに深い感銘なしでそれを思うことができない。そこであらためて、そのような人間の文章の《私はほとんど希望を失い、毎日毎日うつむいていたが……》という一節に激しくひきつけられるのである。

いうまでもなく原水爆は、いかなるすさまじい火砲の類よりもおぞましく巨大であるが、それらの前に対比しても、このうつむいた老陶工は卑小でない。それを希望の手がかりとみなさないで、いったいわれわれに、どのような手がかりがありえよう？　もっともその手がかりは、人間としての手がかりであって、日本人としてのそれではない。しかもそれはいかなるたぐいの日本人としてのそれよりも具体的である。

「心やましさ」と心やさしさ

ぼくの友人たちのうち、学者になろうとしている、あるいはすでに学者になっていると呼びうる人びとについて、つねづね思うことは、かれらにとってその鬱屈は、どのように飼いならされ、剪定され、また解き放たれてゆくのだろう、ということである。作家という職業の条件は、およそいかなる他の職業にくらべても、自分の鬱屈と共同生活をいとなみやすいはずのものであろうから、そうした鬱屈と共生している自分の穴ぼこのなかで、友人たちのことを、かれらは本当にたいへんであろうなあ、としりごみするような気持で、思いうかべる。

かつてフランス文学科の教室で机を並べた友人たち

が、年の始めに集るが、今年の幹事が、学者たろうとしているひとりに、明日の集りに、きみ、くるかい？と確かめる電話をすると、鬱屈した少壮学者は、

——ふうむ、二、三日、考えさせてくれ、と答えて、こちらはテレヴィ局につとめる人間としての鬱屈をそなえている、幹事の頭をかかえさせたということだ。誰もかれもが、自分の鬱屈をになっている年齢となったというわけであろう。

白水社版『未来のイヴ』は一九三七年秋の刊行であるが、このどっしりして優雅な本をとりだして眺めるたびに、いまわれわれがその年齢になったところの、三十代なかばに、このリラダンの翻訳者が、ひそかに立ちむかっていられたところの鬱屈が偲ばれるように思えるのである。血なまぐさく鈍く重く、いまわしい車の軋みが、時代の奥底から、また表面に、様ざまなおもわくをかかえて狂奔する人びとの足音から、響いてくることでも、ほぼ同じ状況の現在に。

『ヴィリエ・ド・リラダン覚書』に、あらためて、また新しく、おさめられた文章群をあわせ読んでも、三十代の著者にこのように愛惜の念のこもった本をリラダンについてつくらせたところのものは、いまぼくや友人たちがにないこんでいる鬱屈とあいかよう力ではなかったろうかと、想像されるのである。

それもぼくの漠然たる推測では、しだいに『未来のイヴ』の翻訳者は、リラダンの人間としての存在や、その仕事の、人間批評、文明批判の契機にむけて、永つづきする関心を、集中してゆかれるようになる。それはすでに、一九四〇年の、《さる日の黄昏時に、茫々たる草原で、彼はボノメ博士に邂逅した。空は白く、草原は鉛色だった。ボノメ博士の姿は、漆黒の堕天使かと思われるほどに壮麗だった》という沈んだ美しさにみちた情況設定にはじまる「「ボノメ博士」との一

夕話」にあきらかに語られているところの、リラダン理解である。

人類はその《利害を超越する》行いをくりかえすものだという、暗く苦い認識、治世者の交替ごとに「民衆の声」の歓呼の響きはかわるが、つねに《我れを憐み給え！》という声は、たとえばわが国になぞらえれば天皇陛下万歳、民主主義万歳、そしてまた天皇陛下万歳、というたぐいの歓呼の底に一貫して聞える、という、もっと暗く苦く、また人間的なるものの所在も感じとらせる認識。

しかし、もうひとつの、「若い」渡辺一夫先生に属する様ざまな鬱屈が、率直に激烈に、たとえば「ヴィリエ・ド・リラダンの心やましさ」には表現されて、それは、およそ自分の鬱屈と文学的共生をつづけているぼくのような、いつまでも成熟しがたい人間には、ことさら明瞭に見えてくるように思われるのである。そこにこそなによりも根源的に文学的なるものの深みにおいて、リラダンが、三十代の先生の魂をとらえたゆえんがあるのではないかとも思われて、ぼくはそのように「若い」先生の教室に、現在の年齢の自分が坐っている光景を夢想する。

《ヴィリエ・ド・リラダンは、この「心やましい」者の典型として特異な人々の一人だったと言える。下賤凡庸な社会において、穢される懼れのあるものを胸に秘めた者は、一箇の犯罪を意識するが故に、これくらい「心やましい」ものはないからである。清浄なもののの棲息すべからざる世のなかに生れた清浄な者くらい「心やましい」ものはないからである。》

この「心やましさ」という言葉は、心やさしさの書きあやまちではないかと一瞬うたがわれるほどに、いまとなっては言葉として耳なれぬものである。また、そうした使われようである。しかしこの言葉にこめられている様ざまな思いは、およそ誤解しがたい切実さで、架空教室のぼくをうつことであろう。

《狂人と常人との境はどこにあるか、僕は知らない。しかし、その人の夢想は、あくまでも正しく、美しかった。その人を識り、その人を愛した数人の人々、（しかも、この数人の人々は歴史の荒波に打たれても、そうた易《やす》くは消滅しない姓名を持っている人達だが、）そういう数人の人々は、父のごとく母のごとく、その人を赦し、その人の地上生活を助けてやった。彼らはその人を狂人とは断じて思わなかったのである。だから、その人は狂人ではなかった。》

この感動的な言葉は、ある「心やましさ」を生きた真の作家にたいして、百年後の東洋の一角からまことに深い心やさしさをあらわす。一般に、心やさしさ、と呼ばれるところのものには、真の心やましさをそなえた毅然たる魂によって、べたべたした通俗的なものとして嫌悪されるたぐいのそれがあるばかりか、かえって「心やましさ」の人を迫害するようなそれすらもある。その現実を考えつつ、あらためてぼくは、リフダンの「心やましさ」を見すえつつ、このような一連の言葉を発しつづけられた、三十代の先生の鬱屈と、それへの対処のありかたを思い、自分の、また友人たちの鬱屈について考えては、架空教室での「若い」先生との出会いを夢想するのである。

Fay ce que vouldras.

昨年の秋、ぼくは『世界』の旧号をひととおりひらいて見わたした。戦いのあとすぐに、すなわち一九四六年三月号に、仁科芳雄氏の原爆についての論文にならんで、渡辺一夫先生の「空しい祈禱」が発表されている。先生はそこで、戦争のさなか以来、先生の心をとらえていた思想家のひとりであろうデュアメルの次のような言葉をひいていられた。

《エラスムス先生、私どものために祈って下さい！しっかりと私達の味方になって下さい。もし貴下が味方になって下さってもよいというのならば、それだけでもう判ることなのですが、つまり私どもの主張も全く絶望的でないということになります。》

これらの『世界』の旧号のなかで、ぼくに強く鋭い感銘をあたえた文章はかずかずあったが、一九五二年五月号において、病床の丸山真男氏が、戦争直後の国際情勢の緊張を思いおこしつつ、《こうした情勢にも拘らず敢て非武装国家として新しいスタートを切ったところにこそ新憲法の画期的意味があったと少くも私は記憶し理解しています》と念をおしていられるのが、とくに印象深かった。

新しい憲法が、およそ戦後的な勇気にりんりんとした人たちのみによって採択された、とするのは事実に反しているであろう。しかし、いったんこの憲法を自分たちのものとするにあたって、軍事的な真空地帯などとはおよそことなった国際情勢を見わたしつつ、そのような情勢にも拘らず、非武装国家たることを選んだ人間も、丸山真男氏のいわれるとおり、たしかに多くいたにちがいない。ぼくはそのようなかたちの、昂揚した想像力の解放に、もっとも魅力的な「政治」を見出す。そのような「政治」と対比するときには、いかにもわけしりめいた現実主義など、なんとも色褪せてしまうと思うのである。

ぼくは自分がもし『フランス・ルネサンス文芸思潮序説』の講義を一九四八年から翌年にかけて教室で聞いたものであるとするならば、いまのべたような昂揚した想像力の解放にあい通うものを、ラブレーのテレームの僧院の人びとの生活様式をかたった文章に見出したであろうと思うのである。ひとつの戦争をなんとか生き延び、そして朝鮮で、もうひとつの新しい戦争が始まろうとするのを感じとっていたであろう若い人びとにとって、この講義はどのように熱く、激しく、また人間的に穏やかな豊かさとともに、かれらの胸をひたすものであったことだろうか。

《彼ら一同の生活はすべて、法令や定款や或は規則に従って送られたのではなく、全員の希望と自由な意志とによって行われた。起きるのがよかろうと思われた時に、一同は起床したし、そうしたいと思った時に、飲み、喰い、働き、眠った。誰に眼を醒まされたということもなく、飲むにせよ食べるにせよ、またその他何事を行うにつけても、誰かに強いられるということはなかった。そのように、ガルガンチュワがきめてしまったのである。一同の遵守すべき法規とは、ただ次の一項目だけだった。

欲するところを行え》

この講義は、その「自然」観に焦点をおいていっても、渡辺先生の思想の全体を展望するためにもっとも適当なものであろう。そしてこの講義の頂点に、テレームの僧院への言及こそがあるともまた、いいうるであろう。ぼくが実際にこの講義の記録を読んだのは一九六〇年の夏、すなわち安保の年の八月のことであった。ぼくはその年、とくに現実的に活動するというほどのことをしたのではなかったが、新しい中国を訪ねたりもして、かなり疲労していた。ぼくはこの講義を読みつつ、幻のように、ひとつの架空教室を思いえがき、ただ、

欲するところを行え

とのみ書きつけられた場所で、実際に渡辺先生がこのテレームの僧院において講義していられる光景を想像した。そこには、生れながらにそなえた「本能と衝動」とを「名誉」と呼ぶような人間が集っているのだった。かれらは、「もし卑しい隷属束縛によって抑圧され、屈従を強いられることになると」、屈辱の桎梏を破棄すべき挙に出る人間なのであった。

その架空教室の光景を思いえがいているうちに、底知れぬような暗い失墜感にとらえられて、自分の眼から大量の涙が流れはじめいつまでもとどまらなかった。

それはいったいどういうことであっただろう。ぼくは人間の歴史の、ある暗い束縛の時代と(かならずしも渡辺先生は、中世を暗黒のうちに塗りつぶしてしまわれるのではなく、むしろ中世のなかにルネサンスを生みだすところのものを掘り出されているのであるが)、それにつづく想像力の解放の時代について、考えていたのだった。そして、自分のやりかたで、「安保闘争」というものの全体を展望しえたように思ったのであった。そのうえで、幻の教室のことを思いえがいているうちに、ぼくは平衡をうしなったのであった。

ルネサンスのような想像力の解放の時に、人間の尊厳や、名誉についての、はっきりした、昂揚にみちた把握がおこなわれる。つづいて新たな泥沼の時代に、そのような人間の尊厳や名誉のとらえかたが、いかにもあぶなっかしく子供っぽく見えはじめる。敗戦直後の非武装国家への決意にも、おなじ昂揚感にみちた想

像力の解放がうらうちされているが、日本人そのものがしだいにその自分自身の決意を疑いはじめ、それを支えていた昂揚感にみちた想像力の解放をふたたび経験する力をもたない。日本人が、などと一般化するよりそれは、なかばぼく自身の問題にほかならぬのであるが、そのような想像力の萎縮の時に、

欲するところを行え

という言葉は、激しい攻撃力をもまたそなえて、自分に向ってくるように感じられるのである。その時、哄笑するラブレーの顔が耐えがたく恐しくもまた感じられる。それから幻の教室での『フランス・ルネサンス文芸思潮序説』の講義そのものも……

さりし日の我等が悩みに、今さいなまるる者、いずこにありや？

大学の教室にいたころ、朝早い授業の時間に、日ごろはあまり見かけぬような学生が、その日できあがったばかりの同人雑誌を、誇らしげに、また幾分恥かしげに、売って廻ることがあった。ぼくもいま、この架空教室で配布したいような季刊雑誌『沖縄経験』を、敬愛する友人たちの協力をえて、発刊しようとしている。

その表紙には渡辺一夫先生が、フランスの農耕暦のたぐいであろう古版画から、農夫たちが長大な鎌で草を刈っている絵をうつしてくださった。遠景に城を望む。これらの農夫たちを見て、ただちにぼくの心にう

かんだのは『乱世の日記』のうちの《しかし、それにしても、迷惑なのは、傍で生きるために畠を耕している人間どもでした。》という文章であった。城に君臨しているのは、アメリカ軍であり、かつ七二年施政権「返還」を虎のようにうかがっている日本政府でもまたあろう。なかでも編集者としてのぼくにとってもっとももありがたかったのは、農夫たちの農耕の鎌が、すぐさま抵抗の武器にもかかわりかねぬものと見えることであった。ぼくはここにのべたところの様ざまな思いをこそ、この小さな雑誌に託しているのであるから。

この絵をはじめとして、ぼくが先生からいただいた有形ノモノのひとつには彫塑用の石板でつくられた架空の城館がある。この建造物の背後には「脱出口」と指示された小さな穴がうがたれていて、ぼくはまったく行き暮れた思いのする時には、その「脱出口」を眺めるのである。また、ある日、ぼくは先生の保存用ではないかと思われる、というのは一部分に切りとったあとのある、トーマス・マン著、渡辺一夫訳『五つの証言』をいただいた。

せんだって新聞で、七十歳をむかえた文学者たち、という囲み記事に先生の名を見出して、ただちにぼくが想起したのは、この訳書のことであった。マンは五つの証言のうちのひとつ「ヨーロッパに告ぐ」を、すでに七十歳を超えている人間として、書きしるしているのである。マンは老ゲーテの詩篇をひいて、そのような老年の人間が、かれを集団をなしてはねつけるやもしれぬ若い人間にたいして、なお「文化」の擁護をせまるべく、激しく強く語りかけているのであった。

いま七十歳の先生が、次のような強い勢いの語りかけを、いかなる架空教室の生徒にたいしても、あえて試みられることはないであろう。しかし、およそ戦闘的なユマニストからは遠い人間であるぼくにしても、ひとつ具体的な事実として、この訳書を先生からいただいたのは、この一、二年のうちであることを隠す理由はないように思うのである。実際に「文明」を継承しようとしない若い世代、ということを、自分自身も、その若いほうにふくめて、ぼくの考えていた時期に、ひとづてにいただいた本であることをもまたいうべきであろうか。

《一切のユマニスムのなかには、脆弱な一要素がある。それは一切の狂信主義に対する嫌悪、清濁併せ飲む性格、また寛大な懐疑主義へ赴く傾向、一言にして申せばその本来の温厚さから出て来る。そして、これは、ある場合には、ユマニスムにとって致命的なものともなり得る。今日我々に必要かもしれないのは、戦闘的なユマニスム、己が雄々しさを確証するようなユマニスム、自由と寛裕と自由検討の原則が見す見すその仇敵どもの恥知らずな狂信主義の餌食にされてしまう法はないということを確信しているユマニスムであろう。》

いまここに引いた部分だけを読めば、マンの声の激しい文明救済の意志のみが高く響いて、かれの危機感のおそるべき暗さ、底の深さはつたわらぬかもしれない。それを惧れて、あらためて付加すれば、右の文章は、《世界は、恐らく既に手の附けようがなくなっているのかもしれない。この昏睡から無理にでも眼覚め、意識を取り戻すようになれない以上は、世界は確実に手が附けられなくなってしまう》という言葉につづいているのである。

ぼくはほとんど現実政治に隣接したところでの経験がないが、それを遠望しているようなところで見聞するものにたっていっても、政治にかかわって人間が、「恥知らずな」か、崇高なか、あるいは市民的な(!)ですらあるような「狂信主義」に、いかにひきつけられやすいかは、しばしば茫然とするほどである。いったい、このマンのような、胸奥に底知れず暗い絶望感をいだきながら、あえて「戦闘的なユマニスム、己が雄々しさを確証するようなユマニスム」を語ろうとするるたぐいの、多様性のある政治家とは、それこそ小説を書く人間の夢想にすぎぬかと疑われるし、一歩距離をおいて、そうした全体としての政治家を、結局のところで受けいれるといった、屈折した手続きによる、ある政治家への複雑な支持ということも、われわれをとりまくこの現実社会には、ありえぬように感じられる。革新的な、しかもいかなる権力ものぞまぬ市民運動のような性格のものですらそうであるのは、いったいどういうことなのであろうか?

しかし現実そのものは、狂信主義の一枚腰ではすくいあげられぬところのことをつねにかいまみせる。いま沖縄の、七二年施政権「返還」にむけて狂奔している、ワシントンも、東京も、様ざまなおもわくをひそめた大公害企業群も、それぞれに野蛮なほど単純な顔をつきだしあっているが、やはり沖縄の民衆そのものには、ぼくと友人たちの雑誌のために描かれた、あの表紙絵の優しく生真面目に、みどりなす草を刈っているようでもあり、あらゆる意味あいの「城」にたいして不屈の鎌をふりあげかねぬようでもある農夫の、多面的な顔が見えるように思えるのであるからである。

「絶望」にしても「希望」にしても、ともかく狂信主義の一枚腰でかたづくような構造ではありませんでしたという、自分の小さな「体験談」を、八十歳の先生にすることができるようになんとか生きつづけてゆきたい。

乱世・泰平の想像力

この架空教室に坐っての聴講のあいだ、じつのところぼくはしばしば、隣りの教室の先輩たちは、「学問」をまなび、受けついでいるのに、自分はまったく「学問」の外で、なんとも身勝手な夢想、妄想にふけりながら、聴講してきたものだという、肩身のせまい思いを禁じることができなかったのである。しかもなお、大学での幾年間のあと、現在にいたるまで、それにおそらくは自分の死の時まで、このようなわがままなかたちでの、架空聴講をつづけることができる幸いをも思わないわけにはゆかなかった。

『乱世の日記』と『泰平の日記』についても、ぼくのような夢想学生は、まったく、あっけらかんとした、いいかたになるが、それを手がかりにして、フランスの十五、六世紀を調べる者たちのひとりになろう、などとはすこしも考えないのである。そして、《何か、わくわくしながら、またはらはらしながら、世のなかの動きに不安を抱き、首をかしげている人の胸に宿った幻の一端》をわけもつことにのみ、あらゆる顧慮を離れて、まず熱中している自分を見出すのである。

『乱世の日記』において渡辺一夫先生が右のように書いていられるのは、次の挿話を紹介するにあたってであった。

《同ジク《イテム》、コノ一四二九年、六月六日、オバルヴィリエ Hobarvilliers(Aubarvilliers)デ、……二人ノ子供ガ産ミ落サレタ。ソレハ、余ガコレラヲ見、コレラヲ余ノ手ニ抱イタカラデアル。ソシテ、コノ子供ラハ、二ツノ頭、四本ノ腕、二ツノ首、四本ノ腿、四本ノ足ヲ持チナガラ、一ツノ腹、一ツノ臍シカナカッタ……》

　ところが、『泰平の日記』をあわせて読むと次のような一節にあらためて出会う。そこでぼくははじめてジャンヌ・ダルクの出現に、同時代の一市民として立ちあうことと、マルチン・ルッターの時代にまた一市民として生きることについて、生きいきして強いイメージをいだく作業にむけて、励まされている自分に気がつくのである。そのようにして眼をひらかれることをくりかえしつつ夢想学生は、この架空教室において、およそ想像力が閉ざされる退屈をあじわうことが、ありえないのであった。

《一五二二年(?)十二月十二日ザクセン国マイセンMessnie(Meissen)州ノフライベルク Fraboug(Freiberg)ノ町デ、次ノヨウナコトガ起ッタ。即チ、一人ノ屠殺人ガ、牝牛ノ腹ヲ裁チ割ッタトコロガ、胎内ニ怪物ガ見出サレタ。……コノ怪物ハ、無様《ブザマ》ナ人間ノ頭ヲ持チ、大キナ冠ヲ戴イテイタガ、コノ頭ハ白味ガカリ、体軀ノ他ノ部分ハ、牛ノ姿ヲシ、豚ノ形ニ近カッタ。且ツマタ、ソノ皮ノ色ハ鳶色ヲシテ暗ク、赤味ヲ帯ビ、豚ノ尻尾ヲ附ケ云々……》

　もっとも夢想学生といえども、臍ひとつ、頭ふたつの子供や、人間の頭に牛の姿の怪物にのみ関心をひきつけられていたのではなかった。たとえばぼくは「モーの集団」のひとりの若者が、一五二五年のクリスマスの前日、晒台《さらしだい》に立って、自分がルッター派に共鳴しておこなったことどもはみずから否定すると叫びたてねばならなかったこと、しかし翌年夏には、はじめの志に戻って、焼き殺されるにいたったことについての記述にも、深く心をうばわれてきたのであったし、同じような例はじつに数多くある。

　渡辺一夫先生の、十五、六世紀のフランス市民の日記にかかわる仕事は、すなわちそのように、ぼくなど、いかなる学問的領域にも足を踏みいれぬ者にも、ある

「乱世」「泰平」の世の、激しく鋭く深く人間的な、人間の生き方を明瞭に提示して、ほかならぬ今日の「乱世」あるいは、今日の「泰平」を生きる人間に、アクチュアルな想像力の喚起をおこなう、という性格をもまた、そなえているものというべきなのであろう。それこそいかにもルネサンス期を実際に生きた人びとの学問研究の態度に、まっすぐつらなるものなのだということができるのではないのかと、ぼくはひそかに考える時を持つのである。

この架空聴講記を、つつがない著作集完結を喜びつつ結ぼうとして、ぼくは、落着きのない、しかし生きいきした心の動きをする連中が、教室の机の列のいちばんうしろのあたりに固まって、悪意なしに私語する時にやるように、この架空教室の教授が、もしフランス文学者になられなかったとしたら、どのような生涯を選ばれたか、を夢想したいと思う。そして、ぼくの結論とするところは、

――それは劇作家じゃなかったろうか？という、およそ学者畑の人たちからは、頭をかしげられそうな着想である。

しかしぼくはいいかげんな思いつきを書きつけているとは思わない。『フランス・ルネサンスの人々』に描きだされた、数かずの人間像が、いかにドラマティックにとらえられ、堅固に造型されているか。それをさして、いや、フランス・ルネサンスとは、そのようなドラマティックな時代だったのであり、そのようにくっきりした人物像が生きて動いていた時代なのだ、という声があるとしたら、その声の主はすでに先生のドラマ造りの手腕に影響づけられているのだと、ぼくには思われるのである。

もっとも人間的な人間が、ある側面においてはかれの選択により、ある側面においてはかれの意志をこえ

た運命とでもいうべきものによって、かれ自身が反・人間的なとりでのあるじとなるか、あるいは、そのようなとりでに肉薄して、ついに破滅しなければならないところの時代。そこに、あかあかと夕陽に輝やくような「歴史」が浮びあがるかと思えば、直接数世紀をつらぬいて今日にいたる「人間」もまたくっきりと示されて、それはあたかも魂に刻印されるかのようである。そのような造型こそは、劇作家の想像力をそなえた精神のみの、よくなしとげうるところのことではないか？

　それでもなお、フランス・ルネサンスという時代こそが、それを研究する者のうちにそのような精神を育てたのだ、研究者としての先生の生涯はそうした生涯である、という専門家の声が、あらためておこるとすれば、ぼくはそれをまで否定しようとは思わない。同時にまた、この、われわれの「乱世」と「泰平」の異様な混交もまた、そこに生きる生活者としての先生にそのような魂を鍛えたのだ、先生の身辺雑事にことよせてのエッセイ群が、いかに率直にそれを語っていることかと、若い学者たちにむけて、つけくわえることを希望しながら。

〔一九七〇―七一年〕

未来へ向けて回想する
——自己解釈(五)

大江健三郎

1

僕にとって主題としての森は、『同時代ゲーム』でゆるがしがたいものとなった。それにさきだって『芽むしり仔撃ち』や『万延元年のフットボール』においても、また小説を書きはじめてすぐの、いくつもの短篇小説においても、重要な役割を果たしてきたのであった。しかし、実際に森のなかの谷間の村に生まれて育った僕は、当の森の主題を、意識的と無意識的とのまじりあったところでとらえていて、自分にとって森の主題とはなにかを徹底してあきらかにすることは、むしろこれまでしないできたような気もしていたのである。エッセイ・評論の文章においてはとくに。しかしいま『壊れものとしての人間』をあらためて読みかえし、ついには『同時代ゲーム』にいたる、僕の森の主題の原型が、そこにほぼすべて姿をあらわしていることを見出す。しかもそこに直接描かれている森は、まさに僕がそれに囲まれて生まれ育った、現実の森なのであった。つまり小説のイメージにおいては、そのそもそもの契機が自分の幼・少年時に経験したところであれ、小説としての構想に組みいれられ、初稿、書きなおしという過程において、森をめぐる要素も多かれ少なかれフィクショナルなものに造型されてゆくのに、『壊れものとしての人間』では、そこに描き出されたものが思いがけぬほどそのままに、僕の記憶のなかの森にかさなってゆくのであった。

それはここに描かれた、森のなかの谷間での、僕の幼・少年時についても同様に、ということにほかならない。つまり僕はここに、いかにも正直に「自己史」的な文章を見出すのである。そしてそれは僕が、読書をめぐるこの一連の文章を書いていた間に、意図的にそうしようとつとめたわけではなかった。だからといって僕が、自分の実際に経験し、感じ、考えたところを隠蔽しようとしていたのでもなかったが。ただ単に僕は、自分における「自己史」的なものが、文章に書かれ、他に伝達されることに、特別な意味を見出さなかったのだ。それまでも僕は確かに、自分の幼・少年時に踏みこむようにして、そこでの実際の経験にかさなることを小説に書いたが、しかしそれは幾重にも想像力的な操作をくぐりぬけしめることで、はじめて意味のある表現となりえていたはずであったから。

　僕が「自己史」的な内容をそのまま書きあらわすことに、ほとんど意義を見出さなかったのには、いくつかの理由が考えられよう。まず僕は、小説およびエッセイ・評論をいかにも若い年齢において書き、かつ発表しはじめた人間であった。したがって「自己史」的な内容をなす経験を、それまでに積みかさねることが僕にはなかった。すくなくともそのように、自分の経験について相対的に考えるのが、僕の自然な態度であった。しかも僕は、自分が幼・少年時に経験した、戦争と戦後および、新しい憲法の原理に立つ戦後教育がとくに重要な意味を持つことを、エッセイ・評論においてくりかえし主張したのであったが、それは僕にとっての個の経験というより、自分の世代共同の経験としてとらえていたのである。そしてそうであるからこそ、僕がそれをエッセイ・評論として書くことに意味があると、考えてきたのでもあった。

　しかしいま『壊れものとしての人間』を読みなおして、僕はそれがほかならぬ個の経験について、直接に告白的であることに気がついたのである。そしてその個の経験の告白は、ほとんどつねに森の存在によって媒介されているのであった。森の奥の谷間の集落に僕は生まれて育った。そして森のなかにいた間、そこは僕にとってもっとも自然な環境であった。したがって僕はそこに生きている時、当の幼・少年としての経験を、個のものとしてきわだっためずらしいものと自覚することは(当然のことながら)なかった。ところがそれを僕は、まず小説を書くことを手がかりにして意識化したのであったが、森にかこまれた谷間の村は、僕にとってもっとも普遍的な、この世界の原型、僕にとっての宇宙モデルをあらわしていたのである。やがてその宇宙モデルとしての意味および構造を、柳田国男の懐かしい村の考え方や、山口昌男の周縁性の理論によって、僕は把握しなおし、あらためていくつもの文章に書くことになったから、ここではあらためてその定義づけをくりかえさない。

ただ僕にとっての宇宙モデルである、森のなかの閉じられた小世界において、およそ人間の世界におこりうることはなんでもおこりえたし、そしてその宇宙モデルの外縁をすっぽり覆っている広大な森は、かぎりなく魅惑的でかつ恐しい、生と死のそれぞれの母胎が共存する、暗闇のような場所と直感されていたのである。この生と死のそれぞれの母胎が共存している暗闇といういい方は、ふたつの母胎をかさねあわせて、死と再生のおこなわれる場所といいかえる時、山口昌男の周縁性の理論にさらに近づくことにもなろう。しかし谷間で暮している幼・少年としての僕は、ただ次のように感じていたのだ。——あの森の奥は生まれてくる人間も死んで行った人間も、いりまじっているような場所だ、そしてその森が谷間をすっぽり閉じている以上、そのなかにいる自分はなにも恐れることはないのだと、たとえば森の高みで風が強く鳴る音の聞えてくる夜ふけなど、不眠の小さな頭を、そのようにしてみずからなだめる努力をしたのだった。

それから四半世紀もの永い時がたっての、メキシコ滞在の日々、僕はしばしばこの森と谷間のことを、それこそ地球の三分の一周ほどもの距離をへだてつつ、思いやったものであった。そのようにして、谷間ですごした幼・少年時に自分の小さな頭をしめていたものをよみがえらそうとしていたのだ。それもやはりメキシコ・シティーでの不眠の夜のことで、僕の懊悩の中核をなしていたのは、幼・少年時の不眠の夜とおなじく、死についての想念であった。僕は現にいまもくっきりと思い出すのだが、谷間にいた十歳のころのそのような不眠の夜に、冷たい煎餅布団のなかで四肢をバタバタさせるほどにも愕然として、こう考えたことがあった。——ああ、もう十年も生きてしまった！　自分の生命が幾歳までかはわからぬけれど、それでも確かなことは、そのうちのもう十年までも、ああ、自分が使ってしまったということだ！

そして僕は死後の真暗闇の永遠を思って怯みこんだあと、ついにさきの、あのように生も死もまじりあった大きい森にすっぽりつつまれて谷間に自分が生きている以上、やがて死んでしまうにしてもなにも心配することはない、という思いに到って、そう考える段階ではもう眠りのとばぐちまでたどりついていたのであった。——心配することはない、なにかいま自分の知らぬ、そしてなかなか知ることのできぬ、ある逆転があるはずだ、と……

メキシコ・シティーのアパートで、夜ふけまで乱暴な活気のあるインスルヘンテス大通りのざわめきから逃れられず、不眠の夜を過していた僕は、オクタヴィオ・パスが剝きだしの死の兆候にみちていると書いたメキシコで昼の間見たり聞いたりしたことどもの影響のもとにあり、やはり死について考えていることが多かった。現にその僕は、――ああ、もう四十年も使ってしまった、と嘆息せねばならぬ年齢でもあったのだ。もっともその年齢なりに積みかさねてきたところもあり（いまなお逆転の気配を見てとりえぬのではあったけれども）、四肢をバタバタはねまわらせるほどのことまではしなかったが。そして僕は、はるかな高みから見おろすような仕方で、四国の森のなかの谷間の集落を思い描いたのであった。その森には、すでにこの十年ほどの間に、思いがけず車を乗り入れることもできる林道が完成し、現に僕は数年前、子供の時分からの友達の電気工事用ライト・バンに乗り組んで、森の高みに上ったことがあった。そして森が、われわれの立つ高みからもなお重畳たる、緑の色あいの深浅をつらねて遠方へ展がりこそすれ、あの子供の時分の宇宙モデルの森のようには、たとえていえばもうひとつの大洋と感じられるほどには、深さも広さも持たぬものであることを見とどけていた。それはそれなりに、僕にとって大きい経験だったのでもある。

しかしメキシコ・シティーのアパートで、夜ふけの長い時間思い描きつづける森は、やはりいったんそこへ迷いこめば生きて出てくることはできぬ、つまり自分の谷間の集落から、それより他の場所としての村、町へぬける通路は開くことができぬ（そのような道としては、谷間から流れ出る川にそっての道があるのである）、すっぽり谷間を閉じこめるための外縁、生と死のそれぞれの母胎が共存している、魅惑的で恐しい暗闇の場所なのであった。つまり僕は、その森の奥からひとり抜け出してしまってから、四半世紀をこえて後も、やはり自分のもっとも根本的な宇宙モデルとして、谷間の集落とそこをかぎりない厚みで囲む森というものを考えていることが、そのメキシコ・シティーのアパートでいかにも自然に納得されたのである。『壊れものとしての人間』は、その僕にとっての谷間と森のありようを、実際にこれら一連の文章を書いていた際に自覚していたよりもよく表現しえている。そしてそのようなかたちでの、それを書く際の僕の意識と、実際に書いたものが自立して表現する内容との相関をめぐっていえば、この作品はエッセイ・評論に属するのではあるが、しかし僕の書いたものとして小説の領域にもっとも近い表現であるように思われるのである。

2

森のなかの、谷間の集落という場所。僕はいまこの言葉に、トポスというルビをふりたいと感じるが、それも僕が哲学者中村雄二郎の仕事をつうじて、あの谷間で自分がよく知っていたところのものを表わす言葉としての場所、それはトポスと呼ばれるべきだったのだと発見する、そのような読書の経験と直接関わっている。僕はこのタイプの発見を、つまり幼・少年時に谷間でよく知っていたところのものに、あらためて名をあたえうるという発見を、成人してからの読書においてたびたび経験することになった。それは谷間での日々、活字を読みながら、これは架空のものだ、森のなかで出会う事物にこれと見合う実体はないと、そのいわば équivalent はないと感じた、あのそもそもの最初の読書経験と、複雑な通路を介してではあるが、つうじあうところがあるように思う。この場所《トポス》が、幼・少年時の僕にとってそのように本質的なものであったならば、そこから外に出てゆく手つづきが僕にとってスムーズな過程であったはずはない。

森のなかの谷間から外へ出て行く。僕が体験したそれは、おそらくその時点で僕が自覚していたよりも、ずっと重要でずっと危機的な課題であったのだ。そして僕が川筋をくだって隣町に下宿し、そこにあった高等学校に一年だけ通い、つづいてさらに川筋を下ってから海ぞいに迂回して、地方都市の高等学校へと出て行き、それから予備校へ入るためについに東京へ出た、一連の過程。この数年間は、時代背景として朝鮮戦争を置き、かつ戦後のもっとも民主主義的であった時期からの(それがいま批判的な条件づけとしておおいに強調される、占領下のものであったのにせよ、むしろ占領下であるゆえに日本の旧体制につながる権力もそれを認めざるをえなかった、民主主義的諸現象の輝やきのいちじるしかった時期からの)、最初の反動期を置いて、僕個人についていまふりかえればなおさらに、剝きだしの危機にみちていた時期であった。そこからの東京での大学生活を踏まえ、現にそのただなかから僕は小説を書き、発表しはじめたのでもあり、当然に小説の主題は、森から根こそぎ引き抜かれるようにして都市で暮している青年の直接の不安と、かれが熱い心でよみがえらせる、戦時の森の奥の集落での思い出なのであった。

森のなかの宇宙モデルから引き離されて、大都市の、そこに夜行列車でたどりつき孤独に放り出された青年にとってはアモルフに感じられる片隅の場所での、追放された者のような閉じた暮し。そこに狂気の主題があらわれてきたとして、それもむしろ自然であろう。『壊れものとしての人間』が、近い過去を語りつつしばしば狂気への惧れにふれているのは、読書体験をつうじての「自己史」のように書かれた文章として当然なことであったにちがいない。そしてこの狂気の主題も、それを「自己史」の一局面として回想すれば、僕にはいま、その危機を現実の経験として担っていた間、あるいはそれをなんとかやりすごして、その上で記述しようとしていた間、ともに自分で意識していたよりも、はるかに危険な事態ではなかったかと感じられる。それは『壊れものとしての人間』を書いていた時点でも、いくらかは自覚されていたズレだが、しかし現に『壊れものとしての人間』を書いていた間、当の危機が余波をおよぼしつづけていたのである以上、いま思いかえすと、あの時点での僕は、自分が狂気の課題をめぐっておちいっていた危機を、むしろ意識的に過小評価することで、なんとか乗り越えたのであったと感じられるのである。

いま『壊れものとしての人間』を読みかえすと、そもそもは個の課題として(つまりは個の疾病《しっぺい》のようにして)自分にあった狂気の課題を、森のなかの宇宙モデルから個として根こそぎ引き抜かれたことに源をさぐるとともに(このような表現がおおげさに響くとすれば、僕はそれを、気が狂いそうにも滅入りこんでしまう気分のよってきたるところを、といいかえてもよいが、その気分のよってきたるところが、森のなかの谷間を離れ都市のただなかにおり、かついったんそこから脱け出した以上、自分の幼・少年時が再びそこに見出せぬように、森の奥にあらためての真の居場所は復元できぬ、と自覚していることに由来するのだとさぐるとともに)、僕がそれを核《ニュークレア》専制王朝の課題として、個を超えたものに展開していること、展開すべくつとめていること、それがこの読書体験を語るかたちをとっての「自己史」の、もうひとつの方向づけであったことが明瞭である。そしてこちらの方向づけに立って、僕はヒロシマについての仕事はもとより、沖縄についての仕事をしたのであったし、当の方向づけに現に立って、自分のエッセイ・評論のみならず、小説をふくめてのすべての仕事をすすめていると考えるのである。そしてそこに最初の方向づけがかさならぬのではない。

　現に、この巻にともにおさめた『アメリカ旅行者の夢』がそのような仕事であることは、端的にあきらかである。僕はこの一連の文章のもとになったアメリカ旅行をめぐって、第三巻におさめている短かいエッセイ・評論を数かず書き、そしてハーマン・カーンが僕の参加していたセミナーに講演に来た際の経験についても、当の巻の自己解釈としての文章に書いた。この経験のもたらしたものの、僕としてのより詳細な分析を『アメリカ旅行者の夢』はふくんでいる。確かに核時代の課題が、アメリカに滞在している間の僕の、もっとも大きい関心事であったのだし、それはいうまでもなくさきにのべた方向づけにおいてのことであった。そしてそのように考えて『壊れものとしての人間』にむすぶことをしながら、『アメリカ旅行者の夢』を読みかえして、もうひとつ両者の共通点として僕が見出すのは、やはり「自己史」としての性格であって、それは前者が多様な書物を読みながら、そこにほとんど私小説的な自己を読みとるものであったのと同じく、後者においては、アメリカとアメリカに関わる書物を読みながら、そこに自分自身の幼・少年時にまでさかのぼる個の顔を読みとってのものであることが自覚されるのである。

　そしてそれは、やはり考えてみれば当然のことなのだ。森のなかの谷間を宇宙モデルとして、そのなかで暮していた幼・少年時の僕の、まず戦中の感じ方をいえば、自分がそのなかにふくまれている宇宙モデルに対立する、まったく反対の宇宙モデルとしての場所を見出そうとする時、それは地球の向う側の敵国アメリカであった。軍国少年としての僕はアメリカと戦争をつづけている大日本帝国の、その核心としての場所と、森のなかの谷間の村を受けとめていたのだから。もし万が一にもアメリカが戦争に勝つというようなことがあれば、それは僕にとって、アメリカに森の奥の谷間の集落が全的に破壊されること、つまり自分の宇宙モデルが消滅してしまうことなのであった。つづいて敗戦後すぐ、川筋の道をさかのぼってジープであらわれたアメリカ人ほどにも、森に包みこまれたわれわれの聖域を、決定的に侵犯した他者はほかにありえなかった。それは谷間の歴史において空前のことであったし、絶後のことでもあろう。数年前、外国人が僕の谷間に近い村でコミューンのようなものを造りさえしたと、そのようにつたえる記事を読んだこともある。そのような時代だ。外国人が、僕の立ち去ったあとの森の奥の集落にやってくることがありえぬなどとはいえない。しかし武装したアメリカ兵たちの一団が、ジープに乗って川筋をさかのぼってくるなどという祝祭のような異変は、およそ二度とはありえぬはずのものではないか？　そして十歳の僕が、そのジープのアメリカ兵たちを迎える村人の群のなかに、恐れと好奇心に痺れるようにして立ちすくんでいたのである。そのようなアメリカ人、アメリカが、僕の宇宙モデルについての基本感覚に影響をあたえぬはずはないではないか？

アメリカの大学寮、またセミナーが終ってから旅行して歩いた様ざまな地方でのそれぞれのホテル、そのおのおのの暗闇で考えつづけながら、僕はまだ自分としての宇宙モデルという言葉は使っていなかった。すでにのべたが、この言葉は山口昌男からあたえられた契機につらねて、ロシア・フォルマリストや、それにつづく記号論の学者たちの著作にふれることから、僕におとずれてきた言葉なのであるから。しかし幼・少年時に、森の奥の谷間の村で、僕がいだいていた想念を、その現在時での僕の宇宙モデルとみなすことがいま妥当に思えるように、アメリカのなじみのない部屋のベッドに寝そべって、じっと暗い宙空を見すかそうとしていた際の僕も、やはりその現在時での、自分の宇宙モデルを模索するようにしていたのだと、いまになっては回想されるのである。そのように僕がいま考える、形をとった手がかりとして、現にこの『アメリカ旅行者の夢』があるわけなのだ。

僕がアメリカの大学寮で、あるいはそこでの様ざまなホテルでこの世界について、またそれにあいかさねての自分の生と死について考える。かつての森の奥の谷間でのように、その森に囲まれた狭い空間が自分にとっての最上の場所であり、その空間にこの世界の、いやそれを越えての宇宙全体のモデルが具現されているのであって、そのなかに自分がしっかり属しているのであるかぎり、現に死は恐しいが、しかし結局のところ自分でそれを思いなやむことはないと、そのようにアメリカでの僕があらためて考ええなかったのはいうまでもない。僕は自分にとっての、そのような根本的に調和の感覚のある宇宙モデルは、すでに失なわれたのだと知っていた。森の奥から根こそぎ引き抜かれるようにして外に出た、その折にあの宇宙モデルは失なわれてしまったのである。そしてその森から外に出て、さらに森から遠ざかってゆく旅の、その果ての果てに、現にいまアメリカで深夜眼ざめている自分のありようがある。そういうことではないかと、僕は宇宙モデルという言葉を使ってではないが、しかし確実にそのように考えていたのであった。

そして現にそのアメリカで、自分の生と死の、ひとつの危機にある状態について考え、さらに壊れてしまっている、あるいは崩壊にひんしている人間一般の世界ということを考えると、それを乗り越えて積極的な明日にむけての世界観をかちとりえるとして(すなわちあらためて自分をそのただなかに調和的に置き、死への恐れを克服することのできる宇宙モデルを未来につくりうるとして)、それはアメリカ、ソヴィエト・ロシアをふたつの軸として地球を覆っている核状況に対抗して、なんとかそれを生き延びる方途を人類が考え出しうるものとして、という方向づけに想念はむかわずにはいない。『アメリカ旅行者の夢』に核時代、核状況への、自分としての切実な思いが露出しつづけているのは、やはり自然ななりゆきなのであった。

3

『渡辺一夫架空聴講記』は、一九七〇年から筑摩書房刊として発行されはじめた、先生の著作集月報に連載した文章である。いまから十年さかのぼって、僕が渡辺一夫著作にどのような思いをいだいていたかを示すには、この著作集の内容見本に書いた短文をここに引用するのがもっともふさわしいであろう。

《渡辺一夫先生の著作集の刊行は、公的な事業なのであるから、先生の教えをうけた数多くの人びとのうちの、それも年少のひとりにすぎぬ者の、私的な感慨を表明することは憚られる。事実、先生の学統をまっすぐに深め継いでいられる二宮敬氏と共に、ここに私の名を記す光栄の、客観的な理由はありうべくもないのである。しかもなお、それをあえてする以上、おのずから主観的な言葉をつらねることを許していただきたい。まことに私のいうべきことは少ない。私はいくたびも、渡辺一夫先生という、ひとりの人間の存在によって、あるいは、その存在を、沙漠のただなかから遙かな泉をのぞむように考えることによって、なんとか自分の生き延びかたの手がかりをあたえられた、とのみいえばすべてをつくすのである。

いうまでもなく渡辺一夫先生は、いかなる意味あいにおいても、指導者のように語る人ではなかった。したがって、渡辺一夫先生が、私を根底のところで揺りうごかす力でありつづけるのは、ただ、先生があのようなひとりの人間として存在しつづけていられる、ということ自体においてである。そのような存在を思いうかべることは、意気阻喪した私を鼓舞する契機となったが、足が地面からはなれている私を自分自身への恥に覚醒せしめる契機でもあった。しばしば私は、先生の視線に出会えば潰滅する灰のかたまりのような自分を見出し、しかもなおそのような時こそ、もっとも切実に先生の眼を必要としたのであるから、私にとって先生の著作は、つねに恐しく、かつ懐かしかった。

私の程度の経験の者にも、いま日本について、また日本人とはなにかと考えることは、自分の内部にしこりのようにかたまる絶望感に繰りかえしふれることである。幼児が、死について語ることは、かれがいかに死の不安に敏感であるにしても、やはり滑稽なことにちがいないように、私がそうした絶望を語ることは不遜であろう。私はむしろ自分の内部を見つめつつ、渡辺一夫先生の著作を思うのである。

先生が「希望」をあからさまに語られたことはないと感じられるが、ルネサンス期のユマニストたちの営為と苦悩の全体を描かれるとき、人間一般への希望もまた、微光のようにほの見えぬではない。

先生は「絶望」を語られたが、それは疫病の自覚によって自分自身を隔離する医師のように、絶望の毒を他人に感染せしめることなく、ひとりそれに対峙している人間の覚悟を語られるのであった。

現在われわれの当面している様ざまな課題について、その深い根をいちいち掘りあてるようにしながら、渡辺一夫先生は、戦中、戦後にかけてつねにその鋭い核心を提示された。寛容と不寛容、狂気、人間が機械になること、それらについて地道に執拗に語りつづけられながら、戦争の苦難の時代はもとより、戦後の生きいきした「民主主義」の時代をへて、今日の新しく重い混沌の時にいたるまで、渡辺一夫先生には、ついに「ある晴れた日」はなかったのではないかと、私は粛然たらざるをえないのである。

しかし風荒い永遠の曇り日を生きつつ、先生は柔軟かつ毅然たることにおいて、老いた柳のようではなく、若い樫のようであった。すでに学者としての先生の巨木性は、二宮敬氏も証言されるであろうように覆うべくもないが、先生の著作、ことにエッセイは、およそ権威の名において声を発することのない魂の響きの最良のものを、新しい世代にも充分につたえるであろう。

政治と文学との関わりにおいて、まことに独自に生きてこられたところの、もっとも剛毅な日本人たる中野重治氏は、かつて「わたくしはあなたの手にわたしの手をかさねます」という優しさのこもった言葉を、これらのエッセイの書き手におくられた。この美しい言葉は、渡辺一夫先生の、もうひとつの独特な剛毅と優しさを一瞬にして照しだす光を発した。》

一九七五年五月十日、渡辺一夫先生が七三歳で亡くなられた時、僕はやはり次に引用する文章を『朝日新聞』に書いた。その直後、韓国の民主化運動の中心的な存在として、朴政権から狙いをつけられつづけてきた詩人金芝河に、死刑宣告がおこなわれるということがあり、助命をもとめるハン・ストを数寄屋橋に張られたテントのなかで決行する人びとに僕も加わった。そのテントの、やはり不眠の夜ふけ、僕は渡辺一夫訳『ガルガンチュワとパンタグリュエル物語』を読みつづけたとのちに書いて、僕について決して好意をよせてくれぬというのではない若い批評家から、――ラブレーを読むかわりに、朝鮮人の若者らと話合うべきではなかったか、と批判された。それは確かにそうであったにちがいない。しかし僕は、詩人金芝河を救援するというハン・ストのテントにいるのではあったが、もとよりその志に参加しているのであるとともに、個としては、渡辺一夫先生の死によって平衡をうしなっている自分自身を救助する必要にかられてもいたのであった。そしてそのために先生の著作はもっとも有効な手がかりだったのである。

《渡辺一夫先生の生涯の事業は、ラブレー作『ガルガンチュワとパンタグリュエル物語』の翻訳・注釈であった。いまとなっては先生に死をもたらした病にもとづいたものと知る劇痛と闘いつつ、岩波文庫版の新しい全五巻を刊行しおえられたのは今年のはじめである。その訳文には、先生の文学的資質と練磨の究極の達成がある。その注釈には、先生の学問的蓄積と発見の綜合的・具体的な総目録がきざみつけられている。

『ガルガンチュワとパンタグリュエル物語』の壮大、豊麗な樹幹が、美しく充実した日本語としてわれわれの前にある。その枝、葉として広がり、根、毛細根として深みにいたる注釈。そのいちいちを精読し、あらためて筑摩版の著作集全十二巻を読みすすむと、先生の専門的著作のみならず、もっとも一般的な文章までが、すべてこの注釈に結実した研究と直接つながっている。先生の生涯の事業はそのような事業であり、先生の生涯はそのように徹底した生涯であった。このこと自体が、わが国のフランス文学を世界的な水準にたかめた後進の研究者たちへの、批判と激励を原理づけていよう。

しかし先生の眼と精神は、フランス・ルネサンスの時代の全容を展望し、様ざまなルネサンス人の複雑な細部に密着しながらも、わが国の同時代から離れることがなかった。ルネサンスの乱世は、日本の戦中・戦後にかさなった。平和は「平和の苦しさ」の影をあきらかにした。人間が正義の思いこみであれ、その奴隷となる時、自分のつくりだしたものの機械となる時、いかなる狂気・悲惨がもたらされるか。個人から体制にいたる寛容と不寛容の課題。人間が真に人間であるとは、ついにどのようなことなのか？　すなわちフランス・ユマニスムの研究は、わが国の同時代にこそきびしくあいわたる思想として、先生に血肉化したのであった。

しかし晩年の先生は、その教室のもっとも若い学生たちへこの思想を伝達することに絶望をいだかれたのであったかも知れぬ。さきの注釈の短い句節のうちに憤怒すらもがきらめくのを見出す。最後の病床まで校正をつづけられた『世間噺・後宮異聞』にいたる、先生の最晩年の連作が、ユマニスト像を直接とらえるというより、フランス・ルネサンスの国際関係・権力政治の背景を大きく把握しつつも、そこで激動にもてあそばれた切実な人間を描きあげたのは、それと無関係であろうか？　先生は亡くなられた。僕は魂の不死を信じることができぬ。しかし若い人びとが和解をもとめるなら、その道は『ガルガンチュワとパンタグリュエル物語』の翻訳・注釈に開かれている。

死を前にした先生は、つねにユーモアと反語的な表情でつつんでこられた剛毅《ごうき》さ(ラブレーの細部にある純粋無垢《むく》の剛毅さ)を、すでにかくされなかった。終始つきそわれた芳枝夫人の、穏やかに強靱な優しさは、その剛毅の大きさにみあうものであった。権力はもとよりいかなる他者にも狎れしたしむことのなかった先生の真に自立した生涯を、この優しさの光がてらした。》

『壊れものとしての人間』において、僕は森の奥の谷間の集落を読みとることと、書物を読みとることとをかさねた。『アメリカ旅行者の夢』は、自分が現にそこに滞在していたアメリカを読みとることと、アメリカについて書かれた書物を読みとることとをかさねている。現実世界での僕の生き方と書物を読むこととの関係の原型を、それらはともに端的に示していよう。僕がこの巻について、それを『読む行為』と名づけるのは、すなわち右の関係の原型をそのように呼んでのことなのである。そして渡辺一夫先生の生涯は、研究者としてラブレーを読むこと、それもおよそ徹底的に読むことが、同時代の現実世界を生きる、そのもっとも鋭く深い生き方でもあることを、世界に誇るべき規範として示した生涯なのであった。僕はこの規範に、その域に及びえるとは毛頭思わぬが、やはり自分の生涯学びつづけることをしたい。

―〔一九八〇年十二月〕―

初出一覧

I 壊れものとしての人間

出発点、架空と現実 ……………………『群像』一九六九年七月号
言葉が拒絶する ……………………『群像』一九六九年八月号
パンタグリュエリヨン草と悪夢 ……………………『群像』一九六九年九月号
核時代の暴君殺し《タイラニサイド》 ……………………『群像』一九六九年一〇月号
作家にとって社会とはなにか? ……………………『思想』一九六九年一一月号
個人の死、世界の終り ……………………『群像』一九六九年一一月号
皇帝《ツァー》よ、あなたに想像力が欠けるならば、もはやいうことはありません ……………………『群像』一九六九年一二月号

II アメリカ旅行者の夢

地獄にゆくハックルベリィ・フィン ……………………『世界』一九六六年九月号
アメリカの夢と悪夢 ……………………『世界』一九六六年一〇月号
コンピューターの道徳性 ……………………『世界』一九六六年一二月号
パール・ハーバーにむかって ……………………『世界』一九六七年九月号

不可視人間と多様性……………………『世界』一九六七年一〇月号

III

渡辺一夫架空聴講記……………………「渡辺一夫著作集」月報〈Spicilegium Amicitiae〉筑摩書房刊
一九七〇年六月―一九七一年六月

・本書は一九八〇―八一年に小社より刊行された「大江健三郎同時代論集」（全十巻）を底本とし、誤植や収録作品の重版・改版時の修正等に関してのみ若干の訂正をほどこした。
・今日からすると不適切と見なされうる表現があるが、作品が書かれた当時の時代背景や文脈、および著者が差別助長の意図で用いてはいないことを考慮し、そのままとした。

ブックデザイン　鈴木成一デザイン室
装画　渡辺一夫

新装版 大江健三郎同時代論集 5
読む行為　（全 10 巻）

2023 年 9 月 22 日　第 1 刷発行

著　者　大《おお》江《え》健《けん》三郎《ざぶろう》

発行者　坂本政謙

発行所　株式会社 岩波書店
〒101-8002 東京都千代田区一ツ橋 2-5-5
電話案内 03-5210-4000
https://www.iwanami.co.jp/

印刷・三陽社　カバー・半七印刷　製本・松岳社
カバー加熱型押し・コスモテック

ISBN 978-4-00-028825-5　Printed in Japan

4* 沖縄経験

I 沖縄の戦後世代／すべての日本人にとっての沖縄　II 沖縄ノート　III 核基地の直接制民主主義／文学者の沖縄責任／再び日本が沖縄に属する

5* 読む行為

I 壊れものとしての人間　II アメリカ旅行者の夢　III 渡辺一夫架空聴講記

6* 戦後文学者

I 同時代としての戦後　II 中野重治の地獄めぐり再び／林達夫への侏儒の手紙／高橋和巳と想像力の枷／他

7 書く行為

I 出発点を確かめる／II 文学ノート

8 未来の文学者

I なぜ人間は文学をつくり出すか　II ソルジェニーツィン『収容所群島』の構造／表現された子供／全体を見る眼／他　III 諷刺、哄笑の想像力／道化と再生への想像力　IV わが猶予期間《モラトリアム》

9 言葉と状況

I 受け身はよくない／言葉によって／力としての想像力／他　II 状況へ　III にせの言葉を拒否する

10 青年へ

I 青年へ　II「人間」と滅亡を見つめて／その「戦後」のひとつ／宇宙のへりの鷲／他　III 読書家ドン・キホーテ／『海上の道』解説／悲劇の表現者／他　IV 核時代の日本人とアイデンティティ／明日の被爆者